A CURANDEIRA DE ZALINDOV

A CURANDEIRA DE ZALINDOV

LYNETTE NONI

Tradução de Helen Pandolfi

Copyright © 2021 by Lynette Noni
Arte dos mapas © 2021 by Francesca Baerald

TÍTULO ORIGINAL
The Prison Healer

PREPARAÇÃO
Angélica Andrade
André Marinho

REVISÃO
Rita Godoy

DIAGRAMAÇÃO
Ilustrarte Design e Produção Editorial

ARTE E DESIGN DE CAPA
Jim Tierney

ADAPTAÇÃO DOS MAPAS
Larissa Fernandez Carvalho
Letícia Fernandez Carvalho

CIP-BRASIL. CATALOGAÇÃO NA PUBLICAÇÃO
SINDICATO NACIONAL DOS EDITORES DE LIVROS, RJ

N738c

 Noni, Lynette, 1985-
  A curandeira de Zalindov / Lynette Noni ; tradução Helen Pandolfi. -
1. ed. - Rio de Janeiro : Intrínseca, 2025.
  368 p. ; 23 cm. (A curandeira de Zalindov ; 1)

  Tradução de: The prison healer
  ISBN 978-85-510-1377-9

  1. Ficção australiana. I. Pandolfi, Helen. II. Título. III. Série.

24-94600

CDD: 828.99343
CDU: 82-3(94)

Meri Gleice Rodrigues de Souza - Bibliotecária - CRB-7/6439

[2025]
Todos os direitos desta edição reservados à
EDITORA INTRÍNSECA LTDA.
Av. das Américas, 500, bloco 12, sala 303
22640-904 – Barra da Tijuca
Rio de Janeiro – RJ
Tel./Fax: (21) 3206-7400
www.intrinseca.com.br

Para Sarah J. Maas.

Obrigada por ser tão generosa com sua amizade, seu apoio e seu incentivo. Mas, acima de tudo, obrigada por acreditar em mim, até mesmo — e principalmente — quando eu mesma não acreditei.

REINOS DE
WENDERALL

SIVANA

NORTE NÃO
HABITADO
DARKWELL

RUSKA

ODON

YIRIN

TERITH

ZADRIA

HALDON

JIIRVA

MIRRAVEN

TERRA ABANDONADA

ERSA

CARAMOR

INNISARD

LAMONT

FLORESTA
BLACKWOOD

ZALINDOV

HADRIS

VASKIN

MONTANHAS TANESTRA

PALÁCIO DE
INVERNO

ROTHEN

ALBREE

DESERTO BELHARE

BOSQUES LACRIMOSOS

MAHARI

ADASTRIA

PÂNTANOS
CREWLING

VALORN

EVALON

VALLENIA

MONTANHAS ARMINE

LYRAS

RIVERFELL

OAKHOLLOW

RIO ALDON

NERINE

FELLARION

AVILA

ARDEN

N

ILHAS SERPENTES

O

L

EBLIS

S

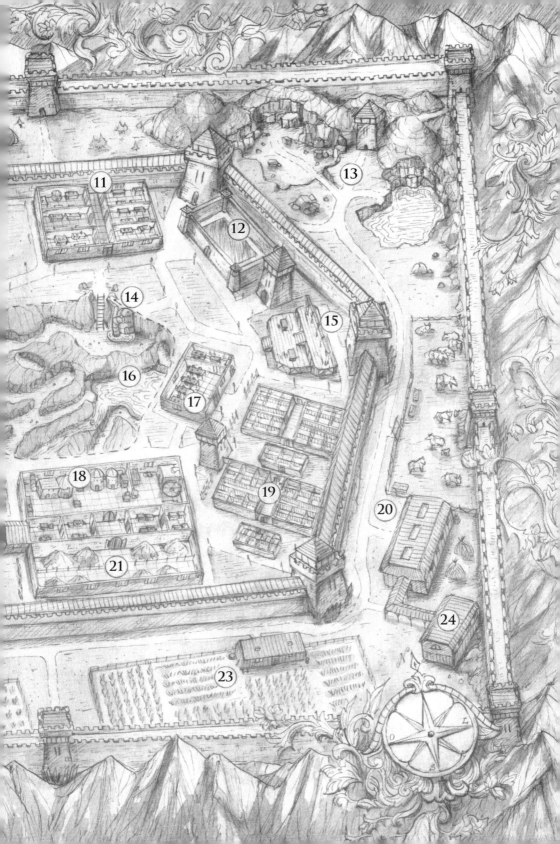

Prólogo

A morte chegou ao anoitecer.

A garotinha estava abaixada perto do rio, colhendo amorins com o irmão mais novo, enquanto o pai, agachado à beira da água congelante, reabastecia o estoque de folhas de babosa. O alívio trazido pela seiva seria necessário mais tarde, considerando o número de espinhos que se fincaram na pele da garota. Mas ela mal sentia dor. Em vez disso, pensava no jantar que esperava por eles. A mãe fazia a melhor geleia de amorim de Wenderall. E, como as frutinhas eram ainda mais doces quando colhidas ao luar, a garota sabia que a remessa seria *deliciosa*. Se ao menos conseguisse fazer com que o irmão parasse de devorá-las, poderia finalmente levar muitas frutas para a mãe e se deleitar com o resultado de todo aquele trabalho.

Havia conseguido encher a cesta pela metade quando o primeiro grito rasgou o silêncio da noite.

A garota e o irmão ficaram imóveis. O garoto, boquiaberto, tinha o queixo e a boca cobertos por sumo prateado. A garota franziu a testa, preocupada. Os olhos cor de esmeralda se voltaram para o pai, ainda próximo à água gelada, segurando um maço de folhas de babosa. Com o rosto já pálido, ele não olhava para as plantas escorregadias, e sim para o chalé da família no topo da colina.

— Papai, o quê...

— Kerrin, quieto — repreendeu o homem, largando a babosa e correndo em direção aos filhos. — Devem ser apenas Zuleeka e Torell brincando. Ainda assim, precisamos dar uma olhada...

Pouco importava o que estivesse prestes a dizer sobre os filhos mais velhos, porque foi silenciado por outro grito, seguido de um estrondo que ecoou colina abaixo.

— Papai... — disse a garotinha dessa vez.

Ela se sobressaltou quando o pai arrancou a cesta de suas mãos, espalhando frutinhas por todos os lados, e envolveu os dedos dela em um aperto esmagador. A garota não teve tempo de dizer mais nada antes de ouvirem a voz estridente da mãe, bradando um alerta.

— CORRA, FARAN! *CORRA!*

A força com que o pai apertava sua mão se tornou dolorosa, mas era tarde demais para que ele seguisse a ordem da esposa. Havia soldados saindo de todas as portas do chalé, com as armaduras prateadas cintilando mesmo na luz crepuscular, as espadas em riste.

Havia ao menos uma dezena deles.

Eram muitos soldados.

Eram soldados *demais*.

A garotinha estendeu o braço por cima dos arbustos ásperos, querendo alcançar a mão do irmão, que estava trêmula e pegajosa com o sumo das frutas. Não havia para onde correr, estavam encurralados. Tinham apenas o rio congelado às suas costas, cujas águas eram traiçoeiras e fundas demais para que arriscassem a travessia.

— Está tudo bem — disse o pai com uma voz trêmula enquanto os soldados se aproximavam. — Vai ficar tudo bem.

Então foram cercados.

DEZ ANOS DEPOIS

CAPÍTULO 1

Olhando para o garoto preso à mesa de metal à sua frente, Kiva Meridan se aproximou e sussurrou:

— Respire fundo.

Antes que o garoto reagisse, ela segurou seu pulso e rasgou as costas da mão dele com uma lâmina ardendo em brasa. Ele gritou e se debateu — todos sempre faziam isso —, mas Kiva o segurou com mais força e continuou entalhando três linhas profundas em sua pele, formando um Z.

Um único símbolo para identificá-lo como prisioneiro de Zalindov.

A ferida sararia, mas a cicatriz ficaria para sempre.

Kiva fez seu trabalho o mais rápido que pôde e só diminuiu a pressão na mão do garoto quando terminou o Z. Conteve o impulso de lhe dizer que o pior já passara. Ele mal havia chegado à adolescência, mas tinha idade suficiente para distinguir o que era verdade e o que era mentira. Agora pertencia a Zalindov. A pulseira de metal em seu pulso o identificava como detento H6L129. Não haveria nada de positivo em seu futuro, e mentir não mudaria essa situação.

Depois de passar seiva de azevém sobre a ferida aberta para prevenir infecções e polvilhá-la com pó de raiz de pimenta para aliviar a dor, Kiva envolveu a mão do garoto com uma faixa de linho. Com calma, ela o advertiu para que a mantivesse seca e limpa pelos próximos três dias, ciente de que isso seria impossível caso ele fosse enviado para trabalhar nos túneis, nos criadouros ou na pedreira.

— Não se mexa, estou quase terminando — disse Kiva, trocando a lâmina por uma tesoura.

A ferramenta estava coberta por manchas de ferrugem, mas afiada o bastante para cortar aço.

O garoto tremia, pálido, as pupilas dilatadas de medo.

Em nenhum momento Kiva tentou tranquilizá-lo. Não enquanto a mulher armada junto à porta da enfermaria observava cada movimento dela. Normalmente, era concedida certa privacidade a Kiva, para que pudesse trabalhar livre da pressão adicional acarretada pelos olhares impassíveis e penetrantes dos guardas. No entanto, depois do motim que ocorrera na semana anterior, eles estavam vigilantes, monitorando todos de perto — até mesmo aqueles como Kiva, que eram considerados leais ao diretor de Zalindov, uma traidora dos seus colegas prisioneiros. Uma informante. Uma espiã.

Ninguém odiava Kiva mais do que ela mesma, mas não podia se arrepender de suas escolhas, qualquer que fosse o preço a pagar.

Ignorando os lamentos do garoto ao vê-la se aproximar de sua cabeça, Kiva começou a cortar os cabelos dele em movimentos firmes e precisos. Ela se lembrava da própria chegada à prisão, uma década atrás, do processo humilhante de ter as roupas arrancadas, o corpo esfolado e o cabelo cortado. Deixara a enfermaria careca e com a pele machucada, tendo como pertences apenas um conjunto de túnica e calça de tecido cinza que causava coceira. Apesar de tudo pelo que passara em Zalindov, aquelas primeiras horas degradantes haviam sido as piores que conseguia lembrar. Pensar nisso fez com que sentisse um espasmo de dor na própria cicatriz. Pousou o olhar sobre a pulseira que ela mesma usava. N18K442 — seu número de identificação — estava gravado no metal, um lembrete constante de que ela não era nada nem ninguém, de que dizer ou fazer a coisa errada, de que até mesmo olhar para a pessoa errada na hora errada poderia levá-la à morte.

Zalindov não era um lugar misericordioso, nem mesmo com os inocentes.

Muito menos com os inocentes.

Kiva havia acabado de completar sete anos quando chegou à prisão, mas sua idade não a protegera da brutalidade do encarceramento. Ela sabia que seus dias estavam contados. Ninguém sobrevivia a Zalindov. Era apenas uma questão de tempo até que se juntasse aos numerosos prisioneiros mortos.

Comparada a muitos, Kiva tinha sorte. Sabia disso. Os prisioneiros designados para realizar o trabalho pesado quase nunca chegavam a durar seis meses. Sobreviviam um ano, no máximo. Mas ela nunca precisara sofrer com tarefas físicas extenuantes. Nas primeiras semanas após sua chegada, Kiva fora enviada para trabalhar na recepção, onde examinava as roupas e os pertences dos novos detentos. Mais tarde, quando outro cargo precisara ser preenchido — devido a uma epidemia devastadora que matou centenas de pessoas —, foi enviada para as oficinas e incumbida de higienizar e remendar os uniformes dos guardas. Seus dedos sangravam e ficavam cheios de bolhas por causa do número interminável de roupas, mas, mesmo assim, ela tivera poucas razões para reclamar em comparação aos demais.

Temia o momento em que receberia a ordem de se juntar aos operários, mas a intimação nunca chegou. Em vez disso, ao salvar a vida de um guarda acometido por uma infecção na corrente sanguínea, recomendando que ele fizesse uso de um cataplasma que ela vira o pai preparar inúmeras vezes, Kiva conquistara um posto na enfermaria como curandeira. Quase dois anos depois, o único detento além dela que trabalhava na enfermaria foi executado por contrabandear pó de anjo para prisioneiros desesperados, o que levou Kiva, na época apenas uma criança de doze anos, a ocupar seu lugar. Com o cargo, veio a responsabilidade de gravar o símbolo de Zalindov na pele dos recém-chegados, tarefa que ela sempre odiara. No entanto, sabia que, caso se recusasse a marcá-los, haveria consequências para ela *e* para o prisioneiro. Aprendera isso bem depressa — e as cicatrizes em suas costas não permitiam que esquecesse. Teria sido açoitada até a morte se, naquela época, houvesse alguém experiente para substituí-la. Agora, no entanto, havia outras pessoas que poderiam ocupar seu lugar.

Ela era descartável, assim como todos em Zalindov.

Quando Kiva finalmente soltou a tesoura e pegou a navalha, o cabelo do garoto estava picotado. Em algumas ocasiões cortar os nós era suficiente; em outras, os novos detentos chegavam com os cabelos em tufos irremediavelmente embaraçados e infestados de piolhos, então era melhor raspar tudo do que correr o risco de dar início a uma epidemia daquela praga dentro da prisão.

— Não se preocupe, vai crescer de novo — disse Kiva, com gentileza.

Ela pensou nos próprios cabelos, escuros como a noite, cortados rente à cabeça quando chegara à prisão. Agora as mechas lhe caíam pelas costas.

Apesar da tentativa de proporcionar algum conforto ao garoto, ele continuava tremendo, o que tornava difícil a tarefa de não cortá-lo ao passar a navalha por seu couro cabeludo.

Kiva queria contar o que ele teria que enfrentar quando deixasse a enfermaria. Mas, ainda que a guarda não os estivesse monitorando com toda a atenção, sabia que não era sua responsabilidade. Nos primeiros dias, os prisioneiros recém-chegados eram alocados em dupla com outros detentos, e era dever do parceiro apresentar Zalindov, oferecer conselhos e compartilhar maneiras de continuar vivo. Se, é óbvio, essa fosse a intenção. Algumas pessoas chegavam acompanhadas do desejo de morrer, suas esperanças despedaçadas antes mesmo de cruzarem os portões de ferro e estarem cercadas pelos muros deprimentes de calcário.

Kiva esperava que ainda restassem forças ao garoto. Ele precisaria disso para suportar o que viria em seguida.

— Pronto — falou ela, baixando a navalha e dando a volta para observá-lo.

Aparentava ser mais novo sem cabelo, com os olhos arregalados, o rosto magro e as orelhas protuberantes.

— Não foi tão ruim, foi?

O garoto a encarava como se ela estivesse a um passo de cortar sua garganta. Era um olhar com o qual estava costumada, especialmente vindo dos recém-chegados. Não sabiam que ela era um deles, escravizada com os cabrestos de Zalindov. Se vivesse o suficiente, ele voltaria a encontrá-la e descobriria a verdade: Kiva estava do seu lado e o ajudaria como pudesse. Assim como ajudou todos os outros o quanto pôde.

— Terminou? — bradou a guarda à porta.

A mão de Kiva se retesou em torno da navalha antes de ela forçar os dedos a relaxarem. A última coisa da qual precisava era que a guarda enxergasse qualquer centelha de rebeldia em sua postura.

Impassiva e submissa... era agindo assim que ela conseguia sobreviver.

Muitos prisioneiros zombavam dela por esse comportamento, especialmente os que nunca haviam precisado de seus cuidados. Alguns a chamavam de "Capacho de Zalindov". Outros berravam "Açougueira Tirana" quando ela passava. Mas talvez o pior fosse "Mensageira da Morte". Não podia culpá-los por vê-la assim, e essa era a razão que mais a fazia odiar o apelido. Afinal, muitos prisioneiros que adentravam a enfermaria nunca mais saíam, e a culpa era dela.

— Curandeira? — chamou a guarda novamente, dessa vez mais enérgica. — Já terminou?

Kiva assentiu, quieta, e a mulher armada deixou seu posto à porta e entrou no recinto.

Guardas mulheres eram raras em Zalindov. A cada vinte homens, com sorte havia uma mulher, e dificilmente trabalhavam na prisão por muito tempo, logo buscando emprego em outro lugar. Essa guarda era nova, alguém que Kiva notara pela primeira vez poucos dias antes. Tinha olhos cor de âmbar vigilantes que destoavam de seu rosto jovem. A pele era dois tons mais claros do que uma pele retinta, o que indicava que vinha de Jiirva ou talvez de Hadris, dois reinos conhecidos por seus guerreiros habilidosos.

O cabelo estava cortado rente à cabeça, e de uma das orelhas pendia um brinco de jade em formato de dente. Não era algo muito inteligente; alguém poderia facilmente arrancá-lo. Entretanto, ela se portava com uma confiança serena. O uniforme escuro da guarda — uma túnica de couro de manga comprida, calças, luvas e coturnos — mal disfarçava os músculos rijos por baixo do tecido. Seria difícil encontrar um prisioneiro disposto a se meter com ela, e qualquer um que tentasse provavelmente garantiria uma passagem só de ida para o necrotério.

Kiva engoliu em seco ao pensar nessa possibilidade. Recuou enquanto a guarda se aproximava e apertou o ombro do garoto ao passar para encorajá-lo. Ele se esquivou de modo tão violento que ela se arrependeu no mesmo instante.

— Agora — começou Kiva, indicando a pilha formada pelas roupas que o rapaz usava antes de vestir os trajes da prisão —, vou levar isso até o bloco de recepção para triagem.

A guarda assentiu, então pousou os olhos cor de âmbar no garoto e ordenou:

— Venha.

Foi como se o odor de medo impregnasse o ar enquanto ele se levantava, com as pernas cambaleantes e segurando cuidadosamente a mão ferida. Ele seguiu a guarda para fora da enfermaria.

Não olhou para trás.

Nunca olhavam.

Kiva esperou ter certeza de que estava sozinha antes de fazer qualquer movimento. Seus gestos eram rápidos e experientes, mas também urgentes e ansiosos, e ela vigiava a porta ciente de que, se fosse pega, seria morta. O diretor tinha outros informantes dentro da prisão; ele poderia defendê-la, mas isso não impediria que ela fosse punida — ou executada.

Enquanto revirava a pilha de roupas, franziu o nariz ao sentir o cheiro desagradável de longas viagens e falta de asseio. Ignorou a sensação de algo molhado em sua mão, o mofo, a lama e outras coisas que preferia não reconhecer. Estava procurando algo. Procurando, procurando, procurando.

Examinou as calças do garoto, mas não encontrou nada, então pegou a camisa de linho. Era uma peça surrada, rasgada em alguns pontos e remendada em outros. Kiva conferiu cada uma das costuras e, mesmo assim, não encontrou nada, então começou a perder as esperanças. Depois pegou as botas desgastadas do garoto, e lá estava. Escondido sob uma fenda descosturada no pé esquerdo, havia um pequeno pedaço de pergaminho dobrado.

Com as mãos trêmulas, Kiva o abriu e leu as palavras codificadas.

Soltou o ar de uma só vez, relaxando os ombros, aliviada, enquanto traduzia mentalmente: *Estamos em segurança. Não morra. Nós iremos até você.*

Três meses haviam se passado desde a última vez que Kiva recebera notícias de sua família. Foram três meses inspecionando as roupas de novos prisioneiros sem que percebessem, na esperança de encontrar fragmentos de notícias do mundo lá fora. Se não fosse pela caridade do encarregado dos estábulos, Raz, ela não conseguiria se comunicar com as pessoas que mais amava. Ele arriscava a própria vida para transportar para dentro dos portões de Zalindov as mensagens destinadas a Kiva, que, embora fossem escassas — e breves —, significavam tudo para ela.

Estamos em segurança. Não morra. Nós iremos até você.

Ao longo da última década, as mesmas nove palavras e outras frases similares haviam chegado esporadicamente, mas sempre nos momentos em que Kiva mais precisava delas.

Estamos em segurança. Não morra. Nós iremos até você.

O pedido para permanecer viva era mais fácil de ser proferido do que realizado, mas Kiva obedeceria, com a certeza de que sua família um dia cumpriria a promessa de buscá-la. Não importava quantas vezes tivessem escrito a mesma mensagem, não importava o quanto ela já havia esperado, agarrava-se às palavras, repetindo-as regularmente em seu pensamento: *Nós iremos até você. Nós iremos até você. Nós iremos até você.*

Um dia, voltaria a estar com eles. Um dia, estaria livre de Zalindov, e não seria mais uma prisioneira.

Fazia dez anos que esperava por esse dia.

No entanto, sua esperança se esvaía mais e mais a cada semana.

CAPÍTULO 2

Ele chegou como muitos outros: coberto de sangue e parecendo estar à beira da morte.

Um mês se passara desde que Zalindov recebera novos prisioneiros; um mês desde que Kiva fora obrigada a gravar um Z na pele de um recém-chegado. A não ser pelos ferimentos habituais da prisão e um surto de febre do túnel, cujas vítimas foram colocadas em quarentena — algumas morreram e a maioria desejou estar morta, mas se recuperaram depois de tudo —, ela não tivera muito trabalho.

Naquele dia, no entanto...

Havia três novos prisioneiros.

Todos homens.

Todos supostamente vindos de Vallenia — capital de Evalon, o maior reino de Wenderall.

As carruagens eram raras nos meses de inverno, em especial as que vinham de territórios do sul, como Evalon. Em geral, os prisioneiros provenientes de lugares tão distantes eram mantidos em calabouços nas cidades ou em prisões temporárias nos vilarejos até o degelo da primavera, quando seria menos provável que morressem durante as semanas de viagem. Às vezes, os próprios guardas não sobreviviam à jornada, atravessando o Deserto de Belhare e as Montanhas Tanestra, principalmente quando o tempo estava ruim e as nevascas tomavam as estradas. Aqueles cuja jornada havia começado em Vallenia também precisavam atravessar Wildemeadow e o Pântano Crewlling, então cortavam caminho pelos Bosques Lacrimosos — uma jornada árdua na melhor das hipóteses, sobretudo quando combinada com o tratamento bárbaro dos guardas de transporte.

Inverno, verão, primavera ou outono, não importava a estação ou de onde os prisioneiros vinham: o trajeto para chegar e partir de Zalindov era sempre arriscado. Localizada ao norte de Evalon, próxima às fronteiras de Mirraven e Caramor, a prisão não era de fácil acesso a partir de nenhum dos oito reinos de Wenderall. No entanto, todos a utilizavam, trazendo cidadãos transgressores dos quatro cantos do continente sem se preocupar se sobreviveriam à jornada.

De fato, dos três homens que chegaram naquele dia e foram enviados direto para a enfermaria, apenas um precisou dos cuidados de Kiva, já que os demais haviam feito a passagem para o mundo-eterno, os corpos pálidos e rígidos. Ainda não emanavam o odor da decomposição, o que indicava que a morte devia ser recente, mas pouco importava. Estavam mortos. Nada poderia trazê-los de volta.

Mas o terceiro... A pulsação em seu corpo era uma surpresa, por mais fraca que fosse.

Olhando para ele, Kiva se perguntava se ainda lhe restava uma hora de vida.

Esforçando-se para ignorar os dois cadáveres cobertos nas mesas de metal à direita, ela examinou o homem que ainda estava vivo, tentando decidir por onde começar. Ele precisava de um banho, não apenas por estar extremamente sujo, mas também porque Kiva não conseguia identificar quanto do sangue que o cobria era dele próprio, tampouco se havia feridas que precisavam ser tratadas.

Alongando os ombros em movimentos circulares, ela enrolou as mangas de tecido gasto até os cotovelos, estremecendo quando o material áspero e cinza arranhou a pele ainda em cicatrização de seu antebraço direito. Não se permitiria pensar no que os guardas haviam feito com ela três noites atrás, ou no que poderia ter acontecido caso a nova guarda — a jovem de olhos atentos e cor de âmbar — não tivesse aparecido na hora certa.

Kiva ainda não compreendia por que a mulher havia interferido e alertado os demais sobre o descontentamento do diretor. Os guardas não eram tolos. Sabiam que, embora Zalindov fosse governada de maneira severa, o diretor não tolerava abuso de poder da parte dos guardas. Isso, no entanto, não os impedia de violentar os prisioneiros. Apenas tomavam cuidado para não serem pegos.

A nova guarda ainda não perdera a fagulha de honra, de *vida*, em seus olhos cor de âmbar, o que costumava acontecer depois de algumas semanas na prisão, dando lugar a um rancor pungente. Era a única explicação que Kiva conseguia encontrar para ela ter intervindo. Porém, por mais que fosse grata, agora sentia que *devia* algo à guarda com olhos cor de âmbar, e dever algo a alguém em Zalindov nunca era um bom presságio.

Afastando os pensamentos ansiosos, Kiva buscou água fresca usando um balde de madeira e voltou para o lado do homem. Com cuidado e metodicamente, começou a limpá-lo, removendo as camadas de roupas esfarrapadas no processo.

Jamais se esqueça, ratinha: nenhum de nós é igual ao outro, mas todos somos belos, cada um à própria maneira. O corpo humano é uma obra-prima que merece nosso respeito. Sempre.

Kiva conteve um suspiro enquanto a voz do pai ecoava em sua mente. Havia se passado muito tempo desde a última vez que fora tomada por uma lembrança da infância. Muito tempo desde que ouvira "ratinha", apelido que recebera quando criança por conta dos gritos agudos que dava ao se assustar. Muito tempo desde que sentira a ardência das lágrimas em seus olhos.

Pare com isso, pensou. *Não se permita isso.*

Respirando fundo, deu a si mesma três segundos para se recompor, e então, resoluta, continuou o trabalho. O coração doeu com a lembrança do conselho gentil do pai, e seus pensamentos involuntariamente viajaram de volta aos dias que ela passara no ateliê dele, ajudando-o com os aldeões que o procuravam por causa de uma enfermidade ou outra. Suas memórias mais antigas eram de quando estava ao lado do pai — buscando água, cortando linho, até mesmo esterilizando lâminas, quando atingiu idade suficiente para não se machucar no processo. De todos os irmãos, ela era a que nascera com a mesma paixão do pai pela cura, a que ansiava por aliviar o sofrimento alheio.

Ainda assim, ali estava, prestes a marcar a pele de mais um homem.

Sentiu uma coceira na coxa, que ignorou.

Cerrando os dentes, Kiva afastou as lembranças e voltou a se concentrar em remover o que restava das roupas do homem, deixando-o apenas com as peças íntimas. Não sentia desconforto ao vê-lo deitado diante dela, quase nu. Para ela, era algo rotineiro vê-lo sob um olhar profissional, unicamente para examinar as lesões em sua pele. De maneira inconsciente, conseguia ver a beleza de seu corpo tonificado e da pele dourada que surgia sob o sangue que ela continuava limpando, mas, em vez de sentir curiosidade sobre o estilo de vida que o fizera adquirir um físico assim — e sobre o que o levara até Zalindov —, temia o que isso significaria para ele quando despertasse. O homem tinha músculos definidos o bastante para revelar sua força, o que poderia atrair a atenção de maneira negativa e fazer com que lhe designassem o pior tipo de trabalho.

Talvez, no fim das contas, fosse melhor que não acordasse.

Repreendendo a si mesma pelo pensamento, Kiva redobrou os cuidados ao limpá-lo, ciente, como sempre, de que cada um de seus movimentos estava sendo observado pelo guarda. Naquele dia, era o Carniceiro quem estava parado à porta, substituindo Ossada após a troca de turno. "Carniceiro" e "Ossada" não eram seus nomes de verdade, mas os prisioneiros tinham razões válidas para os apelidos. O Carniceiro raramente era visto longe do Abismo, o bloco de punições que ficava na extremidade nordeste, próxima aos muros. Seu nome era, ao mesmo tempo, um alerta e uma condenação para aqueles que eram enviados para lá, pois a maioria jamais retornaria. Ossada, por outro lado, era visto com frequência, geralmente patrulhando a prisão do topo dos muros de calcário com uma balestra sobre os ombros, ou posicionado nas torres de vigia. Por mais que não aparentasse ser tão ameaçador quanto Carniceiro, sua predileção por fraturar os ossos dos prisioneiros por puro capricho fazia com que Kiva sempre tivesse o cuidado de permanecer a uma boa distância dele.

Não era comum que dois homens tão violentos estivessem a serviço da enfermaria, mas os prisioneiros andavam inquietos. A chegada do inverno fazia com que todos ficassem mais agitados que o normal. Com as geadas recorrentes, a escassez de comida aumentou em níveis nunca vistos, já que o mau clima afetava as plantações e limitava o que os trabalhadores conseguiam colher nas fazendas. Quando não atingiam a cota diária — o que acontecia havia semanas —, sofriam as consequências mais do que ninguém, tanto em seus estômagos quanto nas mãos dos guardas que os supervisionavam.

O inverno era cruel em Zalindov. *Todas* as estações eram cruéis em Zalindov, mas o inverno era especialmente impiedoso com os detentos — como era do conhecimento de Kiva depois de dez anos de experiência. Sabia muito bem que os dois cadáveres a seu lado não seriam os únicos que mandaria até o necrotério naquela semana, e muitos outros trilhariam o mesmo caminho até os crematórios antes do fim da estação.

Removendo o que restava do sangue no peito do homem, Kiva analisou a pele recém-limpa, atenta ao grande hematoma que cobria o abdômen. Havia um caleidoscópio de cores em sua pele, o que indicava que ele levara uma surra mais de uma vez durante a viagem vindo de Vallenia. No entanto, depois de uma cuidadosa inspeção, Kiva estava confiante de que não havia sangramento interno. Alguns cortes fundos demandariam mais cuidados, mas não eram suficientes para explicar a quantidade de sangue que cobria o corpo do homem. Com certo alívio, ela começava a perceber que as feridas mais graves deviam ser dos colegas de viagem, agora mortos. O homem talvez tivesse tentado conter o fluxo de sangue, ainda que em vão, com o intuito de salvar a vida deles.

Ou... talvez tivesse sido ele quem os matou.

Nem todos os enviados a Zalindov eram inocentes.

A maioria não era.

Com os dedos um pouco trêmulos, Kiva voltou a atenção para a face do homem. Ela havia se concentrado primeiro em seus órgãos vitais, então o rosto dele permanecia coberto por uma camada de sangue e sujeira densa o bastante para que fosse difícil distinguir seus traços.

Em outros tempos, Kiva teria começado pela cabeça, mas aprendera anos antes que havia pouco a ser feito quando se tratava de lesão cerebral. Era melhor se concentrar em colocar todo o restante em ordem e torcer para que a pessoa acordasse com as faculdades mentais intactas.

Desviando o olhar do rosto sujo do homem para a água igualmente suja no balde de madeira, Kiva mordeu o lábio enquanto considerava suas opções. A última coisa que queria era ter que pedir algo ao Carniceiro, mas precisava de água limpa para terminar o trabalho — não apenas para lavar o rosto e os cabelos do homem, mas para limpar melhor suas feridas antes de suturá-las.

Os pacientes sempre devem vir primeiro, ratinha. As necessidades deles antes das suas, sempre.

Kiva respirou devagar enquanto a voz do pai invadia sua mente, mas dessa vez a dor em seu peito foi quase reconfortante, como se ele estivesse bem a seu lado, falando em seu ouvido.

Ciente do que o pai faria se estivesse em seu lugar, Kiva ergueu o balde e se virou para a porta. Os olhos claros do Carniceiro encontraram os dela, e uma antecipação sombria se espalhou pelo rosto avermelhado do guarda.

— Preciso de um pouco... — A voz tímida de Kiva foi interrompida antes que ela pudesse terminar o pedido.

— Estão chamando você no bloco de isolamento — informou a guarda de olhos cor de âmbar ao surgir às costas do Carniceiro, distraindo-o. — Eu ficarei aqui.

Sem dizer uma palavra — mas lançando a Kiva um olhar malicioso que a fez estremecer —, o Carniceiro deu meia-volta e foi embora, esmagando as pedras de cascalho do caminho que levava à enfermaria.

Kiva desejou que a água no balde estivesse limpa o suficiente para que pudesse tirar de sua pele a sensação do olhar do guarda. Prendendo uma mecha de cabelo atrás da orelha para esconder o desconforto, levantou o rosto para encontrar o olhar da guarda de olhos cor de âmbar.

— Preciso de água limpa — disse Kiva, com menos medo da mulher do que do Carniceiro, mas ainda assim cautelosa ao manter a voz baixa e a postura submissa.

— Onde está o garoto? — perguntou a guarda. Em resposta ao olhar incerto de Kiva, a mulher esclareceu: — O garoto gago de cabelos ruivos. O que ajuda você com tudo isso — falou ela, gesticulando ao redor da enfermaria com a mão enluvada.

— Tipp? Foi mandado para a cozinha durante o inverno. Há mais tarefas para ele lá.

Na verdade, Kiva teria ficado grata pela ajuda de Tipp com os pacientes em quarentena durante o último surto de febre do túnel. Os outros dois prisioneiros alocados para trabalhar na enfermaria tinham traços hipocondríacos e ficavam o mais longe possível de qualquer tipo de doença. Por causa deles, a carga de trabalho de Kiva era tão grande que, além das poucas horas reservadas para seu sono toda noite, o restante de seu tempo era dedicado unicamente a cuidar dos inúmeros detentos de Zalindov — uma tarefa desgastante até mesmo no inverno, quando os recém-chegados eram poucos. Com a primavera, ela teria uma fila de mãos para marcar com a letra Z, e essa tarefa seria combinada às responsabilidades rotineiras acerca da saúde dos prisioneiros. Mas, pelo menos, Tipp estaria de volta a essa altura e amenizaria um pouco da pressão, mesmo que fosse apenas ajudando-a com pequenas tarefas como trocar a roupa de cama e manter as coisas o mais limpas possível em um ambiente notoriamente não esterilizado.

Naquele momento, no entanto, Kiva não tinha nenhuma ajuda; estava por conta própria.

A guarda de olhos cor de âmbar parecia estar considerando as palavras de Kiva enquanto estudava o lugar, notando o sobrevivente seminu de rosto sujo e corpo coberto de hematomas, os dois cadáveres e o balde de água suja.

— Espere aqui — disse ela, finalmente.

Então saiu da enfermaria.

CAPÍTULO 3

Kiva não ousou mover um músculo sequer até o retorno da guarda, minutos depois. Em seu encalço, vinha um jovem que ela conduzia enfermaria adentro. Assim que viu Kiva, o rosto sardento do garoto se iluminou com um enorme sorriso que revelava um espaço entre os dois dentes frontais.

Com o cabelo vermelho-vivo e os enormes olhos azuis, a aparência de Tipp lembrava uma vela acesa. Seu modo de agir também, cheio de energia e esbanjando empolgação. Aos onze anos, nada parecia aborrecê-lo. Apesar da zombaria e das decepções que precisava aguentar todos os dias, ele levava sua luz aonde quer que fosse e sempre tinha uma palavra bondosa e uma postura gentil com os prisioneiros que mais precisavam dele. Era agradável até mesmo com os guardas, apesar de serem severos e impacientes com o garoto.

Kiva nunca vira alguém como Tipp. Com certeza não em um lugar como Zalindov.

— K-K-Kiva! — exclamou Tipp, indo até ela.

Por um momento, pareceu prestes a abraçá-la, como se não se vissem havia anos, não dias, mas se conteve no último segundo ao ler a linguagem corporal dela.

— Eu n-não sabia por que Naari estava me t-t-trazendo aqui. Fiquei t-t-t--t-t... — Ele fez uma careta e tentou outra palavra. — Fiquei p-preocupado.

Kiva olhou para a guarda, nada surpresa ao descobrir que Tipp, amistoso como era, sabia o nome dela. Naari. Ao menos Kiva não precisaria mais pensar nela como a mulher de olhos cor de âmbar.

— A curandeira precisa de ajuda, garoto — disse Naari em tom entediado. — Vá buscar água limpa para ela.

— É pra já! — respondeu Tipp, entusiasmado.

O garoto se abaixou para pegar o balde, todo desajeitado. Por um momento, Kiva achou que ele fosse derramar toda a água de sangue e lama pelo chão da enfermaria, mas Tipp saiu pela porta levando o balde antes que ela pedisse que tomasse mais cuidado.

Um silêncio desconfortável pairou na sala.

Kiva pigarreou.

— Obrigada — murmurou ela. — Quer dizer, por buscar Tipp.

A guarda — Naari — assentiu.

— E... por aquela noite também — acrescentou Kiva, em voz baixa.

Não olhou para as marcas de queimadura em carne viva em seu braço, não chamou atenção para o fato de que alguns guardas haviam decidido que ela serviria de entretenimento naquela noite.

Não foi a primeira vez.

Não foi nem mesmo a pior das vezes.

Mesmo assim, estava grata pela intervenção.

Naari assentiu de novo. O movimento foi rígido, e Kiva era esperta o bastante para saber que não deveria dizer mais nada. Mas era estranho. Agora que sabia o nome da guarda, se sentia menos apreensiva, menos... intimidada.

Cuidado, ratinha.

Ela não precisava do eco do alerta de seu pai. Naari tinha o poder da vida e da morte nas mãos — da vida e da morte de *Kiva*. Era uma guarda de Zalindov, uma arma personificada, a morte encarnada.

Repreendendo-se mentalmente, Kiva voltou devagar até o sobrevivente e começou a checar o pulso do homem para se manter ocupada. Ainda estava fraco, mas mais forte do que antes.

Tipp voltou do poço em tempo recorde, trazendo o balde de madeira transbordando de água limpa e fresca.

— O que aconteceu c-com eles? — perguntou o garoto, apontando para os dois mortos enquanto Kiva começava a lavar delicadamente o rosto do sobrevivente.

— Difícil dizer — respondeu Kiva, olhando de soslaio para Naari e estudando sua reação ao vê-los conversando.

A guarda parecia indiferente, então Kiva continuou:

— Mas este aqui estava coberto do sangue dos outros dois.

Tipp encarou o homem, pensativo.

— Acha que ele os m-matou?

Kiva enxaguou e torceu o pano que usava, depois continuou a limpar as camadas de lama.

— Isso importa? Alguém acredita que ele fez alguma coisa, do contrário não estaria aqui.

— Daria uma b-boa história — observou Tipp, dirigindo-se à bancada de madeira para pegar os itens dos quais Kiva precisaria a seguir.

Uma expressão de ternura tomou seu rosto diante do cuidado do garoto, mas ela se policiou para parecer indiferente antes que ele voltasse.

Criar laços em Zalindov era perigoso. Importar-se com as pessoas só resultava em dor e sofrimento.

— Tenho certeza de que você vai transformar isso em uma boa história, mesmo que não seja — respondeu Kiva, finalmente começando a limpar o cabelo do homem.

— Mamãe s-sempre disse que eu seria contador de histórias quando crescesse — contou Tipp, com um sorriso.

As mãos de Kiva estremeceram, e ela sentiu um aperto no coração ao pensar em Ineke, mãe de Tipp, pela primeira vez em três anos. Depois de ser acusada de roubar as joias de uma aristocrata, Ineke foi mandada para Zalindov. Tipp, na época com oito anos, não quis soltar a mãe, então foi jogado dentro da carruagem junto com ela. Seis meses depois, Ineke se cortou acidentalmente enquanto trabalhava no matadouro, mas os guardas não permitiram que ela fosse à enfermaria até ser tarde demais. A infecção já tomara seu coração, e ela morreu em questão de dias.

Naquela noite, Kiva abraçara Tipp por horas a fio enquanto as lágrimas silenciosas do garoto ensopavam suas roupas.

No dia seguinte, de olhos vermelhos e rosto inchado, a criança dissera apenas sete palavras: *Ela g-gostaria que eu s-seguisse em frente.*

E assim fizera o garoto. Com todas as suas forças, Tipp *seguira em frente.* E Kiva estava determinada a garantir que ele continuasse sua vida — *fora* de Zalindov. Um dia.

Sonhar era para os tolos. E Kiva era a mais tola de todos.

Voltando a atenção para o homem deitado à sua frente, desmanchou devagar os nós do cabelo sujo dele. Não era comprido, o que ajudou, mas tampouco era curto. Inspecionando as mechas mais de perto, perguntava-se se devia raspar tudo. Mas não havia sinal de infestações, e depois de estarem lavados do sangue e da sujeira e terem começado a secar, os fios revelaram uma cor dourada e viva, entre o loiro e o castanho, além de um brilho lustroso que se tornou mais perceptível.

Cabelo saudável, físico saudável. Duas coisas raras em recém-chegados a Zalindov.

Mais uma vez, Kiva se perguntou que tipo de vida o homem levara para ter um fim tão drástico.

— Será que v-você vai desmaiar? — perguntou Tipp, surgindo ao lado dela com uma agulha esculpida em osso e um rolo de categute.

— O quê?

Tipp gesticulou com a cabeça para o homem.

— Desmaiar. Porque ele é b-bonitão — explicou o garoto.

Kiva franziu o cenho.

— Porque ele é... — Ela voltou os olhos para o rosto do homem, prestando atenção pela primeira vez. — Ah. — Sua expressão se fechou ainda mais. — É óbvio que não vou desmaiar.

Então, com um sorriso travesso, Tipp provocou:

— Não tem problema se d-desmaiar. Eu seguro você.

Olhando para ele de cara feia, Kiva abriu a boca para responder, mas antes que tivesse a oportunidade de dizer algo, Naari surgira ao lado deles, aproximando-se com passos silenciosos e rápidos.

Sobressaltada, Kiva emitiu um som agudo sem perceber, mas a guarda não desviou os olhos do homem deitado na superfície de metal.

Não, não era um homem. Agora que estava limpo o suficiente para que fosse possível discernir seus traços, Kiva podia ver que não era um adulto. Mas também não era mais um garoto. Talvez tivesse dezoito ou dezenove anos, talvez fosse apenas um ou dois anos mais velho do que ela.

Naari continuava encarando-o, então Kiva fez o mesmo. Sobrancelhas arqueadas, nariz reto, cílios longos... o tipo de estrutura facial que deixaria um pintor arrebatado. Havia um corte em formato de meia-lua acima do olho esquerdo que precisaria ser suturado; era profundo o bastante para deixar uma cicatriz em sua pele dourada. Mas, exceto por esse detalhe, o rosto dele estava intacto. Diferente do restante de seu corpo, como Kiva descobrira ao lavar sua pele. As costas dele eram cobertas por cicatrizes entrecruzadas, parecidas com as cicatrizes das costas de Kiva e de outros prisioneiros que também haviam sido flagelados. Mas as dele não tinham a aparência característica das provocadas por um açoite; Kiva não sabia que tipo de tiras poderia ter deixado cicatrizes como aquelas, altas e grossas como vergões. Os ferimentos se limitavam às suas costas e a algumas marcas no restante de seu corpo, além das recentes que adquirira durante a jornada até Zalindov.

— E *v-você*, Naari? V-vai desmaiar?

As palavras de Tipp atraíram a atenção de Kiva, que arfou, surpresa, ao perceber que ele se dirigia à guarda. Os prisioneiros *jamais* deveriam fazer perguntas aos guardas.

30

E pior, ele estava... *provocando* a guarda.

Kiva tentara proteger Tipp ao máximo desde a morte de sua mãe, mas havia um limite para o que poderia fazer. E agora, depois disso...

O olhar de Naari finalmente desviou do rosto do jovem, e ela semicerrou os olhos ao se deparar com o sorriso brincalhão de Tipp e o temor na expressão de Kiva, que a prisioneira tentara esconder sem sucesso. Mas tudo que disse foi:

— Será preciso segurá-lo para que não se mexa caso acorde.

Kiva soltou o ar, zonza de alívio. Então seguiu o olhar de Naari e viu o que havia na outra mão de Tipp. O bisturi já aquecido, com a lâmina em brasa.

Era óbvio. Kiva não apenas teria que suturar o jovem, mas também marcá-lo. A questão era: o que deveria fazer primeiro? Pelo jeito, a guarda já havia tomado a decisão por ela; sua postura era tudo que Kiva precisava para pegar o bisturi e deixar de lado a agulha e o fio de sutura. Estes viriam depois, com sorte assim que a guarda estivesse a uma distância segura.

— Eu s-seguro — ofereceu Tipp, contornando o corpo do rapaz e se posicionando do lado oposto ao de Kiva.

Ele parecia ignorar por completo o perigo do qual milagrosamente escapara e o olhar desesperado que recebia de Kiva.

— Segure as pernas, então — ordenou Naari. — Este aqui parece ser bem forte.

Forte. A palavra fez o estômago de Kiva revirar. Não havia nenhuma chance de ele ser mandado para a cozinha ou para as oficinas. Com certeza seria incumbido do trabalho pesado.

Seis meses. Era o tempo que ele duraria. Um ano, se tivesse sorte.

Então sucumbiria.

Kiva não conseguia deixar de se preocupar. Nos últimos dez anos, assistira a muitas mortes, testemunhara muito sofrimento. O destino de mais um homem não mudaria nada. Ele era apenas um número — D24L103, de acordo com a pulseira de metal fixada em seu pulso pelos guardas de transporte.

Ao fazer o primeiro corte nas costas da mão esquerda do rapaz, Kiva ignorou a fisgada em sua perna e tentou se lembrar da razão pela qual estava fazendo aquilo, a razão pela qual estava contrariando tudo o que um curandeiro deveria ser ao deliberadamente ferir outras pessoas.

Estamos em segurança. Não morra. Nós iremos até você.

Não tivera notícias de sua família desde o último bilhete, e, devido ao avanço do inverno, não esperava receber algo até que houvesse um fluxo considerável de novos prisioneiros, na primavera. Mas ela continuava se agarrando às palavras mais recentes, à garantia, ao pedido, à promessa.

Kiva fazia o que precisava fazer — curava as pessoas, mas também as feria. Fazia isso para continuar viva. Para ganhar tempo até que sua família pudesse resgatá-la, até que ela pudesse escapar.

Esse rapaz... o processo de marcar sua pele estava sendo um dos mais fáceis, o que tornava a culpa que Kiva sentia menos difícil de suportar. Como ele já estava inconsciente, ela não precisaria olhar seus olhos cheios de dor enquanto a lâmina rasgava sua pele, não precisaria senti-lo tremer ao seu toque, não precisaria vê-lo encarando-a como o monstro que ela era.

Tipp sabia — vira Kiva gravar inúmeros prisioneiros, e nunca a julgara nem olhara para ela de um jeito que não fosse acolhedor.

Os guardas não se importavam com a tarefa dela, só queriam que fosse feita depressa. Naari não era exceção, nem mesmo tendo acabado de chegar. No entanto, dentre todos eles, a guarda de olhos cor de âmbar foi a única a deixar transparecer um vestígio de repulsa. Mesmo naquele momento, sua mandíbula estava cerrada ao ver Kiva afundar a lâmina afiada na pele do jovem. As mãos enluvadas de Naari seguravam os ombros dele, prendendo-o à mesa de metal, com receio de que ele despertasse.

Kiva trabalhou depressa e, quando terminou, Tipp já se adiantara e trouxera o pote de seiva de azevém e um retalho de linho limpo. Como se estivesse convencida de que não havia risco de o novo prisioneiro acordar e estragar o Z recém-gravado, a guarda retornou até a porta, reassumindo seu posto sem dizer uma única palavra.

— Que pena que ele tenha c-c-cortado o rosto — comentou Tipp.

Kiva finalmente terminou de enfaixar a mão do rapaz, então começou a suturar as feridas abertas e a aplicar seiva antibactericida.

— Por quê? — murmurou Kiva, sem dar muita atenção ao que o menino dizia.

— Vai estragar o rosto b-bonito dele.

Kiva pausou a sutura que fazia em um corte no lado direito do peito do prisioneiro.

— Bonito ou não, ele ainda é um homem, Tipp.

— Qual o problema?

— O problema é que a maioria dos homens é asquerosa.

Um silêncio desconfortável tomou a enfermaria, interrompido apenas por um discreto bufar vindo de Naari, quase como se ela tivesse achado aquilo *engraçado*.

Tipp finalmente se manifestou.

— Eu sou homem. Não sou a-asqueroso.

— Você ainda é muito novo. Vamos ver daqui a um tempo — retrucou Kiva.

Tipp riu, contrariado, achando que era uma piada. Kiva não tentou esclarecer. Por mais que *esperasse* que Tipp continuasse a ser doce e atencioso, as chances eram pequenas. O único homem que Kiva respeitava era seu querido pai. Mas... ele era um ponto fora da curva.

Sem se deixar dominar pela nostalgia dessa vez, Kiva terminou de suturar o restante dos cortes no abdômen e nas costas do rapaz com agilidade e eficiência. Ela se certificou de que não havia feridas em suas pernas e se preparou para suturar seu rosto.

Nesse momento, quando Kiva posicionava a agulha sobre sua sobrancelha, ele abriu os olhos.

CAPÍTULO 4

Kiva recuou, espantada, enquanto o jovem se sentava em um movimento brusco e repentino. Era impossível dizer quem estava mais surpreso: ela, o rapaz, Tipp ou a guarda.

— Mas o quê... — balbuciou ele, olhando ao redor, aflito. — Quem... Onde...

— Fique calmo — disse Kiva, erguendo as mãos.

Os olhos do jovem focaram a agulha de osso e em seguida as manchas de sangue no braço dela — manchas do sangue *dele*. No segundo seguinte, ele pulou da mesa de metal com um solavanco e começou a recuar devagar para a outra extremidade da sala, como um animal encurralado.

Percebendo que Naari se aproximava depressa, Kiva tentou mais uma vez acalmar o rapaz antes que as coisas fugissem do controle.

— Você está em Zalindov. E se feriu na vinda para cá. Eu estava... — desnorteada, ela mostrou com calma as mãos ensanguentadas — ... costurando você.

Nesse momento, ele avistou a guarda. Kiva notou que os olhos dele eram azuis, mas havia um aro dourado no centro, em torno da pupila. O olhar era penetrante, diferente de qualquer outro que ela já vira.

Olhos impactantes em um rosto impactante. Era impossível negar que agora ele estava acordado, mas, ainda assim, o que ela dissera a Tipp era verdade: não desmaiaria tão cedo.

Ao avistar a guarda armada, algo no rapaz pareceu esmorecer, como se finalmente estivesse voltando a si, começando a compreender onde estava e, talvez, se lembrando *do porquê*. Parou de recuar, embora já não pudesse ir a lugar algum, uma vez que estava encostado na bancada, e desviou o olhar de Naari para Tipp, que, boquiaberto e de olhos arregalados, permanecia imóvel. O rapaz observou o próprio corpo, notando que estava nu, com curativos em suas feridas e a mão recém-enfaixada. Então finalmente se voltou para Kiva, parecendo ter chegado a uma conclusão.

— Peço perdão — disse ele, em tom calmo e suave. — Não foi minha intenção assustar você.

Kiva piscou, desconcertada.

— Hã, tudo bem — respondeu ela, hesitante.

No fim das contas, a *primeira coisa* que o rapaz vira depois de recobrar a consciência tinha sido Kiva debruçada sobre ele segurando uma agulha ensanguentada. Para todos os efeitos, tinha sido *ela* quem o assustara.

— Você precisa se sentar. Deixe eu terminar de fechar o corte no seu rosto.

Ele estremeceu ao tocar a sobrancelha. Quando afastou a mão, havia sangue em seus dedos. Kiva comprimiu os lábios para conter o impulso de repreendê-lo. Agora ela teria que limpar o corte outra vez antes de suturá-lo.

O rosto do jovem ficou pálido, como se ele tivesse sido tomado de repente por um cansaço extenuante, o choque enfim passando. Kiva e Tipp avançaram para socorrê-lo assim que os joelhos do novo prisioneiro cederam.

— Está t-t-tudo bem — disse Tipp, que mal chegava à altura do peito do rapaz, mas mesmo assim sustentava boa parte de seu peso. — Nós vamos t-tomar conta de você.

Enquanto isso, Kiva tentava segurá-lo sem espetá-lo com a agulha. Já havia causado danos suficientes à pele dele.

— Sinto muito — desculpou-se o jovem, a voz mais fraca. — Eu não... não estou me sentindo muito bem.

Ele gemeu, desorientado.

— Tipp! — bradou Kiva, como uma ordem.

O garoto conhecia aquele tom tão bem quanto ela, então saiu depressa enquanto Kiva grunhia ao ser obrigada a sustentar sozinha todo o peso do rapaz. Com esforço, conseguiu arrastá-lo pelo restante do caminho até a mesa de metal, a tempo de sentá-lo e de Tipp retornar com um balde vazio. Kiva posicionou o balde assim que o jovem gemeu outra vez, inclinou o corpo para a frente e vomitou.

— Essa foi por p-pouco — brincou Tipp, sorrindo.

Kiva não respondeu, apenas permaneceu segurando o balde com firmeza enquanto o rapaz continuava vomitando.

Não era surpresa. Lesões na cabeça costumavam causar náusea. Ele iria se sentir péssimo até que Kiva conseguisse tratar a ferida e fazer com que tomasse um pouco de leite de papoula. Se ao menos tivesse permanecido inconsciente por mais alguns minutos, o jovem não teria que sentir dor enquanto ela terminava os curativos.

Quando pareceu que ele finalmente havia esvaziado o estômago, Kiva o ajudou a se deitar e entregou o balde a Tipp, que desapareceu depressa porta afora.

— Desculpe — disse o jovem, com a voz ainda mais fraca e o rosto preocupantemente pálido.

— Pare de se desculpar — respondeu Kiva, sem pensar.

Ele poderia se desculpar se quisesse, a decisão era dele. O que dizia ou fazia não era da conta dela.

Kiva olhou para Naari, que estava parada entre a porta e o rapaz, como se não soubesse dizer se ele era uma ameaça ou não. Visto que o prisioneiro mal conseguia ficar sentado, Kiva não estava preocupada e comunicou isso a Naari com o olhar. A guarda não recuou, mas seus ombros relaxaram um pouco.

— Vou terminar rápido e dar alguma coisa para aliviar a dor — explicou Kiva. — Depois disso, você pode ir.

Higienizando a ferida com eficiência pela segunda vez — e sentindo-se grata pelo fato de o rapaz manter os olhos fechados —, Kiva se curvou sobre ele, inspecionando o corte e pensando na melhor maneira de suturá-lo. Quando Tipp voltou com o balde depois de limpá-lo, ela pediu em voz baixa para que o menino fosse buscar roupas limpas e o observou sair correndo da enfermaria outra vez.

Sabia que, mesmo que se esforçasse para fechar a ferida, não conseguiria evitar a dor.

— Tente não se mexer. Isso aqui vai doer um pouco agora — alertou Kiva.

De repente, os olhos do jovem se abriram, o azul-dourado encontrando o verde dos olhos de Kiva e fazendo com que ela ficasse sem fôlego por um instante. Segundos... minutos... Ela não sabia dizer quanto tempo se passara até que desviou o olhar, concentrando-se novamente no corte aberto. O olhar do rapaz permaneceu em seu rosto. Ela conseguia senti-lo observando-a enquanto a agulha penetrava a pele dele.

A única reação foi um leve estremecer.

O coração dela, no entanto... batia duas vezes mais rápido.

Passar a agulha, laço, nó.

Passar a agulha, laço, nó.

Passar a agulha, laço, nó.

Kiva deixou que o ritmo constante a acalmasse, consciente de que o jovem a observava durante todo o processo. Se isso era necessário para impedi-lo de se desvencilhar, ela poderia lidar com o próprio desconforto.

— Quase pronto — avisou Kiva, como faria com qualquer outro paciente.

— Está tudo bem. — Depois de um breve silêncio, ele acrescentou: — Você é muito boa nisso. Não estou sentindo quase nada.

— Ela pratica b-bastante — interveio Tipp, reaparecendo ao lado de Kiva.

Ela se sobressaltou, mas, felizmente, não estava no meio de um ponto da sutura.

— Tipp, o que foi que eu disse sobre...

— Desculpe! Desculpe! — falou o menino. — Sempre esqueço que você s-se assusta fácil.

Ela não *se assustava fácil*. Estava em uma *prisão* para onde as pessoas eram enviadas para *morrer*. Era um motivo mais do que justo para viver sobressaltada.

— Pronto — informou Kiva, cortando o último ponto e aplicando a seiva de azevém. — Ajude-o a se sentar, Tipp.

Ela deu a instrução de maneira casual, torcendo para que o garoto não comentasse nem perguntasse o motivo pelo qual *ela* não ajudaria o jovem a se levantar. Normalmente era algo corriqueiro, mas sua pulsação ainda não voltara ao ritmo normal depois daquele mero contato visual, então ela decidiu que seria inteligente manter o máximo de distância profissional dele, além de não tocar sua pele desnuda tão cedo.

— Vou buscar um pouco de leite de papoula, então você pode...

— Não precisa.

As duas palavras do jovem foram firmes o suficiente para que Kiva o olhasse outra vez, franzindo a testa.

— Não vai ser muito, só o bastante para aliviar a dor — explicou. — Vai ajudar com o corte na cabeça. — Ela gesticulou para os hematomas, os cortes e os talhos no corpo dele. — E também com todo o resto.

— Não precisa — insistiu ele.

Diante do tom resoluto, Kiva sugeriu, devagar:

— Tudo bem... Que tal pó de anjo? Posso...

— Não, de jeito nenhum — recusou ele. Seu rosto voltou a adquirir um tom pálido. — Não quero nada. Estou me sentindo bem. Obrigado.

Kiva o analisou. A postura dele estava rígida, os músculos tensos, como se estivesse se preparando para um confronto. Ela se perguntou se algo acontecera com ele durante o período em que estava sob efeito de alguma das substâncias ou se já tivera uma overdose. Talvez conhecesse alguém dependente. Qualquer que fosse o motivo, além de obrigá-lo a tomar os remédios, ela não tinha escolha a não ser acatar a recusa dele, mesmo sabendo que seria prejudicial para seu estado de saúde.

— Está bem — respondeu Kiva. — Mas aceite pelo menos um pouco de de pó de raiz de pimenta. Não vai fazer a dor passar completamente, mas vai ajudar um pouco. — Ela fez uma pausa, pensando. — Se combinarmos isso a um pouco de broto-de-salgueiro para aliviar a náusea e também junça para dar energia, talvez baste para ajudar você a passar pelo que... virá a seguir.

O rapaz arqueou uma das sobrancelhas douradas, mas não questionou o fim da frase de Kiva nem voltou a recusar as opções de tratamento. Em vez disso, assentiu brevemente enquanto seu rosto retomava a cor natural aos poucos.

Kiva lançou um olhar a Tipp, e o garoto saiu em disparada para buscar os ingredientes. A raiz de pimenta funcionava muito bem quando polvilhada sobre feridas, mas também era possível triturá-la até que virasse uma pasta para ser ingerida por via oral, alcançando nociceptores do corpo inteiro. Ela nunca havia combinado cinzas com broto-de-salgueiro e junça, mas o cheiro da mistura fez com que franzisse o nariz e encarasse o jovem, como se perguntasse se ele realmente não preferia o leite de papoula de sabor adocicado ou o pó de anjo que lembrava caramelo, duas substâncias que desceriam muito mais fácil.

Em resposta, ele segurou o recipiente com a mistura e, sem dizer uma palavra, engoliu tudo de uma vez.

Kiva notou que Tipp fazia uma careta drástica e se conteve para não imitá-lo. O jovem, no entanto, mal estremeceu.

— Hum, deve fazer efeito daqui a alguns minutos — explicou Kiva, abismada. Então apontou para o conjunto de túnica e calça cinza na beirada da mesa de metal. — São para você.

Enquanto ele se vestia, Kiva se ocupou levando o recipiente de volta para a bancada e deixou Tipp responsável por ajudá-lo. Quando já tinha guardado todos os ingredientes em seus devidos lugares e não conseguia mais fingir que estava ocupada, ela se voltou para o outro lado da sala. Todos a observavam, aguardando. Até mesmo Naari.

Olhando incisivamente para a guarda, Kiva perguntou:

— Não é agora que você deveria levá-lo?

Ela não sabia dizer o que a afetava tanto naquele rapaz. Todos os seus instintos de autopreservação estavam desnorteados. Em outra ocasião, *ja-*

mais teria falado com um guarda de maneira tão direta. Não havia sobrevivido na prisão por dez anos sendo imprudente.

Naari ergueu um pouco as sobrancelhas escuras como se soubesse o que Kiva estava pensando... e concordou. Mas enquanto a garota pensava em como implorar perdão para evitar ser punida, a guarda apenas disse:

— Ele vai ficar com você. E você vai ficar encarregada de orientá-lo.

Kiva ficou surpresa. Nunca era responsável por orientar prisioneiros. Já fizera isso uma ou duas vezes quando ainda estava nas oficinas, mas não depois de assumir o papel de curandeira da prisão.

— Mas... E quanto aos... — balbuciou Kiva. Depois tentou de novo: — Preciso cuidar de outros pacientes.

Naari ergueu ainda mais as sobrancelhas, varrendo a enfermaria vazia com os olhos.

— Acho que seus pacientes podem esperar — disse a guarda, gesticulando com a cabeça para os dois cadáveres.

Kiva havia se referido aos prisioneiros que estavam em quarentena, mas a postura de Naari se enrijecera, então ela engoliu a resposta. A orientação não levaria muito tempo. Mostraria Zalindov para o jovem, descobriria em qual bloco das celas ficaria encarcerado e depois o levaria até seus companheiros de confinamento, com quem ele passaria a noite. No dia seguinte, o rapaz descobriria o lugar em que deveria trabalhar e outra pessoa o ajudaria a partir dali.

— Tudo bem — respondeu ela, limpando as mãos ainda cobertas do sangue dele em um pano úmido. Quando estavam praticamente limpas, Kiva se dirigiu até a porta da enfermaria. — Pode me acompanhar.

Quando Tipp também se precipitou para segui-la, ela o deteve, dizendo por cima do ombro e apontando com o queixo para os dois cadáveres:

— Pode ir atrás de Mot e avisar que há uma coleta a ser feita?

Tipp deu alguns passos, arrastando os pés e evitando o olhar de Kiva.

— Mot não está muito c-contente comigo — falou o menino.

Kiva parou em frente à porta.

— Por quê?

Tipp parecia, no mínimo, muito desconfortável. Olhou de Kiva para Naari, depois de volta para Kiva, e ela percebeu que deveria ser algo ruim se ele estava conseguindo manter o filtro social diante da guarda.

— Certo, eu mesma faço isso — falou ela, com um suspiro. — Pode dar uma olhada nos pacientes em quarentena? Use máscara e não chegue muito perto deles.

— Não era apenas f-f-febre do túnel?

— É melhor prevenir do que remediar — alertou Kiva, antes de sair pela porta com o rapaz em seu encalço.

E... Naari junto.

Kiva olhou para a guarda e desviou o olhar depressa, inquieta com a companhia constante. Era normal que houvesse guardas alocados em todos os prédios — exceto na enfermaria, pelo menos antes da última onda de motins —, mas nunca seguiam os detentos nas áreas abertas da prisão. Não era necessário. Zalindov era vigiada dia e noite de diversas torres e por diversos guardas que patrulhavam toda a prisão, humanos e caninos, treinados para rasgar pele humana ao soar de um simples assovio.

A companhia de Naari era inquietante e fazia com que Kiva se perguntasse se a guarda suspeitava de que o jovem era mais perigoso do que parecia. Outra razão para que Kiva fosse breve na orientação.

Depois de uma rápida reflexão, virou para a esquerda e seguiu em direção ao prédio adjacente. O som das pedras sendo esmagadas pelos pés do pequeno grupo era alto no ar tranquilo de fim de tarde. Em breve, os outros prisioneiros voltariam para suas celas, se já não estivessem lá. Mas, por ora, a prisão estava silenciosa. Quase serena.

— Qual é o seu nome?

Kiva ergueu o olhar depressa e se deparou com o jovem caminhando a seu lado, calmo. Olhava para ela, esperando uma resposta. Apesar do corpo machucado e surrado e de estar em um ambiente novo e desconhecido, parecia completa e *inexplicavelmente* à vontade.

Ela se lembrava de seu primeiro dia em Zalindov, do momento em que pusera o pé para fora da enfermaria, aninhando a mão enfaixada, ciente de que sua família, sua liberdade e seu futuro haviam sido tirados dela em uma só rasteira. Não perguntara o nome de ninguém. Essa era a última coisa em que pensara.

— Sou a curandeira da prisão — respondeu Kiva.

— Seu nome não é esse. — Ele esperou um instante, então disse: — Meu nome é Jaren.

— Não aqui — retrucou ela, desviando o olhar. — Aqui você se chama D24L103.

Deixaria que ele lidasse sozinho com a informação de como — e por quê — ela se aproximara o suficiente para memorizar o número de identificação em sua pulseira. Ele deveria estar sentindo, deveria ter se dado conta do que latejava sob a faixa em sua mão. Kiva ouvira falar sobre os métodos de Zalindov para marcar seus prisioneiros muito antes de chegar ali, quando tinha apenas sete anos. Era impossível que esse rapaz — *Jaren* — não soubesse sobre o Z antes de ser arremessado na carruagem até ali. Era o que acontecia com todos os enviados a Zalindov.

Ela esperou a reação de horror e de raiva, sentimentos que geralmente a atingiam enquanto gravava o símbolo. Mas ele estivera inconsciente, então agora era a hora. Não a afetaria. Não havia nada que ele pudesse dizer que ela já não tivesse ouvido antes.

— D24L103 — repetiu o jovem, inspecionando os caracteres na pulseira de metal.

Seu olhar pousou sobre o curativo na mão, como se pudesse enxergar os três cortes fundos através das ataduras.

— É longo demais. Acho que vai ser mais fácil me chamar de Jaren.

Atônita, Kiva virou o rosto bruscamente para ele e percebeu que seus olhos em tons de azul e dourado estavam iluminados com um ar de diversão. *Diversão.*

— Isso é uma piada para você? — perguntou ela, hostil, parando no caminho de cascalho entre a enfermaria e o prédio vizinho. — Você sabe onde está, não sabe?

Kiva abriu os braços como se o movimento fosse obrigá-lo a enxergar. Embora a luz do dia estivesse esvaecendo à medida que o crepúsculo começava a pairar sobre a ampla extensão da prisão, os altos muros de calcário que cercavam o perímetro se erguiam por todos os lados ao redor dos dois, garantindo que fosse impossível não se lembrar de que estavam presos como ratos em uma gaiola.

O humor de Jaren se dissipou, e ele olhou para Naari, depois de volta para Kiva.

— Você tem razão. Me desculpe.

Coçou o pescoço, parecendo constrangido.

— Acho que... Não sei bem como agir aqui dentro.

Kiva respirou fundo e relaxou os ombros, lembrando a si mesma de que as pessoas lidavam com medo e incertezas de maneiras diferentes. Humor era um mecanismo de defesa, e com certeza não era o pior deles. Precisava ter mais paciência com o rapaz.

— Estou aqui para isso — continuou, agora mais gentil. — Para explicar o que você precisa saber. Para ajudá-lo a sobreviver aqui.

— E há quanto tempo *você* sobrevive aqui?

Kiva sustentou o olhar dele.

— Há tempo suficiente para ser uma boa orientadora.

Ele pareceu satisfeito com a resposta, seguindo-a sem argumentar quando ela recomeçou a andar. Ao pararem diante da porta do prédio vizinho, Kiva disse:

— Pensei que o primeiro lugar que você deveria visitar tinha que ser também o último.

Jaren a encarou, confuso, e Kiva acenou com a cabeça em direção à porta escura, concluindo:

— Bem-vindo ao necrotério.

CAPÍTULO 5

Kiva entrou no prédio de pedra gelado acompanhada pelo jovem, torcendo o nariz ao sentir o odor acre que permeava o ambiente do chão às paredes. Em uma pequena bancada na lateral da sala quadrada, havia um incenso queimando, mas não era o suficiente para disfarçar o cheiro de morte, uma mistura desagradável de carne podre e leite azedo.

As pedras que rodeavam o ralo do necrotério, posicionado bem no centro do lugar, tinham manchas marrom-avermelhadas. Apenas uma pequena parcela dos prisioneiros era embalsamada, geralmente aqueles de famílias mais privilegiadas, autorizadas a receber seus entes queridos após a morte. Pairava no ar um aroma de tomilho, alecrim e lavanda que fazia cócegas no nariz de Kiva, mas ela não conseguia identificar o cheiro de vinho, o que indicava que já havia algum tempo desde a última tentativa de preservação.

Placas de pedra estavam distribuídas em distâncias iguais ao redor do ralo e, embora não houvesse cadáveres sobre elas, o cheiro era pungente como nos dias em que o necrotério estava abarrotado. O prisioneiro encarregado do lugar, Mot, era imune ao odor, mas nem mesmo os guardas monitoravam aquele prédio por muito tempo, incapazes de tolerar o fedor constante.

— Boa noite, Kiva — cumprimentou Mot de trás da bancada, sentado em um banco.

Suas costas eram meio curvadas e o cabelo grisalho estava ficando ralo no topo da cabeça.

— Como posso ajudar? — perguntou ele.

Kiva ouviu Jaren sussurrar o nome dela para si mesmo e suspirou silenciosamente.

— Tenho dois para coleta — disse Kiva ao velho.

Ele era relativamente novo em Zalindov, chegara havia apenas um ano e meio. Velho demais para ser útil no trabalho pesado, fora enviado para a enfermaria. No entanto, sua fascinação pela morte fizera com que servisse mais como obstáculo do que como assistência. Em mais de uma ocasião, pacientes com enfermidades simples haviam morrido sob seus cuidados. A situação se tornara tão problemática que, pela primeira — e única — vez, Kiva fizera um pedido ao diretor para que Mot fosse transferido para outro lugar. O pedido acabou tendo um resultado melhor do que o previsto, já que Mot fora boticário antes de ser enviado para Zalindov. Assim, foi comodamente transferido para o necrotério, onde se tornou o principal responsável pela função em poucos meses. Na verdade, até mesmo agradecera Kiva pelo pedido de transferência, dizendo que se sentia quase em casa.

Kiva ainda não sabia como conciliar a figura do senhor solícito à do homem que, como descobrira mais tarde, fora enviado para Zalindov por dar falsos diagnósticos para os clientes a fim de testar neles remédios experimentais, o que resultara em diversas mortes. Mas não importava o que ele havia feito do lado de fora daqueles muros. Na prisão, os dois tinham um trabalho a fazer e, por razões óbvias, a enfermaria ficava perto do necrotério.

— Dois, hein? — confirmou Mot, organizando uma pilha de pergaminhos. — A febre do túnel ainda está acabando com eles?

Kiva fez que não com a cabeça.

— Recém-chegados. Não sobreviveram à jornada.

Os olhos turvos de Mot se voltaram para Jaren. Naari permanecia à porta, e Kiva invejava seu acesso ao ar livre.

— Você é novo aqui, menino? — perguntou Mot, as juntas estalando ao se levantar.

Jaren olhou para Kiva como se esperasse permissão para responder. Talvez, no fim das contas, entendesse a gravidade de estar em Zalindov, mas ela não era a pessoa a quem ele deveria se submeter. Apesar disso, assentiu de leve, e ele respondeu Mot com um simples "Sim, senhor".

— Essa foi boa! — exclamou Mot em voz alta, com um sorriso largo, deixando à mostra os dentes podres, iluminados pelas lâmpadas fixadas nas paredes de pedra.

— Ouviu isso aí, Kiva? *Senhor.* Quanto respeito.

Ele deu uma piscadinha para ela.

— Gostei dele.

— Mot...

— Mantenha sua curandeira por perto, menino — falou Mot, interrompendo Kiva. — Vai ser bem-cuidado. Pode confiar.

Kiva comprimiu os lábios em uma linha fina. Não era a curandeira *de Jaren*. Era a curandeira *de Zalindov...* a curandeira *de todos*.

— Pode buscar os corpos antes de encerrar o expediente, Mot? — pediu Kiva, relaxando a mandíbula.

Mot acenou com a mão, desinteressado.

— Claro, claro. Mas vão ter que esperar para ir ao forno. A Grendel já começou com a leva de hoje.

Kiva não queria saber quando os dois homens seriam cremados contando que não entrassem em decomposição em sua enfermaria.

— Tudo bem. Tipp está dando uma olhada nos pacientes em quarentena agora, mas pode chamá-lo caso precise de ajuda.

Mot semicerrou os olhos.

— Tipp?

Tarde demais, Kiva lembrou por que *ela* estava no necrotério, e não seu assistente. Como ainda não sabia o que acontecera, tentou ser vaga.

— Ele não vai atrapalhar a menos que o chame.

— Não sabe o que o pirralho me fez?

Kiva voltou o olhar para Naari, mas ela estava de costas, virada para o lado de fora. Era impossível saber se estava ouvindo ou não.

— Talvez não devêssemos...

— Ele quase me matou do coração. Foi isso que ele fez — queixou-se Mot, parecendo zangado. — Meus olhos não são mais o que eram antes. Como é que ia ver o menino prostrado debaixo do corpo?

A expressão dele se tornou ainda mais carrancuda.

— Quando cheguei perto, ele se sentou de repente, segurando o defunto — prosseguiu Mot. — Mexeu os braços dele, fazendo algazarra. Pois eu achei que os mortos estavam voltando para se vingar.

Kiva ouviu Jaren tossir às suas costas, mas não ousou olhar para ele, não quando ela mesma estava tentando conter o riso.

— Vou ter uma conversa com ele — prometeu Kiva quando sentiu que conseguiria falar com seriedade. — Não vai acontecer outra vez.

— Melhor mesmo! Quase me mata do coração. Não aguento outra dessas. — Então acrescentou, como se o pensamento tivesse lhe ocorrido depois: — E os mortos merecem respeito.

Era verdade. Kiva *de fato* teria uma conversa com Tipp. Não apenas a pedido do encarregado do necrotério, mas para o bem do garoto. Se tivesse sido pego... se algum dos guardas tivesse visto a travessura... jamais teria saído do necrotério.

Kiva sentiu um calafrio, mas o afastou e prometeu de novo a Mot que teria uma conversa séria com Tipp. Em troca, Mot deu sua palavra de que buscaria os corpos imediatamente. Satisfeita, ela foi embora às pressas, com Jaren a seguindo, e os dois inspiraram fundo quando chegaram ao lado de fora.

— Ele parece ser uma figura — comentou Jaren.

Kiva não respondeu, lançando um rápido olhar a Naari, mas pela expressão da guarda não foi possível saber se havia ouvido a conversa sobre as desventuras de Tipp. Se sim, restava a Kiva esperar que ela não se importasse o suficiente para denunciá-lo. Anteriormente, o diretor havia feito vista grossa diante de algumas brincadeiras de Tipp, mas apenas quando Kiva tivera algo para oferecer pela segurança do garoto. As fofocas na prisão andavam escassas nos últimos tempos, então ela não tinha nenhuma moeda de troca e uma apreensão dominava seu estômago.

Olhando em volta, afastou a preocupação crescente e pensou em qual seria o próximo passo, tentando se lembrar da própria orientação. As imagens, os sons, os cheiros... tudo desaparecera de sua memória. Ela só se lembrava do que sentira.

Medo.

Luto.

Desamparo.

A combinação violenta dos três obscurecera todo o resto.

Jaren, no entanto, não parecia abalado. Desconfiado, talvez. Com certeza inseguro. Mas... também a olhava com curiosidade, esperando pacientemente pelo que ela iria dizer ou fazer em seguida.

Kiva se decidiu.

— Seja lá o que você ouviu sobre Zalindov antes de chegar aqui, pode esquecer — disse ela, virando à esquerda e se esforçando para ignorar o som dos passos de Naari esmagando as pedras atrás deles.

— Ouvi dizer que é a prisão da morte. Que pouquíssimas pessoas saem daqui vivas. E que está cheia de assassinos e rebeldes — explicou Jaren.

Kiva quase não conseguiu conter um olhar para Naari, que denunciaria *exatamente* a razão pela qual ela não deveria ficar responsável por orientar novos prisioneiros.

— Certo. É isso mesmo, tente se lembrar de tudo — respondeu ela.

— Você é uma assassina? Ou uma rebelde? — perguntou o rapaz.

46

O canto da boca de Kiva se ergueu em um sorriso contido. Ela achava divertido, mas, acima de tudo, queria zombar dele.

— Se estiver planejando sobreviver por mais de uma noite, não pergunte a ninguém o motivo de estar aqui. É falta de educação.

Jaren estudou a expressão dela, pensativo, antes de voltar a atenção para o caminho de cascalho. Levou a mão ferida à barriga — a primeira demonstração de que sentia dor, embora ela duvidasse que a mão fosse o maior de seus problemas.

— Você não quer saber o que eu fiz? — indagou ele, em voz baixa.

— Algo que você precisa saber sobre Zalindov é que quem você era lá fora... — ela apontou para além dos muros de calcário — ... não significa nada aqui dentro. Então, não. Não quero saber o que você fez, porque não importa.

Era uma dupla mentira, mas Jaren não a conhecia bem o suficiente para perceber, então não tocou mais no assunto.

Soltando o ar devagar, Kiva parou quando chegaram ao prédio depois do necrotério. Também fora construído com pedras escuras, e o chão perto da entrada estava coberto de cinzas. Duas grandes chaminés se erguiam do telhado e havia um pouco de fumaça saindo de uma delas.

— Os dois crematórios de Zalindov — apresentou Kiva em um tom inexpressivo. — A maioria dos mortos é trazida para cá para ser cremada, assim prevenimos a propagação de doenças.

Ela apontou para a chaminé desligada.

— A segunda só é utilizada quando o forno da primeira quebra — prosseguiu —, ou em casos de surtos e execuções em massa, quando uma só não basta.

Jaren ergueu as sobrancelhas.

— Acontece com frequência?

— Surtos de doenças? Algumas vezes.

— Não. — Ele assistiu à fumaça subir lentamente no ar. — Execuções. Kiva não ousou olhar para Naari ao responder:

— Todo dia.

Jaren estava com uma expressão fechada ao se voltar para ela.

— E com que frequência acontecem execuções em massa?

— Não é tão comum, mas também não é algo que nunca acontece — respondeu Kiva, quase aliviada por ele estar fazendo aquelas perguntas.

Jaren precisava saber qual poderia ser seu destino caso andasse minimamente fora da linha.

Jaren analisou o rosto de Kiva, e ela permitiu que ele fizesse isso na esperança de que compreendesse a seriedade do assunto, a magnitude do perigo que corriam, vinte e quatro horas por dia, sete dias por semana.

Por fim, ele assentiu, retraindo-se quando o movimento balançou sua cabeça.

— Entendi.

Ela acreditou. Havia um sulco em sua testa que não estivera lá antes, uma sombra nos traços de seu rosto, um novo peso em seus ombros.

Talvez, no fim das contas, sobrevivesse.

Pelo menos até que seu corpo não pudesse mais suportar qualquer que fosse o trabalho que o esperava.

— Vamos. Precisamos visitar mais lugares — disse Kiva, indo em direção à parte central da prisão.

No caminho, o cascalho deu lugar a uma mistura de grama morta e terra, e Kiva pensava na melhor maneira de situar Jaren.

— Zalindov é um hexágono — explicou, ainda caminhando. — Seis muros largos o suficiente para serem patrulhados do topo, com torres de vigia tripuladas nos seis cantos.

Gesticulou em direção às torres que podiam ser vistas de onde estavam e depois apontou para além delas.

— Pelo seu estado quando chegou, acho que você esteve inconsciente durante a parte final do trajeto.

Quando ele confirmou, Kiva continuou:

— Então você perdeu as verdadeiras boas-vindas à Prisão Zalindov. Antes dos portões de ferro na entrada, antes dos criadouros, da pedreira, do depósito de madeira e de todas as outras coisas do lado de fora dos muros mais próximos, há outra barreira perimetral com mais oito torres de vigia. Também há sempre uma patrulha de guardas. E cães.

Ela se certificou de que Jaren prestava atenção ao alertá-lo:

— Não se dê ao trabalho de tentar escapar. Nenhum prisioneiro conseguiu atravessar os muros externos que contornam a prisão e continuar vivo.

Jaren não respondeu. Parecia finalmente estar começando a compreender a realidade de Zalindov. A cor que voltara a seu rosto desaparecia outra vez, embora isso também pudesse decorrer da dor crescente. Kiva não fazia ideia de quanto tempo a mistura que dera a ele duraria. Jaren provavelmente não conseguiria se manter de pé por muito mais tempo.

— Para dentro dos muros do hexágono, há quatro torres extras e independentes — explicou Kiva, enquanto se aproximavam de uma delas.

Era uma construção de pedra em formato retangular que se erguia, imponente, em direção ao céu. No topo, havia uma plataforma aberta que a circundava. De onde estava, Kiva conseguia ver dois guardas caminhando pela plataforma e sabia que havia outros do lado de dentro.

— Combinadas com as seis torres nos muros do hexágono, oferecem uma visão do alto de toda a área interna da prisão. Há alguém vigiando a todo momento... nunca se esqueça disso.

Mais uma vez, Jaren não respondeu.

Kiva continuou até chegarem à distância máxima permitida do centro da prisão.

— A enfermaria, o necrotério e os crematórios ficam no muro a noroeste.

Ela apontou para trás, indicando o caminho que haviam percorrido.

— Se continuássemos dando a volta, chegaríamos às oficinas. Tudo, desde costura a serviços administrativos, é feito lá. Se tivéssemos seguido a direção oposta, virando à direita ao sair da enfermaria, teríamos chegado aos canis, ao alojamento central onde a maioria dos guardas dorme, e ao bloco de recepção ao lado dos portões de entrada, onde os novos prisioneiros são registrados.

Jaren semicerrou os olhos na luz crepuscular, observando naquela direção. Seu olhar se tornava um pouco desfocado à medida que a dor aumentava.

— É lá que recebemos os visitantes?

A pergunta pegou Kiva de surpresa.

— Prisioneiros não podem receber visitas.

— Como assim? Nunca? — indagou Jaren, voltando-se para ela depressa.

O movimento fez com que seu corpo oscilasse, e Kiva precisou resistir ao impulso de ir até ele para ajudá-lo a se equilibrar.

— Quer dizer que... — continuou. — Você não disse há quanto tempo está aqui.

Ela deu de ombros e desviou o olhar. Era resposta suficiente.

— Sinto muito, Kiva.

Três palavras ditas na voz grave e gentil de Jaren foram quase o bastante para que ela desmoronasse. Três palavras amáveis vindas de um estranho, afetando-a a ponto de provocar lágrimas que ardiam em seus olhos. Era esse o fundo do poço?

Estamos em segurança. Não morra. Nós iremos até você.

Não podia ser tão fraca, não na frente de Jaren e com certeza não na frente de Naari. Sua família precisava que ela continuasse forte.

Superando o peso em seu peito, Kiva endireitou a postura e disse, com firmeza:

— Não há motivo para pena. Meu papel como curandeira de Zalindov pode ser ajudar você e os demais, mas estou aqui por um motivo como todos os outros. Assassinos e rebeldes... é o que somos. Você mesmo disse.

Jaren ficou em silêncio por um longo tempo. Então, devagar, repetiu:

— Então... sem visitas.

Quando Kiva assentiu, austera, ele continuou:

— Não estou perdendo muita coisa. Não gostaria que minha família viesse mesmo. — Ele soltou uma risadinha breve. — E eles muito menos.

Uma faísca de curiosidade se acendeu em Kiva. Soava como se ele e a família fossem distantes, e ela se perguntou se teria a ver com qualquer que tenha sido o motivo de ele ter ido parar em Zalindov. Entretanto, percebeu que ele ainda a observava com atenção e notou o que estava fazendo: distraindo-a, dando a ela um momento para se recompor, oferecendo uma brecha para conversar que ela poderia aceitar ou não.

Mas... por que faria algo assim?

Era por isso que ela não gostava de ser responsável por orientações. Significava ter que *conversar* com eles. Passar tempo com eles. Conhecê-los. Ela preferiria permanecer sozinha na enfermaria, tendo contato com os prisioneiros quando estivessem machucados ou doentes para depois mandá-los embora outra vez. O que estava acontecendo naquele momento... Ela não gostava daquilo.

Recusando o convite, ela prontamente reassumiu seu posto de guia.

— Há coisas demais para te mostrar hoje, e você vai esquecer quase tudo de qualquer forma — disse Kiva, em parte por querer se livrar dele, em parte porque o rapaz ainda estava cambaleando e ela não gostaria de carregá-lo até sua cela. — A maioria das coisas que precisa aprender vai depender do trabalho que vão designar para você, e amanhã você vai descobrir qual é.

Kiva deu mais alguns passos e parou diante de um prédio em formato de redoma, construído com uma variedade de pedras. Encostando a mão aberta na parede lateral, explicou:

— Fora do horário de trabalho, os prisioneiros podem andar livremente por toda a prisão. Por isso, caso se perca, procure pelas quatro torres de vigia internas e vá até o centro. Você vai acabar aqui, bem no meio de Zalindov, e vai conseguir se situar outra vez.

— O que é isso? — perguntou Jaren, inspecionando a construção de formato incomum.

— A entrada dos túneis — respondeu Kiva.

50

— Já ouvi falar deles. — Jaren levou a mão sem curativo à cabeça, como se estivesse tentando aliviar alguma dor.

— Parece meio idiota para mim. Tipo um convite para tentativas de fuga.

Kiva riu, sarcástica, e Jaren se virou para ela, surpreso com a reação. A garota voltou a ficar séria de imediato.

— Lá embaixo é um labirinto. Quilômetros e quilômetros de túneis. Se alguém fosse idiota o suficiente para *tentar* fugir, nunca mais encontraria a saída. Além disso, a maioria dos túneis é submersa. Pelo menos parcialmente.

— A fonte hídrica de Zalindov — disse Jaren.

— Há mais de três mil detentos aqui. Sem água, todos nós morremos.

Ela acenou com a cabeça em direção ao prédio em formato de redoma.

— Não parece grande coisa aqui de fora, mas é só uma entrada para o que tem lá embaixo. Tudo acontece no subterrâneo, bem abaixo de nós... não apenas o cavar de mais túneis, mas também o bombeamento de água no aquífero.

Por pouco ela não disse que o trabalho daqueles que cavavam túneis e que bombeavam água eram os piores de Zalindov. O trabalho na pedreira chegava perto, em terceiro lugar, seguido pelo trabalho dos lenhadores e dos que realizavam as colheitas.

— Agora, esqueça os túneis por um momento e preste atenção para não se perder — disse ela a Jaren, principalmente porque os olhos dele estavam se tornando mais e mais turvos à medida que se demoravam ali.

Ela se virou e apontou:

— A enfermaria fica naquela direção.

Depois virou em sentido horário e apontou novamente.

— Alojamento, bloco de recepção, portões de entrada.

Virou-se mais uma vez.

— A usina de processamento de grãos, o armazenamento de alimentos e o depósito de lumínio logo atrás.

Outra volta.

— Cozinhas e refeitório — explicou Kiva, continuando depois de uma pausa. — Você vai receber o horário das refeições durante a atribuição de trabalho amanhã. Não pule refeições. As porções são escassas, especialmente no inverno, e você vai precisar de toda força que puder acumular.

Kiva esperou até que ele murmurasse, concordando, e girou outra vez.

— As celas ficam depois do refeitório. É para onde estamos indo agora. Há dez no total, com mais ou menos trezentos detentos por bloco.

Jaren arregalou os olhos.

— *Trezentos*? Todos dormindo no mesmo prédio?

— Espere até ver as latrinas. Você não faz ideia.

Kiva se compadeceu da expressão de horror de Jaren.

— Você se acostuma — disse ela. — Há três andares em cada bloco, então na verdade são cem pessoas por andar. E, sinceramente, em um ou dois dias você vai estar cansado demais para se importar.

Isso se ele sobrevivesse até lá.

Jaren fez uma careta.

— Isso deveria servir de consolo?

Dessa vez, Kiva *de fato* olhou para Naari, já que esse era outro exemplo perfeito do motivo por que ela não deveria estar fazendo a orientação. A guarda nem mesmo tentou esconder que achava graça.

Voltando-se para Jaren, Kiva tentou encontrar alguma forma de encorajá-lo.

— Não há nada que eu possa dizer que vá prepará-lo para o que está prestes a acontecer. Desculpe, é apenas a realidade de Zalindov. Este lugar vai testar seus limites e muito além disso. Mas não é impossível sobreviver. Sou prova viva disso.

Jaren sustentou o olhar dela ao perguntar em voz baixa:

— Qual é o seu segredo? Quer dizer, para sobreviver.

Kiva escolheu as palavras com cuidado antes de responder.

— Ajuda se você tiver uma motivação para viver. Para lutar. Faz com que você mantenha os pés no chão, te dá uma razão para sair da cama todos os dias de manhã. Para querer sobreviver. E, algumas vezes, a vontade é o que faz toda a diferença. Porque se você desiste aqui dentro — ela apontou para o próprio coração —, é a mesma coisa de já ter morrido.

Ele inclinou a cabeça para o lado.

— Qual é a sua motivação? Sua razão para viver?

Kiva ergueu uma das sobrancelhas.

— Isso *definitivamente* não é da sua conta.

Ela voltou a andar.

— Vamos para sua cela — continuou. — Você vai acordar se sentindo muito melhor depois de algumas horas de sono.

— Desculpe se tenho algumas perguntas — disse Jaren, contrariado.

Kiva sabia muito bem que os músculos machucados dele enrijeceriam durante a noite, e que por isso Jaren provavelmente acordaria se sentindo péssimo. Mesmo assim, um bom descanso ajudaria na recuperação.

— Por aqui — indicou ela.

Em silêncio, Kiva o conduziu.

Jaren e Naari a seguiram quietos por um tempo. Três pares de pés pelo cascalho, depois pela terra, depois pelo cascalho novamente, as respirações criando pequenas nuvens de vapor no ar à medida que a temperatura caía. Por mais que fosse comum nevar nas montanhas que cercavam Zalindov, a neve quase nunca caía tão baixo quanto na prisão. Mesmo assim, o frio era severo, e o chão costumava ficar coberto de gelo. Os piores dias aconteciam depois do solstício, que estava previsto para a semana seguinte. Kiva já estava se preparando para todas as doenças relacionadas à baixa temperatura que teria que tratar antes da primavera.

Estavam perto do destino final quando Jaren apontou para o muro a nordeste e observou:

— Você não disse o que tem naquela direção.

Naari pigarreou alto, o que fez com que Kiva se perguntasse se ela não deveria responder. A guarda não se manifestou, então a garota respondeu:

— É onde fica o Abismo.

— O Abismo?

— O bloco de punições de Zalindov.

Kiva pôde ouvir a incredulidade na voz de Jaren quando ele disse:

— Então além de nos fazerem trabalhar até a morte, há *mais* punições?

Jaren não sabia de metade da história, e Kiva não queria *de jeito nenhum* ser a pessoa a contar. Mas ele precisava ser alertado, então ela o puxou pela manga e o fez parar de andar, semicerrando os olhos na luz baixa para encontrar os dele. Embora as torres de vigia tivessem holofotes móveis de lumínio que os guardas poderiam apontar para onde quisessem, lá embaixo Zalindov ficava em meio ao breu quando a noite caía — o que estava muito perto de acontecer, já que os últimos resquícios da luz do dia haviam esvanecido enquanto eles voltavam dos túneis.

— Ninguém sabe o que acontece no Abismo. Só sabemos que é ruim. Os guardas alocados lá são conhecidos por serem... criativos.

Kiva deixou a última frase no ar.

— A maioria dos prisioneiros não sai de lá — continuou — e aqueles que saem nunca mais são os mesmos. Por isso, se você valoriza sua vida, faça o que for preciso para evitar ser enviado para o Abismo. Entendido?

Jaren felizmente não argumentou nem fez perguntas.

— Entendido.

Kiva olhou para Naari e, com o máximo de respeito possível, perguntou:

— Ele foi colocado em que bloco?

— No sete. Segundo andar.

Kiva rangeu os dentes e seguiu naquela direção. É *óbvio* que Jaren havia sido mandado para o mesmo bloco de celas que ela. Ao menos estavam em andares diferentes, já que ele fora alocado um nível abaixo.

Kiva só parou ao chegarem em frente às enormes portas de entrada do comprido prédio retangular que, a partir dali, serviria de abrigo para os dois — e trezentos outros.

— Entre e suba as escadas à esquerda, depois escolha um pallet para você no segundo andar — instruiu ela. — As câmaras de banho e as latrinas ficam no fim do corredor no térreo. A água na área dos chuveiros não é aquecida, então seja rápido e não molhe suas roupas ou vai pegar um resfriado.

Kiva se forçou a encontrar o olhar de Jaren ao acrescentar:

— Não há separação de gêneros nos dormitórios e nos banheiros, então há uma regra tácita sobre respeito. Os guardas não a reforçam, mas a vida aqui já é difícil sem que precisemos nos preocupar constantemente com agressões sexuais, então os prisioneiros tentam cuidar uns dos outros.

Jaren franziu as sobrancelhas.

— Não parece muito seguro.

— Não é — confirmou Kiva. — Mas a causa das preocupações raramente são os prisioneiros. Como eu já disse, todos estão cansados demais para causar problemas desse tipo.

Atento à escolha de palavras de Kiva, Jaren perguntou:

— E quanto aos guardas?

A garota desviou o olhar. Seu antebraço pulsava como um lembrete.

— Eles não ficam tão cansados.

Quando ela olhou para Jaren novamente, o rapaz cerrou a mandíbula.

— Eles já... Você alguma vez...

— Essa é outra pergunta que você jamais deve fazer aqui — interrompeu Kiva, firme.

Não conseguia deixar de notar a presença de Naari a apenas alguns passos de distância, silenciosa e imóvel.

Jaren pareceu estar prestes a argumentar, mas ergueu a mão sem curativo e a correu pelo cabelo, nervoso, perguntando:

— Algo mais que eu deva saber?

Kiva o encarou.

— Há muitas outras coisas que você tem que saber, mas o principal é: na Prisão Zalindov, a única pessoa em quem você deve confiar é si mesmo.

Depois, ela se virou e seguiu de volta para a enfermaria com passos fortes. A orientação de Jaren estava oficialmente completa.

CAPÍTULO 6

— Soube que um dos recém-chegados sobreviveu — disse o diretor Rooke, bebericando um líquido cor de âmbar de um copo de cristal.

Em pé, altivo e imponente, observava através da janela, no topo do muro na extremidade sul. Embora a maioria dos guardas tivesse aposentos particulares no alojamento, o diretor vivia acima de todos. Vigiando... sempre vigiando.

— Os companheiros dele não?

Kiva balançou a cabeça. Estava sentada, rígida, na sala de estar do diretor, pouco menos de uma hora depois de deixar Jaren e Naari em frente ao bloco sete, onde ficava a cela dos dois.

— Ambos mortos.

— Hum — murmurou Rooke, girando a bebida no copo.

De pele escura, cabelo curto e barba rente, ele se parecia com muitos dos outros guardas corpulentos. Mas a cicatriz era o que o destacava, marcando seu olho direito de cima a baixo, como um diamante cindido. Outro destaque era o ar de autoridade que ele emanava, acentuado pelo uniforme de couro preto e as botas meticulosamente polidas.

— O homem que sobreviveu estava coberto de sangue. Está muito ferido?

Cautelosa, sempre *extremamente cautelosa* com as informações que compartilhava, Kiva respondeu:

— Nada permanente.

O diretor Rooke sorriu, as rugas surgindo nas laterais dos olhos escuros.

— Que bom. Isso é bom.

Mais um prisioneiro do sexo masculino apto para o trabalho. Era tudo o que importava para o diretor. Pouco importava que Zalindov estivesse abarrotada como um formigueiro humano, mesmo com a exorbitante taxa de mortalidade.

Nos dez anos em que Kiva vivera na prisão, chegou à conclusão de que o diretor não era um homem ruim, mas friamente pragmático. E poderoso — muito poderoso, além de carregar nos ombros o fardo pesado da responsabilidade. Sua jurisdição em Zalindov significava que ele respondia não a um reino, mas a todos eles, já que havia condenados de todos os cantos aprisionados sob sua guarda. Mas, embora tivesse que obedecer a ordens diretas dos soberanos de todos os oito territórios, ficava, na maior parte do tempo, por conta própria, encarregado de supervisionar a gestão de detentos e guardas no dia a dia. O que fazia era somente de sua conta.

Kiva não tinha grande afeição pelo diretor Rooke. Sua lealdade era uma estratégia de sobrevivência, nada mais. Mesmo assim, sabia que ela e os outros detentos poderiam estar em uma situação ainda pior. Rooke ao menos tinha um senso de moralidade, por mais limitado que fosse. Não queria imaginar o que aconteceria se Carniceiro, Ossada ou qualquer um dos outros guardas mais violentos ocupassem a cadeira do diretor. Não restaria nada além de sangue e cinzas.

— Tem algo mais para me dizer hoje, Kiva?

O diretor a observava com atenção. Ele era sagaz, ela sabia. Sagaz demais para o gosto dela. Vivia e trabalhava em meio aos piores tipos de pessoa, e aprendera havia muito tempo como lê-las. Como ler *Kiva*.

— Os prisioneiros estão descontentes. Mas você já sabe disso — disse ela.

Rooke suspirou, tomando outro gole da bebida.

— Nesta época do ano sempre há problemas. Estão com fome. Com frio. Cansados. Não há muito que eu possa fazer em relação a isso.

Kiva discordava, mas continuou em silêncio. Mais porções de comida, roupas mais quentes e cobertores, um horário de trabalho reduzido — tudo isso eram medidas que o diretor poderia tomar. Mas os prisioneiros *não tinham* que se sentir bem. Nenhum deles estava em Zalindov a passeio. Estavam lá para trabalhar e, depois, morrer.

— E quanto aos rebeldes? — perguntou Rooke.

Kiva se endireitou na cadeira enquanto o diretor observava cada um de seus movimentos.

— Cresta ainda é a líder? — acrescentou.

Kiva correu a língua pelos lábios e, assentindo devagar, respondeu:

— Até onde sei, sim.

Rooke semicerrou os olhos ao repetir:

— Até onde sabe?

Ela se obrigou a olhar para ele.

— Os rebeldes não gostam de mim. Principalmente Cresta.

Kiva não podia culpá-los. Enquanto informante de Rooke — quisesse ela ou não —, merecia o desprezo dos colegas de prisão.

— Eles não me mantêm informada sobre seus líderes. Ou planos — explicou.

Esse era o máximo de firmeza que Kiva tinha coragem de mostrar, mas depois de anos de encontros com o diretor, se sentia mais segura com ele do que com qualquer outro guarda. E tinha razões para isso, ainda que soubesse que sua lealdade não garantia sua segurança.

O diretor massageou as têmporas.

— Kiva, sabe que respeito você. Sabe que até mesmo me importo com você. Provou suas habilidades como curandeira repetidas vezes e conquistou minha estima com seus anos de trabalho. Por esse motivo, preciso alertá-la.

Kiva se retesou.

— O dia em que exigirei mais de você está próximo — continuou Rooke. — Os rebeldes estão se tornando um problema dentro da prisão. Imagino que seja porque, fora daqui, o movimento deles avança, com o número de adeptos crescendo todos os dias enquanto aquela que eles chamam de rainha os conduz em direção a um massacre. São tolos.

Rooke balançou a cabeça, como se estivesse expressando pena.

O coração de Kiva disparou. Qualquer menção ao mundo exterior fazia com que ela desejasse saber mais. Na última década, só conseguira ouvir fragmentos do que acontecia além dos muros de Zalindov. Na época em que chegara à prisão, o movimento rebelde não passava de um punhado de nômades fervorosos buscando sua rainha perdida, em meio a sussurros sobre como ela tinha o direito legítimo de reivindicar o trono de Evalon — palavras de traição com graves consequências para aqueles que fossem pegos pela Guarda Real.

Quando já estava presa, Kiva soube que a Rainha Rebelde saíra de seu esconderijo e passara a liderar a causa com um único objetivo: vingança. Não buscava justiça, não buscava reivindicar a coroa. Não. A Rainha Rebelde queria vingança por tudo que haviam tirado dela. Por tudo o que perdera. Pelo reino e o poder que deveriam ter lhe pertencido desde o nascimento.

Pelas informações coletadas por Kiva ao longo dos anos, a Rainha Rebelde estava lentamente — muito lentamente — ganhando espaço.

Rooke os achava tolos. Kiva não estava tão certa disso.

— Eles têm uma energia, uma centelha, que está crescendo — continuou o diretor, referindo-se aos rebeldes da prisão. — Talvez ainda não seja muito, mas a menor faísca pode resultar em uma chama, e gostaria de evitar isso. Para o próprio bem deles.

Kiva estremeceu diante do olhar do diretor. Os rebeldes de Zalindov seriam executados em um piscar de olhos caso Rooke ou qualquer dos guardas descobrisse o menor indício de conspiração. Ainda que só estivessem planejando uma fuga ou algo mais simples, como inspirar os outros prisioneiros, ou até mesmo mobilizar mais pessoas para a causa. Não importava. Caso agissem — de *qualquer* jeito que fosse —, suas vidas seriam ceifadas.

Era uma tarefa difícil para Kiva se compadecer deles. Deveriam ter sido mais espertos, deveriam ter sido mais discretos, em vez de se descuidarem tanto a ponto de chamar a atenção do diretor. Ela acreditava que haviam cavado as próprias covas. A expressão em seu rosto provavelmente denunciou seus pensamentos a Rooke, que suspirou de novo, dessa vez mais alto.

— Apenas... veja o que consegue descobrir antes que eu a convoque de novo — disse ele. Depois virou o que restava de sua bebida e, olhando nos olhos de Kiva, concluiu: — Você pode ser uma curandeira habilidosa, mas posso encontrar outras pessoas para trabalhar na enfermaria. Seu valor está diretamente atrelado ao que pode me contar. Preciso de mais informações, Kiva. Informações *mais úteis*.

Ele se virou para a janela outra vez, deixando claro que Kiva estava dispensada. Ao ser escoltada por outro guarda de volta, a garota sentia o peito pesado e o estômago se revirar.

Não poderia dar a Rooke o que ele desejava. Não mentira para ele; os rebeldes de Zalindov a detestavam e achavam que era mais do que uma espiã do diretor. A suposta líder, Cresta, era a última pessoa no universo que confiaria uma informação a Kiva.

E, ainda assim, Kiva faria o que sempre fizera — encontraria uma forma de atender à demanda do diretor. Continuaria viva. Precisava continuar se quisesse rever sua família. De uma forma ou de outra, fossem quais fossem as consequências, descobriria como conseguir as informações solicitadas pelo diretor.

CAPÍTULO 7

Jaren foi enviado para trabalhar nos túneis.

Foi Tipp quem contou a Kiva; Tipp, que deixara a enfermaria, apressado, quando Kiva retornara naquela noite, correndo de volta para o bloco de celas que os três compartilhariam para se certificar de que Jaren conseguisse um pallet ao lado do dele; Tipp, que sussurrara os segredos de Zalindov para o recém-chegado, todos os alertas e dicas que Kiva falhara em compartilhar.

Ela dizia a si mesma que Jaren era como qualquer outro prisioneiro, que ela não queria nem precisava das atualizações frequentes de Tipp. Uma vez determinado o lugar de trabalho de Jaren, não havia chance de que ela fosse investir tempo ou energia em conhecê-lo mais a fundo, mesmo se quisesse — e não queria. Já tinha preocupações suficientes, e existia um relógio cronometrando o tempo que restava até a morte dele. Kiva conhecia as estatísticas: trinta por cento dos detentos que trabalhavam nos túneis não sobreviviam às seis primeiras semanas, e cinquenta por cento não viviam mais do que três meses.

Os dias de Jaren estavam contados.

Era uma pena, Kiva pensava, mas essa era a vida que levavam em Zalindov.

Em vez de perder tempo pensando no fim inevitável de Jaren, Kiva estava feliz pelo fato de a chegada dele ter trazido seu assistente de volta. Tipp não fora realocado para as cozinhas, então ainda estava ajudando-a na enfermaria com os pacientes em quarentena. Ela suspeitava de que Naari era responsável pelo retorno permanente do garoto, embora a guarda não tivesse voltado à enfermaria desde a orientação de Jaren. Kiva quase sentia falta da jovem estoica, especialmente durante os turnos de Ossada e Carniceiro. Algumas vezes, no entanto, a enfermaria ficava sem guarda algum, o que era um sinal de que as coisas estavam voltando ao normal em Zalindov. Algum tempo já se passara desde o último motim e, embora Rooke afirmasse que os rebeldes fossem um problema crescente, eles se mantinham quietos. Por enquanto.

A quarentena acabou aos poucos. Os pacientes que sobreviveram à batalha contra a febre do túnel voltaram a seus respectivos trabalhos, e aqueles que não sobreviveram foram enviados para o necrotério.

Dez dias se passaram, e Kiva retornou à rotina, cuidando de pacientes que precisavam de atendimentos breves enquanto mantinha-se atenta a qualquer informação que pudesse transmitir ao diretor. Em pouco tempo, estava sobrecarregada demais na enfermaria para pensar na tarefa da qual ele a incumbira, uma vez que o inverno dificultava a vida de todos os detentos, independentemente de seus locais de trabalho. Aqueles que trabalhavam em ambientes externos tinham hipotermia e ulcerações causadas pelo frio, enquanto aqueles cujo trabalho era no subsolo foram acometidos pela doença do suor, pois a água dos túneis era um prato cheio para as infecções bacterianas.

Com os problemas de saúde que se multiplicavam, Kiva ficou ocupada demais para pensar em qualquer outra coisa — ou qualquer outra pessoa. Onze dias depois da chegada de Jaren e minutos após Tipp ter saído para jantar, Kiva estava terminando o inventário da semana quando uma voz soou da porta da enfermaria.

— Estou interrompendo?

Kiva se voltou para a porta e se deparou com Jaren. Era a primeira vez que o via desde a orientação.

— Você está com uma aparência horrível — disse ela, sem conseguir se conter, enquanto gesticulava para que ele entrasse.

Jaren soltou um riso silencioso enquanto se aproximava, rígido.

— Gostei dos bons modos.

Kiva não argumentou.

— Estou surpresa por ainda estar vivo. Tinha certeza de que a esta altura estaria mandando você para o necrotério.

Ele riu novamente, dessa vez mais alto.

— A gentileza não tem fim.

Kiva não se permitiu sentir alívio por ele não apenas estar de pé, mas também aparentar estar bem-humorado. Jaren durara quase uma quinzena, muito mais do que vários outros prisioneiros, especialmente aqueles que trabalhavam nos túneis.

— Como posso ajudar, Jaren?

Ela percebeu seu erro de imediato, mas era tarde demais para voltar atrás e chamá-lo pelo número de identificação. Assim, ignorou a expressão satisfeita dele e começou a bater o pé, impaciente.

— Tipp disse que eu deveria vir aqui tirar os pontos. — Jaren fez uma pausa, coçando o queixo, e em seguida admitiu: — Ele me deu dez dias, então estou um dia atrasado, mas ontem foi um dia longo e eu peguei no sono assim que o jantar terminou.

Não havia emoção em sua voz, uma indicação de que estava esperando pena ou compaixão, portanto Kiva não teve.

— Sente-se — pediu ela antes de começar a separar o que precisava da bancada.

Jaren grunhiu de leve ao se acomodar no banco de metal mais próximo, e, embora Kiva não tenha expressado nenhuma reação, estremeceu internamente ao pensar na carga de trabalho exaustiva dos prisioneiros enviados para os túneis. Estava surpresa por Jaren não tê-la procurado antes para fazer um estoque de analgésicos e anti-inflamatórios. Na pior das hipóteses, um relaxante muscular teria ajudado, principalmente nos primeiros dias enquanto ele se adaptava ao trabalho.

— Algum problema sobre o qual eu deva saber? — perguntou Kiva, aproximando-se. — Coceira, inchaço, vermelhidão?

Jaren pareceu estar se divertindo.

— Você não deveria ter me procurado para perguntar isso antes?

— Não sou sua mãe. Você é responsável pela sua própria saúde aqui dentro.

— Aí estão os bons modos outra vez — respondeu ele em voz baixa.

Kiva agiu como se não tivesse ouvido e puxou a mão esquerda dele. A pele de Jaren estava muito suja, deixando claro que ele viera direto dos túneis depois do fim do turno. Estava coberto de fuligem e lama da cabeça aos pés, quase como quando chegara a Zalindov, só que sem sangue dessa vez.

— A cicatrização foi boa — informou Kiva, inspecionando o símbolo gravado.

A ferida fora coberta por uma casca escura que, em um dos traços, já se soltara, revelando uma cicatriz cor-de-rosa por baixo. Ela virou a palma da mão de Jaren para cima e fez uma careta ao se deparar com bolhas ensanguentadas e calos.

— Bonito, né? — disse ele. — Alguns guardas acham que estamos matando tempo lá embaixo, então pelo menos minha mão é prova irrevogável de que estou trabalhando.

Ele esticou os dedos.

Kiva interrompeu o movimento ao espremer uma esponja de água salgada sobre a mão dele, fazendo com que Jaren xingasse baixinho.

— Precisa manter isso limpo ou vai infeccionar — repreendeu ela, limpando a sujeira sem nenhuma delicadeza.

— Você sabe tão bem quanto eu que é impossível — retrucou ele.

Kiva não discutiu.

Depois de terminar de limpar ambas as mãos de Jaren e de cobri-las com seiva de azevém, ela disse:

— Tire a camisa e deite-se.

— Fico lisonjeado, mas a gente mal se conhece.

Kiva levantou o olhar para ele em um movimento brusco. Os traços de Jaren estavam cobertos de fuligem e abatidos de exaustão, mas seus olhos em tons de azul e dourado pareciam prestes a convidá-la para dançar.

Ela se aproximou e alertou, zangada:

— Ou leva isso a sério, ou pode ir embora. — Apontou para a porta. — Tipp com certeza não se importaria de tirar seus pontos na cela.

— Mas Tipp não é carinhoso com os pacientes como você — respondeu Jaren, sorrindo ao segurar a barra da camisa e tirá-la pela cabeça antes de se deitar na maca.

Kiva estudou as diferenças no corpo dele sob um olhar profissional. O hematoma na barriga quase desaparecera, deixando apenas uma mancha de tom amarelo-esverdeado. Ele perdera um pouco de peso, mas era o esperado. Sua massa muscular ainda era boa, talvez maior do que quando chegara, principalmente em seus braços e tronco, mas isso também era normal dado o trabalho árduo.

— Qual é o veredito, curandeira? Estou prestes a morrer?

Kiva interrompeu o exame e percebeu que ele a olhava. Embora não estivesse admirando o corpo de Jaren, suas bochechas ficaram quentes como se ela tivesse sido pega lançando olhares sugestivos para o rapaz.

— Vamos ver até o fim do dia — disse, internamente chocada com a própria reação sem sentido.

Os músculos do abdômen de Jaren se contraíram quando ele riu. Cerrando os dentes, Kiva se afastou para buscar os materiais.

— Fique parado — instruiu, ao começar a cortar os pontos.

As feridas haviam cicatrizado perfeitamente. Depois de limpas, havia apenas pele saudável.

Quando ela terminou de cuidar da parte da frente do corpo de Jaren e pediu que o rapaz virasse de bruços, ele hesitou. Kiva deduziu que se tratava de uma reação às cicatrizes em suas costas, mas ela já as tinha visto. Jaren pareceu se lembrar disso também e fez o que ela pediu, embora nitidamente relutante.

Enquanto retirava os pontos que dera na omoplata direita dele, incapaz de conter a própria curiosidade, pontuou:

— Vejo cicatrizes o tempo todo, mas estas aqui são interessantes.

Correu um dedo sobre um dos vergões e o corpo de Jaren se retesou sob seu toque.

Kiva sabia que não era de sua conta, mas ainda assim não conseguiu deixar de perguntar:

— O que as provocou?

O silêncio que se seguiu foi tão denso que Kiva teve certeza de que Jaren não responderia. Mas ele a pegou de surpresa quando enfim disse:

— Fivela de cinto, na maioria dos casos. Algumas são de unhas, uma ou outra de um cajado de madeira ou de um vaso quebrado. Acho até que uma foi causada por um livro. Era o que estava ao alcance no momento.

Kiva ficou imóvel.

— Quer dizer que... Alguém...

— Você vê cicatrizes o tempo todo, não é? — interrompeu ele. — Não me diga que está chocada.

Ela não sabia o que responder, então continuou retirando os pontos de um corte e depois do seguinte. Óbvio, já vira muitas cicatrizes, mas as semelhantes às de Jaren sempre eram causadas por algum tipo de açoite, como punição por má conduta. Até mesmo Kiva tinha cicatrizes, três linhas em suas costas de um açoitamento que aconteceu em seus primeiros anos em Zalindov — resultado da primeira e única vez que se recusara a gravar a pele de um prisioneiro. O que Jaren estava dizendo, no entanto... soava como se...

— Foi alguém próximo de você? — perguntou Kiva em voz baixa.

Jaren soltou um longo suspiro antes de responder:

— Foi.

Kiva podia sentir a tensão no corpo de Jaren e sabia que ele não responderia a nenhuma outra pergunta. Já dissera mais do que ela teria dito caso os papéis estivessem invertidos.

— Bom, agora você tem novas cicatrizes para adicionar à lista — disse ela, tentando soar leve enquanto espalhava seiva de azevém pela pele sensível. — Pode se sentar.

Jaren obedeceu, jogando as pernas para fora da mesa de metal. Sua expressão estava fechada, e ele olhava para baixo como se estivesse se esforçando para não fazer contato visual depois do que acabara de contar. Não se mexeu em direção à roupa, e Kiva não queria que Jaren pensasse que ela estava desconfortável com seu peito desnudo, então não disse nada além de "Os últimos serão os primeiros" ao apontar para o corte na cabeça dele.

Era estranho cuidar do corte enquanto Jaren estava sentado. Kiva percebeu que não deveria ter dito para que ele se levantasse, mas não tinha razões válidas para pedir que se deitasse novamente além do fato de ela se sentir esquisita estando tão perto.

— Este corte causou algum desconforto? — perguntou enquanto limpava a fuligem dos túneis. — Dor de cabeça, náusea, problemas de memória, problemas na visão?

— Os dois primeiros dias foram desconfortáveis, mas a dor amenizou depois. Ao contrário do que você pensa, não sou idiota. Teria voltado se tivesse alguma coisa estranha.

— Hum — disse Kiva, evasiva.

— Já tive uma concussão antes — explicou ele quando a garota começou a tirar os pontos. — Duas vezes, na verdade. Sei com o que devo tomar cuidado.

Dada a proximidade física dos dois, Kiva concluiu que seria menos desconfortável se ele continuasse falando em vez de olhar para ela, então deu corda.

— O que aconteceu?

Jaren fez um leve movimento, o que levou Kiva a lhe lançar um olhar de censura. Ela estava perigosamente perto de seu olho.

— A primeira foi em um acidente de montaria. Meu cavalo se assustou quando eu estava caçando e eu caí de cabeça em um buraco.

Kiva processava a informação que ele compartilhara por acidente. Jaren deveria vir de uma família rica para estar em uma caçada. Normalmente, o esporte era reservado para aqueles que faziam parte ou eram próximos dos círculos da alta sociedade. Às vezes, comerciantes e acadêmicos que tinham laços com a aristocracia eram convidados, mas apenas os mais prósperos. Se Jaren vinha de uma família de alto nível, fazia sentido que não quisessem visitá-lo em Zalindov. Provavelmente o deserdaram assim que a sentença foi declarada.

— E a segunda vez?

— Eu estava ensinando meu irmão a subir em uma árvore e escorreguei. — Ele fez uma expressão de dor. — Não foi muito agradável.

— Você tem um irmão?

— Tenho. Ele tem mais ou menos a idade do Tipp. Foi meio que uma surpresa para minha mãe. — Depois de um momento em silêncio, acrescentou: — Tenho uma irmã também, mas ela é mais velha.

— Então você é o filho do meio. Isso explica muita coisa — observou Kiva.

— Uma piada? Vinda da curandeira de Zalindov? — disse Jaren, olhando para ela de soslaio. — Tem certeza de que não estou morrendo?

Kiva não se deu ao trabalho de responder. Tirou o último ponto, aplicou um pouco de seiva e tomou uma distância segura, gesticulando para que ele se vestisse.

— Até que horas você trabalha hoje? — perguntou Jaren, olhando ao redor da enfermaria.

Ela tentou enxergar a sala sob a perspectiva dele: as mesas de metal, a bancada de madeira repleta de materiais, os pallets com cobertores finos rodeados por cortinas ainda mais finas para pacientes que precisavam ser internados. Nos fundos, havia uma porta fechada que dava na ala de quarentena, naquele momento ocupada por alguns prisioneiros com um vírus estomacal que estava circulando na prisão.

— Ainda fico mais algumas horas — respondeu ela. — Olisha e Nergal vão ficar no meu lugar quando eu precisar sair para dormir.

Diferente dos outros prisioneiros, o horário de trabalho de Kiva era longo. A maioria dos outros trabalhava por doze horas por dia, algumas vezes catorze. Mas, como curandeira, era normal que Kiva precisasse trabalhar dezoito horas por dia, principalmente quando havia um monte de recém-chegados. Olisha e Nergal, os outros dois responsáveis pela enfermaria, dividiam o horário da madrugada. No entanto, durante o restante do dia, alternavam entre diferentes tarefas administrativas, dependendo de onde necessitavam deles. A menos que Kiva precisasse desesperadamente de ajuda durante o dia, os três quase nunca trabalhavam juntos, o que talvez explicasse o fato de os dois prisioneiros mais velhos serem tão incompetentes. Não havia ninguém para ensiná-los a tratar os casos mais complicados.

— Tome — disse Kiva, estendendo um pequeno pote de seiva de babosa para Jaren.

Ele examinou o recipiente.

— O que é isso?

— Para suas mãos. Deveria ter me procurado para vê-las antes.

Jaren inclinou a cabeça para o lado.

— Esse é seu jeito de dizer que sentiu minha falta?

Kiva sentiu o olho se contrair em um espasmo.

— Esse é o meu jeito de dizer que suas mãos vão piorar se não cuidar direito delas.

— Faz sentido — disse Jaren, com um indício de sorriso. — E acho que ainda não nos conhecemos bem o bastante a ponto de você sentir minha falta.

Mais um espasmo no olho.

— Não é necessário acrescentar um *ainda*. Nunca vamos nos conhecer bem o bastante.

A boca de Jaren se contorceu em um sorrisinho torto. Ele saltou da maca, ficando ainda mais perto de Kiva. O instinto dela lhe dizia para recuar, mas não queria que ele tivesse esse gostinho, então continuou onde estava.

— Talvez se você…

O que quer que Jaren estivesse prestes a dizer foi interrompido quando Tipp cruzou a porta sem supervisão dos guardas, irrompendo enfermaria adentro.

— Kiva! V-você ficou sabendo?

— Sabendo do quê? — perguntou ela, virando-se para Tipp.

— Tem u-um recém-chegado!

— O quê? Agora? — disse Kiva, franzindo as sobrancelhas.

Não apenas estavam no ápice do inverno, como também já era noite. Nos dez anos que Kiva passara em Zalindov, um novo prisioneiro nunca chegara tão tarde.

— É! E você n-não vai *acreditar* q-quem estão d-dizendo que é!

Antes que Kiva tivesse a chance de perguntar, Naari apareceu à porta da enfermaria. Sua expressão era séria. Logo atrás dela chegaram dois outros guardas, ambos homens, carregando uma maca sobre a qual havia um bolo de trapos de formato que lembrava vagamente a silhueta de um ser humano.

— Saia da frente, garoto — ordenou um dos guardas, ríspido.

Tipp saiu do caminho rapidamente e foi até Jaren e Kiva.

— Curandeira, preste atenção — vociferou o segundo guarda.

Sem nenhum cuidado, os dois depositaram a pessoa de roupas esfarrapadas sobre a mesa de metal que Jaren acabara de liberar.

— Você tem uma semana antes que ela seja mandada para o início do Julgamento. Queremos um espetáculo, então faça o que puder para botá-la de pé até lá.

Depois ambos os guardas saíram. Um deles deu um empurrão violento em Tipp ao passar pelo menino, o que fez com que Kiva afundasse as unhas

66

no antebraço de Jaren para impedi-lo de investir contra o homem. Ela balançou a cabeça olhando para Jaren. A expressão colérica no rosto dele se tornou mais sombria até que ele finalmente soltou um suspiro e se aproximou de Tipp para bagunçar seu cabelo. O garoto não estava nem um pouco aborrecido como Jaren — um empurrão não era nem de longe a pior coisa que o guarda poderia ter feito, e Tipp sabia disso.

Entrando em ação, Kiva se aproximou da mulher inconsciente e Jaren perguntou:

— O que ele quis dizer com "Julgamento"?

Para a surpresa de Kiva, Naari, que permanecera na enfermaria depois da partida dos colegas, respondeu à pergunta.

— Esta mulher foi condenada ao Julgamento por Ordália.

Kiva, que estava prestes a remover os farrapos que cobriam o rosto da recém-chegada, se deteve em meio à ação e se virou para olhar a guarda. Jaren também fitava Naari, incrédulo, embora houvesse algo mais em sua expressão, algo que Kiva não conseguia desvendar por não conhecê-lo bem o bastante.

Percebendo a reação dos dois, Tipp perguntou:

— O que é um Julgamento por O-Ordália?

Ninguém respondeu.

— Pessoal? O que f-foi? O que é esse tal de J-Julgamento?

Kiva lentamente desviou o olhar de Naari e se voltou para o garoto.

— Apenas os criminosos mais perigosos são condenados ao Julgamento por Ordália. A última vez que isso aconteceu foi cerca de vinte anos atrás.

— Trinta — corrigiu Jaren, com uma expressão tensa enquanto olhava para a mulher inconsciente diante de Kiva, que estava imóvel.

— M-mas o *que* é isso? — perguntou Tipp.

— É um julgamento baseado em tarefas relacionadas aos quatro elementos da natureza, provações elementares para determinar a culpa ou a inocência de uma pessoa: a Provação pelo Ar, a Provação pelo Fogo, a Provação pela Água e a Provação pela Terra — respondeu Jaren, como se estivesse lendo as informações da página de um livro. — Se a pessoa sobrevive, é declarada inocente.

Se Kiva não estivesse tão chocada com a sentença da mulher, talvez tivesse questionado a origem do conhecimento de Jaren. Ela mesma ouvira comentários ao longo do tempo que passou em Zalindov, lendas sobre prisioneiros que haviam recebido a sentença impiedosa. Mas antes de ser presa, nunca tinha ouvido falar sobre o Julgamento.

— Provações e-elementares? — As sobrancelhas de Tipp estavam erguidas. — Mas só a família r-real faz m-magia elementar hoje em dia.

— As provações podem ser inspiradas em magia antiga — explicou Jaren —, mas dizem que se a pessoa for realmente inocente, vai conseguir passar pelas quatro provações sem precisar de qualquer tipo de magia.

— Então... se esta mulher s-superar essas provações, vai poder ir e-embora de Zalindov? Vai ser livre? — perguntou Tipp, aparentemente maravilhado com a ideia, como se desejasse isso para o próprio futuro.

— Ninguém nunca sobreviveu ao Julgamento todo, Tipp — interrompeu Kiva, cautelosa. — A uma ou duas provações, talvez. Só o suficiente para iludi-los com uma falsa sensação de segurança. Mas nunca às quatro. — Depois completou com um sussurro: — É uma sentença de morte.

Jaren assentiu, sombrio.

Tipp empalideceu. Olhando para a mulher inconsciente, mordeu o lábio.

— Acho que f-faz sentido, se ela r-r-realmente é quem pensam que é.

Kiva finalmente voltou a atenção para o tecido que cobria o rosto da recém-chegada.

— Quem acham que ela é?

Naari respondeu enquanto Kiva levantava os trapos, revelando seu rosto.

— Acredita-se que esta é Tilda Corentine. A Rainha Rebelde.

Kiva sentiu o coração parar ao olhar para a mulher de meia-idade. Ela tinha nariz reto, cílios grossos e cabelos e sobrancelhas escuros. Sua pele escurecida pelo sol possuía uma tonalidade pouco saudável, e Kiva notou que seus olhos eram de um branco leitoso quando eles se abriram por um breve momento. A mulher era cega e, por estar tremendo e suando ao mesmo tempo, era óbvio que estava muito doente.

Kiva percebeu tudo isso em uma fração de segundo, o tempo necessário para que o choque a atingisse.

— Rei Stellan e Rainha Ariana querem que ela sirva de exemplo — continuou Naari —, principalmente porque foi capturada quando recrutava mais seguidores em Mirraven, e Evalon não tem um acordo de extradição com eles, dada a relação frágil entre nossos dois reinos. O máximo que o rei e a rainha puderam fazer foi emitir uma petição para que ela fosse enviada para cá, onde a justiça poderia ser feita, ainda que significasse não poder interrogá-la previamente. — Naari voltou o olhar para a mulher enferma. — Embora... neste estado, duvido que ela poderia ter revelado qualquer coisa, mesmo que tivessem conseguido interceptá-la antes da chegada.

Kiva respirava com dificuldade. Aquela mulher, cega e doente — a pessoa mais procurada de Evalon —, estava sob seus cuidados. Era a *Rainha Rebelde*. E não apenas isso, mas...

— O q-que é isso?

A voz de Tipp desviou a atenção de Kiva do turbilhão de pensamentos. Ela olhou para o garoto quando ele apanhava algo do chão — um pequeno pedaço de pergaminho.

— Acho que c-caiu do cobertor quando a t-transferiram da maca — disse ele, desdobrando o pergaminho e semicerrando os olhos.

Virou o pergaminho de lado, depois de ponta-cabeça, e um nó se formou na garganta de Kiva.

— Deixe-me ver — pediu ela, a voz falhando ligeiramente no meio da frase.

— Não é nada. Só alguns r-rabiscos — concluiu Tipp, mas entregou o pergaminho.

O coração de Kiva disparou ao ler os símbolos familiares. Ela começou a decifrá-los.

A mensagem era clara:

Não a deixe morrer.

Estamos a caminho.

Kiva prendeu a respiração, aquelas últimas três palavras ressoando em sua mente.

Estamos a caminho. Estamos a caminho. Estamos a caminho.

Não era uma promessa vaga, mas algo *prestes a acontecer*.

Sua família viria. Finalmente, depois de tanta espera, *estavam a caminho*. Viriam para buscar Kiva — e também Tilda.

Viriam para salvar a Rainha Rebelde.

Kiva praguejou em silêncio. A mulher poderia muito bem não sobreviver até a manhã seguinte, e ainda que sobrevivesse...

Por dez anos, Kiva seguira suas ordens codificadas. Mas, pela primeira vez, não tinha ideia de como seguir as instruções que recebera. Ainda que pudesse curar Tilda, não podia salvá-la de seu destino.

De um jeito ou de outro, sua morte se aproximava. E não havia nada que Kiva pudesse fazer.

CAPÍTULO 8

Dois dias se passaram, três, quatro, e ainda não havia nenhum sinal de melhora no quadro da Rainha Rebelde — de Tilda. Kiva conduzia o tratamento tão bem quanto podia, mas, por não saber a causa de seu estado, restava apenas empregar uma tática de tentativa e erro.

— Os sintomas não fazem sentido — reclamou para Tipp, cinco dias após a chegada de Tilda.

A mulher fora transferida para um pallet na outra extremidade da enfermaria, e eles estavam de pé ao seu lado. Kiva tinha certeza de que o que quer que a tivesse acometido não era contagioso, então era mais seguro isolá-la daqueles que já estavam em quarentena.

— Ela não está p-piorando. Já é alguma coisa — observou Tipp.

— Temos apenas dois dias antes da primeira Ordália, e eu nem mesmo consigo fazer a febre dela baixar. — Kiva balançou a cabeça. — Nesse ritmo, ela nem sequer vai conseguir sair da cama, quanto mais enfrentar o que a está esperando.

— Talvez eles mudem a d-data? Talvez deem mais t-t-t-empo para se recuperar?

Kiva lançou um olhar ao garoto que deixava óbvio o que ela pensava da ideia.

— Talvez s-seja melhor assim — disse Tipp em voz baixa. — Se ela vai m-morrer de qualquer forma, pelo menos assim... v-vai ser rápido, não vai? E ela nem v-vai estar consciente, vai?

Kiva detestava que Tipp estivesse fazendo essa pergunta, detestava o fato de que o garoto, doce e inocente, estivesse mesmo *pensando* naquilo. Enquanto curandeira, Kiva estava gritantemente ciente dos horrores aos quais o corpo humano poderia ser submetido, e concordava com ele. Uma morte rápida era sempre melhor nesses casos. Mas... ignorando os fatos, ignorando o que ela havia presenciado inúmeras vezes... sentia um aperto no peito ao olhar para a mulher, enferma e tremendo.

Não a deixe morrer.

Kiva estava dando o seu melhor. Mas estava falhando.

Buscando uma distração, Kiva deu as costas para Tilda e perguntou a Tipp:

— Você e Mot já voltaram a se falar?

— Eu fui pedir d-desculpas, como você disse. Já nos r-resolvemos.

Kiva duvidava de que Mot fosse dar o braço a torcer tão fácil.

— Pode dizer a ele que temos uma coleta?

— Eu achei que Liku fosse s-s-sair dessa — falou Tipp, tristonho, olhando de relance para a porta fechada da ala de quarentena.

— Talvez ela tivesse saído se a tivessem deixado vir antes — disse Kiva, em tom acusatório.

Aprendera havia muito tempo a depositar todo seu rancor nos guardas que não deixavam que os prisioneiros procurassem a enfermaria até que fosse tarde demais.

— Agora vá avisar Mot para que possamos liberar o leito dela.

Tipp obedeceu e, como não havia guardas na enfermaria, Kiva ficou sozinha com Tilda pela primeira vez desde sua chegada.

— Por que você não está melhorando? — sussurrou Kiva, olhando para a Rainha Rebelde.

Pousou a mão sobre a testa de Tilda, confirmando o que já sabia — ela ainda ardia em febre.

Dava muito trabalho fazer com que a mulher ingerisse líquidos, sendo preciso despertá-la de seu estado inconsciente a intervalos regulares para obrigá-la a tomar um pouco de caldo. Quando acontecia, Tilda encarava o nada com os olhos que não enxergavam, em silêncio; não passava de um peso inerte que aos poucos voltava a fechar os olhos e dormir.

— Precisa ficar viva — sussurrou Kiva enquanto ajeitava os cobertores da enferma, prendendo-os debaixo de ambos os lados do colchão fino. — Por favor.

Não a deixe morrer.

Depois de afastar uma mecha de cabelo escuro do rosto da mulher, Kiva estava prestes a se dirigir para a ala de quarentena quando o corpo inerte de Tilda teve um espasmo brusco e seus olhos leitosos se abriram de repente.

Kiva se sobressaltou, mas voltou a si depressa.

— Calma, calma — disse, com o coração disparado, sem nem mesmo saber se a mulher a compreendia. — Você está bem.

Tilda se virou em direção ao som da voz de Kiva. Em uma fração de segundo, se sentou, estendendo os braços. Primeiro, as mãos agarraram o ombro de Kiva e, em seguida, subiram até seu pescoço... e ali se fecharam em um aperto.

Aturdida, Kiva não percebeu o que estava acontecendo até que fosse tarde demais. Tentou lutar contra a mulher, segurando seu antebraço e o empurrando com toda força, mas o aperto era implacável.

— *Paaare* — tentou dizer Kiva, mas mal conseguia fazer com que o ar passasse por sua traqueia.

Cravou as unhas na pele de Tilda, mas mesmo assim a mulher não a soltou. Desesperada, ela tentou se libertar recuando, mas a mulher a acompanhou e pendurou todo seu peso no pescoço de Kiva, fazendo com que perdesse o equilíbrio e as duas caíssem no chão.

Manchas escuras começaram a surgir na visão de Kiva, e seus pulmões imploravam por oxigênio. Fora de si, a garota tentou arranhar o rosto da mulher, mas Tilda desviou das unhas como se tivesse um sexto sentido, afastando-se por pouco e apertando o pescoço de Kiva cada vez mais.

De repente, as mãos desapareceram.

Em um momento, o corpo de Kiva perdia a força e seus olhos se reviravam, e no outro, o peso de Tilda sumira, deixando-a com tosse e arfando no chão da enfermaria.

— Você está bem?

Kiva ainda não conseguia responder, ocupada demais tentando respirar. Mas estava consciente o bastante para perceber que era a voz de Naari, a guarda que afastou Tilda.

Com os olhos marejados, Kiva podia ver Tilda lutando contra as mãos de Naari como um animal violento. A guarda a arrastara até que ela ficasse pressionada contra a bancada, e, embora Naari estivesse completamente armada como de costume — duas espadas presas às costas e numerosas armas fixadas e escondidas em sua armadura de couro —, não tentava pegar nenhuma delas, apenas segurava Tilda com as próprias mãos, mantendo-a a certa distância. Mas Naari não conseguia ver o que Kiva enxergava de onde estava: Tilda tateando cegamente pela bancada e agarrando uma lâmina afiada que Kiva usava para gravar os prisioneiros.

— Cuidado! — alertou Kiva, com a voz áspera.

Naari reagiu depressa, mas Tilda foi mais rápida desferindo um golpe em direção à cabeça de Naari. A mulher tinha uma mira assustadoramente precisa para alguém que não conseguia enxergar, e a guarda mal teve tempo de se defender. Tudo o que conseguiu foi soltar uma das mãos que prendia Tilda e usá-la para bloquear o golpe, fazendo com que a lâmina se enterrasse em seu pulso coberto pela luva.

Ela não gritou nem expressou qualquer sinal de dor. Apenas virou o corpo de Tilda em um movimento ágil e deu uma cotovelada na lateral de seu rosto.

Tilda perdeu a consciência em um piscar de olhos e caiu.

Kiva ainda arfava, tentando respirar, atônita com a rapidez com a qual o conflito havia terminado.

— Você está bem? — repetiu a guarda.

Não, Kiva não estava bem. Acabara de ser atacada por uma de suas pacientes — alguém que ela estava tentando manter viva e proteger a todo custo.

— *Você* está bem? — retrucou Kiva, contraindo-se por causa da dor ao falar.

Sua voz soava como se ela tivesse engolido o equivalente a uma pedreira inteira de pó de lumínio. A sensação era semelhante. Apesar disso, era a curandeira de Zalindov, então ignorou as próprias necessidades, voltando a atenção para a lâmina cravada no pulso de Naari.

A guarda acompanhou o olhar de Kiva até seu pulso e, sem demonstrar qualquer emoção, arrancou a lâmina.

Kiva estremeceu no lugar de Naari, então percebeu algo que não notara antes — não havia sangue no braço nem na lâmina.

Levantando-se, Kiva cambaleou até a guarda e a prisioneira. Tilda estava completamente desacordada e havia um hematoma avermelhado surgindo em sua têmpora, causado pelo golpe de Naari. Kiva não sabia qual das duas precisava mais de seus cuidados, então obedeceu à guarda quando ela gesticulou com a cabeça em direção à prisioneira. Juntas, arrastaram Tilda de volta ao pallet.

Kiva não se surpreendeu quando Naari pegou as correntes dos dois lados do pallet e prendeu as mãos de Tilda, antes de puxar um cinto e o fixar sobre o tronco da mulher. Todos os leitos da enfermaria continham itens de imobilização, inclusive os da ala de quarentena, mas raramente eram usados. Apesar do ataque, Kiva não estava contente ao ver Tilda amarrada. Sentia aversão à ideia de prender alguém de maneira tão extrema, ainda que a pessoa tivesse acabado de tentar estrangulá-la.

— Ela não vai sair daqui. Agora vá cuidar de você — disse Naari.

Sem reação, Kiva continuou encarando Naari até que a guarda acrescentou:

— Sua garganta. Tem algo para isso?

Sem entender o motivo de Naari se importar com ela a ponto de notar, Kiva assentiu devagar e se arrastou de volta à bancada. Seus pulmões ardiam a cada inspiração e seus joelhos ainda tremiam, mas ela se obrigou a raciocinar e estendeu a mão até uma ampola de néctar de frutassebo. Seus olhos voltaram a lacrimejar quando ela engoliu o líquido cítrico, que desceu queimando, mas era o melhor remédio para lesões na garganta e nos pulmões. Considerou tomar uma dose de leite de papoula para aliviar a dor, mas precisava pensar direito, então descartou depressa a ideia.

— Sua vez — disse, a voz mais firme.

— Estou bem — respondeu Naari, permanecendo de pé ao lado do leito de Tilda, como se esperasse que a mulher fosse acordar e se soltar a qualquer momento.

Kiva não queria discutir com a guarda. Sabia muito bem quão perigoso isso poderia ser. E mesmo assim...

— Você foi apunhalada — argumentou em tom cauteloso. — Deveria me deixar examinar o corte.

— Estou bem — repetiu Naari, mais firme.

Kiva mordeu o lábio. Olhou para a lâmina na bancada, notando mais uma vez que não estava suja de sangue. Mas... ela vira Tilda apunhalar Naari. Vira a lâmina cravada no pulso da guarda.

— Pelo menos me deixe limpar o ferimento — disse Kiva em voz baixa. — Pode fazer isso sozinha se não quiser que eu faça. Mas não seria bom arranjar uma infecção, então...

Naari deu as costas para Tilda e encarou Kiva, caminhando em sua direção. Seu brinco cor de jade cintilava enquanto a distância entre elas diminuía. Kiva não sabia se deveria recuar ou não. Não conseguia decifrar a expressão no rosto da guarda e temia ter sido assertiva demais. Naari não agia como os outros guardas de Zalindov, violentos e implacáveis, mas, até onde Kiva sabia, poderia ser igual a eles.

— Eu...

Kiva abriu a boca para se desculpar, mas Naari a interrompeu com um olhar.

E com uma ação.

Estava tirando a luva de sua mão esquerda, que fora apunhalada. Kiva arregalou os olhos quando ela puxou o tecido de couro.

Não havia sangue porque não havia ferimento. E não havia ferimento porque não havia pele.

Uma das mãos de Naari era biônica. E, no ponto em que a pele de seu antebraço encontrava a prótese, havia um buraco onde a lâmina se cravara.

— Ah — disse Kiva, atordoada, e em um tom ainda mais atordoado, acrescentou: — Que conveniente.

Naari retorceu a boca.

— É uma mão na roda.

Surpresa com o trocadilho, Kiva deixou escapar uma risada que rapidamente tentou disfarçar com uma tosse, o que disparou uma onda de dor por sua garganta.

Procurando uma distração, não resistiu e, enquanto a guarda colocava a luva novamente, disse:

— Você se importa se eu perguntar como aconteceu?

Prendeu a respiração, imaginando se deveria ter ficado em silêncio, mas Naari não pareceu aborrecida com a pergunta.

— Eu estava protegendo alguém importante para mim — respondeu a guarda, flexionando os dedos da mão na qual acabara de vestir a luva. — Eles me recompensaram depois.

— E agora você está aqui — observou Kiva.

Ela se arrependeu de imediato do comentário, mas, novamente, Naari não demonstrou nenhum sinal de raiva.

— E agora estou aqui.

Isso explicava muita coisa, pensou Kiva. Embora fosse relativamente nova, Naari já permanecera em Zalindov por mais tempo do que a maioria das guardas mulheres. Apesar da qualidade de sua prótese, ela teria dificuldade para encontrar outro cargo, quanto mais conseguir subir na hierarquia militar. Um guarda de prisão ocupava o degrau mais baixo da escada, e, ainda assim, por causa de sua mão, era uma das melhores opções para Naari se ela quisesse servir ao reino em uma função de proteção.

— Dói? — perguntou Kiva, acionando o modo curandeira.

— De vez em quando — admitiu Naari.

Sem desviar o olhar, Kiva disse:

— Se algum dia precisar de algo para a dor...

Naari ficou em silêncio por um momento.

— Vou procurar você — respondeu a guarda, por fim.

Kiva sabia que algo estranho estava acontecendo. Uma mudança na dinâmica entre as duas. O limite entre guarda e prisioneira estava desfocado, e não apenas porque Naari salvara Kiva pela segunda vez.

— Obrigada — agradeceu Kiva em voz baixa. — Por ter me ajudado. De novo.

Naari ergueu uma sobrancelha ao ouvir as palavras de Kiva, ciente de que fizera mais do que simplesmente "ajudar", mas não a corrigiu.

— Apenas agradeça por eu ter chegado a tempo.

Kiva estava grata. Muito grata. Mas, ainda assim, perguntou:

— Nenhum guarda apareceu hoje. Por que você veio?

Antes que Naari pudesse responder, Tipp entrou pela porta da enfermaria acompanhado de Mot e Jaren.

A presença do encarregado do necrotério não era surpresa, mas Kiva não conseguiu disfarçar a confusão em seu rosto ao se deparar com Jaren. Ele, por sua vez, parou de repente ao vê-la. Mot e Tipp pareceram igualmente espantados.

— Kiva, boneca, que houve? — perguntou Mot, com o rosto ficando vermelho de raiva enquanto fitava Naari de maneira acusadora.

A guarda apenas cruzou os braços, encarando-o de volta.

No começo, Kiva não compreendeu, então seguiu o olhar de Jaren. E o de Tipp. Tocou seu pescoço com a ponta dos dedos, deduzindo que um hematoma de mil e uma cores já começara a surgir.

— Tilda acordou e nós... tivemos um pequeno conflito — explicou Kiva, tentando amenizar a situação. Sua voz, hesitante e rouca, não estava ajudando. — Naari chegou a tempo de... intervir.

Quase conseguia *ouvir* a guarda revirando os olhos diante da escolha de palavras.

— Não deveria ter d-d-deixado você sozinha — disse Tipp. Seu rosto sardento estava pálido, e ele olhava para a prisioneira, já acorrentada. — Me d-desculpe, Kiva.

— Eu pedi para que você fosse — respondeu ela.

Olhou para Mot e prosseguiu:

— Obrigada por ter vindo tão rápido.

Ele também olhava para a prisioneira acorrentada.

— Então é essa aí, hein? O assunto do momento.

— A Rainha Rebelde — disse Jaren.

Eram suas primeiras palavras desde que chegara.

Seu turno nos túneis já havia terminado, então ele estava livre para ir aonde quisesse dentro dos limites da prisão. Ainda assim, Kiva deduziu que ele estava lá por uma razão, mas, analisando-o da cabeça aos pés em busca de algum ferimento, não encontrou nenhum problema aparente.

76

— Então ela *realmente* é uma r-r-rainha? — perguntou Tipp, com uma expressão de surpresa, como se não tivesse acreditado nos boatos até aquele momento.

— Ainda não. Mas é o que ela e seu povo desejam: destronar Evalon e tomar a coroa — explicou Jaren.

— Ou tomar a coroa *de volta* — interrompeu Mot. — Vai depender da história em que acredita.

— Não importa em que vocês acreditam — falou Naari, interrompendo a conversa. — Você tem mais uma semana para curá-la. Foi isso o que vim dizer.

— Não tínhamos só mais d-dois dias? — perguntou Tipp, coçando o nariz.

— A família real decidiu que estaria presente para assistir à primeira Ordália. Eles precisam de mais tempo para a viagem — disse Naari.

Por um longo momento, a enfermaria permaneceu em silêncio. De repente...

— O quê?

Kiva não sabia dizer quem falara mais alto; sabia apenas que o espanto não era só seu.

— Rei Stellan e Rainha Ariana estão vindo para Zalindov? — perguntou Mot, passando a mão pela cabeça calva. — Cacilda.

— Não, eles não — esclareceu Naari. — Eles estão longe demais, ainda em Vallenia. Mas o príncipe herdeiro e a princesa estavam passando o inverno nas Montanhas Tanestra. Receberam a ordem de comparecer no lugar dos pais.

Tipp estava boquiaberto, Mot aparentava estar atordoado e os olhos de Jaren estavam arregalados. Kiva se sentiu melhor ao perceber que não era a única surpresa com a notícia, mas também se sentia ainda mais pressionada a fazer o impossível.

Não a deixe morrer.

Não fazia diferença que a família real estivesse a caminho. Tilda ainda estava muito doente e poderia nem sequer chegar à primeira provação, quanto mais sobreviver a ela.

— Então... uma semana? Isso ao menos nos dá certa margem — disse.

Olhou para as correntes de Tilda, e seu estômago se contraiu como se as visse pela primeira vez.

— Eles querem mesmo que a justiça seja feita — comentou Mot, seguindo o olhar de Kiva. — Do contrário não estariam vindo de tão longe, não acha?

— Pode me c-contar a história, Kiva? — suplicou Tipp. — Você contou a-algumas coisas aqui e ali, mas n-não entendo por que ela é tão p-perigosa.

Kiva olhou para o garoto, cansada, e em seguida para os demais. Seus olhos pararam em Jaren e, em vez de responder Tipp, perguntou:

— O que está fazendo aqui?

Ele retribuiu o olhar.

— Vim buscar mais seiva para minhas mãos. Mas agora quero ouvir a história.

Mot assentiu, e Kiva se virou para Naari, esperando que ela colocasse um fim na situação. A guarda, no entanto, se dirigiu ao banco mais próximo e se sentou como se estivesse se acomodando. Kiva conteve por pouco o impulso de deixar o queixo cair ao olhar para ela. Em vez disso, fez uma careta quando os outros imitaram o exemplo e se sentaram também, encarando-a com expectativa.

— Eu sou a curandeira de Zalindov, não uma simples contadora de histórias.

— Pois hoje você é as duas coisas — disse Mot.

Kiva olhou para Naari novamente, quase suplicante, mas era óbvio que não estava nos planos da guarda intervir.

Com um suspiro, Kiva se dirigiu ao banco livre ao lado de Jaren. Então cedeu ao pedido e começou a contar a história que ela mesma implorava para que a mãe contasse todas as noites quando era criança.

— Muito tempo atrás, quando a magia dominava todo o reino, havia um homem e uma mulher, Torvin Corentine e Sarana Vallentis, que eram descendentes de duas das estirpes mais poderosas que já existiram.

Kiva fitou os próprios dedos, imaginando como seria deter tanto poder.

— Torvin tinha a habilidade de manipular o corpo humano e, até hoje, é considerado o maior curandeiro de todos os tempos. Sarana podia controlar os quatro elementos, terra, ar, água e fogo, um dom que ninguém jamais dominou desde sua morte. Juntos, eram imbatíveis, e, depois que se casaram, se tornaram um rei e uma rainha como o mundo jamais vira.

Queria que existisse magia em mim.

Kiva fechou os olhos enquanto a voz invadia sua mente — *sua própria voz*, anos mais jovem. Mesmo assim, não conseguiu se desvencilhar da lembrança nem da resposta serena da mãe.

Eu ficaria mais feliz se você pedisse por inteligência, lealdade ou coragem, minha querida. Magia é uma coisa perigosa, e aqueles que a têm precisam viver com cautela para o resto da vida.

Só porque são parte da realeza, respondera Kiva. *Só pessoas da família de Torvin ou Sarana têm magia hoje em dia. Isso os transforma em alvos.*

Kiva afastou a lembrança para o lugar mais distante de sua mente e se forçou a voltar para o presente.

— Como acontece com os humanos, aqueles que detêm grandes poderes correm o risco de sucumbir a eles — continuou, olhando para Tipp, que estava completamente absorto na história, como ela na infância. — Torvin reinava com integridade e era empático com seu povo, usando a magia para ajudar todos aqueles que precisavam de sua cura.

"Os poderes de Sarana, no entanto, fervilhavam em suas entranhas, corrompendo-a de dentro para fora. Ela passou a se ressentir do marido, com ciúme de sua generosidade e da maneira como seus súditos respondiam à gentileza dele. A escuridão dentro dela cresceu até que a rainha decidiu que já não queria dividir a coroa. Desejava que o reino deles, Evalon, fosse dela e de mais ninguém.

"Então se voltou contra Torvin em um ataque de magia inesperado que o deixou gravemente ferido. Depois mentiu para o povo, dizendo que *ele* a atacara para destroná-la e matá-la, um golpe contra a querida rainha."

— O que a-aconteceu? — sussurrou Tipp, ansioso.

— O reino se revoltou, pedindo a cabeça de Torvin. Sem aliados nem ajuda, o rei, que estava ferido, não tinha muita escolha além de fugir. Conseguiu chegar ao coração das Montanhas Tanestra, mas perdeu as forças.

Tipp arquejou.

— Ele *morreu*?

— Ninguém sabe dizer ao certo. — Kiva deu de ombros. — A rainha, por sua vez, reinou até morrer, muito tempo depois. Torvin jamais retornou para reivindicar o trono que, por direito, era seu. Mas houve boatos sobre pessoas que procuraram por ele, pessoas que não acreditaram nas mentiras de Sarana e que se rebelaram contra a rainha.

"Alguns foram executados, outros foram presos, mas reza a lenda que muitos escaparam, seguindo o exemplo de Torvin. Se aqueles rebeldes encontraram o rei exilado ou não..."

Kiva deu de ombros novamente.

— Então foi assim que os rebeldes p-p-passaram a existir — disse Tipp, com certo deslumbre na voz.

— Se as histórias forem verdadeiras, Tilda Corentine é a tataraneta ou algo assim de Torvin, não é? — perguntou Mot.

— Supostamente, sim — respondeu Kiva, olhando de relance para a mulher.

— Mas se a história está certa, então ela não é realmente uma rebelde, não é? Nenhum deles é — observou Mot, coçando a barba rala. — O que ouvi foi que Sarana e Torvin não tiveram herdeiros juntos, mas tiveram suas próprias crias depois de separados. As duas linhagens continuaram. Isso significa que os herdeiros de Corentine têm direito legítimo ao trono de Evalon. Não são rebeldes. Supondo que sejam mágicos, claro, já que essa é a prova, não?

Todos olharam para Tilda pensando a mesma coisa.

— Toda a família r-real tem poderes relacionados aos quatro elementos, como Sarana. Então se Tilda realmente é descendente de T-Torvin, não deveria ter seu p-poder de cura? Ela não estaria tão d-doente se tivesse, estaria? — perguntou Tipp.

Kiva percebeu que todos esperavam que ela respondesse, então deu de ombros outra vez.

— Eu não sei. Talvez ela só possa curar os outros, mas não a si mesma? Talvez a magia pule algumas gerações? Talvez ela não tenha o sangue de Torvin no fim das contas, e esse é um caso de identidade trocada?

— É muito "talvez" — murmurou Mot. — Mas gostei da sua história, então vou continuar chamando-a de tatara-sei-lá-o-que-neta e acreditando em tudo que você contou.

— Não acredite em tudo o que escuta, Mot — disse Jaren com um sorriso brincalhão que não disfarçava a ironia.

Kiva olhou para ele, arqueando uma das sobrancelhas.

Jaren percebeu o olhar e deu de ombros.

— Já ouvi milhares de versões diferentes sobre a lenda de Torvin e Sarana. Ninguém sabe qual é verdadeira.

— O rei e a rainha parecem acreditar que há alguma verdade nisso, do contrário não se sentiriam tão ameaçados pelo que ela representa — analisou Kiva, gesticulando com o queixo em direção a Tilda.

— O rei e a rainha são da linhagem Vallentis — refletiu Mot. — São descendentes diretos de Sarana. Ao menos a rainha é. Precisam ficar atentos aos rumores, né? Principalmente os que são sobre uma Rainha Rebelde que pode surrupiar o trono deles.

Kiva pressionou a ponte do nariz com o indicador e o polegar.

— Podemos parar de falar sobre isso? Preciso voltar ao trabalho.

— Tenho uma p-pergunta — manifestou-se Tipp, inquieto no banco. — É rápido, p-prometo.

— Abaixe a mão, Tipp — disse Kiva, cansada.

80

Ele obedeceu, mas continuou se balançando.

— Como a m-magia deles funciona? De T-Torvin e Sarana? E a família V-Vallentis... todos eles têm poderes relacionados aos quatro elementos. Bom, não o r-r-rei, mas a rainha e seus herdeiros. Como e-eles — estalou os dedos como se imaginasse fagulhas surgindo a partir do gesto — ativam a m-magia?

Kiva semicerrou os olhos para o garoto.

— Como eu vou saber?

— Não é *só* a família real — intrometeu-se Jaren.

Havia uma pequena ruga contemplativa em sua testa. Todos os olhos se voltaram para ele, que rapidamente suavizou a expressão.

— Quer dizer... Já ouvi falar que existem anomalias também. Pessoas que nasceram fora da linhagem real, como antigamente. É raro, mas ainda assim...

Kiva bufou.

— Todos nós já ouvimos falar sobre essas "anomalias". Não passa de uma história de faz de conta para crianças. Algo com o que elas podem sonhar, mas que jamais vão ter.

— Não, boneca, Jaren tem razão — defendeu Mot, passando a mão pela cabeça calva. — Já vi uma pessoa assim uma vez.

Kiva endireitou a postura.

— O quê?

— Estava viajando por Mirraven anos atrás, quando a vi — contou o encarregado do necrotério. — Uma menininha, tinha uns cinco ou seis anos, agitando as mãos e fazendo a água de uma fonte levitar.

— É sério? — perguntou Tipp, com um olhar maravilhado.

Mot assentiu.

— Foi uma cena e tanto. Nunca tinha visto nada igual.

Tipp se voltou para Kiva.

— Acha que p-poderia haver magia em mim? E que talvez eu só n-não saiba ainda?

Kiva se sentia completamente inapta para a conversa. Com o tom de voz mais gentil que conseguia emitir, disse:

— Sinto muito, Tipp, mas ainda que as anomalias sejam *mesmo* reais, Jaren está certo quando diz que são raras. Uma a cada cem anos. Se muito.

— Mas Mot v-viu...

— Viu só uma — retrucou Kiva, ainda em um tom dócil.

Embora estivesse se perguntando *quando* Mot vira a criança mágica, e se ele não estivera um pouco alegrinho durante o ocorrido.

A garota se levantou, pronta para encerrar a conversa.

— Está ficando tarde e preciso checar meus pacientes, então a hora da história acabou.

Olhou para Tipp e, ignorando a pontada em seu peito diante da decepção no rosto do garoto, pediu:

— Pode ajudar Mot com Liku?

Ele hesitou como se quisesse fazer mais perguntas, mas, o que quer que tivesse lido na expressão de Kiva, fez com que assentisse e se levantasse. Mot também parecia disposto a continuar a conversa, mas, sensato, seguiu Tipp até a ala de quarentena.

Kiva se dirigiu até onde estavam seus materiais e começou a vasculhá-los em busca de outro frasco de seiva de babosa que daria a Jaren para que ele fosse embora. Não percebeu que o rapaz a seguira até ouvir a voz dele às suas costas.

— Por que a está ajudando?

Kiva se virou.

— Como?

Jaren olhou para Tilda.

— Se ela realmente é a Rainha Rebelde, quer dizer que é responsável por tudo o que estão fazendo. Por toda a confusão em Evalon.

Voltando o olhar para Kiva, ele continuou:

— Há pessoas morrendo por causa dela e de seus seguidores. *Muitas* pessoas.

— Está exagerando — disse Kiva em tom de descaso.

— Não estou — retrucou Jaren, resoluto. — As coisas estão mudando lá fora, Kiva. O que começou como protestos pacíficos se tornou um banho de sangue. Os rebeldes estão indo de vilarejo em vilarejo, recrutando pessoas e matando os guardas que tentam impedi-los. Sem falar nas pessoas inocentes que acabam feridas no meio da confusão. — Continuou olhando para ela ao acrescentar: — E aqui está você, tentando salvar a vida da líder deles.

Não a deixe morrer.

— É meu trabalho — respondeu Kiva, na defensiva, ainda que houvesse um punho gelado apertando seu coração.

— Ela machucou você — disse Jaren, baixando o olhar para o pescoço de Kiva. Sua voz soava preocupada. — E, pelo jeito, pode-se dizer que estava tentando fazer mais do que isso. O que teria acontecido se Naari não tivesse aparecido?

Kiva se lembrou de como sua visão escurecera, da ardência sufocante que sentira ao tentar respirar, do pânico ao não conseguir se soltar.

— Não importa — respondeu, dando as costas para continuar procurando a seiva, ainda mais ansiosa para que ele fosse embora.

— Como pode dizer isso? — pressionou ele, exasperado.

Kiva finalmente avistou o pequeno frasco e o apanhou, triunfante. Respondeu apenas quando se voltou para olhar para ele novamente.

— Porque *não importa*.

Gesticulou com a mão livre em direção às paredes da enfermaria.

— Este lugar está cheio de assassinos, estupradores e raptores, mas não consigo vê-los dessa maneira. Se me procuram com um problema, preciso tratá-los. Não é meu trabalho julgá-los, apenas curá-los. — Olhou para Tilda ao concluir: — Quer ela seja a Rainha Rebelde ou não, quer deseje destronar o reino ou não, quer tente me matar outra vez ou não, *não importa*. Preciso ajudá-la. Você entendeu?

Jaren estudou a expressão de Kiva por um longo momento antes de suspirar e assentir.

— Eu entendo. Mas não gosto disso.

— Nunca disse que *eu* gostava — retrucou Kiva. — Como acha que me sinto ao ajudar um homem que esquartejou os próprios filhos e vendeu carne humana para a taverna local, alegando se tratar de peças de carne suína?

Jaren fez uma careta.

— Por favor, diga que você inventou essa história.

Kiva apontou para a porta da ala de quarentena com o polegar.

— Ele está lá dentro agora, vomitando a própria alma. E, apesar do que fez, preciso me empenhar para ajudá-lo a sobreviver. — Ainda olhando para Jaren, acrescentou: — Até onde sei, você fez algo parecido e ajudei você sem fazer uma pergunta sequer.

Ela estendeu o frasco para ele em um movimento enérgico.

— Eu *ainda* estou ajudando você.

— Posso garantir que não assassinei minha própria família — disse Jaren, nitidamente ultrajado. — Nem ninguém, na verdade.

— Isso ainda deixa margem para muita coisa — retrucou Kiva, afastando-se. — Agora, se me dá licença, preciso verificar se o matador de crianças ainda está vivo. Sabe por quê?

— Porque é seu trabalho.

— Agora você entendeu — respondeu Kiva, então se despediu de Jaren, acenou breve e respeitosamente para Naari e entrou na ala de quarentena enquanto Tipp e Mot saíam, carregando juntos o peso inerte de Liku.

Mais uma noite em Zalindov, mais um prisioneiro morto.

CAPÍTULO 9

Como sempre, Olisha e Nergal se atrasaram, mas finalmente chegaram quando era por volta da meia-noite para substituir Kiva na enfermaria. Bocejando, ela os instruiu a continuar checando os pacientes em quarentena e explicou por que Tilda estava acorrentada, pedindo que fossem procurá-la caso a mulher recobrasse a consciência.

Exausta, Kiva retornava para seu bloco tremendo no ar gelado de inverno e aproveitando a tranquilidade da prisão à noite. Além da luz emitida pelos faróis de lumínio das torres de vigia, o trajeto era completamente escuro, iluminado apenas pela luz do luar. Antes, a caminhada a deixava aterrorizada, mas ela se acostumara e passara a encontrar conforto na quietude solitária depois de um longo dia. Ainda assim, acelerou o passo, desesperada por um banho rápido para que pudesse cair na cama e dormir para esquecer as preocupações.

Ao chegar ao bloco de celas número sete, entrou e foi direto para as câmaras de banho no fim do corredor. Passou por seus colegas de cela, que roncavam. Pallets e mais pallets de prisioneiros exaustos, alguns tremendo debaixo dos cobertores finos.

Como quase sempre acontecia no horário em que Kiva chegava, não havia ninguém nos chuveiros. Ela não demorou, tirando a roupa depressa e rangendo os dentes antes mesmo de sentir a água gelada. Arquejou quando a ferroada do jato gélido atingiu sua pele, mas mal entrara debaixo da água quando foi arrancada para fora com um puxão de cabelo que moveu sua cabeça violentamente para trás. Uma mão cobriu sua boca, e ela foi arrastada para longe da água, com o corpo nu escorregando e deslizando pelo chão de calcário.

Kiva gritou, mas o som foi abafado pela mão sobre sua boca. A mão que estava em seu cabelo a soltou e a segurou pela barriga, apertando com força suficiente para deixá-la sem ar.

— Cale essa boca, curandeira vagabunda — ameaçou uma voz em seu ouvido. — Grite mais uma vez e vai se arrepender.

Kiva parou de se debater ao reconhecer a voz. Assim que ficou quieta, a pessoa a soltou, e a garota se afastou aos tropeços de sua captora. Era Cresta, a líder dos rebeldes dentro da prisão.

— Calminha, vamos com calma — disse ela, e sua voz soou ameaçadora o suficiente para que Kiva ficasse imóvel. — Nós duas precisamos ter uma conversinha.

Tremendo dos pés à cabeça — e não apenas por conta da água gelada que arrepiava sua pele —, Kiva endireitou a postura. Ignorando a nudez, levou as mãos às laterais dos quadris.

— O que pensa que está fazendo? — disse, ríspida.

Cresta jogou o cabelo ruivo por cima dos ombros, afastando os cachos embaraçados e deixando à mostra a tatuagem de uma serpente que se desenrolava do lado esquerdo de seu rosto.

— Já disse, precisamos conversar.

Kiva analisou suas opções e percebeu que não tinha nenhuma. Cresta trabalhava na pedreira. Era uma das raras exceções que haviam chegado na adolescência e vivido mais do que o esperado. Até aquele momento, sobrevivera em Zalindov por cinco anos. Com braços da grossura das coxas de Kiva e um corpo musculoso, a jovem era forte como um touro — e agia como um. Os outros prisioneiros talvez estivessem sempre exaustos demais para criar confusão, mas Cresta parecia se energizar com isso, se esforçando ativamente para alimentar intrigas e iniciar confrontos. Tinha incitado quase todos os motins ocorridos nos últimos cinco anos, embora sempre tenha sido sagaz o suficiente para garantir que outra pessoa levasse a culpa. Assim como era sagaz o suficiente para não ser exposta como a líder dos rebeldes de Zalindov. Embora as pessoas *acreditassem* que esse era o caso, não havia evidências, nada que pudesse justificar qualquer ação por parte dos guardas.

O diretor Rooke precisava de informações. Se Kiva soubesse lidar com a situação, talvez Cresta vacilasse e confessasse alguma coisa, algo que Kiva pudesse usar para continuar provando seu valor como informante.

— Conversar sobre o quê? — perguntou Kiva.

Seus tremores se tornavam mais violentos naquela temperatura congelante.

— Pelo amor de Deus, vista suas roupas. Não preciso ver — disse Cresta, sarcástica, gesticulando em direção a Kiva e fazendo uma careta — tudo isso.

Kiva mordeu a língua para não dizer que Cresta poderia tê-la abordado *antes* que entrasse no chuveiro ou até mesmo *depois* que tivesse saído, mas não quis arriscar aborrecê-la. Se a conversa terminasse em confronto físico, Cresta sairia vitoriosa sem muito esforço.

Vestindo-se depressa, Kiva não se sentiu muito mais confortável ao se voltar para Cresta. Abriu a boca para exigir uma resposta, mas foi interrompida.

— Estão dizendo pela prisão que a Rainha Rebelde está aqui, e que está doente.

Kiva se manteve em silêncio. Não ficou surpresa ao descobrir que Cresta sabia desses detalhes. Ela tinha quase tantos espiões quanto o diretor.

— Quero negociar com você — continuou ela.

Kiva manteve o rosto inexpressivo, embora não pudesse negar que estava curiosa. O que Cresta queria? E o que achava que poderia oferecer a Kiva?

— Você vai salvar a vida de Tilda Corentine. Vai se certificar de que ela fique viva por tempo suficiente para ser resgatada. E, em troca, não vou matar aquele garoto de quem você gosta tanto. Aquele com gagueira. Tipp, não é?

Kiva ficou sem ar.

— O quê? — sussurrou ela.

— Você me ouviu — disse Cresta com um olhar penetrante. — Salve a Rainha Rebelde para salvar o garoto. Se ela morrer, ele morre.

Antes que Kiva pudesse tentar se acalmar, a lâmpada de lumínio dos chuveiros chiou e estourou com um estalo, deixando-a na escuridão. A luz voltou a se acender poucos segundos depois, mas Cresta já havia desaparecido.

— O que não entendo é por que ela acha que precisa negociar com você — disse o diretor Rooke, olhando para Kiva do outro lado da mesa, com o rosto apoiado nas mãos sob o queixo, os dedos entrelaçados.

Depois de seu encontro com Cresta, Kiva se dirigira imediatamente ao muro sul e dissera aos guardas que precisava falar com o diretor. Apesar de ser tarde da noite, Rooke ainda estava acordado e trabalhando em seu escritório. Na presença de Kiva, sua perfeição refinada contrastava com a imagem amarrotada, molhada e trêmula dela.

— Você já recebeu ordens para fazer com que Tilda Corentine esteja saudável o suficiente para passar pelo Julgamento por Ordália. Por que Cresta pensaria que precisa de mais motivação? — perguntou Rooke.

Sua expressão ficou reflexiva.

— A menos que não saiba do Julgamento. Ainda não anunciamos nada, mas deduzi que, apesar disso, a informação já teria se espalhado.

Um singelo sorriso apareceu nos lábios dele.

— Talvez os rebeldes não estejam tão bem-informados como gostam de acreditar.

— Quaisquer que sejam as razões dela, não importam — respondeu Kiva, sentada na beirada da cadeira.

A ansiedade apertava seu estômago.

— Ela ameaçou a vida de Tipp. Precisa deixá-lo ir embora — afirmou ela.

Rooke ergueu as sobrancelhas escuras.

— O que disse?

Kiva reuniu toda sua coragem e afastou o medo.

— Ele só está aqui porque estava com a mãe quando ela foi pega. Tinha oito anos na época, era só uma criança. *Ainda é* só uma criança. Não merece esta vida.

Kiva também não merecia. Chegara a Zalindov um ano mais nova do que Tipp, mas havia muito tempo desde que desistira da ideia de convencê-lo a deixá-la ir.

O diretor balbuciou, impaciente:

— Já falamos sobre isso. Diversas vezes. Minha resposta continua a mesma: enquanto ele não tiver um guardião para se responsabilizar por ele, Tipp é considerado tutelado de Zalindov. Pode ir embora, mas só se alguém vier buscá-lo.

— Mas ele é *inocente* — argumentou Kiva, aproximando o corpo da mesa, quase sem conseguir continuar sentada. — E agora Cresta quer usá-lo contra mim.

— Muitas pessoas aqui são inocentes — respondeu Rooke com desdém. — Se fizer seu trabalho, ela não vai ter motivos para machucá-lo. Pela primeira vez, Cresta e eu concordamos em alguma coisa. Quem diria.

Kiva se perguntou se já odiara o diretor mais do que o odiava naquele momento.

Mordendo o lábio, baixou a voz e confessou:

— Tilda está muito mal. Não sei dizer o que há de errado com ela. Não sei se consigo salvá-la. E caso não consiga…

— Permita que eu seja franco — interrompeu Rooke, acomodando-se em sua cadeira luxuosa. — Eu, particularmente, não me importo se a Rainha Rebelde viver ou morrer. As Ordálias são um aborrecimento, e planejá-las tem me dado indigestão. Há muitas regras a serem seguidas, muita organização para a preparação das quatro provações e cartas chegando diariamente de todos os reinos com conselhos e pedidos para que os mantenhamos atualizados. Agradeço aos deuses por apenas os herdeiros da família Vallentis estarem a caminho, já que vão me causar dor de cabeça o suficiente para uma vida inteira. — O diretor comprimiu os lábios e continuou: — Mas, por mais frustrante que seja, recebi ordens para garantir que a sentença dela seja cumprida.

Sua expressão severa deixava claro o que ele pensava sobre as ordens que recebera, principalmente depois de tanto tempo sendo livre para governar sem prestar contas com frequência.

— Para que isso aconteça, ela precisa permanecer viva. E para que *isso* aconteça, você precisa fazer a porcaria do seu trabalho. — O rosto dele ficou sombrio quando acrescentou: — Se Tilda não sobreviver para passar pela primeira provação, a vida de Tipp não será a única em risco. Estou sendo claro?

O coração de Kiva disparou. Ela engoliu em seco e assentiu, incapaz de formular uma resposta.

O diretor Rooke pareceu relaxar.

— Fez bem em ter me procurado hoje, Kiva. Estou feliz por ter me ouvido da última vez que nos vimos. Continue com o bom trabalho e tudo ficará bem.

Ainda incapaz de falar, Kiva assentiu outra vez. O elogio devia ter trazido um pouco de alívio, já que era a confirmação de que dera a ele informações suficientes para continuar sendo útil. Mas ele não sabia o que ela omitira.

Cresta não apenas ordenara que Kiva salvasse a vida de Tilda, também dissera que a Rainha Rebelde deveria ser mantida viva *até ser resgatada*. Ela não mencionara o resgate por medo do que representaria para sua própria liberdade quando o momento chegasse — embora *não fizesse ideia* de quando aconteceria.

Já seria difícil o bastante obedecer à ordem do diretor e mantê-la viva até a primeira Ordália. Mas depois disso... Como manteria a Rainha Rebelde viva? Precisava descobrir. A vida de Tipp dependia disso. A vida *de Kiva* dependia disso.

Porque, se falhasse, fosse pelas mãos de Cresta ou pelas mãos do diretor, todos eles morreriam.

CAPÍTULO 10

Quatro dias depois, a febre de Tilda baixou.

Kiva estava aliviada e preocupada ao mesmo tempo. Aliviada porque significava que a mulher tinha chances de sobreviver à doença que ainda dominava seu sistema imunológico. Preocupada porque tinha apenas três dias até a chegada do príncipe herdeiro e da princesa para assistir à Provação pelo Ar.

Ela estava ficando sem tempo.

Embora os lençóis de Tilda já não ficassem ensopados de suor de hora em hora e ela permanecesse acordada por mais tempo, Kiva ainda não descobrira o que havia de errado com ela. A mulher não conseguia — ou não queria — falar, nem mesmo os estímulos gentis de Kiva a faziam dar qualquer pista sobre sua enfermidade. Em alguns momentos, parecia lúcida, e então, momentos depois, começava a delirar, debatendo-se contra as amarras, espumando pela boca e gritando alto o suficiente para que os guardas saíssem em disparada para a enfermaria.

Kiva não sabia o que fazer nem como ajudá-la. Além disso, se sentia exausta não só devido ao aumento nos casos do vírus estomacal, mas por estar ajudando prisioneiros que a procuravam com outros problemas, o que se tornava cada vez mais frequente por causa de brigas com os guardas.

No auge do inverno, com pouquíssimos novos prisioneiros, os guardas estavam irritados e entediados. Tentavam se entreter com as prisioneiras mulheres e, algumas vezes, com os homens. Depois de dez anos, Kiva já se acostumara, mas isso não a impedia de sentir um ódio ardente quando mulheres amedrontadas chegavam aos montes em busca de cascasseca para atrasar os ciclos menstruais.

O trabalho exaustivo e a comida limitada faziam com que a maioria das mulheres nem sequer menstruassem, mas quanto àquelas que menstruavam...

engravidar era a última coisa que queriam em Zalindov. Acontecia, óbvio. Nos raros casos em que a mulher seguia com a gravidez até o fim, Kiva estava presente para auxiliar no parto. Mas nunca, em seus dez anos de prisão, uma mãe e seu filho sobreviveram por muito tempo.

Kiva tomava precauções, mas, porque suas horas de trabalho eram mais longas do que as dos demais e por sua suposta lealdade ao diretor, geralmente conseguia se manter fora do radar dos guardas. Nem sempre era imune — como acontecera semanas antes, quando Naari precisara interferir. Embora ao longo dos anos tenha sofrido nas mãos dos guardas algumas vezes, eles sempre paravam antes que a situação chegasse longe demais, como se soubessem que talvez pudessem precisar dos cuidados médicos dela no futuro. Isso era uma bênção e uma maldição. Uma bênção porque ela se safava de ser totalmente violentada, e uma maldição porque não havia nada que pudesse fazer para proteger as outras mulheres. Às vezes, dormia na enfermaria, não apenas para evitar os guardas insones, mas para estar completamente disponível para as prisioneiras que precisavam dela.

Era uma dessas noites, já perto do amanhecer, quando Kiva foi acordada por um som baixo, como um lamento. Dispensara Olisha e Nergal quando chegaram, alegando que gostaria de ficar de olho em alguns pacientes da quarentena. Na verdade, Naari a alertara para que não voltasse sozinha para sua cela naquela noite. A guarda fora solicitada em outro lugar, então não poderia escoltá-la.

Kiva pensara por horas no aviso de Naari. Ela se perguntara se a guarda a avisara porque era uma mulher ou simplesmente porque era um ser humano decente, apesar de seu cargo em Zalindov. Qualquer que fosse a razão, Kiva se sentia grata e, depois de dispensar Tipp mais cedo do que o normal e aconselhá-lo a ficar perto de Jaren, permaneceu na enfermaria e se acomodou em um pallet quando já não conseguia mais ficar de olhos abertos.

O lamento soou outra vez, e Kiva se esforçou para despertar, lutando contra o sono. Então percebeu que o barulho vinha de Tilda, e que não era um som incompreensível, e sim uma palavra em forma de lamento. Ela se sentou, jogando as pernas para fora da cama, e rapidamente foi até a mulher.

— Ááááágua. Ááááááááágua.

Tilda se debatia contra as amarras, sacudindo a cabeça. Seus olhos estavam vidrados na sala mal iluminada.

— Estou aqui — disse Kiva, pousando a mão em seu ombro de maneira tranquilizadora. — Vou buscar água para você.

Kiva podia sentir o coração pulsando nos ouvidos ao correr para pegar um copo e mergulhá-lo em um balde de água fresca. Notou vagamente que havia um guarda na porta da enfermaria, alguém que não reconhecia. O homem, que estava armado, olhava com curiosidade para Tilda, com certeza ouvindo com atenção.

Desconfortável com a ideia de que ele as estivera observando enquanto dormiam, Kiva evitou fazer contato visual com o guarda e voltou depressa para o leito de Tilda, levantando delicadamente a cabeça da mulher e levando o copo até seus lábios.

Tilda bebia com sofreguidão. Um pouco da água escorreu por seu queixo e, quando o copo estava vazio, Kiva secou seu rosto com um pano.

— Obrig... Obrigaaaaa...

— De nada — respondeu Kiva, com um nó na garganta.

Restava apenas um dia inteiro para a primeira Ordália, e apesar de a febre de Tilda ter passado no início da semana, sua condição geral não progredira muito. Vê-la finalmente tentando se comunicar... Kiva engoliu outra vez, sentindo uma onda de emoção crescer dentro de si.

Não deveria se apegar a seus pacientes. Essa era a primeira regra a ser seguida pelo curandeiro da prisão. A ser seguida por *qualquer* curandeiro, na verdade. Mas principalmente por um curandeiro em Zalindov. Mas mesmo assim, aquela mulher... Kiva não conseguia não se sentir próxima a ela.

Não a deixe morrer.

— Sabe onde está? — perguntou Kiva em voz baixa, arrastando um banco para se sentar ao lado do leito de Tilda.

Não sabia dizer se a mulher compreendia suas palavras, mas precisava ao menos tentar, ainda que o guarda as estivesse bisbilhotando provavelmente com a intenção de reportar tudo ao diretor mais tarde. Kiva só precisaria tomar cuidado. *As duas* precisariam tomar cuidado.

— Zaliiin... Zaaaaaaliiin...

— Zalindov, isso mesmo — disse Kiva, encorajando-a.

Percebeu que Tilda tinha dificuldade para falar e adicionou o fato à lista de sintomas que poderia ajudá-la a decifrar a causa da enfermidade. De repente, teve uma ideia.

— Volto já.

Levantando-se em um pulo, Kiva foi depressa até onde estavam seus materiais e pegou um pote de erva de goma que Tipp já macerara até virar pasta. A cor e a consistência de lama conferiam uma aparência repulsiva à substância, mas o odor era de ervas frescas e, além de servir como relaxante, ajudava a trazer clareza mental.

Na esperança de conseguir algumas palavras de Tilda, Kiva levou o recipiente até ela e pediu que abrisse a boca. A mulher hesitou e Kiva temeu que ela pudesse resistir — e possivelmente tentar agredi-la, apesar das amarras —, mas, um momento depois, Tilda obedeceu e abriu a boca, e Kiva aplicou um pouco da substância em sua língua.

Depois de aguardar até que a pasta fizesse efeito, Kiva perguntou:

— Sabe me dizer seu nome?

A mulher abriu e fechou os lábios e, por fim, disse:

— Tilda. Meu nome é... Tilda.

Sua garganta se movia como se ela estivesse tentando engolir e sentisse dor com o esforço.

— Onde... onde estou?

Kiva sentiu um aperto no peito, e o ar de seus pulmões escapou em um sopro pela boca. Ouvir Tilda dizendo o próprio nome a fez sentir que finalmente estava chegando a algum lugar, ao menos até a mulher perguntar onde estava — pouco depois de ela mesma ter respondido à pergunta.

— Está em Zalindov, lembra? — indagou Kiva, devagar.

A mulher piscou, os olhos fitavam cegamente o teto da enfermaria.

— Zalindov? Sim. Sim... Onde?

O coração de Kiva se encolhia cada vez mais.

— Você chegou há dez dias — informou ela, incerta do que dizer a seguir. Tilda reagiu com um ligeiro espasmo de surpresa.

— Você está muito doente — continuou ela. — Eu estou... Estou tentando fazer com que melhore.

— Por quê?

Uma pergunta dilacerante. Kiva percebeu que não sabia responder. Havia tantas razões, a maioria das quais não poderia contar. Principalmente com o guarda escutando.

Não a deixe morrer.

— Porque eu... Porque você... Porque nós...

— A... Ordália — interrompeu Tilda, sua voz perdendo a força outra vez. — Minha sentença. Por que... — Ela inspirou pelo nariz, chiando, em seguida continuou com nítido esforço: — Por que me manter... viva... apenas para... que eu... morra depois?

Ao ouvir as palavras fragmentadas, Kiva cerrou os punhos sobre o colo, cravando as unhas na palma das mãos. De tudo que Tilda precisava saber, se lembrar... Por que tinha que perguntar logo sobre o Julgamento? O que Kiva poderia dizer? Várias respostas surgiram em sua mente.

Porque é meu trabalho.

Porque foi uma ordem do diretor.

Porque minha irmã me enviou um bilhete.

Porque Cresta vai matar Tipp caso eu falhe.

Porque não vou conseguir viver comigo mesma se eu...

— Onde... onde estou? — perguntou a enferma outra vez, interrompendo os pensamentos de Kiva.

Deixando os ombros caírem, Kiva estava prestes a repetir a resposta quando se deu conta de que talvez essa não correspondesse ao que Tilda estava perguntando. Depois de um rápido olhar em direção ao guarda, Kiva refletiu sobre suas palavras e, julgando-as inofensivas, respondeu:

— Você está na enfermaria. Na enfermaria de Zalindov.

O silêncio pairou sobre elas por um momento até que, por fim, Tilda perguntou, sua voz um mero sussurro:

— Quem... quem é... você?

Lançando mais um olhar rápido para o guarda, Kiva deu a resposta mais honesta que sua coragem permitia.

— Alguém que quer que você sobreviva... que sobreviva *a tudo isso.*

Ela se aproximou de Tilda e, em um impulso, apertou sua mão antes de cair em si e se afastar depressa.

— Precisa descansar. Podemos conversar mais amanhã.

No entanto, na manhã seguinte, Tilda voltara a seu estado de delírio. Nem mesmo a erva de goma funcionou daquela vez.

As horas se arrastavam, e Kiva seguia na expectativa de que a mulher voltasse a si, mas era em vão. Tilda ainda estava muito doente e completamente à mercê do que quer que causasse sua enfermidade. Quando o dia seguinte chegou — o dia da primeira Ordália —, Kiva sabia que o tempo tinha acabado.

Não a deixe morrer.

Não a deixe morrer.

Não a deixe morrer.

Não pregou os olhos naquela noite, rezando para que Tilda se recuperasse milagrosamente e para que a mulher encontrasse um jeito de sobreviver à Provação pelo Ar. Como Kiva dissera a Tipp, a primeira provação nem sempre era impossível de superar. Em geral, era desenvolvida para dar ao infrator a falsa ilusão de que tinha chances de sobreviver, o que no fim das contas se provava falso na segunda, terceira ou quarta Ordália. Ainda assim, mesmo que o nível de dificuldade fosse menor na primeira, seria um desafio para qualquer pessoa fisicamente saudável, o que não era o caso de Tilda.

Não a deixe morrer.

As quatro primeiras palavras codificadas de sua irmã continuavam a ecoar em sua mente. A ordem, o pedido. E havia a ameaça de Cresta, sua voz sibilante repetindo sem parar: *Salve a Rainha Rebelde para salvar o garoto. Se ela morrer, ele morre.*

A mente de Kiva se tornara um campo de batalha.

Não a deixe morrer... Se ela morrer, ele morre... Não a deixe morrer... Se ela morrer, ele morre.

Não tinha ideia do que fazer, não tinha ideia de como salvar Tilda, não tinha ideia de como salvar Tipp. Só conseguia pensar em uma saída, mas... o risco... e as consequências...

Não a deixe morrer.

Se ela morrer, ele morre.

Quando entrou na enfermaria pouco antes do meio-dia, Naari tinha uma expressão sombria. O estômago de Kiva estava se revirando.

— Chegou a hora — avisou Naari.

— M-mas... Ela ainda está tão doente — argumentou Tipp.

Os dedos do garoto envolviam o braço inerte de Tilda como se fosse uma tentativa de confortá-la.

Tilda estava acordada, mas não lúcida. Encarando o nada, murmurava algo para si mesma, e seu corpo se contraía em espasmos musculares a cada poucos segundos.

— Tenho ordens a cumprir — respondeu Naari, sem rodeios. — O Príncipe Deverick e a Princesa Mirryn já chegaram, e não pretendem ficar mais tempo do que o necessário.

Kiva conteve a vontade de revirar os olhos. Que tragédia seria para a família real permanecer por um segundo sequer em um lugar tão infernal. Era de se suplicar ao mundo-eterno que não tivessem acesso ao que acontecia dentro dos muros: a fatalidade do trabalho, a violência dos guardas, a precariedade das condições em que os presos vivam. Assim que deixassem a prisão, voltariam direto para o palácio de inverno, e os prisioneiros e as adversidades que enfrentavam todos os dias nunca mais passariam por suas mentes.

E por que deveria ser diferente?, pensou Kiva, com desdém. Até onde interessava à família real, todos em Zalindov eram culpados e mereciam estar lá.

— Ela consegue andar? — perguntou Naari.

Kiva não queria responder, mas o olhar que recebeu de Naari foi claro: hoje ela era uma guarda de Zalindov como todos os outros. Não haveria complacência nem compaixão.

— Consegue — respondeu Kiva, rouca. — Mas vai precisar de ajuda. E não faz ideia do que está acontecendo.

Naari cerrou a mandíbula, uma pista sutil de sua opinião sobre a situação, mas assentiu mesmo assim.

— Levante-a. Os outros guardas estão reunindo os prisioneiros no pátio leste. — Fez uma pausa. — Preparem-se. Tiraram todos dos respectivos postos de trabalho.

— P-parece que a família r-real quer uma audiência — disse Tipp, pálido.

Kiva, no entanto, ainda pensava na menção de Naari ao pátio leste. Não apenas era o local mais distante da enfermaria dentro dos limites da prisão, mas onde ficavam as forcas. O que estavam planejando fazer com Tilda? Será que ela seria enforcada na Provação pelo Ar para que tentasse sobreviver a um pescoço quebrado ou à morte por sufocamento?

Com certeza não. Ninguém sobrevivia à forca. Prisioneiros eram enforcados semanalmente e todos acabavam no necrotério. Não havia a mínima chance de Tilda...

— Precisamos ir — disse Naari enquanto três outros guardas surgiam à porta da enfermaria para escoltá-los. — Agora.

Sentindo-se entorpecida, Kiva soltou as correntes de Tilda e o cinto sobre seu peito. Desejou que a mulher a atacasse como fizera uma semana antes, demonstrando que ainda tinha alguma energia para lutar. Mas nada aconteceu, apenas murmúrios indecifráveis e alguns espasmos enquanto Kiva e Tipp a carregavam sob os ombros, seguindo Naari e os outros guardas enfermaria afora.

Kiva não marcara a mão esquerda de Tilda. Não tivera coragem, não quando a mulher estava tão doente. Isso significava que Tilda era a única prisioneira em Zalindov sem um Z em sua pele. Nem sequer recebera a pulseira de metal com um número de identificação e, ainda assim, todos sabiam quem ela era. Desde que Cresta confrontara Kiva nos chuveiros, os boatos tinham se espalhado a todo vapor, e agora todos sabiam que a Rainha Rebelde estava entre eles. Cochichos circulavam. Alguns ultrajados, outros reverentes. Kiva estava preocupada com a agitação geral. A energia no ar era semelhante à que ela sentira quando os detentos foram levados ao limite e começaram um motim. Essa era a última coisa da qual precisava, além de tudo o que já estava acontecendo.

Enquanto carregavam a mulher debilitada pela prisão, Kiva não conseguia parar de pensar na mão esquerda de Tilda. Deveria ter marcado sua pele? E se um dos guardas notasse que a mulher não havia sido gravada? Se a Rainha Rebelde morresse hoje sem o símbolo de Zalindov em sua mão, será que seria considerada uma prisioneira ou uma mulher livre?

Em meio a pensamentos desconexos, Kiva percebeu que estava entrando em pânico e se forçou a respirar fundo. O fato de terem que desviar de cada vez mais prisioneiros à medida que se aproximavam de seu destino não ajudava. Os murmúrios se tornavam mais altos, no começo como zumbidos de insetos e, mais tarde, quando o pátio entrou no campo de visão, intensos o suficiente para que Kiva tivesse dificuldade de ouvir os próprios pensamentos. Não teriam conseguido atravessar o amontoado de pessoas não fosse por Naari e pelos três guardas que abriam caminho entre a multidão. Era como se toda a população de Zalindov aguardasse com expectativa pelo que aconteceria a seguir.

Quando se depararam com as forcas, o estômago de Kiva se contraiu de maneira tão violenta que ela achou que fosse vomitar. No entanto, quando se forçou a olhá-las com mais atenção, percebeu que não havia cordas pendendo das vigas nem carrascos posicionados ao lado da alavanca.

O que ela *viu* foi um pequeno grupo de pessoas paradas no alto da plataforma, a uma distância segura de todos os prisioneiros lá embaixo. O diretor estava presente, de postura ereta e cabeça erguida, enquanto olhava inexpressivo para a aglomeração de prisioneiros. Não estava acompanhado de guardas; em vez disso, a seu lado havia as inconfundíveis armaduras da Guarda Real. Resplandecendo sob o sol do meio-dia, os protetores mais letais do reino estavam posicionados ao redor de duas figuras distintas. Ambas vestiam capas pesadas de inverno, que as cobriam da cabeça aos pés, e a julgar pela maneira como se portavam, era possível perceber que não se adequavam a um lugar como Zalindov.

Kiva tentou enxergar seus rostos, mas, além de estarem rodeados por seus guardas, também usavam máscaras. Ela ouvira boatos de que os herdeiros de Vallentis ocultavam a face em eventos públicos e, naquele momento, se perguntava se era algum tipo de demonstração de poder, mais uma maneira de evidenciar quão distantes estavam da plebe. Por causa das máscaras, tudo o que Kiva conseguia distinguir era que o príncipe herdeiro era mais alto do que sua irmã e que ambos tinham cabelos claros.

Olhando para eles e para seus guardas, sentia ondas de calor e calafrios ao mesmo tempo. Tremia, mas não sabia se era porque temia por Tilda ou por causa do sentimento de revolta causado pelo espetáculo vil. Tudo o que sabia era que estavam a passos de distância da base das forcas, onde Tilda teria que enfrentar sua primeira Ordália — e quase certamente sua morte.

Não a deixe morrer.

Se ela morrer, ele morre.

Kiva rangeu os dentes. Apesar do vento gelado, havia gotas de suor em sua testa.

Não a deixe morrer.

Se ela morrer, ele morre.

Kiva não podia impedir o Julgamento, não podia livrar Tilda do que aconteceria assim que subisse os degraus da forca, não podia salvar Tipp e não podia salvar a si mesma.

Três vidas estavam em jogo, tudo por causa de uma única mulher.

Não.

A deixe.

Morrer.

Kiva fechou os olhos. O coração pulsava em seu ouvido, abafando a zombaria da multidão.

Sabia o que tinha que fazer.

Sentiu uma onda de náusea ao abrir os olhos, procurando desesperadamente por um rosto familiar no mar de prisioneiros. Não conseguiu encontrar Mot, Olisha nem Nergal. Desesperada, Kiva enxergou Jaren em meio aos outros detentos que trabalhavam nos túneis. Ele estava perto da base das forcas, quase irreconhecível por causa da quantidade de sujeira que cobria seu rosto.

— Jaren! — gritou Kiva sobre as vaias dos prisioneiros, ignorando o olhar de advertência que recebeu de Naari. — *Jaren!*

Ele pareceu confuso com o chamado, quase assustado, e levantou o olhar em direção aos membros da família real e seus guardas, como se temesse atrair sua atenção.

— O que você está f-fazendo? — gritou Tipp do outro lado de Tilda, quase inaudível no intimidante alvoroço dos prisioneiros.

Ela o ignorou e desacelerou o passo dos três, sentindo-se aliviada e temerosa, quando viu Jaren abrir caminho entre a horda, chegando até eles a meros metros dos degraus das forcas.

— Fique aqui — ordenou Kiva a Jaren e a Tipp.

Tirando o braço de Tilda de seus ombros, trocou de lugar com Jaren sem cerimônia, deixando-o responsável por sustentar o peso da mulher. Sem explicar, entrou no meio da multidão sufocante e, passando reto por Naari e pelos três guardas, subiu as escadas da forca de dois em dois degraus até estar no topo da plataforma.

Cinco espadas da Guarda Real foram imediatamente apontadas para ela. O diretor Rooke, por sua vez, permaneceu imóvel feito uma estátua, com os olhos tão arregalados ao vê-la que a cicatriz em formato de diamante quase desaparecera em seu rosto.

De repente, a plateia ficou em silêncio.

— Quem é você, garota? — perguntou o guarda mais próximo. — Onde está a Rainha Rebelde?

Não a deixe morrer.

Trêmula, Kiva inspirou fundo e endireitou os ombros. Então, olhando em direção ao príncipe e à princesa atrás dos guardas, anunciou em voz alta as únicas palavras que poderiam manter Tilda viva.

— Meu nome é Kiva Meridan, e eu reivindico esta sentença.

CAPÍTULO 11

Quando Kiva proferiu tais palavras, um silêncio ensurdecedor caiu sobre o pátio, mas rapidamente deu lugar a um alvoroço entre os prisioneiros. O vozerio era tão estrondoso que a fez cambalear.

— SILÊNCIO!

A ordem retumbante veio do guarda mais próximo ao príncipe e à princesa. Enquanto os demais Guardas Reais traziam um emblema prateado na altura do peito das respectivas armaduras, seu emblema era dourado: quatro quadrantes representando a magia elemental — terra, fogo, água e ar —, sobrepostos por uma espada atravessada por uma flecha, trazendo no topo uma coroa.

O brasão da família Vallentis.

— Deixem-na passar — bradou o homem com o emblema dourado, que Kiva percebeu se tratar do capitão da Guarda Real.

Seus joelhos quase cederam.

Os guardas baixaram as espadas e, com as pernas trêmulas e o coração disparado, ela deu um passo à frente. Eles não descansaram as armas por completo, assumindo uma postura que permitiria ação imediata caso ela desse qualquer passo em falso.

Pareceu se passar uma eternidade enquanto Kiva se dirigia para o centro da plataforma. Não ousou fazer contato visual com o diretor, que continuava imóvel, nem olhar para o poste da forca que se erguia acima dela.

Tentou lembrar a si mesma de que a primeira Ordália era a mais fácil e de que era possível — e muitos prisioneiros de fato conseguiam — sobreviver à provação. Kiva se esforçava para não pensar além disso, para não considerar as repercussões de suas ações impulsivas nem imaginar como seria o restante do Julgamento. Não pensar sobre chance de sobreviver a uma provação que fosse... Sabia que poderia estar entregando sua própria vida para salvar a de Tilda.

Não a deixe morrer.

Naquele momento, Kiva odiava sua irmã, odiava Cresta, odiava o diretor Rooke, odiava a família Vallentis e odiava até mesmo os soberanos de Mirraven por terem enviado Tilda a Zalindov, dando início àquela cadeia de eventos.

No entanto, tomara sua decisão. E teria que arcar com as consequências — ou morrer tentando.

Quando estava a poucos metros do capitão, ele se virou em um sutil movimento, indicando que ela não deveria se aproximar mais.

Kiva ergueu o olhar para encará-lo, notando seu cabelo grisalho, o bigode bem-aparado e a barba curta. Sua aparência castigada revelava que não era apenas o líder da Guarda Real, mas que tinha um histórico de combate.

Como se Kiva não soubesse.

Está tudo bem. Vai ficar tudo bem.

A voz do pai a atingiu em cheio, dilacerando seu coração e fazendo com que sua respiração falhasse. Mas ela afastou a lembrança para dar atenção ao homem à sua frente, sem deixar transparecer que o conhecia, que *se lembrava* dele.

Os olhos castanho-escuros do capitão a fitavam.

— Explique-se, Kiva Meridan — ordenou ele.

Ouvir seu nome dito pela voz rouca do homem foi o bastante para que ela sentisse vontade de sair em disparada da plataforma e desaparecer em meio à multidão de espectadores. Mas não podia fazer isso — *não faria* isso. Tomara uma decisão e iria até o fim.

— Como eu disse, capitão — repetiu Kiva, de maneira firme, sentindo-se aliviada ao perceber que sua voz não revelava o caos em seu interior —, eu reivindico a sentença da Rainha Rebelde.

— Por que acredita ter o direito de fazer isso? — rebateu ele, arqueando uma das sobrancelhas escuras.

Kiva estava ciente da quantidade de pessoas que a observava, da plateia que ansiava por ouvir suas palavras — prisioneiros, guardas, a família real. Conseguia sentir o olhar do diretor ardendo sobre ela. Em algum lugar na multidão, Cresta e os rebeldes a observavam. Jaren, Tipp e Naari a observavam. *Todos* a observavam.

Havia suor escorrendo por suas costas e calafrios percorriam seu corpo. Rezando para que conseguisse se lembrar corretamente das palavras e para que os boatos que ouvira fossem verdadeiros, declarou:

— A quinta regra do Julgamento por Ordália, conforme descrita no Livro da Lei, estabelece que, "Havendo outro indivíduo que reivindique a sentença do acusado para si, ele ou ela deverá enfrentar o Julgamento como Defensor ou Defensora do acusado".

Kiva sustentou o olhar do capitão, notando sua expressão de surpresa, talvez até mesmo respeito, o que a deixou mais confiante de que o que dissera era verdade. Confiante o bastante para continuar.

— Esta é minha reivindicação. De acordo com suas leis, sou a Defensora de Tilda Corentine.

Ouviu-se uma risada de escárnio, e Kiva virou a cabeça em direção aos herdeiros.

— Gostei dela — disse o príncipe. Seu tom de voz denunciava que ele estava se divertindo, embora a máscara escondesse seu rosto. — É uma mulher de atitude.

— É uma mulher com tendências suicidas — rebateu a princesa, embora também parecesse estar achando a situação divertida.

Com raiva, Kiva rapidamente voltou-se para o capitão, mas não sem antes notar a expressão enfurecida no rosto do diretor Rooke. Engoliu em seco, percebendo que sua interferência devia ter sido inconveniente para os planos que ele reservara para a Rainha Rebelde. Rooke afirmara não se importar se ela vivesse ou morresse, mas Kiva sabia que o desfecho da situação seria mais fácil para o diretor se Tilda sucumbisse na primeira Ordália. A sentença dela seria determinada a partir de seu fracasso, sua execução seria autorizada aos olhos da lei. Zalindov prezava pouco pela justiça, mas, por estarem diante de todos de Wenderall, Rooke estava sendo cauteloso. Seu olhar sombrio deixou claro que, se Kiva sobrevivesse à primeira Ordália, responderia a ele por sua atitude.

— Acho que não compreende as implicações de sua reivindicação, menina — disse o capitão, cruzando os braços grandes sobre o peito da armadura. — A segunda parte da regra determina que seu destino estará ligado ao dela. Caso não obtenha êxito nas quatro Ordálias, ambas morrerão.

Um murmúrio correu pela multidão presente.

— NÃO, KIVA! *N-NÃO FAÇA ISSO!*

Kiva ignorou a súplica de Tipp. Tinha escolhido fazer aquilo não apenas por Tilda, mas também para salvar a vida dele e a sua própria. Não mudaria de ideia, ainda que experimentasse a sensação vertiginosa do pânico crescente que a dominava: seus dedos formigavam, sua visão periférica se escurecera.

Munindo-se de uma coragem que não possuía, afundou as unhas na palma de suas mãos e, focando na dor, declarou:

— E, caso eu tenha êxito, a liberdade será concedida a nós duas.

Não via sentido em admitir que a situação estava longe de ser favorável para ela. Isso era óbvio para todos. Mas se conseguisse sobreviver à primeira provação...

Estamos em segurança. Não morra.

Não a deixe morrer.

Nós iremos até você.

Nós.

Iremos.

Até.

Você.

Kiva tinha que acreditar que o significado do bilhete de sua irmã era: depois de dez anos, eles *finalmente* estavam vindo, preparados para cumprir a promessa. Sobretudo naquele momento, com a presença de Tilda — um incentivo extra para que os seguidores dela se arriscassem a atacar Zalindov, libertando Kiva no processo. Era o que a ameaça de Cresta sugerira: que havia planos para uma tentativa de resgate.

A família Meridan — a família de Kiva — tinha um histórico complicado com os rebeldes. Ela ainda se lembrava disso, por mais jovem que fosse quando tinha sido separada deles. No pequeno vilarejo escondido na base das Montanhas Armine, praticamente esquecido pelos forasteiros, seus pais tentaram manter distância do mal-estar político de Evalon. Mas as coisas haviam mudado nos dez anos em que Kiva estivera presa. Assim como ela fizera o necessário para sobreviver, sua família, pelo que tudo indica, fizera o mesmo.

Talvez... diante da possibilidade ínfima de que ela sobrevivesse à primeira Ordália... talvez ela pudesse ganhar tempo para Tilda, tempo suficiente para apaziguar Cresta, para que os rebeldes viessem, para que a família de Kiva chegasse...

Talvez finalmente conseguisse a liberdade.

Não a deixe morrer.

Nós iremos até você.

A princesa deu um passo adiante, agitando o casaco de pele com o movimento e despertando Kiva de seus pensamentos esperançosos e aflitos.

— Por que arriscaria sua vida? — A Princesa Mirryn encarava Kiva por trás da máscara. — Por que reivindicar para si algo que só tem um único fim possível?

Kiva não se deu ao trabalho de argumentar que poderia haver um segundo desfecho, que ela poderia sobreviver. Em vez disso, disse apenas:

102

— A mulher que condenaram está fatalmente doente, incapaz de se manter em pé por conta própria, muito menos participar da Ordália de hoje. Fizeram uma longa viagem para serem entretidos, princesa. Em vez de questionar minhas razões, por que não se acomodar e aproveitar o espetáculo como estava previsto?

Diferente do príncipe, cujo rosto estava completamente coberto por uma máscara dourada, a princesa usava uma máscara semelhante a prata derretida, que se estendia na diagonal de uma lateral de seu rosto à outra. Sendo assim, seus lábios vermelhos estavam expostos o suficiente para que fosse possível ver um sorriso malicioso momentos antes de ela concluir em voz alta:

— Definitivamente suicida.

Então Kiva foi arremessada no ar.

Em um segundo, seus pés estavam tocando a plataforma de madeira das forcas; no outro, não havia nada sob ela, nada a sustentava quando se elevou no ar como se estivesse sendo puxada por uma corrente invisível. O ar gelado açoitava seu rosto, aprisionando um grito em sua garganta. Kiva teve apenas uma fração de segundo para se perguntar o que estava acontecendo — seria essa a Provação pelo Ar? O que deveria fazer para sobreviver? — antes de sua ascensão ser interrompida e ela se encontrar em queda livre.

Em um piscar de olhos, seus pés aterrissaram em uma superfície sólida, e Kiva desabou quando suas pernas não conseguiram suportar o peso de seu corpo.

Não estava morta.

Tampouco estava segura em terra firme.

Quando se levantou, ela sentiu o medo retorcer suas entranhas ao perceber que estava no topo de uma das torres independentes que se erguiam no pátio leste da prisão, perpendicular ao muro externo.

Era alto. *Muito alto.*

Kiva se virou ao ouvir um baque atrás de si e se deparou com o capitão da Guarda Real aterrissando habilidosamente a poucos metros de distância, depois de, assim como ela, ter sido transportado pela magia elementar da princesa.

— Agradeça à princesa por não tê-la soltado de uma altura maior ou não estaria se levantando agora — disse o capitão, percebendo que Kiva tremia da cabeça aos pés.

Kiva estava prestes a vomitar. Torcia para que, se perdesse a dignidade de tal maneira, pelo menos pudesse estragar as botas engraxadas do capitão no processo.

103

— O príncipe e a princesa decidiram aceitar sua decisão. A sentença de Tilda Corentine foi transferida para você de acordo com a quinta regra no Livro da Lei — continuou ele. Olhava fixamente para Kiva quando acrescentou: — Caso seja verdade o que disse sobre o estado débil de saúde da acusada, sacrificará sua vida em vão. Por isso, estou oferecendo a você uma última chance de revogar sua reivindicação.

Kiva se manteve em silêncio. Em parte porque temia que, se abrisse a boca, faria exatamente o que o capitão sugeria. Mas lembrou a si mesma de que tudo o que precisava fazer era encarar o Julgamento, um passo de cada vez. Conseguiria fazer isso. *Faria* isso.

Não a deixe morrer.

Essa era a única forma que encontrara de manter a Rainha Rebelde viva. Se — *quando* — Kiva sobrevivesse à Provação pelo Ar, Tilda teria mais tempo para se recuperar e a garota teria mais tempo até que os rebeldes viessem resgatá-la — ou melhor, resgatar as duas.

Mas… se Kiva *de fato* morresse hoje… os mortos não eram submetidos ao julgamento dos vivos. O destino de Tilda não seria mais sua responsabilidade.

— Assim seja — aquiesceu o capitão diante de seu silêncio, embora parecesse descontente.

Kiva se perguntou se ele recordava-se de quem ela era, se lembrava-se dela, mas percebeu que a estaria tratando de uma maneira completamente diferente se fosse o caso.

Está tudo bem. Vai ficar tudo bem.

Inspirando fundo, Kiva se forçou a afastar a lembrança outra vez.

— Kiva Meridan — bradou o príncipe herdeiro, sua voz amplificada.

Kiva e o capitão olharam para baixo de onde estavam na sacada da torre de vigia. O príncipe continuou:

— Você se voluntariou para enfrentar as Ordálias no lugar da acusada Rainha Rebelde. Hoje realizará a Provação pelo Ar. Deseja fazer alguma consideração final?

Kiva gostaria de dizer algumas coisas, mas nenhuma permitiria que continuasse viva caso superasse a Ordália, então ficou calada e balançou a cabeça. Não se atreveu a olhar na direção onde vira Tipp, Jaren, Tilda e Naari pela última vez, tampouco procurou Mot ou outros rostos familiares na multidão, temendo perder a coragem.

— Muito bem — disse o Príncipe Deverick.

A magia elementar projetava sua voz para que fosse ouvida por todos. Era a primeira vez que Kiva presenciava um efeito tão impressionante. Em outras circunstâncias, isso a teria deslumbrado — e também o que a princesa fizera ao realocar Kiva e o capitão sobre a torre de vigia. Mas, em vez de estar encantada, tentava não molhar as calças enquanto aguardava o parecer sobre seu destino. Tentou se lembrar de que ficaria bem. De que sobreviveria. De que *conseguiria*.

— Capitão Veris — continuou o Príncipe Deverick —, poderia fazer a gentileza de explicar a primeira Ordália à Defensora?

Kiva se virou para o capitão e esperou convencê-lo de que seu rosto sempre fora pálido daquela maneira.

— Não há mistério na Provação pelo Ar. Você deve saltar daqui — ele apontou para a superfície de madeira onde pisavam — até lá.

Kiva seguiu o dedo do capitão com os olhos, virando o pescoço para enxergar o destino final.

O topo do muro leste... a *nove metros* de distância.

— É impossível.

Kiva se sentiu sufocar e sua confiança se esvaiu em um piscar de olhos.

— A intenção não é ser fácil — respondeu Veris, impiedoso.

Mesmo que a torre estivesse próxima ao muro, ainda seria um desafio chegar lá. Mas, com tamanha distância entre ambas e com uma turba de espectadores abaixo...

Kiva deixou escapar uma risada incrédula ao se lembrar do que diziam sobre ser possível sobreviver à primeira provação. Uma onda de arrependimento e pânico correu por sua coluna, provocando calafrios.

— Há registros de pessoas que conseguiram saltar cerca de oito metros e meio — observou o capitão em tom casual. — Sua distância é pouco mais do que isso.

— Em *terra firme* — retrucou Kiva. — E estou supondo que foi possível pegar impulso antes do salto.

Veris continuou impassível.

— Você vai saltar ou posso empurrá-la. A escolha é sua.

Kiva sentiu vontade de dizer ao capitão exatamente o que ele poderia fazer com essa escolha. Em vez disso, respirou fundo e se aproximou da extremidade da sacada, apoiando as mãos na balaustrada bamba a fim de olhar para baixo e avaliar a distância até o chão. Ela se afastou de imediato, tomada por uma sensação de vertigem.

— Não posso... Vocês não podem... Não é...

Kiva nem mesmo conseguiu concluir sua frase. Respirou fundo outra vez, tentando controlar o pânico crescente.

— Não temos o dia todo — ressoou a voz amplificada do príncipe, cujo tom soava um pouco impaciente. — Você tem trinta segundos, Defensora, ou consideraremos que se rendeu.

A visão de Kiva se anuviou. Render-se significava falhar, e falhar significava que ela e Tilda morreriam. Ao menos Tipp estaria a salvo, já que não haveria mais chantagem, mas quem o protegeria quando Kiva não estivesse mais lá?

Em vez de aterrorizá-la ainda mais, a ideia a acalmou. Uma compreensão súbita fez com que percebesse que seria melhor perder a própria vida tentando se salvar do que condenar a todos com sua inércia covarde.

Tempo. Só precisava de *tempo*. Se conseguisse um milagre, se conseguisse sobreviver àquela provação de alguma forma...

Sua liberdade poderia estar a apenas um salto de distância.

Respirando fundo uma última vez, na tentativa de se acalmar, Kiva evocou toda a coragem em seu interior e, apontando para a balaustrada, disse:

— Abra.

O Capitão Veris não a repreendeu pelo tom autoritário, talvez acreditando que seria sua última palavra. Ele estalou os dedos e dois guardas saíram apressados da torre e abriram o ferrolho na extremidade da grade de proteção, fazendo com que a porta pendesse no ar.

— Vinte segundos, Defensora — alertou o príncipe em um tom de voz entediado.

Kiva se aproximou da beirada da sacada, forçando-se a olhar para baixo dessa vez. Conseguia enxergar os membros da família real e Rooke ainda na plataforma. A plateia de prisioneiros olhava para cima, ansiosa.

Entretenimento. Não passava de *entretenimento*. Sua vida — ou sua morte — não era mais do que um espetáculo para eles.

— Dez segundos, e você terá falhado — determinou o príncipe.

Kiva fechou os olhos, bloqueando a imagem de todos aqueles que assistiam. Aguardavam.

— *Nove!* — bradou a multidão lá embaixo.

Ela começou a recuar.

— *Oito!*

Um passo de cada vez.

— *Sete!*

Ela percebeu que o Capitão Veris abria espaço enquanto os dois guardas permaneciam na sacada, assistindo.

— *Seis!*

Ela continuou a tomar distância. Um passo — *"Cinco!"* — após o outro — *"Quatro!"* —, após o outro — *"Três!"* —, até estar o mais longe possível da extremidade aberta.

— Dois segundos, Defensora! — alertou o príncipe.

Não a deixe morrer. Não morra.

Quando deu o primeiro passo para a frente, seus pensamentos desapareceram. Todo seu foco estava na tarefa a ser cumprida. Mentalizava força em suas pernas, leveza em seu corpo, ar em cada átomo de seu ser. Tomou impulso e, ganhando velocidade, cruzou a torre e saltou pela grade aberta.

Não morra. Nós iremos até você.

O ar gelado pinicou sua pele e repuxou suas roupas enquanto ela pairava no ar. Estava saltando — *realmente* estava saltando. O muro se aproximava mais e mais a cada batida de seu coração, que pulsava alto, a ponto de quase abafar o assovio do vento.

Kiva planava, cada vez mais perto, desafiando a gravidade. O topo do muro leste se aproximava a cada microssegundo.

Ela conseguiria. Desafiaria as estatísticas, teria êxito na primeira Ordália. Kiva se sentia triunfante. Quase podia sentir a solidez do muro sob seus pés, quase podia sentir o sabor da vitória.

De repente, estava caindo.

Tão perto... ela estava *tão perto*. Se conseguisse apenas estender o braço e segurar a beirada do muro, então...

Era tarde demais. Ela já estava despencando. Para baixo, *para baixo*, em direção ao chão.

Está tudo bem. Vai ficar tudo bem.

A voz de seu pai ecoou em seus ouvidos e, dessa vez, ela não a afastou. Queria o pai a seu lado durante a queda, precisava de seu conforto enquanto ia de encontro ao próprio fim.

Está tudo bem. Vai ficar tudo bem.

Kiva fechou os olhos, relutante à ideia de assistir ao inevitável. Ela os manteve fechados e pensou em seu pai, pensou no que aconteceu no dia em que fora privada de sua vida. Estivera com os dias contados por dez anos, e hoje a contagem se encerrava.

Está tudo bem. Vai ficar tudo bem.

De repente, o assovio do vento cessou, o ar gelado desapareceu, então...

Dor.

Uma dor excruciante e *avassaladora* atravessou cada centímetro do corpo de Kiva. Depois ela não sentiu mais nada.

CAPÍTULO 12

— Está tudo bem. Vai ficar tudo bem.

Quando foram cercados pela Guarda Real, Kiva não soltou a mão do pai. Também não soltou a mão do irmão, que estava de seu outro lado. O aroma doce dos amorins invadia suas narinas enquanto os soldados mais próximos pisoteavam a cesta que ela e Kerrin haviam colhido, esmagando na lama o resultado de todo o empenho dos dois. A mãe deles não prepararia geleia alguma naquela noite.

— Faran Meridan, você está preso — declarou o guarda que parara diante do pai de Kiva.

Tinha um rosto gentil, pensou ela, por isso não conseguia compreender o motivo por que ele aparentava estar tão furioso. O brasão dourado era diferente daquele que os outros soldados traziam no peito, que era prateado.

— Qual foi meu crime? — perguntou Faran.

Kiva levantou o olhar em direção ao pai quando identificou uma emoção incomum em sua voz. Lembrou-se de um dia, no verão anterior, em que ela e Kerrin estavam brincando no rio e decidiram competir para ver quem nadava mais fundo e conseguia segurar a respiração por mais tempo. Kiva fora a grande vencedora, mas, ao voltar para a superfície, encontrou o pai tremendo e pedindo que ela nunca mais ficasse tanto tempo debaixo d'água daquela maneira.

Sua voz tinha o mesmo tom naquele momento, e sua mão trêmula segurava a dela como se estivesse tentando acalmar os dois.

Ela apertou a mão do pai com mais força para lembrá-lo de que estava ali. Quando os soldados desceram do chalé para cercá-los, ele dissera que tudo ficaria bem. Kiva acreditara, sabendo que o pai jamais mentiria para ela.

— Você foi visto na praça do mercado acompanhado por um notório rebelde — acusou o guarda com o brasão dourado. — Irá para a prisão por suspeita de traição à coroa.

Por um momento, o pai de Kiva pareceu incapaz de falar. Seu rosto estava pálido como a lua que lentamente ascendia no céu.

— Eu... Você... — Faran endireitou os ombros e tentou outra vez. — A praça do mercado é cheia de pessoas. Posso ter estado ao lado de muitos rebeldes sem saber. Posso ter oferecido cuidado médico a eles, até onde sei. Sou um curandeiro, todo tipo de pessoa vem até mim buscando ajuda, e não faço perguntas antes de ajudá-las.

— Talvez devesse fazer — respondeu o guarda em um tom inexpressivo. — Afaste-se de seus filhos e nos acompanhe voluntariamente, ou o levaremos à força.

O aperto da mão de Faran se tornara esmagador. Kiva deixou escapar um guincho de medo e ouviu o arfar vindo de seu irmão. Virou-se para Kerrin. Ele tinha manchas prateadas de sumo de amorim ao redor da boca, e seus olhos, cor de esmeralda como os dela, estavam arregalados. Ele tremia, e embora a mão de Kiva estivesse doendo com o aperto do pai, ela foi cuidadosa o suficiente para apertar a mão grudenta de Kerrin de maneira calma e encorajadora.

— Não vou... Não podem me afastar da minha família — disse Faran.

— O restante de sua família já fugiu — respondeu o guarda, apontando colina acima, em direção ao chalé onde a mãe e os irmãos mais velhos de Kiva estiveram havia pouco.

Havia um resquício de fumaça saindo pela chaminé, e um brilho alaranjado iluminava a noite, vindo de dentro do chalé.

— Agradeça o mundo-eterno por querermos você o suficiente para não irmos atrás deles, do contrário eles estariam indo para Zalindov com você.

— Zalindov?

Faran cambaleou, fazendo com que Kiva segurasse mais forte a mão do pai. Apesar do ar gelado, ambas as palmas estavam molhadas de suor.

— Você não pode... Não pode me levar para...

— Já chega — interrompeu o guarda com o brasão dourado. Olhou para os dois guardas a seu lado e ordenou: — Podem levá-lo.

As duas palavras despertaram a língua de Kiva — e também o pânico em seu interior.

— Não! — protestou, segurando-se ainda mais firme no pai.

— Papai! — gritou Kerrin.

Os soldados ergueram as espadas e marcharam adiante, aproximando-se. Faran puxou sua mão com um tranco e afastou Kiva com força suficiente para que ela recuasse três passos e perdesse o equilíbrio, caindo no chão.

109

Kerrin deveria ter caído com ela, mas seus dedos estavam escorregadios devido ao sumo das frutas e ele se soltou da mão de Kiva, indo em direção não ao pai, mas à adaga que ele usara para cortar as folhas de babosa.

— KERRIN! NÃO! — vociferou Kiva.

Mas Kerrin não a escutou, não a ouviu. Em vez disso, o garoto pegou a adaga e, com um bramido, avançou contra os guardas que se aproximavam.

Aconteceu em um instante, tão rápido que, do chão, Kiva não enxergou, não percebeu, até ser tarde demais.

Em um momento, Kerrin corria em direção aos guardas; no outro, caía ao chão, com as mãos sobre o peito — e sobre a espada enterrada ali.

Pareceram se passar anos até que o guarda retirasse a espada... até que o som doentio do aço atravessando pele e osso cessasse... até que todos que presenciavam a cena entendessem de fato o que acontecera.

— NÃO! — urrou Faran, caindo de joelhos ao lado do filho e pressionando as mãos contra o peito do garoto. — Não, não, não!

— Kerrin — sussurrou Kiva, com os olhos marejados, então se arrastou pela lama até eles, sujando as mãos, os joelhos e as roupas com os amorins. — K-Kerrin!

— Rápido, busquem... busquem...

Faran não conseguia concluir a ordem, pois não havia nada que alguém pudesse trazer, nenhum remédio que pudesse ajudar, nada que qualquer um pudesse fazer enquanto os olhos de Kerrin se reviraram.

— N-não! — disse Kiva, estendendo as mãos grudentas para tocá-lo. — Não! KERRIN! NÃO!

Antes que pudesse pressionar o ferimento do irmão como o pai fazia, antes que pudesse ao menos encostar em seu corpo, um braço de aço a segurou pela barriga e a ergueu no ar.

— Isso não deveria ter acontecido — rosnou uma voz em seu ouvido. Era o homem do brasão dourado. — Isso não deveria ter acontecido de jeito nenhum.

— ME SOLTE! — gritou Kiva, chutando-o enquanto lágrimas escorriam por seu rosto. — ME DEIXE... EU PRECISO... VOCÊ TEM QUE...

— Levante-o — ordenou o guarda aos soldados que cercavam Faran.

Aquele cuja espada pingava o sangue de Kerrin permanecia imóvel acima do garoto, que tinha o rosto pálido. O homem voltou a si apenas quando os colegas o empurraram para o lado, limpando a espada e avançando junto aos outros.

— Temos nossas ordens — disse o guarda com o brasão dourado.

— PAPAI! — chamou Kiva, aos prantos, ainda chutando o guarda sem conseguir se soltar. — PAPAI!

Pela inércia em que se encontrava diante dos chamados de Kiva, era como se Faran estivesse tão sem vida quanto o filho caçula. Não lutou nem resistiu enquanto os guardas o erguiam e começavam a levá-lo para longe.

— PAPAI! — gritou Kiva outra vez.

— Enterrem o garoto — ordenou o homem que segurava Kiva. Então, em uma voz mais baixa e rouca, acrescentou: — Mas tenham cuidado. É só uma criança.

À medida que os guardas se aproximavam de Kerrin, Kiva se debateu com ainda mais ímpeto nos braços do homem.

— NÃO... ENCOSTEM....NELE! NÃO... OUSEM.

— Sinto muito, menina — murmurou ele, ainda a segurando. — Mas vocês são os culpados por isso.

— ME SOLTE!

Kiva se engasgava em meio ao pranto.

— PAPAI! PA...

Então uma dor súbita interrompeu seu grito. Sua visão foi tomada por escuridão e seu mundo — sua vida — desapareceu em um instante.

— Não tenho o dia todo, curandeira. *Acorde!*

Um solavanco violento abriu os olhos de Kiva, fazendo com que ela se sentasse, arquejante, com uma crise de tosse.

Não conseguia respirar.

Não conseguia encher os pulmões de ar.

Não conseguia...

Não conseguia...

— Ah, pare de ser tão dramática — disse uma voz feminina em um tom hostil.

Segundos depois, Kiva sentiu uma mão batendo com força em suas costas. Tossindo e quase sufocando, tentou empurrar a agressora, mas não teve força o suficiente. Seus braços doíam, assim como suas pernas, sua barriga. Ela se sentia machucada da cabeça aos pés, como se alguém tivesse aparecido com um batedor de carne e a golpeado milhares de vezes.

— Pelo mundo-eterno, respire como gente normal — ordenou a pessoa, ainda dando pancadas em suas costas. — Não é tão difícil assim.

Aos poucos, Kiva conseguiu parar de tossir, embora cada parte de seu corpo ainda doesse. Seus olhos lacrimejavam com o esforço que ela fizera para encher os pulmões de ar, e ela levou uma mão trêmula aos olhos na tentativa de desembaçar a visão. Piscando repetidas vezes, finalmente viu uma imagem mais nítida e inspirou de maneira tão intensa que quase começou a tossir de novo.

— Vossa... Majestade.

Kiva se engasgou com as próprias palavras ao ver a princesa, ainda mascarada, sentada em um banco a seu lado na enfermaria.

— O que... está...

— Beba isso antes que comece a morrer de novo — interrompeu a Princesa Mirryn, entregando um pequeno copo de pedra a Kiva.

O líquido branco enchia o copo até pouco menos da metade, e Kiva nem sequer precisou cheirá-lo de perto para perceber que se tratava de leite de papoula. Em uma situação normal, não tomaria nada que prejudicasse sua lucidez, *principalmente* na presença da realeza de Evalon, mas mal conseguia pensar, quanto mais falar, por causa da dor que assolava seu corpo.

Engoliu o remédio adocicado de um gole só e se sentiu grata após a princesa lhe conceder alguns minutos para que fizesse efeito. A dose não era grande o bastante para deixá-la inconsciente nem mesmo para causar entorpecimento, mas logo amenizou a dor, transformando-a em um mero tamborilar desconfortável.

— Está melhor? — perguntou a Princesa Mirryn.

— Muito melhor — respondeu Kiva, então se forçou a acrescentar: — Obrigada.

Com extremo cuidado, Kiva arrumou seu travesseiro e se encostou contra a parede, retraindo-se com o movimento e desejando ter tomado mais leite de papoula antes de se mexer. Mas estava mais confortável e, depois de controlar o ritmo da respiração, a dor voltou a ser suportável.

— Eu deveria... hum...

Kiva fez um gesto com a mão imitando uma reverência.

Mirryn riu, irônica.

— Vai ser engraçado ver você tentar.

Kiva entendeu a resposta como um sinal de que a princesa não a puniria por falta de etiqueta real.

— Acho que está se perguntando por que estou aqui — disse Mirryn, pegando o copo das mãos de Kiva e girando-o distraidamente, como se sentisse necessidade de ocupar as mãos.

Kiva ficou em silêncio por um momento. Por fim, respondeu devagar:

— Para ser sincera, estou me perguntando por que *eu* estou aqui.

Quando o leite de papoula começou a fazer efeito, e Kiva passou a prestar atenção em outra coisa que não a dor física, não conseguiu conectar o que ela se lembrava de ter acontecido na Provação pelo Ar ao seu estado naquele momento.

— Eu caí. Eu deveria ter morrido.

— Sim. Deveria.

A princesa não disse mais nada. Embora Kiva tivesse muitas perguntas, conteve a curiosidade e esperou. Aproveitou o silêncio para olhar ao redor da enfermaria e percebeu que o príncipe não acompanhava a irmã. Percebeu também que as cortinas estavam fechadas em volta de uma das camas do canto — a cama de Tilda —, então deduziu esperançosamente que Jaren e Tipp haviam trazido a mulher de volta depois que a primeira Ordália terminara. Nenhum deles estava presente, mas o Capitão Veris estava na entrada da enfermaria. Seus olhos alertas se moviam de Kiva para a princesa, e depois para a área externa da prisão. Não havia nenhum outro guarda, fosse da Guarda Real ou da prisão.

Ao ver o capitão, os músculos de Kiva se retraíram. A lembrança da primeira vez que se viram ainda estava fresca em sua mente. Ela também se lembrava da sensação de ser erguida no ar e de se debater contra os braços dele na tentativa de se libertar. Ainda se lembrava dele no dia da morte de seu irmão. No dia de *sua própria morte*, de uma maneira diferente.

Engolindo a saliva, Kiva se voltou para a princesa e percebeu que ela a observava. Sabia que deveria desviar o olhar, demonstrar respeito, mas não conseguia. Impávida, sustentou o olhar intrigado de Mirryn que a máscara não conseguia esconder.

— Você realmente teria feito isso. Teria morrido por ela — disse Mirryn, enfim.

— Tecnicamente, eu teria morrido *com* ela. Eu morro, ela morre, lembra?

— E se você sobrevive, ela sobrevive. Se você sobreviver às próximas provações, libertará a mulher mais procurada em todo o reino.

— O "se" é relevante o bastante para que não precise se preocupar com isso no momento.

— Fácil falar — retrucou Mirryn. — Ela não está tentando roubar *a sua* coroa.

— Viu o estado dela? — Kiva gesticulou com a cabeça em direção à cortina fechada. — Não vai conseguir roubar nada tão cedo.

Sabia que deveria ser mais cautelosa, mas não conseguia controlar as próprias palavras, nem mesmo quando a princesa semicerrou os olhos por trás da máscara.

Resistindo ao desejo de se retratar e culpar o leite de papoula pelo atrevimento, Kiva ergueu o queixo e continuou a fitar a princesa, sem piscar. Gostaria que outra pessoa tivesse estado a seu lado quando despertou — Tipp, Mot, Jaren. Até mesmo Naari ou o diretor. Alguém que pudesse responder a suas perguntas. Mas já que apenas Mirryn estava presente, teria que servir.

— Como eu sobrevivi à primeira Ordália? — perguntou Kiva, direta.

Estava cansada e dolorida demais para não ir direto ao ponto.

Mirryn pousou o copo na mesa ao lado do leito de Kiva, levando a mão até sua capa e ocupando-se dos bordados da barra.

— Você lembra a minha namorada. Ela nunca mais me deixaria em paz se soubesse que você morreu hoje. Alguém com sua coragem merece uma chance, é o que ela teria dito.

Kiva inclinou a cabeça.

— Quer dizer que *você* me salvou?

Mirryn bufou.

— Deuses, não. Por que eu me importaria com o que acontece com você? — Ela espanou uma poeira invisível do ombro e prosseguiu: — Mas o idiota do meu irmão... — disse, revirando os olhos. — Aparentemente, até príncipes herdeiros ficam balançados com um rostinho bonito. Quem precisa de justiça quando atração física é obviamente *muito* mais importante?

— Espere aí, *Príncipe Deverick* me salvou?

Kiva continuava confusa.

Uma das sobrancelhas claras de Mirryn se ergueu acima da máscara.

— Você despencou em uma queda de mais de quinze metros. Está na cara que não sobreviveu por conta própria.

— Eu... Você... Ele...

Kiva não conseguiu concluir o pensamento. Considerando tudo o que sabia sobre a família Vallentis — como eles eram *o motivo* por que ela estava em Zalindov, para começo de conversa —, não conseguia compreender aquele fato improvável.

— Mas... *por quê?*

A princesa grunhiu, impaciente.

— Acabei de dizer. Não está ouvindo?

Ela parou de mexer na capa e cruzou os braços.

— Não importa, apenas sinta-se grata por estar viva.

Kiva fez uma careta ao se ajeitar na cama, por causa da dor que o movimento provocava, e não conseguiu conter um comentário sussurrado.

— Até que ponto?

— O que disse? — perguntou Mirryn, dessa vez com ambas as sobrancelhas erguidas.

— Eu disse *até que ponto*. Sinto que fraturei todos os ossos do corpo.

A princesa riu, surpresa.

— É assim que você agradece meu irmão por ter salvado sua vida?

— Ele não está aqui.

— Não, mas *eu* estou — disse Mirryn em um tom de voz perigosamente alterado. — E você faria bem em demonstrar um pouco de respeito.

Kiva caiu em si, lembrando-se de com quem estava falando. Se estava deliberadamente confrontando uma das pessoas mais poderosas em todo o reino, a droga com certeza a afetara mais do que ela imaginava. Além disso, a princesa estava certa — o Príncipe Deverick *de fato* a salvara, ainda que por razões superficiais.

— Peço desculpas, Vossa Majestade — disse Kiva, contrariada, como se as palavras fossem carvão quente em sua língua. — Por favor, transmita meus agradecimentos a seu irmão.

Mirryn se recostou na cadeira, semicerrando os olhos azuis. Houve um longo momento de silêncio até que falou:

— Estou decepcionada. Esperava mais resistência.

Kiva franziu o cenho.

— Você *quer* que eu seja difícil?

— Quero que mostre a coragem que vi quando subiu até as forcas. Quero que aja com a mesma intrepidez do momento em que saltou da torre de vigia. Quero que mostre a personalidade que minha namorada teria celebrado em você... a personalidade que fez com que meu irmão salvasse sua vida.

— Disse que ele me salvou por causa do meu rosto — retrucou Kiva, fria.

— Também disse que ele é um idiota.

— Disse que eu tinha tendências suicidas. Duas vezes.

— E olhe só para você agora, viva e saudável — rebateu Mirryn.

— Graças a seu irmão — respondeu Kiva, confusa e acusatória ao mesmo tempo. — Isso nem sequer conta como uma vitória? Eu vou ter que...

A Princesa Mirryn ergueu uma das mãos, interrompendo Kiva.

— Sob os olhos da lei, você completou a primeira Ordália. Você sobreviveu. É o que importa.

Quando Kiva abriu a boca para argumentar, Mirryn lhe lançou um olhar ácido.

— Não comece. Já precisei ouvir um sermão embora a interferência nem sequer tenha sido *minha*. Mas *é óbvio* que eu precisava ser arrastada para isso, não é?

Enquanto Mirryn resmungava, aborrecida, Kiva examinou a enfermaria vazia novamente.

— *Onde* está o Príncipe Deverick? Por que não está aqui?

A princesa riu, como se achasse a situação extremamente divertida.

— *Excelente* pergunta. Meu irmão é um tolo inconsequente e impulsivo, mas mesmo assim consegue ser uma das melhores pessoas que conheço. Deve estar por aí fazendo amizade com criminosos neste exato momento, estabelecendo laços para uma vida inteira. — Em tom malicioso, Mirryn acrescentou: — Ele ficou bastante interessado em você, caso isso não tenha ficado claro pelo fato de você ainda estar viva.

As bochechas de Kiva ficaram quentes enquanto ela se lembrava do que dissera o príncipe, *Gostei dela,* em frente à multidão no pátio. Na esperança de que a princesa não tivesse notado, Kiva perguntou:

— A pessoa de quem você recebeu o sermão... Foi o Capitão Veris?

Ao ouvir seu nome, o guarda em questão olhou de soslaio para Kiva, mas manteve a postura e a expressão impassível.

Mirryn riu outra vez.

— Veris tem coração mole. Fico muito surpresa que ele mesmo não tenha saltado da torre e salvado você.

Kiva não respondeu, receosa do que poderia sair de sua boca se a abrisse. Temia revelar qual fora seu primeiro encontro com o homem e tudo o que fora tirado dela — tudo em nome da família Vallentis. A família *de Mirryn.*

A família que Kiva odiava e iria odiar enquanto vivesse.

— Não, foi o diretor Rooke quem teve algumas... palavras especiais para mim e meu irmão — explicou Mirryn.

Kiva teria dado muita coisa para saber que palavras foram essas. Para qualquer um que não tivesse sangue real, interferir em uma Ordália resultaria em punição severa: encarceramento, talvez até morte. Mas um *príncipe*? E, mais do que isso, o herdeiro do trono? Kiva duvidava de que precisaria marcar a pele de Deverick, ainda que ele tivesse entrado em conflito com Rooke.

— O diretor deixou óbvio seu descontentamento com as ações de meu irmão e enfatizou que... não aconselha que estejamos presentes nas próximas três provações. Cá entre nós, não é nenhuma tragédia — disse Mirryn.

A princesa fungou e torceu o nariz, como se o próprio ar a desagradasse.

O fato de o diretor Rooke ter repreendido o príncipe e a princesa não surpreendia Kiva. Também não a surpreendia que eles tivessem acatado o pedido, já que a última coisa que a família real de Evalon poderia desejar era criar inimizades com o homem que mantinha seus maiores inimigos em cárcere.

— Por que está *aqui*, princesa? — perguntou Kiva, finalmente.

Precisava de respostas, ainda mais após descobrir que Rooke convidara os membros da família real a se retirar. Não havia motivos para que Mirryn estivesse na enfermaria, ou para que uma princesa ousasse desperdiçar seu tempo conversando com uma prisioneira.

— Seu irmão me salvou por... por qualquer razão ridícula que ele tenha dito a você. E estou grata, de verdade. Mas isso não explica por que *você* estava me esperando acordar ao lado do meu leito. O que não está me contando?

A princesa ergueu uma das mãos, e Kiva recuou automaticamente, na defensiva. Mirryn reagiu com um olhar curioso por trás da máscara, mas ficou em silêncio. Devagar, fechou a mão em um punho. Naquele momento, o ar rodopiou; os ouvidos de Kiva estalaram com a mudança na pressão do oxigênio que as envolvia e ela sentiu como se sua cabeça estivesse sendo preenchida com algodão.

— Criei uma bolha de ar ao nosso redor para que tenhamos privacidade — explicou Mirryn.

Ela apontou com a cabeça em direção a Veris, que estava virado para o lado de fora, alheio à conversa.

Impressionada com o feito da princesa, Kiva tentou bocejar para amenizar a pressão em seus ouvidos, mas a sensação de desconforto não passou.

— Não temos muito tempo até que ele perceba que estamos quietas demais e se dê conta do que eu fiz — continuou a princesa. Havia um tom de urgência em sua voz suave e civilizada. — Me diga, quão confiante você está de que consegue sobreviver às três próximas Ordálias?

Kiva ficou surpresa a ponto de interromper as tentativas de bocejo, sendo obrigada a ignorar a estranha sensação da bolha de ar.

— Acho que seria melhor perguntar quão *pouco* confiante estou.

— Estou falando sério, curandeira.

— Eu também, princesa. Ninguém nunca sobreviveu às quatro provações.

Não estava em seus planos confessar a esperança de não ter que passar pelas provações restantes, de sua família vir buscá-la antes disso.

Mirryn balançou a cabeça.

— Não é verdade. Muito tempo atrás, as pessoas sobreviviam.

Kiva respondeu com uma risada sarcástica, como se o leite de papoula falasse mais alto do que seus instintos de autopreservação.

— Claro. Antigamente, quando as pessoas conseguiam fazer magia. Sinto muito por decepcioná-la, mas a menos que eu seja sua irmã perdida, não tenho nem uma gota de magia elementar correndo em minhas veias.

— Então precisa usar outras habilidades — respondeu Mirryn, frustrada. — O que você *sabe* fazer?

Kiva abriu ambos os braços e se arrependeu de imediato do movimento ao sentir uma onda de dor.

— Olhe em volta. Isto é o que sei fazer... eu curo as pessoas. Só isso.

— Então você vai morrer.

Quatro palavras, e o ar nos pulmões de Kiva pareceu congelar.

Mirryn se endireitou na cadeira. Seu rosto estava impassível como se ela não tivesse acabado de proferir uma sentença de morte.

— É verdade, você sabe que é — argumentou friamente. — E, embora *você* possa não merecer um fim tão trágico, todos com certeza acreditam que *ela* merece.

A princesa apontou um dedo elegante em direção à cortina fechada de Tilda.

Kiva sentiu um nó na garganta.

— Você vai morrer — repetiu Mirryn —, e ela também.

A princesa lançou um olhar impiedoso a Kiva.

— E, para ser honesta, todos nós seríamos poupados de muito aborrecimento se vocês de fato morressem.

Kiva se preparou para responder, mas Mirryn ainda não terminara de falar.

— *No entanto* — interrompeu a princesa, depois soltou um suspiro demorado e sonoro —, me parece que sou generosa demais para meu próprio bem.

— O quê? — perguntou Kiva, franzindo o cenho.

Mirryn suspirou outra vez.

— O diretor Rooke nos disse que você está aqui há dez anos. Você é uma sobrevivente, Kiva Meridan, e se conseguiu sobreviver por tanto tempo, consegue sobreviver por mais seis semanas. Principalmente se tiver ajuda.

Kiva se esforçava para acompanhar a conversa, embora os analgésicos deixassem seu raciocínio mais lento do que o normal. Soava como se...

— Tome — disse Mirryn, enfiando a mão dentro de sua capa e, após uma rápida olhada para Veris, que ainda estava distraído, retirou um amuleto brilhante.

118

Kiva pegou o amuleto, obediente, e o girou entre os dedos. Quando percebeu do que se tratava, perguntou-se se a ingestão de leite de papoula seria uma desculpa boa o suficiente para arremessar o objeto no rosto da princesa.

Na extremidade da corrente cintilante, havia uma imagem perfeita do brasão dos Vallentis. A espada, a flecha, a coroa e os quatro quadrantes eram feitos de ouro sólido, mas a representação dos elementos era feita de pedras preciosas coloridas: safira para água, esmeralda para terra, topázio para o ar e rubi para o fogo.

Era muito bonito.

Mas representava tudo — *absolutamente tudo* — que Kiva mais detestava.

— É lindo — disse ela, estendendo o amuleto de volta para a princesa.

Mirryn não o aceitou.

— A maioria das pessoas da minha família tem apenas uma afinidade elementar, mas eu tenho duas. Ar, como você já sabe... — A princesa pausou como se quisesse se certificar de que Kiva estava prestando atenção. — E fogo.

Depois de outro olhar breve em direção ao Capitão Veris, Mirryn voltou-se para Kiva novamente e estendeu a mão com a palma voltada para cima. Uma chama surgiu sobre sua mão. Não, não *sobre* sua mão... *da palma* de sua mão. O fogo envolveu sua carne, dançando sobre a pele enquanto ela girava o pulso e brincava com os dedos em movimentos graciosos. Quando as brasas começaram a correr por seu antebraço, ela estalou os dedos e fez com que tudo se desvanecesse no ar.

Sua pele permanecia intacta, assim como a manga de sua capa, exceto por um pequeno pedaço chamuscado.

— Incrível — disse Kiva, apressando-se em reagir quando percebeu que a princesa aguardava.

Mirryn respondeu com um sorrisinho e acenou com a cabeça em direção ao amuleto na mão de Kiva.

— O rubi no brasão pode absorver a magia do fogo, caso alguém, como eu, por exemplo, deposite magia nele.

O sorriso de Mirryn se tornou mais largo e suas intenções ficaram claras.

— Não sei qual será a Provação pelo Fogo, mas, contanto que esteja usando isso — ela apontou para o amuleto mais uma vez —, a magia deve mantê-la protegida.

Kiva olhou incrédula para a princesa e em seguida para o amuleto, muda.

— Não deixe que ninguém o veja ou vão achar que você o roubou — alertou Mirryn. Depois de uma pausa, continuou: — Minha caridade acaba aqui. Você vai precisar descobrir sozinha como sobreviver às outras duas provações.

Kiva assentiu em silêncio, ainda incapaz de formular uma resposta. Fechou a mão em torno do amuleto e o escondeu entre as dobras do cobertor. Assim que ela o guardou, Mirryn ergueu a mão outra vez e repetiu a ação que criou a bolha de ar. Os ouvidos de Kiva estalaram de novo, dessa vez causando alívio quando a pressão se dissipou, e então ela entendeu que a bolha de privacidade não existia mais.

— Foi... curioso... conhecê-la, curandeira — disse a princesa, ficando em pé e desamassando dobras invisíveis de sua capa. — Vou aguardar as notícias de como você se saiu nas próximas provações, qualquer que seja seu destino.

Mirryn não tentou incentivá-la nem expressou qualquer desejo de que Kiva obtivesse sucesso em sua empreitada de vida ou morte. Na verdade, ao se dirigir para a porta, parecia bastante satisfeita em tirar Zalindov e seus habitantes da mente, incluindo a curandeira. Mesmo assim, Kiva não conseguiu se conter e a chamou, finalmente conseguindo falar:

— Espere!

A princesa parou onde estava, voltando-se parcialmente para Kiva.

— Por que está me ajudando? — perguntou, com o amuleto ardendo sob o cobertor. — Não consigo *entender*. — Ela engoliu em seco e se forçou a acrescentar: — Caso eu permaneça viva, Tilda também vai permanecer. Por que correria esse risco?

Mais tarde, quando o leite de papoula deixasse seu organismo, Kiva questionaria a própria ousadia, mas naquele momento precisava de respostas.

Quer Mirryn soubesse ou não, a família Vallentis era a razão pela qual Kiva estava envolvida em tudo aquilo. *Suspeito de traição à coroa* — esse foi o motivo por que Faran Meridan fora preso. Não havia provas, não havia planos nem ações abomináveis; ele meramente fora visto em uma praça pública próximo à pessoa errada, na hora errada. Seu suposto crime fizera com que acabasse em Zalindov, e Kiva tinha ido com ele. Os dois foram vítimas das circunstâncias... enquanto Kerrin não passara de um dano colateral.

Kiva passara dez anos tentando digerir o que ocorrera naquela noite, aprendendo a aceitar que remoer o que acontecera com sua família não a manteria viva. A injustiça da situação ainda trazia um gosto amargo à sua boca, mas ela conseguiu superar o sentimento para focar no que era mais importante: sobreviver. Por isso, se tornara racional o bastante para saber que, se não fosse resgatada antes da próxima provação, a princesa acabara de dar a ela um tesouro sem valor — uma passagem segura para a terceira Ordália.

Mas... Kiva não sabia *o porquê*.

Virando-se completamente para Kiva, Mirryn a olhou, ponderando sua resposta. Por fim, respondeu:

— Em primeiro lugar, porque meu irmão tem um coração piedoso. Piedoso até demais, na minha opinião. Principalmente para um príncipe herdeiro. — Mirryn revirou os olhos atrás da máscara. — Mas, seja ele um idiota passional ou não, eu devia um favor a ele.

Um idiota passional, de fato. Kiva não fazia ideia do que o Príncipe Deverick tinha pensado. Embora estivesse grata, jamais pedira sua ajuda e, considerando o fato de que ele era um Vallentis, ela não tinha intenção alguma de retribuir. Nunca.

— Em segundo lugar... — continuou a princesa. — Você tem a coragem de uma sobrevivente, e não posso deixar de respeitar isso. Em qualquer outra circunstância, acho que você e eu teríamos sido próximas. Até mesmo nos tornado amigas.

Kiva deixou escapar um som de surpresa. A outra opção era rir. Levando em consideração o amuleto ou não, não havia *a menor* chance de que ela...

— Mas não estamos em qualquer outra circunstância — continuou Mirryn, interrompendo a negação interna de Kiva. — E a verdade é que, mesmo com minha ajuda, acho que você vai falhar. Por isso estou oferecendo uma chance a você, ainda que seja uma chance improvável. — Ela deu de ombros, parecendo não sentir remorso algum. — A probabilidade de você e Tilda sobreviverem às próximas semanas por conta própria, de Tilda ao menos sobreviver tempo o bastante, dada a condição de sua saúde... Bom, você não precisa que eu diga mais nada, certo?

Era verdade — Kiva já sabia. Mas contava com algo que a princesa ignorava. Ou com *alguém*. Ou com vários alguéns.

Sua família.

E os rebeldes.

Não morra.

Não a deixe morrer.

Nós iremos até você.

— Sempre torço para os oprimidos — confessou Mirryn, quase contemplativa. — E você, Kiva Meridan, é a pessoa mais desfavorecida que já vi.

— Nisso nós concordamos — interrompeu uma nova voz.

Kiva não conseguiu deixar de encarar a figura do príncipe herdeiro, que entrava na enfermaria a passos largos. De ombros eretos e cabeça erguida, parecendo calmo e despreocupado, se aproximava enquanto sua capa de inverno esvoaçava dramaticamente em seu rastro.

— Até que enfim — disse Mirryn a ele.

— Mil perdões, querida Mirryn. Estive ocupado — respondeu o príncipe. — Há tantas pessoas interessantes aqui. Muitas histórias fascinantes.

A maneira como Deverick olhou para Mirryn fez com que Kiva entendesse que se comunicavam sem usar palavras. Sentiu uma pontada no peito ao se lembrar de que um dia tivera conversas silenciosas com seus irmãos.

— Mas vejam só. *Alô*, beldade — cumprimentou o príncipe, parando com um saltinho ao lado do leito de Kiva. Sorriu para ela, exibindo dentes perfeitos. A máscara escondia todo seu rosto, exceto os olhos azul-escuros, que transmitiam o que parecia ser divertimento.

— Está com uma aparência boa — disse ele, com uma piscadela. — *Muito* boa.

Kiva se perguntava se ele se considerava charmoso. Particularmente, ela não se impressionou. E estava completamente desinteressada. "Impulsivo" e "inconsequente" foram as palavras que Mirryn escolhera para descrevê-lo. Pelo jeito, ele também era um tanto cafajeste. Não que Kiva já não suspeitasse, dado o fato de que a salvara com base em sua aparência. Ainda assim, sabia que não se olhavam os dentes de um cavalo dado, ainda que o cavalo estivesse coberto de lama.

— Vossa Majestade — respondeu ela, soando formal. — Obrigada por me salvar.

O Príncipe Deverick agitou a mão no ar, ainda sorrindo.

— Não foi nada. De verdade.

— A curandeira está descontente com sua condição física — contou Mirryn a seu irmão, inspecionando as próprias unhas. — Fique feliz por ter recebido pelo menos um obrigada.

Kiva arregalou os olhos.

— Confesso que o timing foi apertado — admitiu o príncipe. — Mais alguns segundos e...

Ele bateu uma mão na outra, emitindo um som que fez o estômago de Kiva revirar.

— Mas você está viva, é o que importa. Seria uma pena que alguém tão adorável quanto você...

— Pelos deuses, me poupe — grunhiu Mirryn, fazendo uma careta. — Podemos ir? Preciso tomar um banho de cem anos. Sinto que nunca vou conseguir tirar de mim o fedor deste lugar.

— A Princesa do Povo — disse Deverick a Kiva em um tom irônico. — Paciente, resignada, cheia de alegria, abundante em gentileza e...

— Ah, cale a boca — revidou Mirryn, estendendo a mão para o irmão e puxando-o para longe do leito de Kiva. — Você gosta muito de ouvir o som da própria voz.

— É uma belíssima voz. Não acha, Kiva?

Kiva se sobressaltou ao ouvir seu nome vindo dos lábios dele. Era surpreendente a forma casual que ele o pronunciara, como se se conhecessem havia anos. Ela não disse nada, o que apenas fez com que o sorriso do príncipe se alargasse.

— Estou contente com a experiência — observou ele enquanto a irmã continuava puxando-o para fora da enfermaria. — Espero que nossos caminhos se cruzem outra vez, Defensora.

Então Mirryn o empurrou porta afora, passando pelo Capitão Veris e detendo-se apenas para ajeitar a capa e dizer a Kiva:

— Ainda acho que você tem tendências suicidas. Fique à vontade para me fazer pagar a língua.

CAPÍTULO 13

Kiva tentou se levantar assim que o príncipe e a princesa saíram da enfermaria, mas seu corpo dolorido ainda não permitia. Então permaneceu na cama, revirando-se de um lado para o outro até que o movimento também começasse a causar dor. Ficou deitada e imóvel, refletindo sobre tudo o que acontecera naquele dia até que o leite de papoula finalmente a fizesse pegar no sono.

Quando acordou, a enfermaria estava mais escura. Apenas as luzes fracas de lumínio retiravam a sala da escuridão total — e revelavam que ela não estava sozinha.

— O que está fazendo aqui? — perguntou Kiva, a voz grave e rouca ao despertar.

Jaren estava sentado em um banco ao lado de seu leito, olhando para as próprias mãos. Assim que ouviu a pergunta, ergueu a cabeça e seu rosto foi tomado por uma expressão de alívio.

— Por que você sempre me faz essa pergunta?

— Talvez porque eu sempre fique surpresa ao saber que você continua vivo.

Um sorriso torto apareceu nos lábios dele, mas desapareceu depressa, dando lugar a um olhar mais duro.

— Eu poderia dizer o mesmo sobre você depois da façanha de hoje.

Kiva não queria ter aquela conversa enquanto estava deitada. Na verdade, não queria ter aquela conversa *em circunstância alguma*, mas definitivamente era pior em uma posição tão vulnerável.

Esforçando-se para se sentar na cama, tentou manter uma expressão neutra quando a dor dominou seus braços, tronco e cabeça ao mesmo tempo, e, com cuidado, retornou à posição em que estava quando a princesa estivera no cômodo, encostada contra a parede.

— Você parece estar com dor.

Kiva fuzilou Jaren com o olhar.

— As aparências enganam.

Ela não sabia explicar por que sempre ficava na defensiva com Jaren nem por que detestava demonstrar qualquer sinal de fraqueza diante dele.

Jaren suspirou e passou a mão pelos cabelos, que estavam desgrenhados e em ângulos estranhos, como se ele tivesse repetido o gesto várias vezes. Olhando com mais atenção, Kiva percebeu que estava mais sujo e mais coberto de fuligem do que quando o vira nas forcas, o que significava que trabalhara muito antes e depois. Tinha olheiras, e até mesmo sua postura parecia exausta. Zalindov estava afetando-o, dava para notar, mesmo que ainda não o tivesse destruído por completo.

— Será que eu posso... Tem algo que eu possa fazer para ajudar? — perguntou Jaren, tímido.

Lembrando-se da forte aversão de Jaren a drogas analgésicas, Kiva balançou a cabeça, decidindo esperar até que ele fosse embora para tomar outra dose de leite de papoula. Essa era uma das razões, mas ela também não queria arriscar ficar com a mente turva na presença dele.

— Estou bem. Agora me responda, por que está aqui? — perguntou ela.

Jaren emitiu um gemido de incredulidade.

— Por que você acha?

Ele apontou o dedo para ela de maneira acusatória.

— Você quase *morreu* hoje, Kiva.

— E daí?

As duas palavras escaparam de sua boca antes que ela pudesse contê-las.

— "E daí?" — repetiu ele, indignado. — "*E daí?*" Está de brincadeira?

Ela ficou em silêncio, pega de surpresa pela reação furiosa de Jaren.

— Você *queria* morrer? Era esse seu plano?

Kiva recuou.

— É óbvio que não.

Ela notara vagamente que a porta da ala de quarentena se abrira e se fechara em seguida, mas não desviou o olhar de Jaren.

— Então por que, Kiva? *Por que* você sacrificaria a si mesma daquele jeito? Por que arriscaria sua vida por uma mulher que nem sequer conhece?

Ele apontou com raiva para as cortinas fechadas em volta do leito de Tilda.

— Por que desistir de tudo por causa dela? — acrescentou.

— Por que você se importa, Jaren? — disparou Kiva. — Não me conhece bem o suficiente para ficar tão transtornado.

125

— Mas *eu* s-sim!

Kiva ignorou o rosto magoado de Jaren e seguiu o som da nova voz, deparando-se com Tipp à porta da ala de quarentena. Ao perceber que havia lágrimas em seus olhos, ela imediatamente murchou.

— Tipp...

— Por que f-fez aquilo, Kiva? — perguntou ele com a voz trêmula. Suas sardas contrastavam com o rosto pálido. — Você me disse que ninguém c-consegue sobreviver às provações, que elas são uma sentença de m-morte.

— Tipp, venha aqui — pediu Kiva.

Ela estendeu o braço para o menino. Sua mão tremia um pouco por causa da dor e da situação. O Príncipe Deverick desacelerou a queda de Kiva o suficiente para que ela não morresse, mas não foi muito gentil.

Tipp se aproximou devagar. Seus olhos ainda estavam marejados.

— Por quê, Kiva? — repetiu, com a voz embargada. — D-disse para minha mãe que me protegeria. Não pode fazer isso se estiver m-morta.

Embora ela não tivesse planos de contar a Tipp que Cresta ameaçara a vida dele, ainda gostaria de poder conversar a sós com o garoto. Lançou um olhar a Jaren, que se limitou a cruzar os braços e encará-la. Naari também observava da porta da enfermaria, sem se dar ao trabalho de fingir que não estava ouvindo.

— Você está certo. Eu realmente disse a sua mãe que cuidaria de você — respondeu Kiva em voz baixa, segurando a mão de Tipp. — E pretendo continuar fazendo isso por muito tempo, mesmo depois do Julgamento.

Tipp virou o rosto, e Kiva apertou seus dedos para chamar a atenção dele novamente, depois continuou.

— Ei, estou falando sério. Eu já sobrevivi a uma das provações. As outras três não devem ser muito mais difíceis.

Tentou soar confiante, escondendo todos os vestígios de incerteza e, ao mesmo tempo, tomando cuidado para não demonstrar qualquer esperança de que talvez não precisasse passar por provação alguma.

Não morra.

Não a deixe morrer.

Nós iremos até você.

— O que v-vai acontecer depois? — perguntou Tipp. — Você v-vai ficar livre e eu v-vou ficar sozinho.

Kiva não podia dizer a verdade a Tipp, tampouco podia contar sobre seu plano — ainda não. Não até que falasse com o diretor. E, mesmo assim, continuaria guardando os detalhes para que Tipp não criasse expectativas em vão. Havia um longo caminho pela frente, e Kiva não tinha garantia alguma de que tudo terminaria bem. Para qualquer um deles.

Um pouco rouca, ela disse:

— Isso está longe de acontecer, não precisa se preocupar ainda.

— Então vamos falar sobre hoje — intrometeu-se Jaren. — Você ainda não nos contou por que fez o que fez.

Kiva precisou contar até dez para não se exaltar e responder que não era da conta dele, expulsando-o da enfermaria. A verdade era que gostara de acordar e vê-lo a seu lado. Gostava de saber que ele estava preocupado, que se importava o bastante para estar furioso. Pouquíssimas pessoas em Zalindov se preocupavam com o bem-estar de Kiva — era sempre ela a pessoa que cuidava dos outros, nunca o oposto.

Mas Kiva também falara sério quando disse que ele não a conhecia o suficiente para estar tão transtornado. Ela não entendia o que estava acontecendo entre eles e se perguntava se o fato de ter sido a primeira pessoa que Jaren vira ao acordar em Zalindov explicaria a conexão que tinha com ela. Não seria a primeira vez que um prisioneiro agia dessa maneira, mesmo depois de ela feri-los para marcar a pele deles. Viam-na como alguém familiar durante a transição difícil para uma nova vida, quase uma referência de conforto. Mas essa dependência normalmente desaparecia depois de algumas semanas, e Kiva quase nunca interagia com eles outra vez a menos que tivessem algum problema de saúde — ou a menos que morressem e ela precisasse mandá-los para o necrotério.

Jaren, no entanto, já estava em Zalindov havia quase três semanas e meia e, pelo jeito, não estava prestes a desaparecer. Na verdade, estava acontecendo o contrário, e ela o via cada vez mais com o passar do tempo. Em parte, era por causa do laço que ele estabelecera com Tipp. O garoto adotara Jaren e decidira que era seu dever ajudar o novato a sobreviver. Então, a conexão de Tipp com Kiva significava que, por tabela, Jaren estaria conectado a ela também.

Mas mesmo assim... ela estava em território desconhecido e não fazia ideia de como responder ao pedido — não, à *exigência* — de respostas que Jaren fizera. O cuidado dele a comovia, mas ela temia esse tipo de atenção. Estava em Zalindov por tempo suficiente para saber que não deveria desenvolver relações duradouras. Tipp era a única pessoa de quem Kiva *chegara perto* de se permitir gostar, e estava determinada a dar continuidade ao seu plano.

Apesar disso, ao ver a preocupação no rosto de Jaren, as lágrimas que ainda estavam nos olhos de Tipp e até mesmo uma leve alteração na expressão de Naari, que ainda ouvia tudo, Kiva não conseguiu reunir dentro de si a antipatia necessária para ignorá-lo.

— Pode me ajudar? — pediu ela, devagar. — Quero mostrar uma coisa.

Embora preferisse receber ajuda de Tipp, Jaren era mais capaz de sustentar seu peso, então Kiva deixou o orgulho de lado e permitiu que ele passasse o braço em volta de sua cintura e a ajudasse a se levantar, vacilante.

Não conseguiu conter um gemido quando ondas de dor subiram por suas pernas, como se seus nervos estivessem protestando contra o movimento. Embora não tivesse fraturado nada, parecia que havia fraturado *tudo*.

— Você está bem? — perguntou Jaren.

Ela olhou para ele, percebendo quão perto seus rostos estavam. Os olhos azuis dele estavam *bem ali*, e Kiva convenceu a si mesma de que preferiria morrer naquele exato instante a enrubescer nos braços de Jaren.

— Já disse que estou bem.

— Não está, não — rebateu ele, franzindo a testa. — Não preciso ser curandeiro para saber.

— Então por que perguntou se estou bem? — retrucou Kiva, falhando na tentativa de controlar o temperamento.

Quando percebeu que ele tensionou a mandíbula, ela suspirou e disse, mais paciente:

— Eu caí de uma altura de quinze metros, Jaren, e estou viva. Então *estou* bem se considerarmos a outra alternativa. — Ela ficou em silêncio por um momento, depois acrescentou a contragosto: — Mas, de qualquer forma, eu *me sinto* como se tivesse caído de quinze metros de altura, então *estar bem* é relativo.

Jaren a segurou com mais firmeza, puxando-a para perto, como se quisesse garantir que ela não fosse se machucar mais.

— O príncipe deveria ter segurado você antes — disse ele, sério.

Kiva não perguntou como ele sabia, deduzindo que a notícia se espalhara como fogo no palheiro pela prisão. Só esperava que ele não soubesse *o motivo* pelo qual o príncipe a salvara. Ela não precisava de mais humilhações naquela noite.

— Ele nem sequer precisava ter me segurado, para começo de conversa.

Jaren ergueu as sobrancelhas.

— Você está *defendendo*...

— Ele é o motivo de eu ainda estar aqui — interrompeu Kiva, como se estivesse mais surpresa do que qualquer um ao ouvir essas palavras saindo de seus lábios.

Nunca imaginara que um dia defenderia um membro da *família Vallentis*.

— Mas...

— O que quer n-nos mostrar, Kiva? — interrompeu Tipp. — Você não pode ficar de p-pé por tanto tempo.

Kiva sentiu uma onda de ternura pelo garoto e lhe lançou um breve sorriso, que ele não retribuiu, ainda evitando seu olhar.

Com um suspiro silencioso, Kiva disse a Jaren:

— Pode me ajudar a ir até Tilda?

Jaren comprimiu os lábios em uma linha fina, um sinal óbvio de como se sentia em relação à mulher. Mas atendeu ao pedido de Kiva e a ajudou a se deslocar dolorosamente até o outro lado da enfermaria. Quando chegaram, ele afastou a cortina para revelar a Rainha Rebelde, que dormia.

Kiva tentou ignorar a firmeza do corpo de Jaren, a tranquilidade transmitida por sua força enquanto ele a ajudava a ficar de pé. Não se permitiria se acostumar com o toque dele, não importava quão segura e quão protegida se sentisse em seus braços.

Afastando-se do rapaz para se sentar no banco ao lado do leito de Tilda — e respirando com menos dificuldade agora que havia certa distância entre eles —, Kiva esperou até que Tipp se aproximasse e apontou para a mulher.

— Quando olha para ela, o que vê? O que ela representa? — perguntou Kiva.

Naari também se aproximou, como se não quisesse perder o que ela estava prestes a dizer. Kiva não se importou — depois de bater de frente com a princesa de Evalon e logo em seguida lidar com o príncipe herdeiro descarado, os guardas da prisão já não pareciam tão ameaçadores. O que ela poderia fazer? Condenar Kiva à morte? Ela já estava sujeita a isso nas provações; não havia muito mais a temer. Além disso, Naari provara que não era como os guardas com os quais Kiva precisava se preocupar. Se a mulher de olhos cor de âmbar queria ouvir, que ouvisse.

— O que você q-quer dizer? — indagou Tipp, afastando a franja ruiva dos olhos. — É apenas T-T-Tilda.

— Preste mais atenção — encorajou Kiva. — Quem é ela?

Tipp pareceu confuso.

— A Rainha R-Rebelde?

A postura de Jaren se enrijeceu, e ele olhou de Kiva para Tilda, depois de Tilda para Kiva. Como se estivesse com medo do que a garota iria responder, perguntou:

— Você... se identifica com a causa que ela defende? Por isso a salvou?

Kiva ponderou o que diria a seguir, levando em conta o histórico complicado de sua família com os rebeldes e onde ela se encaixava na história toda, no que acreditava. Jaren parecia ficar mais tenso a cada segundo, até que Kiva finalmente disse:

— Não estou ligada aos rebeldes, se é isso que você quer saber.

Jaren ficou visivelmente aliviado.

— Dito isso, não sou *contra* a causa que ela defende — admitiu Kiva, fazendo com que o corpo dele se retesasse outra vez.

A opinião de Jaren era óbvia. Dada sua reação desmedida à chegada de Tilda, Kiva sabia que ele era um antirrebelde convicto.

— Como você pode...

— Estou aqui há tempo o bastante para conhecer os dois lados da questão — interrompeu Kiva. — Vocês todos estavam lá na noite em que falamos sobre a história de Evalon, sobre como Torvin Corentine e Sarana Vallentis se tornaram inimigos, sobre como os rebeldes passaram a existir. Como Mot disse, eles *de fato* têm direito à coroa. — Kiva baixou o olhar em direção a Tilda e acrescentou em voz baixa: — *Ela* tem direito à coroa.

— Mas...

Kiva interrompeu Jaren mais uma vez:

— De novo, não estou dizendo que sou uma rebelde.

Não tinha planos de confessar a relação de sua família com eles nem a esperança de que os discípulos de Tilda a salvariam de Zalindov, então era melhor dar a resposta que iria atenuar as preocupações de Jaren. E as de Naari também, já que a guarda parecia tão tensa quanto ele.

— Eu tinha só sete anos quando cheguei aqui, lembra? É óbvio que não seria recrutada por eles nessa idade.

Ela abriu um breve sorriso na tentativa de tranquilizá-los.

— Se não está com eles, por que está concordando com o que estão fazendo? Com a desordem que estão causando? — perguntou Jaren, frustrado. — Está aqui há dez anos, então não sabe como as coisas estão lá fora, como tudo é perigoso. Evalon está prestes a entrar em colapso. A maioria dos reinos aliados fechou as fronteiras com medo de que o movimento rebelde se infiltre em seus territórios. Em alguns casos, isso *já aconteceu*. E nossos inimigos... Caramor e Mirraven estão espumando para iniciar uma invasão, aguardando o menor sinal de fraqueza. Se não fosse pelas Montanhas Tanestra dificultando o deslocamento das tropas...

Ele não concluiu a frase, balançando a cabeça.

130

Kiva se sentiu frustrada ao ser lembrada de que sabia muito pouco sobre o mundo externo. As mensagens em código que recebia não traziam comentários políticos, então o máximo que descobria vinha de recém-chegados tagarelas de quem ela cuidava ou dos encontros a sós com Rooke, quando ele deixava escapar alguma coisa. Mas... não era culpa de Jaren que ela estivesse tão mal-informada, então Kiva se esforçou para ser paciente.

— Não estou dizendo que apoio tudo isso, apenas que entendo a motivação: eles acreditam que o reino é deles por direito e querem tomá-lo de volta. Mas — disse ela, apressando-se em continuar assim que viu Jaren abrir a boca outra vez —, na minha experiência, pessoas que se metem com os rebeldes costumam acabar presas ou mortas. Já estou presa. Não quero morrer.

— Eu ainda não...

— Não vamos discutir sobre isso — interrompeu Kiva. Outra vez.

Estava óbvio que a questão era importante para Jaren, importante o suficiente para que Kiva se perguntasse se ele teria razões particulares mais profundas para se opor de tal maneira aos rebeldes. Caso tivesse familiares ou amigos que foram feridos — ou algo pior — por causa deles, a reação de Jaren não apenas faria sentido, mas também seria justificável. Embora Kiva não pudesse ser dissuadida de sua opinião, não desejava atormentá-lo ainda mais, então continuou:

— Se ainda está preocupado com a minha lealdade, lembre-se de que eu seria inútil para qualquer um deles, especialmente aqui.

Ela gesticulou ao redor, lembrando-o de onde estavam.

— Os rebeldes da prisão me desprezam profundamente, então seria muito difícil que pedissem minha ajuda.

Pedir, não. Mas ameaçar a vida de Tipp, sim. Kiva decidiu não mencionar essa parte.

— Até mesmo fora de Zalindov eu seria um péssimo recrutamento. Meu juramento como curandeira determina que tenho que ajudar qualquer um que me procure, incluindo aqueles que são leais à família Vallentis. Eu *duvido* que isso cairia bem para qualquer um dos lados.

A tensão de Jaren se dissipou e seu olhar finalmente se tornou mais suave, como se ele tivesse acabado de perceber quão absurdas seriam essas circunstâncias.

— Ainda n-não entendo — disse Tipp.

Kiva sentiu uma pontada no peito ao ouvir o tom abalado do garoto. Ela se distraíra tentando evitar que Jaren — e Naari — questionasse a fundo seus motivos e se esquecera de por que os levara até Tilda. Tinha uma explicação para dar, por mais que não fosse de todo verdadeira.

Virando-se para o garoto, Kiva falou:

— Perguntei o que via ao olhar para Tilda. Você vê uma mulher, Rainha Rebelde ou não. Mas eu vejo uma pessoa que está extremamente doente e precisa da minha ajuda.

Kiva voltou o olhar para o leito e continuou a dar justificativas que fossem convencer Tipp, sabendo que ele a conhecia o bastante para acreditar em tudo.

— Ela representa todo mundo que tentei salvar ao longo dos anos. Todo mundo que *não consegui* salvar ao longo dos anos. Não é apenas uma vida para mim. São todas as vidas, e todas são importantes.

Kiva coçou a coxa sem pensar, mas parou de repente, deixando a mão imóvel em meio ao movimento. Jaren e Tipp não perceberam, mas Naari a observava com atenção, então a notou engolindo em seco e evitando seu olhar vigilante.

— Então, é isso — prosseguiu ela. — Não consigo salvar a vida de todos. Mas a desta mulher? Desta paciente? — Kiva encolheu os ombros com prudência. — Tinha algo que eu podia fazer, então eu fiz. — Ela abriu um sorriso, tentando fazê-lo parecer autodepreciativo, e concluiu: — Agora só precisamos esperar para saber se vai fazer alguma diferença.

Não estava mentindo. Falou sério e acreditava em tudo o que dissera. Mas não podia contar tudo a eles, não podia compartilhar o verdadeiro motivo de ter reivindicado a sentença de Tilda — e não era apenas porque Naari estava presente. Kiva não desenvolvia confiança com facilidade, especialmente em um lugar como Zalindov.

— Então... Está dizendo que se v-v-voluntariou porque ela está doente? — questionou Tipp, com uma expressão confusa.

Ao menos as lágrimas haviam desaparecido.

Jaren e Naari pareciam cismados, como se soubessem que havia algo além do que Kiva tinha compartilhado, mas ela evitava o olhar dos dois, determinada a manter-se firme à sua narrativa.

— Ela teria morrido hoje — disse Kiva. — E sei que é irracional, que faz parte da vida, especialmente da vida como ela é aqui, mas estou farta de ver pessoas morrendo sob meus cuidados. Então, sim, Tipp. Se eu puder salvar a vida dela, ou pelo menos adiar sua morte, vou fazer isso.

Principalmente se significasse que as duas acabariam livres.

Com uma expressão pensativa, o garoto mordeu o lábio, ponderando as palavras de Kiva.

— Então acho que podemos nos e-e-esforçar ainda mais para que ela melhore. Assim ela mesma p-pode agradecer a você — disse, por fim.

Kiva foi invadida por uma onda de alívio, que se tornou ainda mais intensa quando Tipp exibiu seus dentes separados em um largo sorriso, embora um pouco trêmulo. Ela pegou sua mão outra vez, apertando-a o mais forte que pôde, e disse apenas para ele:

— Vou fazer tudo o que eu puder para não deixar você para trás, entendeu? Prometi à sua mãe e cumpro minhas promessas. Estamos juntos, eu e você.

Kiva estava rezando para que Rooke aceitasse o que planejava lhe pedir, ainda que o plano fosse válido apenas na pior das hipóteses, caso tivesse que passar pelas três Ordálias restantes. De acordo com a lei, as provações deveriam acontecer a cada quinze dias; portanto, ela tinha duas semanas antes da próxima. Se sua família e os rebeldes não chegassem antes disso, Kiva estaria por conta própria — e se não obtivesse êxito, sua morte significaria que Tipp ficaria sozinho.

Quando olhou para Jaren, ele já a estava observando. Ela não desviou o olhar. Em vez disso, tentou comunicar tudo o que estava pensando e sentindo. Se morresse, precisava saber que alguém cuidaria de Tipp dali em diante.

Para a surpresa de Kiva, Jaren não se intimidou com a comunicação silenciosa. Seus lábios se apertaram e seu rosto se tornou mais sério, como se ele estivesse tentando convencê-la a nem sequer considerar a própria morte, mas quando ela continuou a encará-lo, serena e resoluta, ele suspirou e assentiu, rígido. Jaren concordava.

Sentindo-se um pouco desconfortável ao se dar conta de que havia sido uma conversa sem palavras, Kiva desviou o olhar e se inclinou para a frente, pousando as costas da mão na testa de Tilda. A febre não retornara, mas a mulher estava inquieta, resmungando durante o sono.

— Alguma mudança hoje? — perguntou ela, voltando inevitavelmente ao modo curandeira.

— Não no caso d-dela — respondeu Tipp.

Havia um tom hesitante em sua voz. Kiva olhou para ele.

— Os p-pacientes com o v-vírus estomacal estão piorando. E está se espalhando. Os guardas a-a-arrastaram mais três para cá enquanto você dormia.

Dormir era uma palavra gentil para se referir ao estado inconsciente de Kiva. Ela se virou para a porta da ala de quarentena, perguntando-se se teria força suficiente para checar os pacientes que estavam lá.

— Nem pense nisso.

Kiva olhou de volta para Jaren e, ao deparar com seu rosto sério, fez uma careta.

— Pode torcer o nariz o quanto quiser, mas vai voltar direto para a cama — disse ele.

Mantendo a palavra, ele a envolveu com os braços de novo e gentilmente a levantou. Dessa vez, Kiva precisou morder a língua para não deixar escapar um gemido de dor, mas o olhar de Jaren deixou claro que ele sabia que ela estava disfarçando.

A volta ao leito foi mais dolorosa do que ela se lembrava de ter sido o caminho até Tilda, e embora jamais fosse admitir, Jaren estava certo — ela nunca conseguiria ficar de pé por tempo suficiente para checar os pacientes em quarentena.

— Obrigada.

Depois de se acomodar outra vez, Kiva se forçou a agradecer. Seu corpo inteiro pulsava, mas ela continuava não deixando transparecer. No entanto, estava ciente de que sua aparência devia estar tão terrível quanto sua dor física.

Jaren assentiu e se afastou até o lado oposto da enfermaria, indo até o armário de madeira perto da bancada. Kiva e Tipp trocaram um olhar confuso, mas o menino deu de ombros e começou a afofar o travesseiro atrás de suas costas. Não tiveram que esperar muito. Jaren retornou segurando um copo de pedra.

— Beba — instruiu ele, entregando-o a Kiva.

Ela olhou atônita para o líquido branco.

— Você... está me dando... leite de papoula.

Kiva não formulou a frase em tom de pergunta, mas a surpresa fez com que sua voz subisse alguns tons.

— Beba — repetiu Jaren. — Vai ajudar.

— Mas... você não...

Ela não terminou a frase, olhando para ele, confusa. A boca de Jaren se retorceu em um sorriso discreto, como se o rapaz estivesse se divertindo com a reação dela.

— O fato de eu não gostar de tomar isso não quer dizer que outras pessoas não possam. Você mesma disse que caiu de quinze metros de altura. Se existe alguém que merece estar sob efeito de drogas hoje, essa pessoa é você.

A dose que ele trazia era maior do que a que Mirryn oferecera — metade de um copo. Definitivamente o suficiente para apagá-la.

Franzindo um pouco o cenho, Kiva falou:

— Eu...

— Apenas beba, Kiva — ordenou Jaren, em um tom gentil, apesar da interrupção.

Ele pousou sua mão sobre a mão livre de Kiva. Os calos em sua palma eram ásperos ao tocar a pele dela, mas estranhamente reconfortantes. Eram prova de que ele estava sobrevivendo aos túneis, de que não desistira como tantos outros.

— Você precisa descansar.

— Olisha e Nergal vão c-chegar em breve — informou Tipp. — Vou a-avisá-los sobre os novos pacientes e prometo cuidar deles. Durma, Kiva, eles p-podem sobreviver a uma noite sem você.

O garoto se aproximou de Kiva e beijou sua testa, depois deu tapinhas com o dedo indicador na mão em que ela segurava o copo.

Tipp nunca tivera receio de demonstrar afeto antes, mas o beijo na testa era algo novo. Piscando para conter as lágrimas que invadiram seus olhos quando recebeu o gesto de ternura, Kiva levou o copo de leite de papoula à boca e tomou o líquido até terminá-lo, estendendo-o para Jaren em seguida.

— Acho que vou estar de volta à ativa amanhã — disse, bocejando quando o remédio começou a fazer efeito.

— E aí p-podemos falar sobre como você pode passar pela próxima provação — completou Tipp, ajeitando as cobertas de Kiva.

Ela não respondeu, apenas se acomodou na cama, aliviada ao sentir o metal frio do amuleto ainda escondido sob o cobertor. Se pudesse confiar nas palavras da Princesa Mirryn, não precisaria se preocupar com a próxima Ordália. Mas com as duas que viriam depois...

Mais uma vez se perguntou o que estivera pensando ao assumir o lugar de Tilda. Rezava para que estivesse certa sobre o futuro resgate, mas mesmo que estivesse errada... quando o leite de papoula fez com que seus olhos se fechassem, Kiva ainda não se arrependia de suas ações. Não depois da lembrança do beijo de Tipp em sua testa.

— Durma bem, Kiva — sussurrou Jaren, como se estivesse muito distante.

Ele apertou sua mão gentilmente e ela percebeu que o rapaz ainda estava a seu lado — foi a última coisa que sentiu e a última coisa que ouviu antes de se deixar levar por um sono profundo.

Kiva despertou no meio da noite, deixando escapar um grito agudo ao sentar-se abruptamente, assustada com a sombra sobre seu leito. Seus olhos demoraram um instante para se adaptar à pouca luz da enfermaria, e, quando isso aconteceu, sua apreensão cresceu ainda mais ao reconhecer a figura que estava ali.

— Em nome dos deuses, o que passou pela sua cabeça? — perguntou o diretor Rooke.

Suas mãos estavam fechadas com força ao lado do corpo e seus olhos escuros brilhavam com intensidade.

— Eu...

— Tem ideia do que fez? Tem ideia de como foi imprudente, de como foi *insensata*... — repreendeu ele.

— Crista ameaçou matar Tipp — interrompeu Kiva.

Recusava-se a deixar Rooke diminuí-la. Ao menos enquanto o leite de papoula ainda estava em seu organismo, garantindo uma dose generosa de coragem.

— E daí?

Rooke abriu os dois braços em um movimento brusco.

— Ele é só um garoto. Deixe-o morrer.

A ideia fez o sangue de Kiva gelar.

— Ele é importante para mim.

— Então você é uma tola — acusou Rooke, apontando um dedo para ela. — Porque... o que acontece agora? Ainda que sobreviva às outras Ordálias, o que *não vai acontecer*, e depois? Você vai embora, e Tipp...

— Vai comigo.

O diretor se calou, recuando e semicerrando os olhos.

— O que disse?

Kiva umedeceu os lábios, reunindo coragem para contar o que pretendia. Desejou que sua mente estivesse menos turva por causa do remédio, mas ao mesmo tempo estava grata por tanta coragem. Nunca se sentira tão destemida na presença do diretor.

— Você me disse que Tipp poderia deixar Zalindov se tivesse um guardião do lado de fora para buscá-lo. Se eu sobreviver ao Julgamento e deixar Zalindov, vou ser a guardiã dele. Ele vai comigo.

O diretor se manteve em silêncio por um longo momento. Kiva se ajeitou dolorosamente no leito. Suas mãos suavam enquanto ela esperava uma resposta.

— Você precisa sobreviver ao Julgamento para que isso aconteça — decretou ele, por fim.

Kiva queria sorrir, gargalhar, saltar da cama e dançar em comemoração. Rooke não a contrariou — *não poderia* contrariar, já que ela usara suas próprias palavras contra ele. Ainda assim, ela se preocupara com a possibilidade de o diretor encontrar uma brecha, uma maneira de impedi-la. Em vez disso, ele apenas mencionou a probabilidade de seu fracasso. *Com isso*, ela conseguia lidar.

— Já desafiei as probabilidades antes. Estou há dez anos aqui e continuo viva. Isso deve significar alguma coisa — argumentou ela.

Kiva se lembrou do que Mirryn disse sobre ela ser uma sobrevivente, o que, para começar, foi Rooke quem dissera à princesa.

— Você está viva porque *eu a protegi* — respondeu o diretor Rooke, exaltado.

Uma expressão de fúria retornou a seu rosto.

— Está viva porque seu pai salvou minha vida, e, em troca, prometi que ficaria de olho em você. Por que acha que durou por tanto tempo?

Kiva se retraiu diante da menção ao pai, mas não conseguiu se segurar e respondeu de maneira um tanto amarga:

— Porque as pessoas sabem que sou sua informante, e por não confiarem em mim e me odiarem, todos me deixam em paz.

— Errado.

Rooke rangia os dentes. Kiva nunca presenciara uma reação tão expressiva do diretor, geralmente tão estoico.

— Porque todos aqui dentro, detentos *e* guardas, sabem que vão ter que responder a mim se colocarem um dedo em você.

Kiva conteve um riso sarcástico. Ao longo dos anos na prisão, fora maltratada inúmeras vezes, *principalmente* pelos guardas. Além disso, havia Cresta e a ameaça à vida de Tipp, algo que parecia insignificante para o diretor. Que grande proteção era aquela? Sua famosa aliança com ele não lhe trouxera nada além de problemas, além da ansiedade constante de precisar encontrar informações relevantes para continuar sendo útil para o diretor.

Entretanto... Rooke estava certo ao dizer que nada realmente terrível acontecera com ela, diferente do que muitos dos outros prisioneiros já haviam suportado, sobretudo nas mãos dos guardas. Kiva suspeitara que as atenções de Rooke serviam de advertência para eles. No entanto, jamais imaginara que poderia ser porque ele *queria* protegê-la a fim de retribuir uma dívida adquirida com seu pai, pois, uma década antes, ele salvara o diretor de uma sepse que quase o matou. Talvez Rooke se importasse mesmo com ela, de sua maneira pouco convencional. A possibilidade causou certo

137

desconforto em Kiva — não conseguia entender o fato de ele mantê-la viva enquanto continuava a ameaçá-la de morte.

— Você precisava interferir, não é? — disse ele diante do silêncio de Kiva. Soava cansado. A raiva se esvaía de sua voz.

— Se não tivesse feito isso, Tilda Corentine teria morrido hoje e tudo voltaria ao normal — continuou ele. — Não receberíamos mais ordens reais, não precisaríamos mais atualizá-los constantemente sobre o estado dela nem reportar se está consciente o suficiente para se comunicar.

Kiva mordeu a língua para não retrucar sobre estar sendo um inconveniente para o diretor.

— Graças a você, vamos precisar dar continuidade às próximas provações — acrescentou Rooke. — Ao menos enquanto você sobreviver. — Ele franziu o cenho. — E quando você falhar, e você *vai* falhar, Kiva, você vai me deixar sem um curandeiro competente — decretou ele.

— Você tem Olisha e Nergal.

Kiva sentiu um nó na garganta diante da maneira banal com a qual ele descartou a possibilidade de que ela sobrevivesse. "Cuidado" era uma palavra forte demais para o modo como ele se comportava em relação a ela, fosse de maneira convencional ou não. Kiva não passava de uma ferramenta para o diretor. Uma curandeira, uma informante.

— E já me disse muitas vezes que é fácil encontrar alguém para me substituir.

Rooke passou a mão pelos cabelos curtos e ignorou a acusação.

— Cometeu um erro muito grave hoje, Kiva. Fiz tudo o que pude por você. Não posso ajudá-la com as Ordálias. Está por conta própria agora.

Kiva estivera por conta própria por quase dez anos, ainda que houvesse a suposta proteção do diretor. Conseguiria sobreviver a mais seis semanas — ou menos, se sua família chegasse a tempo.

O diretor lhe deu as costas e se afastou, mas se deteve ao chegar à porta da enfermaria, parando perto do guarda a postos. Então se voltou para Kiva e proferiu as últimas palavras antes de ir embora:

— Seu pai ficaria decepcionado com você.

Então se foi, deixando Kiva com seis palavras que ecoaram em sua mente de novo e de novo até que o leite de papoula a fez pegar no sono outra vez.

Ao fechar os olhos, ela não conseguiu evitar pensar que o diretor estava errado. Seu pai seria a primeira pessoa a encorajá-la a salvar uma vida. Já sua mãe... Ela teria opiniões fortes sobre a conduta de Kiva naquele dia.

Mas nenhum deles pudera impedi-la. Por isso Kiva lidaria com as consequências de suas ações. Ou morreria.

CAPÍTULO 14

Apesar de dar o melhor de si, Kiva não conseguiu sair da cama no dia seguinte. Passaram-se quatro dias até que conseguisse se levantar sem ajuda, e mesmo assim ainda se sentia como se tivesse sido atropelada por um dos vagões de Zalindov transportando a carga máxima de lumínio.

Apesar das dores, parou de tomar o leite de papoula depois do segundo dia de cama. Um dos motivos era para evitar a dependência, o que significava um risco. O outro era para preservar o que restava de sua dignidade, já que Kiva teve a infelicidade de tomar uma dose generosa antes de uma das visitas de Jaren, que se tornavam cada vez mais frequentes. Quando ele se sentou a seu lado e perguntou como ela estava se sentindo, Kiva dissera, do nada:

— Você tem os olhos mais lindos que já vi na vida. São como a luz do sol refletida no mar.

Ele sorrira e se inclinara para mais perto.

— Você já viu o mar?

— Uma vez. Fui com meu pai.

Jaren interpretara mal a resposta de Kiva.

— Aposto que ele está lá fora esperando você. Só precisa passar por essas provações e depois vai estar livre para vê-lo novamente.

— Não — respondeu Kiva, melancólica. — Não vou.

Naquele momento, Tipp surgira na enfermaria, acontecimento pelo qual Kiva se sentiu incrivelmente grata, uma vez que o efeito do leite de papoula finalmente cessara.

Levou uma semana para que ela voltasse ao normal. A cada dia, Kiva se sentia mais e mais apreensiva. No começo, não passara de um desejo aborrecido de sair da cama, já que estava habituada a cuidar dos pacientes, não a ser cuidada. No entanto, com o tempo, começou a se incomodar com a própria inércia, principalmente por Tilda não melhorar e pelo crescente número de prisioneiros enviados para a enfermaria por causa do vírus estomacal que se alastrava. Kiva não confiava em Olisha e Nergal para cuidar dos novos pacientes, já que a dupla se esforçava o mínimo possível para cumprir seu dever — mantinham distância dos doentes, querendo diminuir o risco de que eles mesmos contraíssem o vírus. Kiva ficara muito frustrada ao precisar lembrá-los de checar o estado de Tilda e dos pacientes na ala de quarentena. Sabia que não fariam nada se não os pressionasse.

Kiva estaria arrancando os próprios cabelos se não fosse por Tipp. Para surpresa dela, Jaren também fora de grande ajuda, especialmente depois que arranjou um jeito de visitar a enfermaria todos os dias sob o pretexto de buscar remédios para os colegas de trabalho nos túneis. Ainda que os prisioneiros tivessem permissão para explorar livremente os limites de Zalindov depois do trabalho, Kiva sentia que ele estava passando tempo demais na enfermaria. Nos dias em que ocupava o posto de guarda à porta, Naari quase sempre revirava os olhos ao ver Jaren se aproximar, ciente de que ele só estava arranjando desculpas para dar uma olhada em Kiva.

Mesmo que o motivo das visitas fosse óbvio, Kiva fazia questão de arranjar tarefas para Jaren. Não apenas porque precisava de alguém além de Tipp para garantir que os pacientes estivessem o mais confortáveis possível, mas também para manter Jaren a certa distância. Contanto que estivesse ocupado, não ficaria sentado ao lado de seu leito tentando iniciar uma conversa, nem sutilmente tentando desencorajar a simpatia de Kiva em relação aos rebeldes, nem a ouvindo declamar sonetos involuntários sobre a cor dos olhos dele.

Ela não apenas *adoraria* esquecer aquilo como também estava tentando enterrar os versos nas profundezas do subconsciente.

Quando a semana acabou, embora conseguisse se mover sozinha outra vez, sentia-se cada vez mais aflita. Não importava quão ocupada estivesse com o trabalho, não conseguia evitar a ansiedade causada pela próxima Ordália, ciente de que, caso a família não a libertasse a tempo, precisaria completá-la. Tentava prever o que enfrentaria como se isso fosse prepará-la para o que estava por vir. Algumas das possibilidades não eram tão ruins, como, por exemplo, ter que caminhar sobre carvão quente ou segurar um ferro em brasa. Nenhuma delas era *agradável*, óbvio, mas ofereciam mais chances de sobrevivência do que ser amarrada a uma pira de madeira e ser incendiada. *Isso* não acontecia em Zalindov havia algum tempo, já que a morte por enforcamento era considerada mais rápida e resultava em menos bagunça, mas houve ocasiões, anos antes, em que um grupo de prisioneiros fora queimado vivo. Kiva suava frio sempre que se lembrava disso, e sua mão automaticamente se fechava em torno do amuleto da princesa, escondido sob suas roupas.

Se não houvesse uma intervenção externa antes da segunda Ordália, Kiva teria que confiar na garantia de Mirryn de que o brasão impregnado de magia a protegeria. A simples ideia de confiar em um membro da família Vallentis fazia Kiva sentir certo mal-estar, ruim o suficiente para que não conseguisse conter o ímpeto de tentar encontrar um plano alternativo caso a princesa tivesse mentido. Mas havia um problema: ela nem sequer imaginava o que a Ordália poderia ser, o que a deixava com poucas opções. Havia bálsamos que poderia passar na pele para protegê-la de queimaduras, mas nenhum era infalível. Também havia remédios que poderiam aliviar males causados por inalação de fumaça, mas não ajudariam durante a Ordália em si. Desesperada por mais informações, Kiva procurou até mesmo a encarregada dos crematórios, Grendel, para perguntar se ela havia sido sondada pelo diretor a respeito da construção de uma pira, mas Grendel não sabia de nada nem tinha palpites sobre o que a Ordália poderia envolver.

Embora Kiva odiasse admitir, o amuleto mágico era sua melhor chance de sobreviver, independentemente de quem ela o tivesse recebido. Mas… com base em tudo o que sabia, a Provação pelo Fogo nem sequer *envolvia* chamas, e, se fosse isso mesmo, o amuleto não ajudaria. Ela poderia ter que enfrentar um fogo metafórico, como, por exemplo, enfrentar seus medos — embora não conseguisse imaginar uma provação que tivesse a ver com o que ela temia.

Não importava o quanto pensasse sobre o assunto, Kiva não conseguia chegar a conclusão alguma. Quando a ansiedade acumulada se tornou demais para suportar, pelo bem de sua sanidade — *e* dos prisioneiros que precisavam de sua atenção —, Kiva decidiu não pensar no que estava por vir nem insistir em tentar prever possibilidades.

Sua família chegaria a tempo. Ou não chegaria.

O amuleto funcionaria. Ou não funcionaria.

Ela sobreviveria. Ou não sobreviveria.

Não havia nada que pudesse fazer — isto é, nada para ajudar a si mesma. Mas havia *uma coisa* que poderia fazer para ajudar outras pessoas.

Redirecionando sua atenção, Kiva começou a tentar descobrir por que um número crescente de prisioneiros estava contraindo o vírus estomacal. Quando os primeiros casos chegaram à enfermaria, ela os diagnosticara como uma infecção gastrointestinal, visto que doenças como aquela eram conhecidas por se espalharem feito fogo em palheiro em lugares confinados como Zalindov.

Mas, apesar de resultar em desconforto e um pouco de sujeira, esse tipo de vírus geralmente desaparecia depressa, dentro de dois a cinco dias.

Aos poucos ficava claro que o diagnóstico de Kiva fora equivocado, já que o vírus não apenas permanecia no organismo dos que o contraíam, como também não estava se espalhando conforme o esperado. Embora o número de prisioneiros infectados aumentasse, não havia um padrão de contaminação. E, como os infectados ficavam doentes demais para conseguir falar, Kiva não fazia ideia de qual era a conexão entre eles.

Além disso, havia o fator que, talvez, fosse o mais preocupante: eles não melhoravam. Não importava quantos remédios ela tentasse, quantos antivirais e antibióticos enfiasse em suas gargantas, nada adiantava. Kiva tentara até mesmo usar o método de sangrar alguns dos pacientes mais graves, mas, mesmo assim, nenhum deu sinais de recuperação.

Pelo contrário, eles estavam começando a morrer.

Um a um, os pacientes partiam para o mundo-eterno. Os primeiros já haviam sido enviados para o necrotério, e muitos dos que chegaram depois rapidamente se juntavam a eles. O período de incubação era diferente para cada pessoa; alguns morriam após alguns dias, outros em questão de horas.

Kiva não conseguia compreender, e cada nova vítima contribuía para sua frustração crescente — e sentimento de impotência.

— Não se p-preocupe — disse Tipp certa noite, dez dias antes da Provação pelo Ar. — Você v-v-v-v... vai descobrir.

Já era tarde, e o garoto passara o dia de um lado para o outro, ajudando Kiva. Estava cambaleando de cansaço, embora ela tivesse dito diversas vezes a ele que se sentasse para descansar. Queria evitar que Tipp acabasse levando um tombo, mas também que ficasse frustrado consigo mesmo, já que sempre ficava aflito quando a exaustão tornava sua gagueira mais evidente.

— É que não dá para entender — disse Kiva.

Ela lavou as mãos e em seguida as esfregou com óleo de grão argênteo como precaução extra, então estendeu o frasco para Tipp e o encarou até que fizesse o mesmo.

— Os sintomas não mudam: febre alta, pupilas dilatadas, dor de cabeça, vômito, diarreia...

— Não se e-e-esqueça da urticária — interrompeu Tipp, devolvendo o óleo esterilizante e franzindo o nariz por causa do cheiro pungente.

— E urticária na região da barriga — completou Kiva, contando nos dedos. — Todos têm a *mesma* coisa, tenho certeza disso.

— Então qual é o problema? — soou uma nova voz.

Kiva se virou. Não tinha ouvido Jaren entrar na enfermaria. Talvez Tipp não fosse o único a estar cansado.

— O *problema* — respondeu, economizando a energia que gastaria para perguntar por que Jaren estava ali — é que Rayla é da administração.

Jaren inclinou a cabeça, fazendo com que a sujeira de fuligem dos túneis em um dos lados de seu rosto ficasse ainda mais perceptível.

— Perdi alguma coisa?

— Ela é p-p-privilegiada — respondeu Tipp no lugar de Kiva.

Ele deu um grande bocejo e cambaleou novamente.

Assustado, Jaren avançou até Tipp e o segurou. Em seguida, com um olhar que não deixava margem para discussões, conduziu o garoto até um dos bancos de metal e o encarou com um olhar incisivo até que ele se sentasse. Embora Kiva estivesse aliviada em vê-lo sentado, resmungou internamente por ter sido Jaren o responsável por convencê-lo quando ela passara mais de uma hora implorando para que Tipp descansasse.

— O que quer dizer com *privilegiada*? — perguntou Jaren.

Naari, que cumpria seu turno à porta da enfermaria, emitiu um ruído de tosse. Kiva sentiu vontade de fazer o mesmo, mas, em vez disso, respondeu à pergunta o mais didaticamente possível:

— Significa que ela recebe certas regalias dos guardas. Roupas mais quentes, refeições melhores, locais de trabalho mais seguros, esse tipo de coisa. Em troca de… serviços.

— Não e-entendo — disse Tipp, bocejando outra vez. — Quer dizer, que t-t-tipo de serviços ela p-pode oferecer aos guardas que os outros não podem? Eles já têm prisioneiros para lavar suas roupas, fazer comida para eles e l-limpar seus aposentos. Não precisam de mais n-nada.

Naari tossiu mais uma vez. Kiva e Jaren permaneceram em silêncio.

— Compreendo — disse Jaren, sério. — Mas ainda não entendi por que Rayla, em específico, é um problema.

— Prisioneiras privilegiadas ficam separadas do restante de nós — explicou Kiva. — Rayla deve ter tido pouca ou nenhuma interação com qualquer um além dos guardas com os quais… — Ela pigarreou e continuou: — Até mesmo o lugar onde ela dorme fica longe dos blocos de celas e mais perto do alojamento dos guardas.

Ou, certas noites, dentro do alojamento dos guardas. Mas não era necessário que Kiva acrescentasse essa parte.

— Ela não deveria estar doente — disse Jaren, o rosto se iluminando ao entender.

143

— Ela não deveria estar doente — confirmou Kiva. — Quer dizer, não é *impossível* que tenha estado na presença de uma pessoa infectada, mas, se for o caso, por que nenhum dos guardas com os quais...

Kiva interrompeu o que ia dizer e, após um rápido olhar para Tipp, voltou-se para Jaren.

— Hum... — prosseguiu Kiva. — Bem, por que nenhum dos guardas com os quais ela teve proximidade ficou doente?

— Está dizendo que nenhum dos guardas adoeceu?

Kiva se virou para Naari, que se aproximara a passos silenciosos, entrando na conversa.

— Nenhum — confirmou Kiva.

Ainda se sentia um pouco apreensiva falando com a guarda de olhos cor de âmbar, mesmo que o sentimento diminuísse gradualmente.

— Quantos prisioneiros estão doentes? — perguntou Naari.

Kiva fez um cálculo mental.

— Cerca de setenta, contando com os que já morreram e com a chegada de, em média, dez novos pacientes por dia.

Também havia pelo menos o mesmo número de mortes por dia. A ala de quarentena estava operando quase em capacidade máxima, que já teria sido excedida não fosse pelo rápido aumento de mortes. Kiva até mesmo recebera assistentes extras para ajudar temporariamente a cuidar dos enfermos, assim como Mot e Grendel receberam ajuda no necrotério e nos crematórios.

— Pelas estatísticas, alguns guardas já não deveriam ter contraído o vírus a esta altura? — indagou Jaren.

Não parecia ter medo de Naari, embora não tivesse testemunhado uma década de brutalidade por parte dos guardas como Kiva.

— Caso seja um vírus estomacal como supus no começo, sim — disse Kiva. — Mas, embora todos os sintomas apontem para isso...

— Rayla da administração contesta a teoria. — Jaren concluiu a frase por ela. — Ou até mesmo os guardas com quem ela esteve em contato e que não adoeceram.

— Então se n-não é um vírus, o que é? — perguntou Tipp, esfregando os olhos.

— Essa é a questão, não é? — disse Kiva.

Ela se recostou na bancada de trabalho, sentindo-se com três mil anos de idade.

— Pode ser qualquer coisa. Germes no ar, bactérias na água, bolor nos grãos, carne ou leite contaminados... A lista é infinita.

— Então estamos todos em risco — disse Jaren em um tom que soava em parte uma pergunta, em parte como uma afirmação.

Kiva fez um gesto desanimado.

— Eu sinceramente não sei. Por que eles estão doentes — ela apontou para a porta fechada da ala de quarentena — e nós não? Por que alguns contraíram seja lá o que for algumas semanas atrás enquanto outros só se tornaram sintomáticos hoje? — Ela fez uma pausa, pensativa. — Caso seja algo na nossa comida ou na água, faria sentido os guardas não ficarem doentes, porque os suprimentos e a comida deles são separados dos nossos. Mas se for algo no ar, nos animais ou nos grãos... — Ela franziu o cenho e continuou quase como se estivesse falando sozinha. — Se não consigo descobrir qual é o problema, preciso encontrar a origem da doença. Talvez me ajude a desenvolver um tratamento.

— Sua p-p-próxima Ordália é daqui a quatro dias — lembrou Tipp. — Acho que você deveria se c-concentrar nisso.

Tipp não se manifestara sobre as Ordálias desde o dia em que Kiva se voluntariara para assumir o lugar de Tilda. De vez em quando, ela o ouvia sussurrando alguma coisa para a mulher doente, que continuava delirante demais para responder. Sabia que ele estava preocupado, mas também sabia que o garoto tentava se manter otimista em relação à situação, algo de que ela desesperadamente precisava. Às vezes, isso fazia com que Kiva se sentisse mal — a pessoa a ser consolada deveria ser *ele*, mas era a personalidade alegre de Tipp que a tirava do buraco quando o medo se tornava grande demais.

— Quatro dias é o suficiente para começar — respondeu Kiva.

E o suficiente para que os rebeldes chegassem, ainda que não houvesse tido nem sinal deles. Lançando uma piscadela reconfortante para Tipp, acrescentou:

— E posso continuar investigando depois da próxima provação.

Caso ainda esteja viva.

O sorriso de dentes separados de Tipp iluminou a noite de Kiva, trazendo uma sensação agradável e calorosa ao peito da curandeira.

— Como você vai fazer isso? — perguntou Jaren, apoiando-se em um banco próximo a ela. — Investigar, quer dizer. Você tem um plano?

Considerando que ele estivera presente quando ela teve a ideia, segundos antes, Kiva precisou morder a língua para não dar uma resposta sarcástica. Em vez disso, refletiu sobre a pergunta e disse:

— Os primeiros prisioneiros que apresentaram sintomas foram os trabalhadores da pedreira, então vou começar por lá. Depois posso seguir pela área exterior da prisão, verificando as plantações, o depósito de madeira, todos os lugares externos, antes de investigar o que está acontecendo do lado de dentro.

Ao perceber que estava esquecendo uma coisa importante, Kiva se voltou para Naari e, um pouco hesitante, falou:

— Será que você... hum, você se importaria em pedir permissão para o diretor Rooke? Não posso passar pelos portões sem escolta.

Em circunstâncias normais, Kiva teria procurado o diretor por conta própria, mas não o vira desde a noite da primeira Ordália. Acordara na manhã seguinte lúcida o suficiente para se sentir horrorizada com quão assertiva havia sido sob efeito do leite de papoula, então decidiu que era melhor evitar ter outra conversa com o diretor tão cedo.

Ao contrário de Kiva, a guarda não hesitou nem um pouco e assentiu.

— Naari deveria ir com você — disse Jaren.

Kiva olhou para ele, contendo por pouco uma risada nervosa.

— Não vou poder escolher quem vai me escoltar. Não é assim que funciona.

Jaren olhou para a guarda.

— Você deveria ir com ela.

O coração de Kiva disparou. Por mais amigável que Naari fosse, não havia chances de Jaren sair impune por falar com ela como se os dois estivessem no mesmo patamar.

— Vou falar com Rooke — respondeu a guarda.

Kiva suspirou. Estava certa de que devia estar parecendo um bichinho assustado, em choque diante do que acabara de acontecer.

Naari deveria, no mínimo, ter advertido Jaren para que ele se colocasse em seu lugar. Era um prisioneiro e acabara de fazer um pedido a uma guarda que soava quase como uma ordem. Kiva já vira detentos sendo executados por menos.

Olhando de um para o outro, ela se perguntou se Jaren talvez já não soubesse tudo sobre detentos "privilegiados". Ele era jovem, estava em forma, era atraente... e Naari também. Exceto por poucas ocasiões, Kiva quase nunca o via sem Naari, como se ela tivesse se incumbido de supervisionar os movimentos de Jaren dentro da prisão, mesmo durante o tempo livre dele. Aquele nível de atenção... de *dedicação*...

— Que cara é essa? — questionou Jaren, semicerrando os olhos para Kiva.

Ela tentou suavizar sua expressão, mas não tinha certeza de que conseguira.

— Nada.

146

Kiva se virou para Naari.

— Quem vai me escoltar não faz diferença. De verdade.

Se pudesse escolher entre Naari e um dos outros guardas, como Ossada e Carniceiro, Kiva *com certeza* escolheria a mulher de olhos cor de âmbar. Mas, ao contrário de Jaren, não se arriscaria a fazer um pedido pessoal.

— Vou falar com Rooke — repetiu Naari, a voz firme o suficiente para que Kiva soubesse que era hora de mudar de assunto.

Ela não fazia ideia de por que a guarda vinha sendo tão cooperativa, já que não receberia nada em troca.

A não ser, talvez, por Jaren...

A ideia deixou Kiva com um gosto amargo na boca, mas ela se recusou a pensar no motivo. Em vez disso, reuniu o que restava de sua coragem e disse à guarda:

— O quanto antes melhor.

Naari assentiu e, antes que a curandeira pudesse dizer qualquer outra coisa, Jaren saltou para longe da bancada com um grito.

— Mas que...

Interrompendo a própria frase, Jaren deu uma risada, constrangido, ao avistar o gato cor de fuligem que saíra de um esconderijo no armário de remédios e roçara nele.

— Ei, olá. Quem é esse?

Kiva comprimiu os lábios para não rir. O sobressalto do rapaz fez com que ela se sentisse mais tranquila com seu jeito de se assustar com tudo.

— É a B-B-Botinhas — respondeu Tipp, apontando para as quatro patas brancas da gata.

Quando Jaren voltou para perto da felina, com a mão estendida, Kiva ficou séria de repente.

— Cuidado, ela é temperamental — alertou.

O olhar de Jaren era brincalhão.

— Então ela só pode ser sua.

Tipp gargalhou, e Naari soltou um riso abafado. Kiva encarou os três, severa.

— Você não a c-conhecia? — perguntou Tipp, em meio à risada.

Jaren voltou para o banco, e Kiva não o alertou outra vez. Em vez disso, se afastou da gata, mantendo uma distância segura.

— Já a vi pela prisão — disse Jaren a Tipp —, mas pensei que morasse na rua e que estivesse de passagem.

Tipp balançou a cabeça.

— Ela mora aqui desde s-sempre. Há mais tempo do que e-eu.

Apontou para o coto onde deveria estar o rabo de Botinhas.

— Está vendo o rabo? Ela perdeu p-pouco tempo depois de eu chegar. Aconteceu uma rebelião e algum dos prisioneiros fechou a p-porta e prendeu ela.

Jaren fez uma careta.

— Deve ter doído.

— Kiva precisou fazer um c-curativo — continuou Tipp.

A fadiga do garoto desaparecera enquanto ele viajava pelo túnel do tempo.

— Você cuida de animais também? — perguntou Jaren, erguendo as sobrancelhas. — Uma mulher de muitos talentos.

— Grande agradecimento o que eu recebi — disse Kiva, ignorando o nervosismo causado pelo elogio. — Ela era uma gata malvada *antes* do acidente e passou a me odiar ainda mais desde então. Não posso chegar perto sem ganhar uma chuva de arranhões.

— Ah — disse Jaren, sorrindo ao entender o motivo do aviso de Kiva.

Ou era o que ela achava, até que ele estendeu o braço outra vez para acariciar a gata felpuda.

— Não, espere…

Kiva tentou impedi-lo, mas parou em meio ao alerta quando Botinhas *não* reagiu como se ele fosse o mal encarnado, e, em vez disso, arqueou o corpo sob o toque de Jaren, ronronando alto o suficiente para que todos ouvissem.

— Traidora — murmurou ela.

Jaren abriu um sorriso largo.

— Eu tenho esse efeito em todas as mocinhas tempera…

— Se tem amor à sua saúde, nem pense em terminar essa frase — advertiu ela, sentindo as bochechas começarem a ficar quentes.

Tipp começou a rir outra vez, mas a risada se transformou em um bocejo tão intenso que Kiva teve certeza de ter ouvido sua mandíbula estalando. Semicerrando os olhos e apontando o dedo para ele, ela disse:

— Você. Já para a cama. — Para Jaren, acrescentou com a mesma rispidez: — Você. Certifique-se de que ele chegue até lá sem dormir no meio do caminho.

Jaren riu sozinho, como se soubesse que ela não queria ser deixada a sós com ele. Não que pudessem estar a sós na presença de Naari, mas ainda assim. Kiva não fez questão de esconder que estava evitando ficar sozinha com ele. Jaren apenas não estava captando a mensagem de que ela não po-

148

deria — e *não iria* — criar mais laços dentro de Zalindov, nem mesmo de amizade.

— Até a próxima, Botinhas — disse ele à gata, acariciando seu queixo em um gesto de despedida.

Ele se desencostou da bancada com um impulso e segurou Tipp quando ele estava prestes a desmontar no chão.

— Até a-amanhã, Kiva! — disse o garoto, acenando enquanto Jaren o conduzia enfermaria afora, lançando um último sorriso para Kiva por cima do ombro antes de desaparecer.

Naari, no entanto, não saiu do lugar. Quando Kiva olhou para ela, a guarda disse:

— Vai dormir na sua cela hoje?

Quando Kiva assentiu, Naari continuou:

— Vou esperar até que esteja pronta para ir.

Kiva precisou conter a emoção, surpresa ao perceber que sentia alívio, não medo. Os outros guardas ainda estavam causando mais problemas do que o normal para os detentos, especialmente à noite. A presença de Naari ajudaria a mantê-los longe.

— Obrigada — agradeceu Kiva em voz baixa.

— Notei a maneira como olhou para mim e para Jaren — disse ela.

Kiva desejou poder dizer que não sabia do que a guarda estava falando.

— Não é da minha conta — balbuciou ela, estendendo o braço em direção a Botinhas.

Kiva retirou a mão imediatamente quando a gata endiabrada sibilou e se arrastou de volta ao esconderijo.

— Está certa, não é mesmo? — concordou Naari. — Mas, de qualquer forma, eu jamais teria uma relação inapropriada com alguém sob minha responsabilidade.

Kiva sentiu um peso sair de suas costas, ainda que mentalmente repreendesse a si mesma por se sentir dessa forma. Era irrelevante para ela saber se Naari e Jaren tinham algum tipo de relação, fosse inapropriada ou não — ou, ao menos, era disso que ela tentava se convencer.

— Isso é muito... profissional da sua parte — observou Kiva, desesperada para encontrar algo para dizer. — Obrigada. Tenho certeza de que digo isso em nome de todos os prisioneiros.

Naari inclinou a cabeça. Seu cabelo curto e seu brinco de jade brilharam sob a luz de lumínio.

— Você me deixa intrigada.

— Eu... o quê?

— Meus turnos aqui começaram há quatro meses — disse Naari, gesticulando em direção às paredes da enfermaria. — Tempo o bastante para observar como você interage com outras pessoas. Além de Tipp e, em raras ocasiões, Mot e Grendel, você quase não fala com ninguém.

Kiva a encarava de olhos arregalados, surpresa não apenas por Naari ter prestado atenção nela, mas também pelo fato de saber os nomes de outros prisioneiros. A maioria dos guardas se referia aos detentos por suas funções, características físicas, ou, se estivessem próximos o suficiente para enxergar a pulseira, seus números de identificação.

— Por que não se permite se aproximar dos outros? — perguntou ela, soando genuinamente curiosa. — Jaren parece ser um dos bons, e eles são poucos. Acho que valeria o investimento.

— Como se fosse possível saber disso apenas com base nos trinta e três dias desde que ele chegou — respondeu Kiva.

Em busca de uma distração, apanhou um cantil aberto e começou a procurar a tampa.

Os olhos de Naari se iluminaram.

— Então está contando os dias?

Xingando mentalmente, Kiva se limitou a dizer:

— É uma estimativa.

— "Trinta" é uma estimativa. "Um mês" é uma estimativa. "Algumas semanas" é uma estimativa.

Naari sorriu. Seus dentes brancos contrastavam com a pele escura.

— "Trinta e três" é um número exato — decretou ela.

— Sabe de uma coisa? — disse Kiva. E encontrou a tampa do cantil e a pressionou contra o bocal com mais força do que o necessário. — Pensando bem, não tem problema se você não quiser me esperar.

Naari deu risada. O som era caloroso, grave e quase rouco.

— Em vez disso, por que não me diz o que precisa ser feito antes de ir embora para que eu possa ajudar você a terminar?

O cérebro de Kiva estava à beira de um curto-circuito quando ela perguntou, ofegante:

— O quê?

— Tenho duas mãos e duas pernas — disse Naari e, erguendo a mão esquerda coberta pela luva, acrescentou: — Isso não serve só de decoração. Me diga o que precisa ser feito e eu faço.

Atônita diante da oferta, Kiva não conseguiu responder até Naari apressá-la.

— Vamos logo, curandeira, eu não tenho a noite toda. Quero chegar a Vaskin antes de fechar.

A apenas dez minutos de distância a cavalo, Vaskin era a cidade mais próxima de Zalindov. Os guardas frequentemente iam até lá para espairecer após os turnos. Alguns até moravam lá, principalmente os que tinham família, já que os alojamentos da prisão não eram lugar para cônjuges e crianças. Embora estivesse curiosa para saber se Naari morava ou não na prisão, Kiva ainda não se sentia confortável para fazer uma pergunta tão pessoal. Em vez disso, diante do olhar desafiador da guarda, deixou de lado a hesitação e aceitou a oferta.

— Tudo bem, então — concordou Kiva, falhando ao tentar esconder sua apreensão.

Endireitou os ombros e, um pouco mais confiante, disse a Naari o que ainda precisava ser feito antes da chegada de Olisha e Nergal. Em seguida, assistiu, deslumbrada, à guarda assentir e erguer as mangas.

A curandeira e a guarda trabalharam lado a lado noite adentro enquanto a dinâmica de poder entre elas se diluía — ou talvez, como Kiva começava a perceber, se esvanecia completamente.

CAPÍTULO 15

Dois dias depois, a manhã chegou com uma promessa de chuva, mas Kiva estava determinada a garantir que nada a impedisse de começar a investigação sobre a origem do vírus estomacal.

Duas noites antes, quando se despedira de Naari, ou melhor, quando a guarda se despedira *dela* depois de levá-la em segurança ao seu bloco, a mulher de olhos cor de âmbar prometera outra vez que falaria com o diretor Rooke o quanto antes. E dito e feito: na semana seguinte, quando Kiva chegou à enfermaria, Naari já a esperava com a notícia de que o diretor lhe dera permissão para que a escoltasse pelos portões. Infelizmente, no dia anterior, um fluxo de novos pacientes demandara todo o tempo e a atenção de Kiva, mas naquele dia ela recrutara Olisha e Nergal para o turno diurno para que pudesse partir com Naari.

Depois de verificar rapidamente os pacientes em quarentena e de dar uma olhada em Tilda — que continuava apresentando uma decepcionante ausência de melhora — para se certificar de que não havia escaras em seu corpo, Kiva se encontrou com Naari na entrada da enfermaria. A guarda tinha a mesma aparência de sempre, com suas vestes de couro preto, mas carregava uma mochila pequena e, em vez de portar duas espadas às costas, havia apenas uma presa no cinto e uma balestra pendurada em seu ombro.

Kiva não conseguiu conter um arrepio ao ver a nova arma, ainda que fizesse parte do procedimento padrão para os guardas que passariam pelo portão. Embora existisse uma segunda barreira perimetral bem além das áreas de trabalho externas, as balestras de longo alcance eram um empecilho extra para os prisioneiros que decidissem tentar escapar contando com a própria sorte. Kiva não era ingênua — sabia que não tinha chances de fugir. Não sem ajuda.

Não morra.

Não a deixe morrer.

Nós iremos até você.

— Ainda vamos à pedreira primeiro? — perguntou Naari assim que Kiva se aproximou.

— É o plano — respondeu Kiva.

A guarda assentiu e seguiu em frente, conduzindo-a pelo caminho na direção oposta à enfermaria.

Tipp quisera ir, mas Kiva não quis abusar da sorte com o diretor. Não havia um motivo válido para que ele a acompanhasse, então ela lhe atribuíra uma nova função durante sua ausência. Era importante, já que Kiva precisaria do que o garoto iria coletar até que voltasse, mas ela não invejava a tarefa. Ele, no entanto, reagira com uma alegria inocente, como se tivesse ganhado um presente de Yulemal e de aniversário ao mesmo tempo. Às vezes, Kiva se esquecia de que ele tinha apenas onze anos.

Naari permaneceu em silêncio enquanto se dirigiam para os portões principais, e Kiva seguiu o exemplo. Assim que passaram pelos canis e se aproximaram dos alojamentos principais, começou uma chuva fina, provocando um calafrio em Kiva ao sentir as gotas geladas na pele. Já se acostumara a suportar as temperaturas drásticas usando apenas sua túnica e calças finas, mas sempre detestou os meses de inverno. Tinha sorte em comparação com aqueles que trabalhavam em ambientes externos, mas, ainda assim, frio era frio.

— Pegue — disse Naari, remexendo na mochila quando a chuva se intensificou.

Ela puxou uma capa de lona e a atirou para Kiva.

Com as mãos dormentes — de choque, não de frio —, Kiva segurou a capa, encarando-a em silêncio.

— Vista antes que fique encharcada — instruiu Naari, como se estivesse falando com uma criança.

Por instinto, Kiva obedeceu. A lona pesava sobre seus ombros, mas a protegia da chuva, e ela sentiu uma onda de calor imediata enquanto o material retinha a temperatura quente de seu corpo. Quando levantou o capuz sobre os cabelos escuros, quase deixou escapar um gemido de alívio ao sentir a diferença térmica.

— A última coisa de que precisamos é que você fique doente — explicou Naari antes que Kiva tivesse a chance de agradecer. — Olisha e Nergal são imprestáveis. Se tem alguém capaz de descobrir como parar essa doença antes de todos nós morrermos, esse alguém é você.

Era uma desculpa válida para a gentileza, mas Kiva achava que não era a única razão pela qual Naari trouxera a capa. Sua armadura de couro a protegia das intempéries — ela não precisaria levar *nada* para Kiva, apesar de suas alegações. E mesmo assim levara.

Kiva se perguntava se teriam sido amigas em outro momento, em outro lugar. Mesmo *ali*, a sensação de amizade começava a surgir, embora ela não se atrevesse a pensar nisso por muito tempo, ciente de como um pensamento como esse era perigoso. Os guardas iam e vinham, e não tardaria para que Naari fosse embora como todos os que vieram antes dela.

Assim que saíram do bloco de recepção, os portões de ferro surgiram, erguendo-se diante delas, altos e forjados nos muros de calcário que rodeavam o complexo. Os trilhos dos vagões que cruzavam a entrada vinham do depósito de lumínio que ficava dentro da prisão e passavam pelo portão, levando até o depósito de madeira, as áreas de colheita e a pedreira. Ao fim de cada dia, os trabalhadores enchiam os carrinhos e retornavam com os resultados. Mas, naquele momento, os trilhos serviam apenas para guiar o caminho de Kiva e Naari.

Com um aceno para os guardas das torres, Naari não interrompeu o passo antes de sair pelos portões. Kiva, embora tensa, seguia atrás dela.

Em seus dez anos em Zalindov, cruzara os portões meia dúzia de vezes para cuidar de prisioneiros que não haviam conseguido chegar até a enfermaria sem assistência médica. Toda vez, sentira o que sentia naquele momento — euforia por estar além do hexágono, tão perto e tão longe da liberdade.

Ela se perguntou onde estaria sua família, quanto tempo ainda faltaria até que os rebeldes chegassem para libertá-la. Mas afastou o pensamento, sabendo que não havia nada que pudesse fazer para acelerar o processo. Tinha um objetivo e ficaria completamente focada nele.

— Guarda Arell, tem um segundo?

Kiva e Naari pararam ao ouvir a voz do diretor, inconfundível mesmo em meio ao barulho da chuva. Elas se viraram e o viram passar pelos portões às suas costas, alheio à água que ricocheteava contra seu uniforme de couro.

Kiva olhava para o diretor, intrigada com sua presença. Ele gesticulou com a cabeça em direção aos estábulos depois da entrada da prisão para que se abrigassem. Ao entrarem, o cheiro de feno e cavalos invadiu o nariz de Kiva. O som da chuva batendo no teto começou a ficar ensurdecedor.

— Você. Fique aqui — disse Rooke a Kiva, antes de olhar incisivamente para Naari e se dirigir para o outro lado dos estábulos, ainda ao alcance da vista, e da balestra, mas longe o bastante para que a curandeira não ouvisse o que diziam.

Embora estivesse muito curiosa, Kiva não sabia ler lábios, então suspirou e se recostou na porta da baia mais próxima, acariciando o focinho de um cavalo de pelos úmidos que esticou a cabeça para fora para espiar. Dada a lama molhada que embaraçava sua crina, ela deduziu que ele chegara havia pouco tempo, e que o montador provavelmente era um mensageiro trazendo mais uma das muitas mensagens reais que vinham atormentando o diretor. Isso com certeza explicaria a expressão sombria de Rooke enquanto conversava com Naari, que, por sua vez, parecia quase entediada, com os braços cruzados sobre o peito.

Desviando o olhar, Kiva observou os outros cavalos já guardados nos estábulos e todas as baias vagas entre eles. Perpendicular à sua posição, havia uma carruagem solitária que ela reconheceu como a do diretor, já que o vira usá-la para ir e vir de Zalindov, ainda que raramente. Rooke quase nunca deixava a prisão — assim como um rei quase nunca deixava seu reino.

— *Psiu.*

Kiva desviou o olhar da carruagem e franziu o cenho para o cavalo, que começou a dar leves cabeçadas em seu ombro.

— *Psiu*, Kiva. Aqui embaixo.

Ela arregalou os olhos ao espiar sobre a porteira alta e deparar com o encarregado dos estábulos, Raz, agachado próximo à pata dianteira do cavalo. O homem de meia-idade segurava uma escova e estava coberto de pelos finos, o que indicava que estivera penteando o animal quando eles chegaram e optara por ficar fora de vista.

Kiva não conhecia Raz muito bem. Na verdade, tentava evitá-lo, uma vez que qualquer interação entre eles poderia resultar na morte de qualquer um dos dois. Mas Raz não era um prisioneiro, tampouco um guarda, e, embora fosse contratado desde muito antes da chegada de Kiva, tinha muito mais a perder do que ela.

Raz era a conexão de Kiva com o mundo exterior. Dez anos atrás, sua esposa gestante havia lhe feito uma visita durante o dia e entrado em trabalho de parto antes do tempo. Não fosse pelo pai de Kiva, teriam perdido o bebê e a mãe. Como agradecimento, Raz se oferecera para contrabandear uma mensagem para o lado de fora e enviá-la, ciente de quão restritos eram os canais de comunicação de Zalindov.

Faran Meridan fora perspicaz. Para evitar olhos curiosos, usara um código que Kiva e seus irmãos haviam inventado em uma brincadeira e que toda a família saberia interpretar sem grande dificuldade. Assim começara o contato, com Raz se oferecendo para continuar os serviços para Kiva.

Apesar da bondade de Raz, fazer com que as cartas saíssem da prisão era difícil para Faran e, mais tarde, para Kiva. Poucas vezes valera a pena procurar Raz, principalmente considerando o fato de que ele ficava nos estábulos — além dos muros de calcário. Kiva só conseguira enviar suas próprias mensagens através dele duas vezes. Na primeira, foram duas palavras: *Papai morreu*; e, na segunda, seis: *Sou a nova curandeira da prisão*.

As cartas de sua família eram mais frequentes, embora não tanto quanto Kiva gostaria. Ainda assim, Raz sempre fora cauteloso em relação à forma como trazia as mensagens para o lado de dentro dos muros, escondendo-as nas roupas de novos prisioneiros quando ajudava os guardas a tirá-los das carruagens da prisão, sabendo que seriam enviados para a enfermaria e que seria necessário despi-los. Era perigoso, mas, até então, ninguém descobrira a estratégia dos dois. Devia ser porque não costumavam se arriscar — diferente do que estavam fazendo naquele momento. Kiva não tinha ideia de por que Raz estava chamando a atenção dela, especialmente com Rooke e Naari a poucos passos de distância.

— Tenho uma coisa pra você — disse Raz, mal se fazendo ouvir sob a chuva abundante.

Kiva tomou cuidado para não fazer nenhum movimento repentino quando Raz puxou um bilhete sujo de lama de dentro do casaco e o estendeu para ela.

Olhando rapidamente para o diretor e para Naari, Kiva se curvou sob a cabeça do cavalo para que a ocultasse parcialmente até ter certeza de que os dois estavam imersos na conversa. Depois se esticou sobre o portão da baia para pegar o bilhete da mão de Raz.

Com o coração disparado, leu o código escrito nos garranchos familiares de sua irmã, empolgada para saber o que dizia, esperançosa por qualquer notícia sobre o resgate. Então processou as palavras.

Não a deixe morrer.
Nós iremos até você.
A mensagem era igual à anterior.

Exatamente igual.

Lágrimas de raiva ferroaram os olhos de Kiva. Ela amassou o bilhete e cerrou o punho, tomada por um misto de fúria e desespero. Então foi dominada pela imprudência e desamassou o pergaminho, esfregando a mão na crina suja de lama do cavalo e pressionando a ponta do dedo no papel, no espaço intocado pela escrita da irmã.

— O que está fazendo? — sibilou Raz em tom urgente.

Kiva não respondeu, apenas olhou de relance para Rooke e Naari outra vez antes de, em silêncio, rezar para que o cavalo não se mexesse e continuasse sendo uma barreira entre eles.

Exaltada, escreveu seu próprio código enlameado, símbolo após símbolo, a mensagem mais longa que ela já mandara.

Ela está doente.
Sou a Defensora dela no Julgamento por Ordália.
Espero resgate... quando???

Depressa, muito depressa, ela dobrou o bilhete sujo e conciso e o estendeu de volta para Raz.

— Kiva, não posso...

— Por favor — sussurrou ela, mal movendo os lábios, uma vez que Rooke e Naari finalmente haviam parado de conversar e estavam voltando.

Até mesmo a chuva diminuíra, como se já tivesse oferecido toda a ajuda que podia e então estava cessando.

— *Por favor.*

Um suspiro resignado foi a única resposta de Raz, mas o som inundou Kiva de alívio. Ele levaria o bilhete de volta para Vaskin e o enviaria à sua família. E então... e *então* ela finalmente teria algumas respostas.

Ansiosa, Kiva sentia gotas de suor brotando em sua testa quando o diretor se aproximou, mas ele nem mesmo olhou para ela, passando reto e saindo dos estábulos. Ela voltou o olhar para Naari. A guarda a observava com atenção, como se pudesse enxergar sua tensão, então Kiva se obrigou a relaxar. Todo o esforço se provou em vão quando Naari perguntou:

— Quem é seu amigo?

Kiva foi tomada pelo pânico, a mente gritando para que ela pensasse rápido, para que explicasse que não fazia ideia do que Naari estava falando e que nunca havia visto Raz até aquele momento. Então a guarda estendeu o braço e acariciou o focinho do cavalo, e Kiva soltou a respiração quando se deu conta do que a guarda dizia.

— Hum, sim, ela é uma graça — respondeu Kiva, com a voz abafada, sem fazer ideia se o cavalo era macho ou fêmea.

Ela sentiu a lama que cobria sua mão — a lama que usara para escrever o bilhete — e a levantou, acrescentando:

— Mas está suja. Precisa de um bom banho.

— Está toda suja — observou Naari, depois balançou a cabeça. — Vamos seguir em frente antes que a chuva engrosse de novo. — Baixinho, completou: — Ou antes que Rooke mude de ideia sobre nos deixar ir.

Kiva emudeceu, surpresa, se dando conta de que o diretor deveria ter discutido com Naari sobre a tarefa que estava em curso. Talvez ela mesma devesse ter falado com Rooke, compartilhado quão preocupada estava em relação à doença contagiosa. Mas se tivesse feito isso, não teria tido a chance de escrever o bilhete para sua família. Se Naari estava disposta a tomar as dores de Kiva, a curandeira ficaria mais do que feliz em deixá-la fazer isso.

Kiva não ousou olhar para Raz ao sair dos estábulos, mas, mentalmente, expressou seu desejo de que ele enviasse a mensagem o quanto antes na esperança de que sua família respondesse igualmente depressa. Na esperança de que sentiriam sua urgência. Na esperança de que, de fato, *viessem*.

CAPÍTULO 16

A chuva cessou de vez enquanto Kiva e Naari seguiam até a pedreira, por entre a plantação de legumes e a cultura de trigo, mas depois retornou em um chuvisco fino quando chegaram aos criadouros de porcos e aves. Precisaram de uma grande autodisciplina para que não parassem em todos os lugares pelos quais passavam, mas Kiva se esforçou para se lembrar de sua estratégia. Precisava começar pelo começo e, metodicamente, continuar a partir dali.

Continuaram a caminhada, deixando os criadouros para trás, sem trocar uma palavra. Apenas quando se aproximaram do muro leste, próximo ao local onde Kiva deveria ter saltado durante a Provação pelo Ar, Naari quebrou o silêncio.

— Soube que, depois da primeira Ordália, você conheceu a princesa. O que ela disse?

Kiva ponderou a resposta, mas decidiu que nada que Mirryn dissera — além das informações relacionadas ao amuleto — traria problemas para nenhuma das duas.

— Acho que, mais do que qualquer coisa, ela estava curiosa em relação aos meus motivos para ter me voluntariado.

— Só isso?

— Pelo jeito, eu lembro a namorada dela. Ela disse alguma coisa sobre termos o mesmo espírito obstinado. *Acho* que pode ter sido um elogio. — Kiva deu de ombros e continuou: — Pra falar a verdade, eu estava com muita dor quando conversamos, mesmo com o leite de papoula. Não consegui decifrá-la muito bem.

Naari se virou para Kiva.

— A Princesa Mirryn tem namorada?

Kiva deu de ombros mais uma vez.

— Foi o que ela disse. — Olhando com mais atenção para Naari, continuou: — Você não é uma daquelas fãs obcecadas da família real, né? Ávida por qualquer migalha de informação?

— Óbvio que não — respondeu Naari, com uma careta. — Só fiquei surpresa.

— Por ela estar comprometida?

Naari não disse nada, e seu silêncio serviu como confirmação.

Kiva soltou um riso abafado, então se lembrou de quem a estava acompanhando e tentou transformar a risada em uma tosse, o que resultou em um ruído lamentável que ela se sentiu grata por ninguém mais — como, por exemplo, Jaren — ter presenciado.

— Qual é a graça? — perguntou Naari, deixando claro que a tentativa de tosse de Kiva havia falhado.

— É que...

Kiva não terminou a frase, tentando pensar na melhor maneira de dizer o que estava pensando sem irritar a mulher munida de armas até os dentes.

— Acho que o rei e a rainha não fazem declarações públicas sobre quem os filhos estão namorando. Caso Mirryn ficasse *noiva*, então, sim, o reino saberia. Mas só um namoro? — Kiva balançou a cabeça. — Desculpe, mas você não deveria estar surpresa com a notícia.

Naari não disse nada outra vez. Até que de repente...

— Pelo jeito, você deve estar grata por o príncipe herdeiro ter salvado sua vida.

Fechando a cara, Kiva respondeu:

— Não quero falar sobre ele.

— Ouvi dizer que é bonitão — comentou Naari.

Kiva quase tropeçou nos próprios pés.

— Estamos mesmo tendo esta conversa?

— Não tem nada de mais. Algumas pessoas sonham em se casar com um príncipe.

— Se casar... com um... — disse Kiva, quase engasgando, incapaz de ao menos repetir as palavras. — Está delirando? Não consigo pensar em nada pior.

Principalmente se tratando de um canalha como Deverick. Bastou estar em sua presença por alguns minutos para que Kiva ficasse a ponto de arremessar algo contra ele, fosse seu herói ou não.

A guarda riu — das palavras de Kiva ou de sua expressão de repugnância, Kiva não saberia dizer.

— Então com *o que* você sonha, curandeira?

— Eu tenho nome, sabia?

— Eu sei.

Kiva suspirou.

— Tenho muitos sonhos. Muitos temores, também. Só o tempo vai dizer qual caminho minha vida vai seguir.

Houve um intervalo considerável até que Naari dissesse em voz baixa:

— Você é inteligente para sua idade, Kiva Meridan.

Você é muito inteligente para a sua idade, ratinha.

Kiva sentiu um nó na garganta ao se lembrar das palavras que Naari havia trazido à tona. Era algo que seu pai costumava dizer sempre que ela sugeria um novo remédio ou tratamento que ele não havia considerado. *Nossa Kiva é esperta como uma raposa*, sua mãe costumava complementar, contando a qualquer um que desse ouvidos e sorrindo, orgulhosa da filha.

Kiva sentiu as lágrimas ardendo em seus olhos e piscou para contê-las, já que não tinha mais a proteção da chuva para escondê-las. Olhou adiante para verificar quanto ainda teriam que caminhar e ficou aliviada ao se dar conta de que já estavam ultrapassando a pedreira abandonada à direita. O destino estava logo à frente.

Nunca visitara a pedreira abandonada. O lugar fora desativado alguns anos antes de sua chegada a Zalindov, e os trabalhadores foram alocados em uma mina maior, mais ao norte, para onde ela e Naari estavam indo. Ouvira boatos de que, embora a pedreira abandonada fosse menor, os prisioneiros haviam sido forçados a cavar tão fundo que vários desmoronamentos aconteceram, resultando em diversas mortes. Houve acidentes semelhantes na nova pedreira, embora menos frequentes.

— Qual vai ser a sua tática? — perguntou Naari enquanto o som de martelos e cinzéis começava a chegar aos ouvidos das duas.

Ela gesticulou em direção à bolsa que Kiva trouxera.

— A pedreira é enorme. Sabe de onde quer colher amostras, Kiva?

— Precisamos ir até a maior concentração de trabalhadores, aos lugares aos quais muitos prisioneiros têm acesso ou onde passam a maior parte do tempo.

A resposta de Naari foi seca.

— Você acabou de pensar nisso, né?

Na verdade, não foi uma pergunta, e por isso Kiva não respondeu, embora suas bochechas tenham ficado quentes.

— Por aqui — disse Kiva quando chegaram ao fim dos trilhos.

161

Os vagões estavam empilhados e vazios, esperando que os prisioneiros os carregassem e os empurrassem de volta para o depósito ao fim dos turnos. Era um trabalho cansativo e árduo para o corpo e para a mente. Aqueles que trabalhavam nas pedreiras, assim como os que trabalhavam nos túneis, quase nunca sobreviviam por muito tempo em Zalindov.

Existia apenas uma torre de vigia para supervisionar a pedreira, mas havia vários guardas em terra firme para garantir que os prisioneiros continuassem trabalhando — e proporcionando motivação quando não estavam, com os chicotes e os bastões manchados de sangue. O supervisor da pedreira, Harlow, era o pior de todos e olhava para Kiva e Naari com a cara fechada enquanto elas se aproximavam da base da torre onde ele as aguardava.

— Fiquei sabendo que viriam — disse Harlow, mastigando de boca aberta e depois cuspindo uma bolota de goma negra tão perto dos pés de Kiva que ela se perguntou se o guarda tivera a intenção de atingi-la.

Ela não ficaria surpresa, embora o gesto fosse diminuir sua disposição a aliviar o desconforto do guarda na próxima vez que ele a procurasse para cuidar de sua urticária venérea crônica. Kiva não desejaria tal doença para um homem mais gentil, e ficava muito satisfeita em dar-lhe remédios que ferroavam e faziam suas partes íntimas arderem, ignorando convenientemente a solução que poderia curá-lo em um piscar de olhos.

Talvez ele devesse *mesmo* ter cuspido nela. Com certeza teria feito mais do que isso se soubesse que o último remédio que Kiva lhe dera fora responsável por deliberadamente inflamar seus sintomas o suficiente para que ele precisasse esperar um bom tempo antes de conseguir voltar a participar das atividades que resultaram na doença, para começo de conversa.

O crápula desprezível merecia.

— Não vamos atrapalhar — garantiu Naari em um tom sereno.

— É bom mesmo — respondeu Harlow. — Também não encham o saco dos meus operários. Eles não são pagos pra ficar de bobeira.

De repente, o homem riu, apoiando uma das mãos sobre a barriga estufada ao arquear as costas e gargalhar.

— Pagos? Rá! Já pensou?

Kiva olhou para Naari, que tinha uma expressão igualmente enojada.

— Não vamos demorar — disse Naari, embora Kiva não soubesse dizer se fora dirigido para Harlow ou para ela.

— Podem ficar aí o quanto quiserem, só não podem descer lá para a pedreira — avisou Harlow, depois observou as duas e lambeu os lábios. —

Podem descer na *minha* pedreira quando quiserem. Pensando bem, por que a gente não...

— Não vamos demorar — repetiu Naari, firme, franzindo os lábios em sinal de repulsa.

Ela deu meia-volta e, com um olhar sugestivo para que Kiva a seguisse, se distanciou de Harlow a passos largos. Na última vez que olhou para o supervisor asqueroso enquanto subiam até a borda da pedreira, Kiva o viu coçar a virilha, e a imagem fez com que ela mordesse o lábio para conter o riso.

— Ele é asqueroso — disse Naari ao chegar ao topo, parando para olhar a agitação da vista que se estendia abaixo e ao longe, em diferentes alturas.

— Ele é mais do que asqueroso — concordou Kiva. Depois de pensar por um segundo, acrescentou: — Mas se faz você se sentir melhor, ele está sofrendo em silêncio neste exato momento.

Quando Naari olhou para ela, sem entender, Kiva contou sobre o problema de Harlow e sobre o último remédio que prescrevera para ele. A guarda riu tanto que precisou enxugar os olhos.

— Me lembre de nunca deixar você irritada — brincou Naari, ainda dando risada.

— Ele merece — respondeu Kiva.

— Demais — concordou Naari, depois gesticulou para a vista e perguntou: — Não quero que ele tenha chance de nos perturbar, então, para onde devemos ir daqui?

Kiva mordeu o interior da bochecha, pensando. Os níveis de cima da pedreira já haviam sido explorados, por isso havia uma descida considerável — e íngreme — até onde os prisioneiros trabalhavam, nas bordas próximas ao fundo do fosso. O terreno em si era de um cinza árido, mas de vez em quando algo resplandecia sob a luz do dia, indícios de lumínio brilhante salpicando a pedra.

— Que tal seguirmos a trilha até a base? Quero encontrar lugares para retirar amostras quando estivermos mais perto dos operários — sugeriu Kiva, por fim.

Naari seguiu caminho pela descida, com passos firmes, enquanto Kiva fazia o percurso com mais cautela. Era largo o suficiente para que um carrinho passasse, mas se ela torcesse o tornozelo em uma pedra solta, se meteria em um grande problema. Diferente de Naari, Kiva não era atlética nem forte, uma vez que sua rotina de prisioneira deixava a desejar em termos de atividades que contribuíssem para que estivesse em forma. Os trabalhadores braçais eram exceção — serem forçados a trabalhar sob condições tão sofridas significava que eles não poderiam *não estar* em forma. Era isso ou morrer. E eles quase sempre morriam no fim das contas.

Assim como Jaren morreria.

Kiva afastou o pensamento. Desde quando se conheceram, sabia que ele seria designado para os trabalhos braçais e que isso resultaria em sua morte. Não havia nada que pudessem fazer a respeito e não fazia sentido ficar pensando sobre o assunto. Zalindov era cruel — sempre fora e sempre seria.

Mas, pela primeira vez em muito tempo, Kiva desejava poder impedir que o inevitável se concretizasse.

— Está calada.

Kiva levantou a cabeça em um movimento brusco ao ouvir as palavras de Naari.

— Só estou prestando atenção aonde piso.

Naari fingiu acreditar, mas era óbvio que Kiva estava lutando contra seus pensamentos. De qualquer forma, em pouco tempo, o barulho se tornou alto o suficiente para que não conseguissem conversar, com martelos se chocando contra pedras e picaretas quebrando rochas, aquele som ensurdecedor ecoando em seus ouvidos.

Por causa da grande extensão do fosso, mais prisioneiros eram enviados para lá do que para qualquer outro lugar. A pedreira funcionava com mais de setecentos trabalhadores, cuja maioria morria dentro de um ano. O motivo não era apenas que havia muito o que fazer, mas também a importância do lumínio — não só para a energia e a iluminação, como para a infraestrutura e a arquitetura. Quanto mais trabalhadores braçais houvesse, mais rápido o lumínio seria extraído, com mais trezentos e tantos prisioneiros alocados no depósito do outro lado dos portões, onde processavam o mineral e o preparavam para despachá-lo para o restante de Wenderall.

Era uma engrenagem em perfeito funcionamento, lubrificada pela vida — e pela morte — dos prisioneiros.

Quando Kiva e Naari passaram pelos primeiros operários com vestes cinza e pelos operários que os supervisionavam, o tinido das ferramentas começou a ser acompanhado pelo odor acre de suor e sangue combinado ao cheiro gredoso característico do pó da pedreira. Algumas pessoas olharam para elas, mas ninguém as abordou. Os prisioneiros cobertos de sujeira não tinham energia para desperdiçar com curiosidade, e os guardas os observavam de perto, com os açoites em mãos, prontos para o menor sinal de corpo mole.

Kiva sentiu o peito arder em revolta, mas se forçou a se lembrar de que estava lá com um único objetivo: coletar as amostras. Se conseguisse descobrir a origem da doença, poderia impedir que todos aqueles operários morressem ainda mais prematuramente — se é que isso valia de alguma coisa.

Enquanto avançavam pelos níveis mais baixos do fosso, Kiva gesticulou para Naari ao identificar lugares em que já houvera ou havia naquele momento altos níveis de contato entre os operários. Parando a todo momento, coletava amostras e as armazenava nos frascos que trouxera, continuando a descida em seguida. Procurava, sobretudo, poças de água parada e pequenos acúmulos de lodo que contivessem uma mistura dos minerais da pedreira, especialmente se estivessem marcados por pegadas dos prisioneiros ou alojados em fendas nas pedras próximas a onde os operários trabalhavam.

Estava prestes a dizer a Naari que tinha amostras suficientes e que estava pronta para ir embora quando uma voz desdenhosa soou às suas costas.

— Ora, ora, ora, se não é o Capacho de Zalindov.

Kiva se virou, inexpressiva, e deparou com Cresta às suas costas. O rosto da mulher ruiva estava coberto pelo pó da pedreira e sua tatuagem de serpente quase parecia se mexer sob a sujeira luminosa.

Na última vez que haviam se visto, Cresta ameaçara a vida de Tipp. Até então, Kiva cumprira sua parte do acordo, mantendo Tilda viva, mas o olhar que Cresta lhe lançava servia como um lembrete óbvio de que ela ainda tinha um trabalho a fazer. Os rebeldes de Zalindov não se dariam por satisfeitos até que sua rainha estivesse livre — e, possivelmente, até que estivessem livres junto com ela.

Um arrepio percorreu o corpo de Kiva. Não pensara no que aconteceria quando os rebeldes viessem resgatar Tilda. Levariam outros também? Outros... como Cresta, por exemplo?

Kiva afastou a ideia, decidindo que não era problema dela. Já estava lidando com coisas demais sem as consequências morais de algo como aquilo.

— Algum problema? — perguntou Naari, aproximando-se.

— Então você veio com a babá — zombou Cresta, ignorando a guarda a não ser por um sutil enrijecimento de dedos em volta da picareta que segurava. — Como é trabalhar no castelinho enquanto o resto de nós se mata aqui embaixo?

Por um lado, Kiva não conseguia acreditar que Cresta tinha a audácia de não só afrontar Naari, mas de continuar a hostilizá-la enquanto a guarda estava *bem ali*. Por outro, se tratava de Cresta, que sempre fizera o que bem entendia e de alguma forma sobrevivera às consequências.

— É meio exagerado chamar a enfermaria de castelo — retrucou Kiva em um tom apático —, mas acho que é tudo uma questão de perspectiva.

165

Decidida, deu as costas para Cresta e começou a se afastar, chamando Naari por cima do ombro:

— Já terminei. Vamos.

— Isso aí, curandeira desgraçada, pode continuar fugindo — provocou Cresta às suas costas. — Melhor arranjar um pouco de coragem antes da próxima provação. Vai precisar!

Kiva ignorou o ataque, ciente de que, se olhasse para trás, veria um olhar ameaçador no rosto da detenta. Apesar do desprezo dissimulado, Cresta tinha plena consciência de que a sobrevivência de Tilda dependia do êxito de Kiva.

— Quer me contar o que foi aquilo? — perguntou Naari quando já estavam longe o suficiente.

— Quer me contar por que não a puniu? — falou Kiva.

Naari demorou para responder, mas, por fim, disse:

— Era o que você queria?

Kiva suspirou e ajeitou sobre o ombro a bolsa com as amostras.

— Não. Deixa pra lá.

— Não respondeu à minha pergunta.

Kiva ficou em silêncio por bastante tempo, formulando uma resposta. Falou somente quando deixaram a pedreira para trás e começaram a seguir os trilhos de volta para a prisão.

— Eu sou a personificação de tudo o que Cresta detesta em Zalindov. Na cabeça dela, eu faço exatamente o que me dizem para fazer, no momento que me dizem para fazer. E é verdade, faço mesmo.

Porque, diferente de Cresta, Kiva se importava com a própria vida, e descobrira que sendo obediente tinha mais chances de ficar daquele lado do mundo-eterno. Jogava de acordo com as regras e escolhera havia muito tempo sacrificar a própria alma para salvar sua vida. Isso fazia com que os outros prisioneiros não gostassem dela. *Principalmente* os rebeldes. E, ainda assim, Kiva continuava respirando, enquanto muitos deles já estavam mortos.

— As gravações. — Naari tentou adivinhar.

— Entre outras coisas. Além disso, salvei a vida dela quando chegou.

Depois de uma pausa confusa, Naari argumentou:

— Geralmente as pessoas expressam gratidão por coisas assim.

— Não quando querem morrer.

Um silêncio grave seguiu as palavras de Kiva, que naquele momento se lembrava de como Cresta tentara cometer suicídio em suas primeiras semanas em Zalindov, cortando os pulsos com cacos de vidro. Não fosse pela rápida ação da curandeira, a jovem teria morrido. Fora Kiva quem involuntariamente acendera uma chama no peito de Cresta depois do que aconteceu, ao dizer que ela era forte e impetuosa, que poderia sobreviver a qualquer coisa, e que por isso devia a si mesma encontrar uma razão para viver.

Cresta seguira o conselho à risca, organizando os rebeldes da prisão e decidindo que o motivo de sua existência era causar o máximo de conflito possível, para guardas e detentos em igual medida.

— Você é ótima em fazer novas amizades, né? — observou Naari em um tom sarcástico, tirando um riso relutante de Kiva.

— É um dos meus maiores talentos — respondeu a garota, tão sarcástica quanto a guarda.

Enquanto avançavam em direção aos portões, Kiva viu um sorriso discreto no rosto de Naari e se perguntou por que isso seria tão ruim no fim das contas — mas seu estômago se contraiu e ela rapidamente abandonou o pensamento. Mudando de foco, Kiva concentrou a atenção no retorno à enfermaria, onde testaria as amostras para se distrair da Ordália que se aproximava e da ameaça de morte muito concreta pairando sobre ela.

CAPÍTULO 17

— C-c-como foi?

Kiva e Naari mal haviam colocado os pés na enfermaria quando Tipp as interpelara, dando vários saltinhos enquanto esperava por uma resposta.

— Acho que tenho o suficiente para começar — contou Kiva, dando batidinhas na bolsa que carregava. — Como foi *por aqui*?

— Eu c-consegui alguns para começar — respondeu o garoto, acenando em direção a um ponto perto da bancada onde ele usara um monte de objetos para construir um pequeno cercado.

— Alguns quantos, Tipp? — perguntou Kiva, em seguida indo com ele até o cercado.

— Cinco. Mas Grendel me d-disse que viu uma ninhada enorme perto dos crematórios, então acho que c-consigo quantos você precisar.

Assentindo, Kiva olhou para os cinco ratos correndo pelo cercado e decidiu não fazer comentários sobre os obstáculos improvisados que Tipp construíra com sucata para que os roedores brincassem.

— Assim que eu coletar amostra de outros lugares, vamos precisar arranjar um jeito de separá-los. Não podemos misturar testes da pedreira com testes dos criadouros, nem com qualquer um dos outros. Se ficarem doentes, preciso saber qual foi a origem.

— Já estou cuidando disso — garantiu Tipp. — Mot vai v-vir mais tarde para me ajudar a dividir o c-cercado.

Delicadamente, Kiva pousou a bolsa sobre a bancada.

— Na verdade, seria ótimo se Mot pudesse me ajudar.

— Jaren pode ajudar você — Naari disse a Tipp. — Ele é bom com as mãos.

Kiva ergueu as sobrancelhas, surpresa.

Naari revirou os olhos.

— Ouvi Jaren contando aos colegas dos túneis que ajudou o irmão a construir uma cabana para brincar. Ele é bom com as mãos *para construir coisas.*

O olhar carrancudo que lançou a Kiva foi uma reafirmação gritante do que ela dissera na noite anterior — que se comportava profissionalmente em relação aos prisioneiros, inclusive Jaren.

Tossindo timidamente, Kiva disse:

— Então, parece que temos um plano.

Ela posicionou as amostras coletadas na pedreira sobre a bancada, refletindo sobre seus próximos passos. Enquanto fazia isso, o amuleto oculto em suas roupas se mexeu, causando um momento de pânico. A Provação pelo Fogo aconteceria em dois dias. *Dois dias.* Se sua família não chegasse logo...

Kiva afastou o pensamento. Não havia nada que pudesse fazer além de torcer para que chegassem. E, se não acontecesse, ela precisaria confiar nas palavras da princesa, em sua magia. Teria que confiar em um membro da família Vallentis — uma das últimas pessoas em quem escolheria confiar, e possivelmente sua única opção se quisesse continuar viva.

Rangendo os dentes, Kiva tentou se distrair com o trabalho. Se não encontrasse uma forma de tratar a doença estomacal, havia uma grande chance de que ela mesma ficasse doente. Se isso acontecesse... Bom, ao menos não teria mais que se preocupar com o Julgamento. Nem em ser resgatada.

Munida dessa noção sombria, afastou todas as preocupações e voltou a focar na tarefa.

As horas passavam enquanto ela se preparava e iniciava o experimento com os ratos, misturando uma pequena quantidade do que coletara na própria comida e distribuindo pelo cercado. Embora Kiva não gostasse de fazer testes em animais vivos, sabia que os ratos tinham os dias contados. Se Botinhas não os apanhasse e os devorasse, prisioneiros famintos o fariam. De qualquer maneira, o destino deles já estava selado.

— E agora? — perguntou Naari quando Kiva já havia se certificado de que todos os ratos tinham comido uma quantidade considerável para o teste.

— Agora a gente espera.

A guarda parecia estar prestes a fazer mais perguntas, mas, naquele momento, Jaren entrou na enfermaria, desviando as atenções para si.

Ao vê-lo, Kiva indagou, espantada:

— O que aconteceu com você?

Jaren levou a mão ao rosto, como se o gesto fosse esconder o terrível hematoma escuro em sua face. Ou a pele esfolada em sua testa. Ou o corte em seu lábio.

169

— Nada — respondeu Jaren. — Como foi hoje?

Naari se aproximou e apontou para os ferimentos de Jaren.

— Sua curandeira fez uma pergunta.

— E eu disse que não foi nada.

A passos largos, Jaren passou por Tipp, bagunçando alegremente o cabelo do menino, e parou diante de Kiva. Olhou para os ratos por um instante antes de perguntar:

— Tudo certo na coleta das amostras na pedreira?

Kiva analisou os ferimentos e concluiu que, se ele era capaz de arriscar a própria vida desacatando a guarda, não deveria estar gravemente machucado. Mas, dado o ambiente em que estavam, ainda precisaria de cuidados médicos.

— Vamos fazer um trato. Se me deixar limpar esses machucados, respondo às suas perguntas — disse ela.

Jaren inclinou a cabeça para o lado.

— Qualquer pergunta?

— Só essas duas.

Ele exibiu os dentes em um sorriso breve.

— Grande incentivo. Eu tenho muitas perguntas. E você quase nunca está a fim de responder.

— Não estou a fim de responder agora.

Quando Jaren se limitou a olhá-la, impassível, Kiva tentou calcular quão difícil seria fazê-lo ceder à força. Por fim, disse:

— Tudo bem. Mas só se eu puder fazer perguntas também.

Ele abriu um sorriso largo.

— Nunca me recusei a responder nada para você. Você é péssima em negociação.

Kiva simplesmente apontou para a mesa de metal.

— Sente-se.

Jaren riu, mas obedeceu. Naari, no entanto, parecia estar prestes a sacudi-lo até que ele desembuchasse. O olhar sombrio em seu rosto... Kiva não conseguiu evitar o pensamento de que, no fim das contas, Naari talvez *sentisse* algo por Jaren, mas não se permitisse tomar uma atitude em relação a isso por conta de sua conduta ética. Ou talvez a mesma conduta ética significasse que ela ainda era nova em Zalindov para desaprovar a brutalidade à qual os prisioneiros eram submetidos, e ver a evidência desse fato no rosto de Jaren tinha sido o bastante para desestabilizá-la. Se fosse o caso, precisaria desenvolver uma carapaça depressa, ou não sobreviveria por muito tempo na prisão.

170

Qualquer que fosse a explicação, Kiva sabia que uma intervenção seria necessária, então prontamente pediu a Tipp:

— Pode procurar Mot e dizer que ele não precisa vir hoje à noite, mas que eu ainda gostaria da ajuda dele amanhã?

Após o garoto assentir, resoluto, Kiva se virou para Naari e acrescentou:

— Poderia ir com ele? Está ficando tarde e não quero que ele ande por aí sozinho.

Era uma péssima desculpa, já que Tipp sempre andava pela prisão sozinho e o horário nunca fora um problema. Mas, com base nas atitudes dos guardas e na crescente dissidência entre os detentos após a chegada de Tilda — *principalmente* por parte dos rebeldes, que já tinham Tipp no radar —, o que Kiva dissera era verdade, e Naari sabia disso melhor do que ninguém. A guarda assentiu, ainda que rigidamente. Mas isso também devia ser um sinal de que vira a piscadela sutil de Kiva, um sinal de que tentaria fazer com que Jaren falasse. Ainda assim, a expressão de Naari permaneceu fechada enquanto saía da enfermaria seguida por Tipp.

— Quem diria... Eu pensei que você estava me evitando.

Kiva se virou e encontrou o olhar espirituoso de Jaren.

— Como assim?

— Você. Eu — disse ele, gesticulando com a mão entre eles para que não houvesse dúvida. — Quase nunca ficamos sozinhos. Pensei que era coisa sua.

Xingando a si mesma mentalmente por ter dispensado as duas companhias, Kiva respondeu:

— Não estamos sozinhos.

Ela olhou para a outra extremidade da enfermaria, onde Tilda dormia, e Jaren acompanhou seu olhar.

— Ela melhorou?

Kiva sabia que o rapaz não estava perguntando porque se importava com Tilda. Ele deixara bem clara sua opinião sobre a Rainha Rebelde e sua causa. Mas se importava com Kiva e sabia que, por qualquer que fosse a razão absurda sob o ponto de vista dele, *ela* se importava com Tilda. O fato de isso ao menos significar algo para ele — de *ela* significar algo para ele — fazia com que Kiva tivesse que lutar para ignorar o calor se espalhando pelas veias.

— Esta é sua primeira pergunta? — indagou Kiva, sabendo que não era, mas evitando admitir quão preocupada estava em relação à falta de melhora de Tilda.

Esperara que o tempo fosse ajudar, mas a mulher estava doente sob os cuidados de Kiva havia três semanas e meia, e a situação não havia mudado quase nada desde então.

Jaren a analisou por um longo momento, enxergando tudo o que ela gostaria de não deixar transparecer. Como se soubesse exatamente o que Kiva precisava que ele dissesse, abriu um sorriso e respondeu:

— Só se esta for a sua.

Kiva deu as costas a Jaren para que ele não pudesse vê-la sorrindo de volta e se ocupou em separar os materiais que iria usar. Quando se posicionou diante dele na mesa, segurou o queixo do rapaz e perguntou:

— Quer me contar como isso aconteceu?

— Nã-nã-não — recusou ele, estalando a língua. — Eu vou começar.

— Geralmente as damas vêm primeiro — argumentou Kiva, virando o rosto dele.

— E eu aqui achando que você era uma mulher independente, do tipo que acharia patético se eu viesse com cavalheirismos.

Kiva riu, debochada.

— Boa tentativa.

— Além disso — continuou Jaren em tom alegre —, eu já fiz minhas primeiras perguntas.

Sendo *obrigada* a concordar, Kiva mergulhou um tecido em água salgada e avisou que ia arder antes de pressioná-lo sobre o corte no lábio de Jaren. Enquanto ele se contorcia de dor, ela contou sobre como fora o dia na pedreira, e como acabara gostando da companhia de Naari. Ele não esboçou nenhuma reação — nada que revelasse seus próprios sentimentos em relação à guarda —, então Kiva continuou e contou sobre como as duas haviam voltado e como ela começara a testar os ratos de Tipp.

— Quanto tempo leva até que comecem a apresentar sintomas? — perguntou Jaren, fitando o cercado improvisado.

— *Se* apresentarem sintomas — corrigiu Kiva, já que não havia garantia de que a doença se originara na pedreira. — Não tenho certeza, mas espero que Mot possa me ajudar a acelerar o processo amanhã. Ele sabe muito mais do que eu quando se trata de experimentos.

— Por ser mais velho?

Kiva balançou a cabeça, molhando o tecido novamente.

— Costuma ser assim entre farmacêuticos e curandeiros. Os farmacêuticos têm conhecimento sobre uma grande variedade de remédios, já os curandeiros têm conhecimento sobre os corpos nos quais esses remédios vão ser usados.

Percebendo a expressão de confusão de Jaren, ela tentou explicar melhor.

— Se uma pessoa doente procura um curandeiro, nós a diagnosticamos e cuidamos dela com medicamentos, que raramente são feitos por nós. Muitos remédios que usamos vêm de um farmacêutico, ou de uma gama de ingredientes que combinamos com base na receita de um farmacêutico. São eles que fazem os medicamentos, e nós decidimos o tratamento necessário e o colocamos em prática.

Isso se aplicava ao mundo lá fora. As coisas eram diferentes em Zalindov, e Kiva com frequência precisava se contentar com o que tinha à mão, criando seus próprios remédios com o que colhia do pequeno jardim medicinal atrás da enfermaria e quaisquer outros suprimentos que conseguisse surrupiar.

— Quer dizer então que os curandeiros são as mãos e os farmacêuticos são o cérebro?

Kiva torceu o nariz ao ouvir a analogia, mas respondeu:

— É por aí.

Ela começou a higienizar o machucado na testa de Jaren e continuou, em um tom levemente contemplativo:

— Tudo isso é de conhecimento geral. Estou surpresa que você não saiba.

— Não tive muita chance de aprender esse tipo de coisa na infância — explicou Jaren, dando de ombros. — Meus medicamentos vinham direto de um curandeiro, então achei que eles mesmos os produziam. — Ele gesticulou para a bancada de madeira e completou: — Como você faz aqui.

A resposta de Jaren não era nenhuma surpresa, já que qualquer curandeiro competente mantinha um generoso estoque de suprimentos. O pai de Kiva sempre tivera disponível mais do que precisaria usar, além do cuidado de regularmente fazer um inventário do estoque para não correr o risco de ficar sem alguma coisa. Fora algo a que ele repetidamente deu ênfase quando começou a ensiná-la: *Melhor pecar pelo excesso do que pela falta, ratinha. Se receber um grande fluxo de pacientes, pode ser determinante entre viver ou morrer, então é melhor completar o estoque sempre que puder.*

O que era, de fato, uma surpresa para Jaren era a ausência do que Kiva considerava "conhecimento de vida". Ela pensou em pressioná-lo para obter mais detalhes, mas não tinha certeza sobre o que poderia perguntar. Por um tempo, deduzira que ele vinha de uma família abastada de classe alta, mas depois começou a se perguntar se não havia se enganado. Talvez fosse o oposto, especialmente se os pais não tivessem contratado um tutor para lhe ensinar essas coisas. Talvez não tivessem dinheiro para isso.

— Bom, agora você sabe — disse Kiva em um tom alegre, tentando não deixá-lo desconfortável.

Algumas pessoas — principalmente homens — reagiam mal se sentissem que a própria inteligência estava sendo questionada.

Deixando de lado o tecido que estava usando, ela pegou o pequeno pote de seiva de azevém e, sem pensar, tirou um pouco com o dedo, inclinando-se para a frente para passar sobre o lábio ferido de Jaren.

Ele se endireitou com um sobressalto, e o olhar de Kiva encontrou o dele.

Estavam muito próximos, com o dedo de Kiva tocando o lábio de Jaren.

Ela teve uma fração de segundo para decidir o que fazer. Parte dela queria recuar e tomar o máximo de distância possível, mas sabia como ele poderia interpretar um gesto como esse, como isso denunciaria o quanto ele a afetava. Assim, embora seu sistema nervoso inteiro estivesse alerta em relação a como — e *onde* — ela o tocava, Kiva continuou aplicando a seiva medicinal sobre o corte com tranquilidade, tentando conter o calor em suas bochechas e rezando para que ela pudesse parecer mais relaxada do que realmente estava.

— Não está tão ruim. Deve melhorar em um ou dois dias — informou Kiva, em um tom mais agudo do que o normal, depois pigarreou discretamente e por fim afastou a mão da boca de Jaren, levando-a em direção à sua testa. — Este machucado é muito parecido com o que você tinha quando chegou, mas desta vez você deu mais sorte: é superficial e deve sarar sem deixar cicatriz.

Com cuidado, ela espalhou mais seiva pelo ferimento e, lembrando-se dos dois homens mortos que chegaram a Zalindov junto com ele, falou:

— Você nunca me contou o que aconteceu. Nem como veio parar aqui.

Houve um curto silêncio antes da resposta de Jaren.

— Pensei que você tinha dito que pegava mal perguntar às pessoas o motivo por que foram presas.

Seu tom era divertido, mas seus olhos estavam sérios, um alerta ao qual Kiva, apesar da curiosidade, decidiu dar ouvidos.

— Tudo bem. E o que aconteceu hoje? Pronto para me contar?

Ela lavou a mão grudenta na água salgada e depois se dirigiu à bancada sob o pretexto de buscar seiva de babosa. A verdade era que precisava de um momento longe de Jaren, mas acabou voltando depressa para ouvi-lo quando ele começou a falar.

— Eu me desentendi com outra prisioneira durante o jantar, alguém que diz ser uma velha conhecida sua — explicou Jaren, quase descontraído. —

Não gostei do jeito como ela estava falando de você, e os amiguinhos dela não gostaram quando eu pedi que ela parasse. A situação virou uma bola de neve, e de repente a conversa deixou de ser civilizada.

Kiva, que vinha em direção a Jaren, parou de repente.

— Por favor, diga que está brincando — pediu, hesitante.

Jaren apontou para o próprio rosto.

— Isso parece brincadeira?

Em tom seco, Kiva declarou:

— Cresta.

— Ruiva? Tatuagem de cobra? — perguntou Jaren. Quando Kiva confirmou com um aceno de cabeça, ele disse: — Isso aí. Ela gosta de intimidar, mas some depressa quando a coisa fica séria.

Disso Kiva já sabia. Cresta era famosa por arranjar problemas e depois deixar os outros se meterem na confusão, caindo fora sem lidar com as consequências. Era um milagre que Jaren e quem quer que tenha sido seu adversário na troca de socos não tivessem sido arrastados pelos guardas até o Abismo. Ou para as forcas.

— Você fez papel de bobo — disse Kiva, ríspida e irritada, aproximando-se. Precisou concentrar toda a energia na conduta aprendida durante seu treinamento como curandeira para manter o toque gentil enquanto aplicava babosa no olho de Jaren, tomando cuidado extra ao redor das partes que já começavam a inchar.

— É assim que me agradece por defender sua honra? — retrucou Jaren, indignado. — Devia ter ouvido do que ela estava chamando você.

— Capacho de Zalindov? Açougueira Tirana? Mensageira da Morte? Curandeira Desgraçada? Vagabunda da…

— Isso — interrompeu Jaren, tenso, com uma veia saltada no pescoço. — Entre outras coisas.

— Não se preocupe, conheço todos esses apelidos — falou Kiva, aplicando mais seiva de babosa. — Mas você não vai me ver entrando em briga por causa disso. *Principalmente* com os rebeldes da prisão. Deuses, o que você tinha na cabeça?

— Os rebeldes…? — Jaren se interrompeu, xingando. — É sério?

— Sério como a morte — disse Kiva, inexpressiva. — Morte para a qual você deve começar a se preparar caso decidam perseguir você.

— Não sabia quem eles eram — respondeu Jaren, em um tom sério.

— Cresta é líder deles aqui dentro — contou Kiva, ouvindo o rapaz xingar outra vez. O olhar dela pousou em Tilda, e ela acrescentou: — Você tem sorte por eles terem preocupações maiores no momento, ou sua próxima parada seria o necrotério.

Um silêncio aflito pairou entre eles até que Jaren disse, baixinho:

— O que eles dizem não incomoda você? Não só Cresta, mas todos? Não te magoa?

— São só palavras — disse Kiva, ignorando o aperto no peito.

É *óbvio* que aquilo a magoava. Ninguém quer ser chamado de desgraçada, vagabunda nem de qualquer outro apelido que usaram para ela na última década.

— Não são só palavras — discordou Jaren. — É maldade, é ofensivo e desrespeitoso, e você não merece ser tratada assim. Você deixa de dormir para tentar ajudar essas pessoas, *inclusive* Cresta. O mínimo que podem fazer é não ofender você na frente de todo mundo.

Kiva terminou de passar a seiva, deu um passo para trás e disse:

— Isso não devia ser decisão minha?

Jaren pareceu confuso.

— O quê?

Apontando um dedo para o próprio peito, Kiva explicou:

— Eles estão falando essas coisas *sobre mim*. Não sou eu quem deveria decidir puni-los ou não? Ou você acha que eu teria escolhido pedir que você desse um soco na cara deles para provar alguma coisa?

Os olhos de Jaren pareciam em chamas, o dourado ardendo contra o azul.

— Você não estava lá.

— E você não estava *aqui* nos dez anos em que isso tem acontecido — revidou Kiva. — Acha que não sei como lidar com insultos a esta altura? Acha que não tentei bater de frente e não aprendi em primeira mão como isso só torna as coisas piores?

Jaren teve a decência de parecer constrangido, então Kiva tentou soar mais gentil ao continuar:

— Agradeço por ter se importado, mas não preciso que compre minhas brigas. Estou aqui há tempo suficiente para saber que o melhor a fazer é ignorar e fingir que não me afeta. Eles podem dizer o que quiserem, e na maioria das vezes acabam se desculpando no fim das contas, geralmente quando estão doentes ou machucados e se dão conta de que eu sou a única pessoa que pode ajudá-los. — Depois de uma pausa, completou com ênfase: — Não que eu fosse me recusar a cuidar deles caso não se desculpassem. É que quando percebem por conta própria que eu me importo *de verdade*, acabam parando de descontar em mim a raiva que sentem. Porque é isso o que acontece, Jaren. Estão com raiva, angustiados, frustrados e desamparados, como todo mundo aqui dentro. Só extravasam as próprias emoções da maneira errada.

Jaren ficou em silêncio por um longo momento, então desceu da mesa de metal com um salto.

— Suponho que Cresta não esteja entre os que se desculpam.

Kiva não precisava confirmar. Em vez disso, o alertou:

— Ela é perigosa. Se dá valor a alguma coisa que eu digo a você, fique longe dela.

— Dou valor a tudo o que você me diz, Kiva.

As palavras foram ditas em voz baixa e séria, e fizeram com que Kiva observasse Jaren, que a olhava de volta de maneira firme e solene.

O olhar dos dois se sustentou em silêncio, ambos processando o que o outro dissera. Jaren foi o primeiro a falar, com um pedido de desculpas.

— Desculpe por ter sido tão ignorante. Não vai acontecer de novo. — Ele não desviou o olhar. — E, só para você saber, não a vejo como uma donzela que precisa ser resgatada. Nunca conheci alguém tão forte quanto você, não só porque sobreviveu uma década neste lugar horroroso, mas porque sacrifica suas necessidades inúmeras vezes para ajudar as pessoas ao seu redor. Até mesmo, e principalmente, aqueles que não querem sua ajuda. Você tem razão, não precisa que eu compre suas brigas. — Ele deu um passo adiante, aproximando-se. Sua voz soava rouca. — Mas... se deixar, gostaria de estar a seu lado enquanto você as enfrenta.

O coração de Kiva batia tão forte que ela o sentia pulsar nos ouvidos. Sentia um frio na barriga, e era como se ondas de eletricidade percorressem seu corpo. Não sabia como responder e mal conseguia pensar diante de sua reação física ao pedido dele.

Cuidado. Cuidado. Cuidado.

Não eram palavras de seu pai, nem de sua mãe, nem de qualquer outra pessoa. Não eram palavras que vinham de uma lembrança: eram de Kiva para si mesma. Sua única regra em Zalindov era não ter nenhum amigo, porque quase sempre os perdia. Mas Jaren... Ela não sabia se ele buscava sua amizade ou algo mais, mas, de qualquer forma, era um limite que ela não poderia — e *não iria* — ultrapassar. Não importava quão rápido seu coração estivesse batendo, não importava a maneira como ele a olhava enquanto esperava a resposta. Kiva não poderia abrir exceções.

— Eu...

Desculpe. Não posso. Isso era o que estava prestes a dizer — as palavras já estavam tomando forma em seus lábios. Mas antes que pudesse dizê-las de fato, Tipp apareceu na enfermaria seguido de Naari.

Kiva se afastou de Jaren com um movimento súbito e, de pernas bambas, foi até a bancada, passando os dedos trêmulos pelos cabelos.

Não se atreveu a olhar outra vez para Jaren, nem mesmo quando Tipp pediu a ajuda dele para reconstruir o cercadinho dos ratos nem ao ouvi-lo concordar e perguntar quais ferramentas poderiam usar. A mente de Kiva estava a mil, *a um milhão*, até que ela sentiu um toque leve como pena em sua mão. Ela se virou, sobressaltada, e deparou com Naari, que se aproximara em silêncio e se postava a seu lado.

— Está tudo bem? — sussurrou a guarda, como se percebesse que Kiva não queria atrair as atenções para si.

Kiva ia apenas assentir, mas não conseguiu mentir para Naari depois de ter passado o dia todo com ela. Em vez disso, balançou a cabeça e prendeu a respiração, esperando para ver o que a guarda faria. No entanto, Naari apenas olhou de Jaren para ela antes de murmurar "Vai ficar tudo bem", com um sorriso compassivo.

E Kiva acreditou nela — principalmente porque decidiu que, prezando por sua própria paz de espírito, agiria como se a conversa com Jaren jamais tivesse acontecido.

CAPÍTULO 18

No dia seguinte, Kiva pretendia voltar para a área externa da prisão acompanhada por Naari para colher mais amostras das plantações, mas, além de a guarda não ter comparecido à enfermaria, algo mais urgente exigiu a atenção da curandeira.

Tilda parou de respirar.

Foi um golpe de sorte que Tipp estivesse passando por seu leito quando ela começou a convulsionar, que Kiva estivesse fazendo a ronda na ala de quarentena e, portanto, se encontrasse perto o suficiente para correr até lá quando Tipp gritou seu nome e que ela tivesse conseguido ressuscitar Tilda com compressões torácicas.

Quando a mulher voltou a ficar estável, Kiva estava encharcada de suor dos pés à cabeça, em parte pelo medo e em parte por causa do esforço para que Tilda continuasse lutando pela vida. Tipp tremia como vara verde e estava pálido como o leite de papoula que Kiva administrava à mulher, na esperança de que a droga relaxasse seu sistema nervoso e impedisse outra convulsão.

— O que f-foi *isso*? — perguntou Tipp quando as coisas finalmente se acalmaram. Sua voz ainda tinha um vestígio de pânico.

— Não se preocupe, é normal quando uma pessoa está doente há muito tempo. — Kiva tentava tranquilizá-lo, arrastando-o até um banco antes que ele fosse ao chão. — Eu devia ter prestado mais atenção nela.

A verdade era que Kiva não fazia ideia do motivo pelo qual Tilda tivera uma parada cardíaca porque ainda não fazia ideia da origem da doença da Rainha Rebelde. Poderia ter acontecido pelas justificativas que ela acabara de dar a Tipp, ou poderia ser que Tilda estivesse partindo aos poucos, dia após dia.

Não a deixe morrer.

Não havia nada, *nada* que Kiva pudesse fazer em relação à saúde de Tilda além de mantê-la confortável — e protegê-la da morte iminente das Ordálias, cuja próxima provação seria dali a apenas um dia. Mas Kiva não conseguia pensar sobre o assunto naquele momento, incapaz de lidar com o aperto em seu peito e a falta de ar diante do mero vislumbre sobre o que estava prestes a encarar. Com o passar das horas, tinha cada vez mais certeza de uma só coisa: ainda não havia sinal de sua família nem dos rebeldes, não havia indício algum de que tivessem recebido seu bilhete e de que sabiam que o tempo era um fator vital. Ficava cada vez mais claro que teria que confiar no amuleto da princesa para continuar viva.

Pelo restante do dia, Kiva não teve coragem de se afastar de Tilda e ficou por perto, caso ocorresse mais algum episódio de convulsão. Quando chegou a hora da ronda pela ala de quarentena, pediu que Tipp fosse em seu lugar, e, quando Naari finalmente apareceu, Kiva afirmou que seu dia seria melhor aproveitado testando os ratos da pedreira com Mot em vez de zanzando pela prisão para coletar mais amostras. Isso era verdade, já que ela *de fato* precisava testar os ratos, mas também era uma desculpa para que pudesse permanecer na enfermaria de olho em Tilda.

Quando Mot chegou no meio da manhã, Kiva explicou a situação e ele passou cerca de cinco minutos roendo a unha suja do dedão com um semblante reflexivo. Por fim, o homem listou de cabeça os ingredientes necessários para ajudá-lo no processo de incubação, e Kiva mostrou onde ficava o jardim medicinal. Depois de voltar carregando um monte de coisas, Mot se dirigiu à bancada e acenou para que Kiva se aproximasse e ele então lhe explicou como preparar e aplicar o que chamou de seu "Elixir Augúrio".

— Isso aí vai dizer em umas horinhas o que a gente quer — disse ele ao terminar, exibindo um sorriso orgulhoso e amarelado diante do preparado cor de musgo.

— Que maravilha — disse Kiva ao ex-boticário, inalando o aroma doce e floral da mistura. — Obrigada, Mot.

— Pode chamar se precisar de outras coisas aí, bonequinha — respondeu ele, entregando uma concha e alongando as costas corcundas com um estalo que fez Kiva ranger os dentes. — Esta coluna cansada não dá mais conta dos defuntos, e eles continuam vindo aí aos montes. Melhor descobrir logo o que é essa doença antes que todo mundo vá pro saco, hein?

— É minha intenção — disse Kiva, assim que Tipp voltou da ala de quarentena e fechou a porta atrás de si.

Sabia o que o garoto diria antes mesmo que ele abrisse a boca.

180

— Perdemos m-m-mais um.

Ela suspirou.

— Quem?

— Uma mulher das o-oficinas. Acho que ela r-remendava os uniformes dos g-guardas. — Tipp engoliu em seco, depois se corrigiu. — Consertava.

Mot passou a mão na cabeça calva.

— Vou chamar alguém pra buscar. — Ele respirou fundo bem alto. — Parece que vou ter que deixar alguém aqui pra transportar os defuntos quando eles baterem as botas, já que não para de morrer gente. Aí, sabia que Grendel vai acender a outra fornalha? Rooke, em carne e osso, que foi pedir pra ela, então ele deve achar que é uma epidemia de verdade verdadeira, pra querer queimar mais gente.

O diretor tinha tomado a decisão correta, pensou Kiva, já que a última coisa da qual precisavam era uma pilha de corpos no necrotério, principalmente se a doença fosse *mesmo* contagiosa. Ainda que não fosse, os mortos não poderiam ficar largados e apodrecendo enquanto aguardavam a vez de serem cremados. Era melhor tirá-los do caminho e diminuir o risco de outras doenças começarem a se espalhar devido ao amontoado de carne em decomposição.

— Tipp, pode acompanhar Mot de volta ao necrotério e depois ir até o ninho de ratos que Grendel mencionou? Vamos precisar de mais para minhas próximas amostras, então pode trazer o máximo que conseguir — disse Kiva, pensando que ar fresco e um pouco de tempo longe da atmosfera de morte na enfermaria fariam bem para o garoto.

Os olhos azuis de Tipp brilharam diante da ideia de caçar mais bichos. Kiva não conseguia entender a empolgação, talvez por não ser um menino de onze anos.

Kiva fez um gesto em direção ao elixir e se dirigiu a Mot:

— Só tenho que misturar à comida deles?

— É, pode fazer isso aí, sim. Ou na água. Ou pode enfiar goela abaixo.

Kiva fez uma careta ao pensar no contato que o gesto demandaria.

— Acho que vou manter distância, obrigada.

Mot soltou uma risada grave e ofegante que deveria ter soado repulsiva, mas foi quase reconfortante.

— Se cuide, boneca — disse o homem, caminhando com dificuldade em direção à porta com Tipp em seu rastro. — E muito boa sorte amanhã. Se eu fosse de apostar, apostaria em você. — Então parou e perguntou: — Você tem um plano? Pra sobreviver a tudo aquilo lá?

181

Kiva sentiu o corpo se contrair e a tensão pesar em seu estômago. Em um movimento automático, levou a mão ao amuleto escondido na roupa, sentindo o peso familiar que passara a oferecer certo conforto. Ainda achava — *esperava* — que não fosse necessário usá-lo. Havia tempo para que sua família chegasse. Mas caso isso não acontecesse...

Ela desejou saber o que a aguardava nos dias que viriam, desejou ter pensado em perguntar à princesa se precisaria *fazer* alguma coisa para que a magia elementar do amuleto funcionasse, desejou, para começo de conversa, não ter que passar pelas Ordálias. Mas desejar qualquer coisa nunca havia acabado bem para ela, e Kiva sabia que não seria diferente daquela vez.

O olhar no rosto de Tipp a impediu de compartilhar sua insegurança com Mot. Em vez disso, respondeu, titubeante:

— É óbvio. Não estou nem um pouco preocupada.

Mot olhou atentamente para ela, depois para Tipp, que sorria aliviado com a aparente segurança da garota.

— Tô vendo — disse o velho. Em silêncio, ele se virou e seguiu mancando até o jardim medicinal, depois voltou com mais uma remessa de ingredientes, que deixou na bancada de Kiva.

Ela observou, confusa e calada, enquanto ele pesava, cortava e triturava os itens. Em seguida, Mot vasculhou os suprimentos até encontrar um frasco cheio de óleo de karonoz, que Tipp levara horas para coletar com muito esforço, despejou o frasco inteiro no preparo, mexeu e depois empurrou a mistura em direção a Kiva.

— Deixe descansar por uma noite — instruiu.

Inalando o aroma fresco e agradável, Kiva perguntou:

— O que é?

Mot pousou a mão enrugada em seu ombro.

— É pro seu Julgamento, bonequinha. Pra proteger você.

Chocada, Kiva ficou imóvel. Mot apertou seu ombro carinhosamente e acenou com a cabeça em direção ao frasco.

— Vai virar pomada até amanhã de manhã. Passe bem por toda a pele, tá me entendendo? Não vai te salvar se você for atirada em uma fogueira, mas vai ajudar mais do que qualquer outra pomada por aí. Pode ser que te dê uma chance, um cadinho de tempo a mais pra fugir. — Ele pausou por um momento. — Mas não esfregue no olho. Aí vai arder pra danar.

Kiva não sabia se ria ou chorava — ou vomitava — diante da possibilidade de uma fogueira. Parecia que Mot, como ela, acreditava que essa poderia ser uma das opções.

182

Para surpresa de ambos, ela se aproximou e o abraçou, uma demonstração de afeto inédita o bastante da parte dela para que Mot, perplexo, não tivesse tempo de a abraçar de volta antes que Kiva se afastasse novamente.

— Obrigada, Mot — disse ela, enternecida. — De verdade.

— Pode agradecer depois que o Julgamento terminar e ainda estiver viva — respondeu ele, com as bochechas um pouco coradas. Depois se virou para Tipp, que sorria com mais vigor, como se tivesse certeza de que Mot havia dado a Kiva uma maneira infalível de sobreviver. — Vamos, menino, que o tempo voa.

Os dois saíram da enfermaria, deixando Kiva sozinha com os próprios pensamentos. Não tardou para que seus medos em relação ao dia seguinte começassem a clamar por atenção. Ela precisava se distrair, precisava de algo que a impedisse de entrar em pânico. Tinha o amuleto, e se a magia contida nele falhasse, também tinha a proteção de Mot, ainda que ele houvesse alertado sobre as limitações do preparo. Não havia mais nada que pudesse fazer. Precisava se livrar daqueles pensamentos, uma vez que só pioravam a situação.

Dando uma olhada para Tilda, Kiva tomou uma decisão repentina. Além do guarda à porta, as duas estavam sozinhas. Então foi até o leito da Rainha Rebelde e se posicionou a seu lado, observando-a. Sua tez era pálida como a de um cadáver, ainda mais do que quando ela chegara, já que a cor da pele se esvaía aos poucos como se sua vitalidade tivesse se evaporado durante as semanas em repouso. Mais uma vez, Kiva se perguntava por quanto tempo ela estivera doente antes de chegar, se era uma doença recente ou se era algo que a afligia já havia algum tempo. Tinha tantas perguntas, mais do que jamais poderia fazer, mesmo que Tilda se recuperasse milagrosamente.

— O que está fazendo aqui? — sussurrou Kiva para ela. — Como posso curar você?

Como era de se esperar, Tilda não respondeu.

Kiva deduzira que a conversa semilúcida das duas antes da primeira Ordália tivesse sido puro acaso. Talvez o fato de ela ter ouvido Tilda naquela noite não tivesse passado de um golpe de sorte no momento certo. Kiva queria que os olhos leitosos de Tilda se abrissem outra vez, que ela dissesse alguma coisa — *qualquer coisa* — que pudesse ajudá-la a se lembrar da razão pela qual se esforçava tanto para mantê-la viva. Não que precisasse ser lembrada, mas ansiava por algum consolo.

O consolo de uma mulher moribunda — mulher pela qual Kiva estava arriscando tudo e, ainda assim, falhando.

183

Não morra.

Não a deixe morrer.

Nós iremos até você.

Com um suspiro ruidoso, Kiva se sentou ao lado do leito de Tilda e, tomando cuidado com o guarda que poderia ouvi-la da porta, segurou a mão da mulher com delicadeza.

— Se meu pai estivesse aqui, diria que é possível que você esteja ouvindo tudo o que acontece — disse ela, baixinho. — Diria que é importante você saber que alguém está cuidando de você, querendo que você fique viva. — Kiva apertou a mão da mulher. — Provavelmente contaria uma história. Fazia isso sempre que eu estava doente. Ele e minha... e minha mãe.

Kiva quase se engasgou com a palavra. A lembrança de sua mãe a entristecia assim como a de seu pai, mas por razões diferentes. Sabia que não havia nada que sua mãe amasse mais do que a própria família. Que teria feito qualquer coisa para protegê-los. Dez anos antes, seu filho mais novo morrera e o marido e a filha mais nova foram arrastados para Zalindov. Kiva não conseguia imaginar pelo que sua mãe havia passado desde então, ou como tinha recebido o bilhete sobre a morte de Faran. O marido e o filho, ambos perdidos para sempre. Uma filha encarcerada. Quase toda a família despedaçada.

Lutando contra as lágrimas, Kiva voltou a atenção para Tilda, interrompendo as divagações de sua mente.

— Não conheço muitas histórias, mas... — Ela fez uma pausa e mordeu o lábio, depois prosseguiu: — Meu pai me contava uma quando chegamos aqui. Contou várias vezes. Era a história de como tinha conhecido minha mãe.

Kiva não sabia se teria forças para recontá-la, não quando as lembranças de sua família ainda estavam tão recentes e causavam tanta dor. Mas também precisava disso... da distração. Então se obrigou a continuar.

— Ele me contava sussurrando à noite, quando eu não conseguia dormir. Isso espantava os sons dos outros prisioneiros, dos cachorros latindo e os barulhos dos guardas. Você quer ouvir?

Tilda permaneceu em silêncio, e uma vez que Kiva estava começando a tremer pensando no que aconteceria no dia seguinte, decidiu que contaria a história, mesmo que fosse por si própria. Certa vez, isso ajudou a lhe trazer paz; talvez agora ajudasse de novo.

Ela fechou os olhos e, ainda segurando a mão de Tilda, começou:

— Meu pai foi criado no sul, em Fellarion, e minha mãe nasceu em Lamont, no extremo norte, perto da fronteira de Mirraven. Eles estavam tão longe um do outro que não havia motivo para que se conhecessem. Papai costumava dizer que foram unidos pelo universo, ou pelo destino, ou, quando ele estava em um dia romântico, pelas estrelas.

Kiva sorriu e secou uma lágrima com a mão livre.

— Mas foi mais o acaso do que qualquer outra coisa, já que calhou de os dois estarem em Vallenia para a celebração do matrimônio do Rei Stellan e da Rainha Ariana. Papai era curandeiro aprendiz, na época, e não se conteve e foi conhecer o boticário mais famoso da capital. O que papai não sabia era que os arredores da loja eram perigosos, cheios de ladrões e salteadores. Antes que se desse conta, cortaram a alça de sua bolsa e ele começou a perseguir o bandido pelas ruas de Vallenia. Por fim, papai o encurralou em um beco e exigiu que devolvesse seu ouro.

Kiva sorria ao imaginar a cena.

— Foi quando o ladrão deu meia-volta e tirou o capuz, e papai pôs os olhos em minha mãe pela primeira vez. — Seu sorriso se alargou. — Ele disse que foi amor à primeira vista, pelo menos para ele. Nunca perguntei como foi para mamãe.

Kiva sentiu um nó na garganta e apertou a mão de Tilda, como se o gesto pudesse aliviar seu pesar. Com a voz embargada, continuou:

— Papai ficou tão encantado que não teve reação, todo boquiaberto e babão, e mamãe foi esperta e tirou vantagem disso. Ela já vivia em Vallenia havia alguns anos depois de ter fugido da família em Lamont porque...

Kiva se interrompeu ao perceber que desviava do assunto, então retomou a história.

— Ela estava na capital havia algum tempo e conhecia bem as ruas, então foi fácil se esquivar do bobalhão do papai e desaparecer na multidão. Ele ficou arrasado. Não só pelas moedas, mas também pelo maior tesouro que ele já tinha encontrado e que pensava ter deixado escapar por entre seus dedos.

Sorrindo novamente, Kiva prosseguiu:

— Ele procurou por ela, pediu ajuda a todos que conhecia, mas seus conhecidos de boa reputação não sabiam como encontrar uma ladra. Então, em uma atitude desesperada, papai foi até o porto no meio da noite, ciente de que era um local muito propenso a atividades criminosas, principalmente depois de o dia ter escurecido.

Ela balançou a cabeça de um lado para o outro.

— Um rapaz com dinheiro que era obviamente de outra cidade perambulando sozinho por uma vizinhança perigosa. Ele estava pedindo para se meter em problemas. Dito e feito: foi agredido e abandonado à própria sorte. Felizmente, minha mãe o observava de longe desde que roubara seu ouro, esperando que reabastecesse a carteira, já que tinha sido um alvo fácil. Em vez de roubá-lo uma segunda vez, ela acabou salvando a vida de papai.

Adotando um tom sério, Kiva disse:

— Gostaria de poder dizer que viveram felizes para sempre. Que viveram felizes por um tempo. Muito felizes. — Sua voz ficou presa na garganta de novo. — Mas, na vida, acontecem coisas que não esperamos, coisas para as quais não conseguimos nos planejar e que não conseguimos evitar. A história deles não terminou como deveria. Mas tenho certeza de que eles passariam por tudo outra vez, até mesmo pelo fim, se significasse que poderiam reviver juntos o começo.

Mas, papai, o fim é a melhor parte.

Às vezes, querida. Em outras, a melhor parte é o começo.

Kiva soltou a mão de Tilda para secar o rosto com as duas mãos. Não entendia por que ouvia a voz de seu pai com tanta frequência nos últimos dias. Era doloroso e reconfortante ao mesmo tempo, como se parte dele ainda estivesse com ela, um lembrete de que Kiva não estava sozinha.

— É isso — concluiu em um tom exageradamente feliz, levantando-se. — Foi assim que meus pais se conheceram. — Olhou para a mulher e acrescentou: — Espero que consiga me ouvir de onde quer que sua mente esteja neste momento. Espero que sonhe com essa história e o amor que meus pais tinham um pelo outro, e espero que isso sirva como um lembrete de que há muitas razões pelas quais lutar contra sua doença, seja ela qual for, e a maior delas é que há pessoas que *amam você* e precisam que acorde. Pessoas que você ama também. Então se não consegue fazer isso por você, faça por elas.

Kiva se abaixou e sussurrou no ouvido de Tilda:

— Lute, Tilda. Você é mais forte do que isso. E eles estão vindo buscar você.

Em seguida, se endireitou e foi até a bancada para limpar a bagunça que ela e Mot haviam feito, pronta para aplicar o elixir nos ratos e preparando-se mentalmente para o dia seguinte. A história do pai tinha cumprido seu papel: deixara sua alma em paz. As palavras que proferira para Tilda foram também para si mesma.

Ainda que os rebeldes não chegassem a tempo para libertá-las antes da Ordália, Kiva, continuaria lutando, pois havia pessoas ali que precisavam dela. E pessoas fora de Zalindov que estava determinada a reencontrar.

Sua família esperava por ela. *Estavam vindo.* Kiva sabia disso como sabia o próprio nome. Um dia, estariam juntos novamente.

Ela não aceitava que sua história tivesse um fim antes que esse dia chegasse.

CAPÍTULO 19

Depois de contar a história do pai para Tilda, Kiva foi ao jardim, onde sempre se sentiu mais próxima dele. Olisha e Nergal haviam chegado mais cedo para o turno da noite, então ela sabia que alguém estava cuidando de Tilda e que a chamariam diante do menor sinal de problemas. Mas Kiva estava confiante de que o quadro da mulher havia se estabilizado novamente, ao menos por enquanto.

Caminhando pela trilha de cascalho, esticou os dedos e tocou a grama-lambe, que era maior do que ela, projetando sombras sobre boa parte do trajeto. As longas folhas verdes eram tecnicamente ervas daninhas, mas podia-se extrair dos talos uma seiva que aliviava dores de ouvido. Kiva gostava da privacidade que ofereciam, da ilusão de que aquele era um pedacinho do paraíso escondido no meio da prisão, só para ela.

Este pode ser nosso lugar, ratinha, seu pai lhe dissera. *Sempre que precisarmos de um tempo do mundo lá fora, podemos vir aqui. Um santuário só nosso.*

Kiva fechou os olhos quando a voz dele invadiu sua mente; seus dedos ainda roçavam a grama. Ela os abriu apenas quando chegou a uma curva no caminho, seguindo-a em seu formato de oito. À direita estavam os canteiros de flores: flor-dos-mortos, calêndula, lavanda e flor de papoula, todas próximas às edelvais e à erva-de-santa-bárbara. Do lado oposto, estavam as frutas silvestres, depois as plantas que brotavam, depois as ervas, as urtigas... e assim por diante. O jardim era organizado em seções, de acordo com os tipos de planta e caráter medicinal; as espécies mais perigosas ficavam ao fim do caminho em círculos, e todas em canteiros próprios para diminuir o risco de que se espalhassem por acidente.

Olhando ao redor, Kiva se lembrou da primeira vez que colocara os pés no jardim; o sol se punha enquanto o pai dava uma volta com ela, segurando sua mão.

É nosso segredo, dissera ele, lançando-lhe uma piscadinha. *Enquanto eu for o curandeiro de Zalindov, você pode dar um pulinho aqui sempre que quiser.*

Mas e os guardas, papai?

Pode ser como uma brincadeira, respondera Faran. *Como quando você brincava de esconde-esconde com Zulee, Tor e...* Ele se interrompera antes de mencionar o nome de Kerrin. O nome de Kerrin nunca era mencionado.

Kiva engoliu em seco ao lembrar.

Seu pai, o curandeiro de Zalindov.

Fazia todo sentido que tivesse sido designado para essa posição quando chegara à prisão. No primeiro dia, fora enviado direto para a enfermaria, a serviço da médica-chefe, uma mulher amarga chamada Thessa. Faran era muito mais qualificado, mas fazia anos que Thessa estava no comando e ela se recusava a ouvi-lo — e muito menos aprender com o ajudante ou se submeter a ele.

Fazia muito tempo que Kiva não pensava em Thessa. Quando se ajoelhou para arrancar alguns cardos-selvagens que enforcavam o canteiro de raízes-de-ouro, sua mente voou de volta aos primeiros dias repletos de medo e tristeza, mas também de momentos alegres, como quando seu pai a trouxera ao jardim pela primeira vez.

Prometa que nunca vai perder a esperança, não importa o que aconteça, sussurrara ele para a filha naquele exato lugar, ajoelhado diante da raiz-de--ouro. *Seu irmão, sua irmã, sua mãe* — a voz dele falhara no final —, *eles vão vir buscar você um dia.*

Você também, papai? Eles não vão vir buscar nós dois?

Faran estendera o braço para acariciar as bochechas dela.

Claro, querida. Foi o que eu quis dizer.

Poucas semanas depois, Thessa morrera de algum mal do estômago e Faran assumira a posição como médico principal, o que fazia com que Kiva passasse boa parte do tempo sozinha, principalmente porque ele não tardou a ficar ocupado com...

Kiva paralisou de repente, e seus dedos se crisparam contra o solo.

Thessa morrera de uma doença estomacal.

Seu pai se tornara o médico principal.

E então...

E então...

Kiva buscou em sua memória, tentando se lembrar de tudo que conseguia daquele primeiro ano. Tinha apenas sete anos, era jovem demais para entender o que se passava ao redor. Jovem demais para se lembrar.

188

E, ainda assim, havia coisas das quais jamais se esqueceria.

Ainda que ela *tivesse* se esquecido.

Até agora.

A doença estomacal... já tinha acontecido antes.

Nove anos antes.

Dezenas de pessoas morreram.

Centenas.

Inclusive seu pai.

Lágrimas rolaram pelo rosto de Kiva; seus dedos ainda estavam imóveis na terra, e seu olhar, disperso, enquanto sua mente mergulhava nas lembranças.

Faran se doara por completo aos pacientes; Kiva mal ficara com ele nas últimas semanas, quando prisioneiro após prisioneiro contraía a doença. Seu pai dissera que ela não deveria se preocupar, que era jovem e saudável e não tinha nada a temer, mas Kiva via a palidez da pele dele, as olheiras, a preocupação que enrugava sua testa, ainda que ele tentasse tranquilizá-la dia após dia.

Ele prometera que a filha estava a salvo, e ela confiara nele.

Ele nunca prometera que *ele* estaria a salvo.

E ela nunca pensou em perguntar.

Até que, um dia, Faran não voltou para a cela.

Mesmo quando ficava até mais tarde com os pacientes em quarentena, *sempre* voltava para o bloco de celas. Toda noite, não importava quão exausto estivesse, sempre arranjava ânimo para ensinar a Kiva tudo o que sabia sobre cura, lembrando-a de quão importante era aprender, compreender. Noite após noite, compartilhava seus anos de conhecimento, estimulando a filha a praticar com pacientes e doenças imaginárias. Quando ficavam cansados, colocava Kiva na cama e lhe contava uma história. Quase sempre sobre como ele conhecera sua mãe, sabendo o quanto a acalmava.

Era uma das piores lembranças de Kiva.

Também era uma das melhores.

Mas quando ele não voltou naquela noite, Kiva soube.

Ele nunca mais voltaria a lhe ensinar seu ofício, nunca mais contaria outra história.

Esfregando os olhos, Kiva vasculhou a mente tentando se lembrar de algo que ele pudesse ter mencionado na época, qualquer coisa que servisse como pista para que ela descobrisse se a doença que assolava a prisão era a mesma de nove anos atrás. Será que seu pai havia tentado encontrar a origem da doença como ela estava fazendo? Será que havia descoberto as causas e encontrado algum tipo de tratamento? Ou simplesmente tentou manter os pacientes o mais confortáveis possível até que morressem? Até que *ele* morresse?

Kiva não conseguia lembrar quanto tempo a doença havia durado; ficara tão imersa no luto depois da morte do pai que a noção de tempo perdera o significado. No entanto... se lembrava de seu aniversário de oito anos, porque foi a primeira vez que pisara novamente na enfermaria depois da morte do pai, depois de ele deixá-la. Havia um novo curandeiro — o predecessor de Kiva, com quem ela começou a trabalhar menos de dois anos depois e cujo cargo passou a ser dela dois anos mais tarde.

Ninguém mais havia ficado doente depois do aniversário dela. A doença estomacal passara. Kiva se lembrava porque estava procurando pelo curandeiro e o encontrou na ala de quarentena, então vazia, preparando uma remessa ilícita de pó de anjo. Ele levara um susto quando a garota apareceu e exigiu que ela justificasse sua presença ali. Kiva disse que um dos prisioneiros nas oficinas havia sido agredido por um guarda e estava quase morrendo.

O curandeiro não se importara. Pegara uma garrafinha de leite de papoula de dentro de suas vestes para que Kiva desse à vítima e ordenara que a garota o deixasse em paz.

Saindo da enfermaria, ela fora até o jardim e, com lágrimas escorrendo pelo rosto ao se despedir pela última vez, tomara uma decisão. Arrancou um pouco de babosa e surrupiou um pouco de seiva de azevém e alguns tecidos da enfermaria antes de voltar.

Ela mesma cuidaria do prisioneiro, assim como seu pai teria feito.

Daquele momento em diante, Kiva resolvera continuar o legado dele, sabendo que Faran tinha partido, mas que ainda estava com ela — e sempre estaria.

Lágrimas voltaram a escorrer pelas bochechas de Kiva, que se levantou, inalando o aroma fresco de terra no jardim.

O santuário de seu pai.

O santuário dela.

O santuário *dos dois*.

Faran Meridan morrera devido a uma doença estomacal — provavelmente a mesmíssima que afligia os prisioneiros de Zalindov naquele momento.

Nove anos haviam se passado, mas Kiva não permitiria que sua morte fosse em vão. Ele dera tudo de si, inclusive *a própria vida*, para tentar salvar os enfermos. Ela estava decidida a terminar o que o pai havia começado, a encontrar uma cura daquela vez, a impedir o progresso da doença. Não sabia se isso já havia sido feito ou se a doença apenas desaparecera organicamente da última vez, mas não estava disposta a esperar semanas, talvez meses, para que isso acontecesse.

De qualquer jeito, não tinha tanto tempo assim.

Depois do Julgamento, no dia seguinte, teria apenas mais quatro semanas para conduzir os experimentos. Isso *se* sobrevivesse a todas as Ordálias que faltavam — e *se* sua família e os rebeldes não a ajudassem a fugir antes. Considerando todos os fatores, Kiva não tinha muito tempo para descobrir a cura, mas faria o que pudesse enquanto pudesse.

Com um aceno de cabeça, limpou a terra das mãos na calça e voltou. O jardim a deixara em paz, como sempre, mas também tinha acendido uma chama em seu peito, um desespero que, por questão de honra, ela transformaria em atitude.

Ela deixaria seu pai orgulhoso; obteria sucesso no ponto em que ele falhara.

À noite, quando Kiva foi embora da enfermaria, seus olhos estavam turvos por ter passado o fim da tarde colocando no papel tudo o que sabia sobre a doença. Sua mão doía e seus dedos tinham pequenos espasmos por causa do cansaço, mas ela estava tranquila sabendo que, caso fosse embora de repente de Zalindov — ou morresse —, alguém poderia continuar sua pesquisa. Desejou que seu pai tivesse documentado suas descobertas, ou até mesmo Thessa antes dele, mas não havia nada. Kiva procurara em cada centímetro da enfermaria, e o único pergaminho que havia encontrado fora uma receita secreta de seu predecessor para uma versão mais potente de pó de anjo. Ela ficou furiosa, já que o trabalho dele tinha sido *ajudar* os prisioneiros, não transformá-los em viciados. Torcia para que o homem estivesse apodrecendo no mundo-eterno, colhendo tudo o que plantou.

Resmungando para si mesma enquanto refletia sobre a terrível natureza humana, Kiva entrou no refeitório. O prédio era espaçoso e repleto de mesas compridas de madeira, a maioria das quais estava cheia de prisioneiros famintos e exaustos sendo servidos por outros prisioneiros igualmente famintos e exaustos.

Nas semanas anteriores, Tipp levara as refeições de Kiva direto para a enfermaria, mas naquela noite ela queria ficar entre outros detentos, em parte para se lembrar de como era estar entre pessoas vivas e conscientes, mas também para investigar a atmosfera da prisão e avaliar se havia a iminência do risco de outra rebelião. Geralmente, Cresta e seus rebeldes eram quem incitavam a violência, mas havia exceções. Às vezes, algo sem importância se tornava uma bola de neve; em outras, nem sequer havia um motivo. Sem saber o que esperar, Kiva se sentia apreensiva em relação aos dias que estavam por vir, em especial com o Julgamento, um elemento desconhecido e inédito que poderia servir para incendiar ainda mais os ânimos — ou acalmá-los.

A maioria dos detentos de Zalindov não estava interessada na vida de Tilda. Os rebeldes representavam apenas uma pequena parte dos prisioneiros, e apenas eles ligariam para o fato de Kiva sobreviver às Ordálias, ainda que fosse só por causa de sua rainha. Mas os outros... Será que estavam empolgados para a provação do dia seguinte ou irritados por terem sua rotina interrompida? Será que estavam com inveja por não terem, como Kiva, uma chance de conquistar a própria liberdade? Será que tinham sentido desprezo ao testemunhar Kiva assumir o lugar de Tilda? Será que queriam que ela tivesse êxito ou falhasse? Será que ao menos se importavam? E caso se importassem — ou não se importassem —, seria o suficiente para causar um frenesi potencialmente fatal? Pois era isto o que acontecia em motins: pessoas morriam.

Kiva não tinha as respostas, mas esperava que passar um tempo perto dos prisioneiros, seus iguais, pudesse lhe dar alguma ideia.

Mal tinha chegado à metade de um dos corredores entre as mesas quando os resquícios abafados de conversa a fizeram perceber que as coisas estavam piores do que ela imaginava — mas não por causa do Julgamento.

— ... cada vez mais amigos doentes...

— ... ouvi dizer que a Rainha Rebelde está tendo um caso com o diretor...

— ... um monte de gente morrendo todo dia...

— ... a desgraçada da Corentine vai ter o que merece...

— ... não saiu da quarentena...

— ... sufocar aquela rainha impostora enquanto ela dorme...

— ... uma coceira na garganta, será que é...

— ... aquela curandeira inútil não faz nada...

A última conversa fez com que Kiva desacelerasse o passo, e não conseguiu não prestar atenção. Embora estivesse chocada com o ódio que os outros prisioneiros sentiam em relação a Tilda, ao mesmo tempo, não estava surpresa. Se o que o diretor e Jaren disseram era verdade, os rebeldes haviam trazido grandes prejuízos à causa de reivindicar Evalon, ferindo muitas pessoas no processo. Era quase um alívio que a Rainha Rebelde estivesse tão doente, já que, assim, ela pelo menos estava a salvo na enfermaria, protegida da fúria dos inimigos de dentro da prisão. Uma vez que estava sendo vigiada dia e noite, qualquer antirrebelde sedento por antecipar sua morte estaria apenas buscando o mesmo fim para si.

Por ora, Kiva estava mais preocupada com o que se falava sobre a doença... e sobre o novo tópico que ela entreouvia, especificamente, *sobre ela.*

— E *por que* ela faria alguma coisa? — disse uma segunda voz masculina. Só era possível ver a parte de trás da cabeça calva do homem. — Ela está ocupada demais abrindo as pernas pros guardas, não tá? Se divertindo demais para se dar ao trabalho de manter a gente vivo. É ou não é?

Uma gargalhada irrompeu entre seus colegas. As bochechas de Kiva arderam. Nenhum deles percebeu sua presença, então ela apertou o passo antes que a notassem, mas não sem antes ouvir o primeiro homem dizer:

— Eu toparia me divertir um pouquinho com ela, se é que me entendem. Qual é o bloco dela mesmo? Ou talvez eu dê um pulo na enfermaria para pedir uma atenção especial da enfermeirazinha.

Os dois homens riram, e o estômago de Kiva se revirou. Ela deu meia-volta, já tendo ouvido o que precisava ouvir. Era o que temia: os prisioneiros estavam com raiva, com medo e abalados pela incerteza. As notícias sobre a doença se espalhavam, e a presença de Tilda causava inquietação. E ainda tinha o que aqueles dois homens asquerosos disseram...

— ... dobraram os guardas do lado de fora. Parece que os rebeldes apareceram para tentar resgatar a rainha deles...

A preocupação com os dois prisioneiros se evaporou de sua mente e, na mesma hora, Kiva parou onde estava. Quando se virou, viu um trio de prisioneiros sussurrando entre si, duas mulheres e um homem. Quem falava era uma das mulheres, e suas palavras quase fizeram o coração de Kiva sair pela boca.

— O que foi que você disse? — interrompeu Kiva, intrometendo-se na conversa.

A outra mulher e o homem fitaram-na com olhares de desdém, mas a primeira mulher apenas a olhou de maneira desconfiada antes de explicar:

— Os serralheiros disseram que teve confusão perto da floresta, que um bando de rebeldes estava tentando entrar. — A mulher inclinou a cabeça para o lado e acrescentou: — É melhor tomar cuidado, curandeira. Se entrarem mesmo e você estiver no caminho, vão cortar sua garganta para chegar até a rainha.

193

A boca de Kiva estava tão seca que ela teve dificuldade para falar.

— Eles... eles passaram pela barreira externa?

A segunda mulher soltou um riso de deboche.

— É óbvio que não. Ninguém passa.

Temendo pelo pior, a visão de Kiva começou a escurecer, até que o homem entrou na conversa:

— Os guardas estão morrendo de raiva porque não conseguiram pegar ninguém. Por isso redobraram a vigilância, para o caso de tentarem de novo. Mas não vão. Os rebeldes não são idiotas.

Kiva não conseguiu ouvir mais nada. Com as pernas trêmulas, saiu depressa do refeitório. Seu apetite desaparecera.

Os rebeldes vieram.

Os rebeldes vieram.

E falharam.

Será que sua família estava em meio aos que arriscaram a própria vida? Se tivessem sido pegos pelos guardas... Antes de ouvir o homem, Kiva temera que tivessem sido capturados — ou mortos. Sentiu um alívio arrebatador ao saber que haviam fugido. Mas mesmo assim...

Por isso redobraram a vigilância, para o caso de tentarem de novo. Mas não vão. Os rebeldes não são idiotas.

O homem estava certo. Os rebeldes *não eram* idiotas. Mas... o que isso significava para Kiva?

Estamos a caminho.

Eles *estiveram* mesmo a caminho. Será que tentariam outra vez? Será que tinham outro plano para chegar a Tilda, para libertar a ela e a Kiva?

Pela primeira vez, Kiva considerou a ideia de procurar Cresta na esperança de conseguir mais informações. Mas não valia a pena. Os rebeldes da prisão eram imprevisíveis, especialmente sua líder. Se Cresta decidisse descontar a raiva em Kiva, Tipp sofreria as consequências, era a vida do menino que estava em jogo caso Cresta se descontrolasse. Não. Kiva precisava esperar.

Um redemoinho de ansiedade se agitava em seu interior enquanto ela fazia o trajeto do refeitório às celas. Mais do que nunca, daria tudo por uma maneira mais fácil de se comunicar com o mundo exterior. Os rebeldes com certeza tinham outros planos; com certeza tentariam outra vez. Era provável que, naquele mesmo instante, estivessem buscando outra entrada, uma brecha na barreira externa, pensando em uma maneira de ultrapassá-la e sair de novo. A rainha deles tinha sido capturada... viriam atrás de Tilda de qualquer jeito.

E a família de Kiva viria por ela.

De qualquer jeito.

Sentindo-se um pouco mais confiante, Kiva se aproximava do primeiro bloco de celas quando ouviu alguém chamá-la.

— Ei, curandeira!

Assustada, ela parou. Reconhecendo a voz, se virou devagar, temendo o que estava por vir.

Ossada marchava em sua direção, percorrendo a distância entre eles a passos largos. Trazia a balestra pendurada de qualquer jeito sobre o ombro, e seus olhos eram escuros como a morte.

— Estão precisando de você no alojamento — disse ele em um tom de ordem.

Kiva engoliu em seco e assentiu, seguindo-o prontamente ao seu gesto para que o acompanhasse.

Ossada era como um animal irracional. Às vezes moderado, às vezes não. Toda semana, ela cuidava de prisioneiros vítimas de sua raiva — eram dedos, braços e costelas quebradas. Qualquer coisa que se quebrasse com um estalo: essa era sua preferência. Kiva tentara se acostumar a não sentir náusea na presença dele, mas, às vezes, o vômito ainda ficava entalado em sua garganta.

Ela desconfiava de que, qualquer que fosse o motivo pelo qual ele a chamava, seria uma dessas situações.

Kiva não conseguia parar de pensar nos alertas de Naari, no que a guarda dissera sobre ficar até mais tarde na enfermaria para garantir que ela não andasse sozinha pela prisão. Kiva sabia que não deveria ser vista sozinha. Estavam no inverno. Os guardas estavam inquietos. Acontecia todo ano, e, todo ano, Kiva sobrevivia.

Assim como sobreviveria naquela noite.

— Entra aí — bradou Ossada quando chegaram à entrada do alojamento.

Embora quisesse com todas as forças correr na direção oposta, Kiva entrou no prédio de pedra. Não poderia se arriscar a permitir que Ossada percebesse sua relutância, ou a dar uma oportunidade para que a punisse por isso. Caso notasse o menor traço de resistência, o guarda se divertiria fazendo com que ela sofresse as consequências. Seus olhos escuros tornavam isso óbvio, cintilando em expectativa enquanto ele a observava como um falcão cercando a presa.

— Por aqui — indicou ele, passando perto demais, a ponto de seus corpos se roçarem.

Kiva prendeu a respiração, apavorada, esforçando-se para se recompor. Nada acontecera com ela ainda. Não havia motivo para acreditar que aconteceria *de fato*. Os guardas precisavam dela viva — não apenas como entretenimento nas Ordálias, mas como curandeira. *Principalmente* com a propagação da doença. Kiva era sua única esperança, e eles sabiam disso. Não se arriscariam a lesá-la, física ou mentalmente.

Sentindo um pouco menos de medo, Kiva seguiu Ossada por um corredor ladeado por portas, que ela sabia serem de aposentos particulares, até uma sala comunal. Conseguia ouvir uma música tocando, algo raro em Zalindov, e, embora não soubesse qual era a fonte, reconheceu a canção: uma elegia antiga que sua mãe costumava cantarolar quando ela era criança.

Uma onda de nostalgia a percorreu. Porém, ao inspecionar o ambiente, o conforto da memória desapareceu em um piscar de olhos.

Os guardas estavam fazendo uma festa — ou, no caso de Zalindov, o equivalente a uma.

Garrafas de licor abertas estavam espalhadas pelas mesas de madeira. Havia também um monte de comida, mas estava praticamente intocada, embora as bebidas estivessem quase acabando.

Os guardas estavam à vontade pela sala; todos homens. Aninhadas em seus colos estavam prisioneiras seminuas, de rostos corados e olhos brilhantes e inebriados.

Kiva tinha um palpite sobre por que havia sido chamada até lá. Não sabia se estava aliviada ou não, já que inicialmente temia estar prestes a virar um brinquedo na mão dos guardas, mas na verdade...

— Aquela ali se divertiu um pouco demais — informou Ossada, apontando para o outro lado da sala, onde Carniceiro estava sentado em uma poltrona com uma prisioneira seminua caída sobre os joelhos.

Kiva não a conhecia, mas percebeu que a mulher estava inconsciente. Percebeu também que Carniceiro não dava a mínima — ou talvez nem sequer tivesse notado, já que seus olhos estavam desfocados e sua cabeça pendia para o lado, exibindo um sorriso marejado de saliva enquanto acariciava o cabelo da mulher. As mãos dele...

Naquele momento, Kiva *precisou* engolir o vômito que subia pela garganta.

Tomando coragem, marchou até eles, ciente de que Ossada estava logo atrás. Os outros guardas mal olharam para eles, distraídos demais com suas próprias prisioneiras para se importar com o que acontecia nos cantos da sala.

Ao se aproximar do Carniceiro, Kiva analisou melhor a situação. Imaginava que havia apenas álcool na sala, que os guardas e as prisioneiras estavam igualmente embriagados, mas, chegando perto, viu o pó dourado nos dedos da mulher, sob seu nariz, em seus lábios. Observou a mesma coisa em Carniceiro: seus olhos pesados, suas mãos ainda se movendo pelo corpo da prisioneira sem perceber que ela não reagia.

Não reagiria nem se quisesse.

Kiva não precisava verificar seu pulso para saber. Era óbvio.

A mulher estava morta.

Overdose.

De pó de anjo.

Kiva sentiu a raiva borbulhar em seu peito, intensa e veraz. Os guardas não se importavam — queriam apenas passatempos, *entretenimento*, e depois as descartavam outra vez. As prisioneiras não significavam nada para eles, mesmo aquelas que tinham como favoritas. Se vivessem ou morressem, era irrelevante para pessoas como Ossada e Carniceiro.

— E então, curandeira? — pressionou Ossada. — Consegue acordá-la? Ainda temos assuntos a tratar. É hora do segundo round.

— Do terceiro! — gritou outro guarda.

— Quarto! — corrigiu uma outra voz.

Ossada riu e, daquela vez, Kiva temeu não conseguir engolir tudo o que estava sentindo. Cerrando os punhos com força suficiente para que suas unhas perfurassem a pele, tentava se controlar com ajuda da dor. Quando percebeu que conseguiria abrir a boca sem dizer nada arriscado, respondeu:

— Ela não vai acordar. Está morta.

A elegia ainda tocava, e o refrão ecoou após a declaração de Kiva.

Meu amor, meu amor, espero por você, até finalmente nos encontrarmos no mundo-eterno.

— Como assim "morta"? — interrompeu Ossada.

— Morta, sem vida — respondeu Kiva em um tom inexpressivo.

— Eu sei o que "morta" significa, sua...

— O que está acontecendo?

Kiva quase desmaiou de alívio ao ouvir a voz de Naari. Quando se virou, viu a guarda na entrada da sala, de olhos semicerrados enquanto assimilava a cena.

— O que parece? — balbuciou um guarda desconhecido aos fundos, acariciando o braço de uma mulher risonha abraçada nele. — Estamos fazendo uma festa. Podia nos dar uma mãozinha, Arell. Solte os cabelos. — Ele riu com um soluço e apontou para o corte curto de Naari. — Espere. Você não tem nem cabelo para soltar.

Não tinha a mínima graça no que ele dizia. Nem no que estava fazendo.

— Curandeira, precisam de você na enfermaria — avisou Naari.

Seus olhos ardiam de fúria, embora Kiva soubesse que não era direcionada a ela.

— Vamos com calma — disse Ossada, agarrando o antebraço de Kiva.

O aperto foi tão forte que Kiva estremeceu, ciente de que, com um pouco mais de força, ele quebraria seu pulso.

Uma gota de suor escorreu por seu pescoço, e ela ficou paralisada, mal ousando respirar.

— Acabamos de perder uma das nossas meninas — falou Ossada, acenando com a cabeça em direção à mulher morta. — Precisamos de alguém para colocar no lugar dela.

Kiva sentiu o estômago revirar como se despencasse de um penhasco.

— A curandeira está sendo solicitada na enfermaria — repetiu Naari, firme.

A guarda não passou da entrada, mas a atmosfera na sala estava diferente. Ela emanava uma energia intimidadora. Era um alerta, uma ameaça, um prenúncio.

— A curandeira pode ir para a enfermaria — disse Ossada, em seguida apertou o braço de Kiva com mais força, e a garota precisou conter um gemido de dor ao sentir a pressão em seus ossos. — Mas ela vai *depois*.

— Espero que possa explicar ao diretor o motivo de ele ter que esperar.

As palavras de Naari foram como mágica. Ossada libertou Kiva tão depressa que ela se desequilibrou.

— Por que não disse que Rooke estava esperando? — resmungou ele, aborrecido. Para Kiva, falou: — Suma daqui.

Aliviada, ela deu um passo em direção à porta, mas Ossada a segurou novamente. Apertando seu pulso onde um hematoma já surgia, ele se aproximou e sussurrou:

— Não dou a mínima se você é a queridinha do diretor. Dê com a língua nos dentes e vai ser a convidada de honra da próxima festinha. Não como curandeira. Vai estar aqui para o round quatro. E cinco. E seis.

Ele apertou com mais força.

— Estamos entendidos? — acrescentou.

Kiva assentiu, tentando ao máximo impedir que lágrimas de medo e dor inundassem seus olhos.

— Que curandeira boazinha — murmurou Ossada, finalmente soltando-a e empurrando-a para a frente. — Tenha um bom resto de noite.

As pernas de Kiva tremiam enquanto ela caminhava até Naari, que estendeu o braço para tocá-la, mas se deteve quando Kiva visivelmente recuou.

Naari baixou a mão. Havia tanta preocupação em seu semblante que Kiva não conseguia olhar para a guarda, temendo perder o controle de tudo o que tentava desesperadamente reprimir.

Ela está ocupada demais abrindo as pernas pros guardas, não tá? Se divertindo demais pra se dar ao trabalho de manter a gente vivo. É ou não é?

Capacho de Zalindov.

Mensageira da Morte.

Curandeira Desgraçada.

Kiva escolhera aquela vida. Tinha sido sua escolha obedecer ao diretor, acatar as ordens dos guardas e permitir que a tratassem como bem entendiam, contanto que isso a mantivesse viva.

Mas não significava que não se deixava afetar, que não sofria o trauma de assistir enquanto mulheres morriam de overdose... sabendo que seu destino poderia facilmente ser o mesmo.

Naari permaneceu em silêncio ao conduzir Kiva não para a enfermaria, mas direto para seu bloco e depois até o interior de sua cela.

Apenas quando pararam ao lado do pallet de Kiva, ela disse, com a voz rouca:

— Mas... e o diretor?

— Era mentira. Rooke não chamou você.

Kiva quase desabou, mas se conteve. Em vez disso, acenou em agradecimento com a cabeça e falou, baixinho:

— Obrigada.

— Não somos todos assim — sussurrou Naari. Havia angústia em sua voz.

— Eu sei — respondeu Kiva, baixinho.

Sabia mesmo, pois Naari era a prova de que alguns guardas eram bons. Mas o que havia acabado de acontecer, o que Kiva acabara de presenciar, o que estivera prestes a sofrer...

Kiva não conseguia tirar a imagem da cabeça, nem mesmo depois que Naari foi embora e que o bloco começou a ficar cheio à medida que os prisioneiros chegavam para dormir.

Passou horas e horas deitada no pallet, tremendo em posição fetal. Os barulhos diminuíram conforme os prisioneiros pegavam no sono, exauridos Sabia que deveria fazer o mesmo; o horário de sua segunda Ordália se apro-

199

ximava depressa. Precisava recuperar as forças para o que enfrentaria no dia seguinte, principalmente depois do que ouvira sobre a tentativa de resgate fracassada dos rebeldes. A menos que tivessem outro plano em ação, Kiva passaria pela Provação pelo Fogo. Precisava descansar, mas… ao fechar os olhos, via a mulher morta, as mãos bobas de Carniceiro, o pó de anjo brilhando na pele dos dois. Era como se a ameaça de Ossada se repetisse em seus ouvidos, assim como as palavras dos homens no refeitório: *Ela está ocupada demais abrindo as pernas pros guardas, não tá?*

Curandeira Desgraçada.

Era como todos a encaravam.

Estavam errados.

Açougueira Tirana — ela também não era. Embora, naquele momento, desejasse ser, se significasse estar livre de todos aqueles sentimentos.

Kiva não sabia quanto tempo tinha se passado enquanto estava deitada ali, tremendo debaixo do cobertor fino e segurando o pulso machucado contra o peito, quando começou a ouvir passos silenciosos e sentiu o toque gentil em seu ombro de alguém que se sentou às suas costas.

Ela não se assustou; sabia quem era. O cheiro de terra fresca e brisa do mar combinado a algo muito particular de Jaren, algo amadeirado e que, ao mesmo tempo, a fazia pensar no ar da manhã, chegara antes mesmo dele. O aroma acariciava suas narinas de maneira reconfortante, trazendo uma tranquilidade que ela não sabia explicar.

— Naari me contou o que aconteceu — sussurrou ele, percebendo que ela estava acordada devido ao corpo trêmulo. — Você está bem?

Kiva negou com a cabeça. Estava escuro demais para que ele visse, apenas débeis feixes de luar se esgueiravam pelas raras janelas quadradas, mas Jaren conseguiu sentir o movimento. A mão dele desceu pelo ombro de Kiva, percorrendo seu braço até alcançar o pulso machucado, que ele cuidadosamente envolveu com os dedos. Kiva não perguntou como ele sabia qual pulso era — ela se manteve em silêncio para conter o pranto quando Jaren aninhou seu braço devagar e com muita delicadeza.

— Eu sinto muito, Kiva — sussurrou ele.

Uma lágrima escorreu do olho dela. E depois outra.

— Estou bem. — Ela se obrigou a dizer. Sua voz estava áspera, machucava seus próprios ouvidos. — De verdade.

Ele acariciou sua pele com o polegar em movimentos leves como o de uma pena.

— Está tudo bem se não estiver.

Kiva engoliu em seco. Depois engoliu de novo. Mas o nó em sua garganta não se desfazia. As lágrimas não paravam de cair.

Ela não resistiu quando Jaren se deitou a seu lado e a virou para ele, puxando-a para seus braços. Sabia que deveria mandá-lo embora, mas não teve forças. Em vez de enxotá-lo, se aninhou contra o peito dele enquanto Jaren a abraçava e deixou que suas roupas abafassem as lágrimas e os soluços.

O sono veio apenas quando ela já havia se permitido chorar tudo o que havia para chorar, então Kiva dormiu nos braços de Jaren, sentindo-se segura e protegida pela primeira vez em anos.

CAPÍTULO 20

— Como está se sentindo?

Na manhã seguinte, Kiva ergueu o olhar para a porta da enfermaria e viu Jaren, que vinha em sua direção. Naquela iluminação, dava para perceber que ainda havia uma paleta de cores no rosto dele, mas o inchaço em seu olho estava quase sumindo.

— O que está fazendo aqui? — Ela praticamente grasnou. — Não deveria estar nos túneis?

Em pânico, Kiva apontou em direção à porta pela qual ele acabara de entrar, percebendo, com uma onda de alívio, que não havia um guarda a postos.

— Precisa sair antes que alguém veja você aqui.

Jaren teve a audácia de dar risada.

— Relaxe, Kiva.

— Relaxar? *Relaxar?*

— Talvez tenha sido uma péssima escolha de palavra, considerando tudo o que aconteceu — disse ele, aproximando-se e pousando as mãos no ombro dela. — Vou reformular: *respire*.

Kiva tentou seguir a instrução, enchendo os pulmões o máximo que pôde. Seus ombros se ergueram e se abaixaram, e as mãos de Jaren não se afastaram. Ela não se desvencilhou, percebendo que achava seu toque mais reconfortante do que gostaria.

Principalmente depois da noite anterior.

Não haviam conversado sobre o acontecido, mesmo depois de terem acordado abraçados.

Kiva sentiu um breve arroubo de nervosismo seguido por uma onda de extrema vergonha, mas Jaren simplesmente esfregara os olhos balbuciando "bom dia" e depois perguntara como ela estava de maneira um pouco mais articulada. Ele achou graça na reação confusa e incompreensível de Kiva, o que a irritou e provocou um semblante ranzinza.

— Se consegue olhar para mim assim, sei que vai ficar tudo bem — dissera ele, sorrindo, antes de acariciar o rosto de Kiva e se levantar para ir aos chuveiros.

E foi isso. Não ficou um clima estranho nem constrangedor, não houve menção ao que havia acontecido na noite anterior — antes ou depois de ele ir até a cama dela.

Era nítido que Jaren estava dando espaço para que Kiva processasse o que havia acontecido — *tudo* que havia acontecido —, sem pressão. E ela se sentia grata por isso.

Passara a manhã toda assimilando o dia anterior, desde a quase-morte de Tilda e sua epifania no jardim sobre o pai e a doença estomacal até o que ouvira no refeitório, e, finalmente, seu encontro com os guardas. Pensando em tudo o que acontecera, Kiva chegara a apenas uma conclusão: sobrevivera dez anos em Zalindov. *Dez anos.* O dia anterior tinha sido difícil, mas ela já havia passado por coisas piores, mesmo vindas dos guardas. Ao menos daquela vez não havia restado nenhum dano físico além de um hematoma que desabrochava em seu pulso.

Kiva estava viva, e isso era o mais importante, e também o que a fez decidir que não fazia sentido remoer a situação. Estava encerrado. Tudo o que queria era deixar aquilo no passado e seguir em frente.

Na noite anterior, tivera um momento de fraqueza com Jaren — ou talvez de força, dependendo da perspectiva. Ele dera o que ela precisava quando ela precisava. Kiva se sentia grata. Muito grata. E lá estava ele de novo, oferecendo conforto mais uma vez, não pelo que ela havia passado na noite anterior, mas pelo que encararia naquele dia.

A segunda Ordália.

Mais um motivo para que Kiva apagasse o dia anterior da mente e se concentrasse.

Ainda seguindo as instruções de Jaren, se obrigou a respirar fundo uma segunda vez.

— Melhor? — perguntou ele.

— Você ainda precisa ir — disse Kiva, em vez de responder.

— Queria ver você antes da Ordália. Está pronta?

— É óbvio que estou.

Jaren a encarou, esperando a verdade. Kiva suspirou.

— Tudo bem. Estou uma pilha de nervos. Satisfeito?

O olhar de Jaren se suavizou, e ele apertou os ombros de Kiva carinho-samente.

— Vai dar certo, Kiva.

— Ninguém sobrevive a todas as provações, Jaren — murmurou Kiva.

Havia um peso em seu estômago desde aquela manhã, quando besunta-ra a pele com a mistura de óleo de karonoz feita por Mot. A provação se aproximava, mas Kiva havia perdido a confiança na proteção da pomada, e, mais do que nunca, estava ciente de que, caso os rebeldes falhassem na segunda tentativa de resgate, o amuleto da princesa seria sua maior chance de sobrevivência. Talvez a *única* chance. Sua vida estava na mão de um Val-lentis — uma cruel reviravolta do destino.

— Você já passou por uma — disse Jaren, tentando acalmá-la. — Você consegue fazer isso outra vez.

— Mas...

— Acredito em você — interrompeu ele, sem o menor indício de dúvida na voz. — Tipp acredita em você. Mot acredita em você. — Ele fez uma pausa. — Até Naari acredita em você.

— Para a maioria dos guardas, não faz a menor diferença se estou viva ou morta.

— Naari não parece ser como a maioria dos guardas — retrucou Jaren, verbalizando o óbvio. — Ela claramente gosta muito de você.

— Só porque sou a única esperança de sobrevivência caso esta doença continue se alastrando — resmungou Kiva, embora soubesse que essa não era a única razão.

A guarda parecia gostar dela *de verdade*, e até mesmo mentira para os outros guardas na noite anterior para protegê-la.

Jaren colocou uma mecha do cabelo de Kiva atrás de sua orelha, e ela teve um sobressalto. No entanto, antes que pudesse fazer qualquer coisa — se desvencilhar, se aproximar ou ficar imóvel —, ele recuou e baixou os braços casualmente.

— Talvez — concordou ele, com um sorriso de canto. — Ou pode ser por sua amabilidade, sua ternura e suas habilidades sociais como um todo.

Kiva cruzou os braços.

— Ha-ha-ha.

Jaren riu sem emitir som, e Kiva sentiu alguns dos nós em seu estômago se desatarem.

Apontando com a cabeça em direção ao cercadinho de ratos, ele perguntou:

— Algum progresso?

Kiva aproveitou a oportunidade de mudar de assunto com nítida gratidão. Depois de falar sobre o elixir de Mot, concluiu:

— Acho que podemos descartar a pedreira como fonte. Se algo tivesse que acontecer, já teria acontecido a esta altura.

— De volta à estaca zero?

— De volta à estaca um.

— Coisa que você vai fazer depois da Ordália de hoje — afirmou Jaren, soando extremamente confiante.

Kiva ficou em silêncio por um momento, sem tirar os olhos dos dele.

— É.

— Está quase na hora — disse Naari, entrando na enfermaria.

Kiva ficou sem ar, primeiro porque não estava pronta e segundo porque Jaren não deveria estar lá naquele horário.

Em um delírio momentâneo, ela se perguntou onde poderia escondê-lo antes de cair em si e perceber que era tarde demais, já que Naari olhava direto para ele.

— Os outros prisioneiros estão sendo reunidos — informou ela. — Vá e se junte a seus colegas de trabalho antes que alguém perceba que não está com eles.

Jaren concordou com um movimento breve de cabeça, depois se voltou para Kiva, ainda atônita, e disse:

— Vejo você mais tarde.

Em vez de desejar boa sorte e se despedir, Jaren falou como se fossem se ver de novo, o que não aconteceria caso ela fracassasse na provação.

Porque aí ela estaria morta.

Kiva ficou confusa. Jaren não a poupou de sermões quando ela se voluntariou para assumir o lugar de Tilda, mas naquele momento parecia estar completamente convicto de sua capacidade de sobreviver. Sua mudança de comportamento a espantava tanto quanto o fato de Naari parecer indiferente por tê-lo encontrado em um lugar onde ele não deveria estar. E *isso* Kiva não fazia ideia do que significava.

Quando Jaren estava prestes a sair da enfermaria, Kiva o chamou, fazendo-o parar na porta e olhar para ela por cima do ombro.

— Pedi para Tipp ajudar Mot no necrotério hoje, já que quero mantê-lo ocupado para que ele não tenha tempo de pensar... em nada. Você pode... você poderia... — Sua voz falhou. Ela tentou novamente. — Só... cuide dele. Por favor.

Jaren olhou para ela com uma expressão terna.

— Vou ficar de olho nele hoje durante a provação, mas, depois, você vai continuar cuidando dele. Como prometeu.

Então ele saiu pela porta e sumiu de vista. Suas palavras pairaram no ar, deixando-a esperançosa e, ao mesmo tempo, aumentando sua angústia. Se os rebeldes não viessem... Se ela não fosse bem-sucedida na Ordália...

— Alguma ideia do que está por vir? — perguntou Naari, interrompendo o turbilhão de pensamentos de Kiva.

— Mais ou menos, mas tenho tentado não pensar muito no assunto.

— Acho que é melhor assim — concordou a guarda.

Nos últimos dias, Kiva evitara até mesmo passar perto das forcas, temendo descobrir que alguém estava construindo uma fogueira. Embora ainda rezasse por um resgate, se isso *não* acontecesse a tempo, só poderia torcer para que a Provação pelo Fogo fosse algo muito menos difícil do que ser queimada viva. No entanto, não conseguiu ignorar a sensação de que a Ordália seria extrema. Ainda que a família real não fosse comparecer, o restante da população de Zalindov estaria outra vez agrupada para testemunhá-la, então o diretor e outras pessoas importantes provavelmente ainda tinham a intenção de transformar tudo em um espetáculo.

— Você precisa fazer alguma coisa antes de irmos? — perguntou Naari. — Temos alguns minutos.

Kiva parou para pensar. A pomada de Mot havia acabado, não tinha mais nada que ela pudesse passar na pele. Já verificara os pacientes em quarentena — e enviara mais dois corpos para o necrotério. Também já havia verificado os sinais vitais de Tilda e tinha certeza de que a saúde da mulher estava estável o bastante para que não ocorresse uma convulsão enquanto a Ordália estivesse em andamento.

— Nada de que eu me lembre — respondeu Kiva, por fim. Não queria sair até que elas realmente precisassem ir, então ganhou tempo, dizendo: — Mas tenho uma pergunta para você.

Naari olhou para ela, aguardando.

Kiva se lembrou da época em que não ousaria perguntar *nada* para a guarda. E lá estava ela, deliberadamente prolongando uma conversa, apenas para adiar seu fim iminente. Até onde sabia, poderia ser que sua família e os rebeldes precisassem de um pouco mais de tempo. Se realmente já tinham tentado se infiltrar em Zalindov, com certeza tentariam de novo. Talvez estivessem do lado de fora naquele exato momento, aguardando para atacar, prontos para fugir, levando Tilda e Kiva.

Em meio a esses pensamentos, o estado de espírito de Kiva se esmorecia.

Prometa que nunca vai perder a esperança, não importa o que aconteça, dissera seu pai no jardim. *Seu irmão, sua irmã, sua mãe, eles vão vir buscar você um dia.*

Talvez viessem. Talvez *já tivessem vindo.*

Mas talvez fosse isso.

E estivesse terminado.

Encerrado.

Era loucura invadir Zalindov. Se já tinham redobrado os guardas... Kiva sabia a verdade, ainda que tentasse negá-la, ignorá-la.

Os rebeldes não viriam. Sua família não viria.

Haviam tentado e fracassado.

Talvez tentassem outra vez depois de as coisas se acalmarem, quando a vigilância dos guardas se tornasse mais branda. Mas isso levaria tempo... e Kiva não tinha tempo. Precisava enfrentar uma Ordália *naquele dia.*

A esperança era como uma droga da qual Kiva era dependente. Ela não podia continuar acreditando, não podia continuar confiante, não podia continuar *alimentando expectativas.*

Nós iremos até você.

Dez anos. Sua família havia esperado *dez anos.*

Estamos a caminho.

Já deviam ter vindo. Muito antes... antes de Tilda. Mas não vieram.

Kiva sentiu o aperto da mágoa em seu peito com uma intensidade que nublava sua visão, mas o reprimiu, sufocando-o dentro de si, como vinha fazendo havia anos.

Estava por conta própria.

Deveria sobreviver sozinha.

Primeiro, à Provação pelo Fogo.

Depois, ao que viesse pela frente.

Apesar do que seu pai a fizera prometer, não poderia continuar esperando ajuda.

Em vez disso, salvaria a si mesma.

Como fez nos últimos dez anos.

Ela era uma sobrevivente — e sobreviveria a isso.

— Kiva?

Reagindo com um sobressalto ao chamado de Naari, ela percebeu que permanecera em silêncio por tempo demais e se apressou para decidir o que perguntar enquanto considerava as muitas dúvidas que tinha em mente.

— Por que não puniu Jaren por estar fora do trabalho hoje?

Naari inclinou a cabeça.

— É a segunda vez essa semana que me pergunta por que não puni outro prisioneiro.

Kiva coçou o nariz, sem saber como responder.

— Hum...

— Olha só — disse Naari, descruzando os braços e se aproximando —, na minha opinião, vocês já estão sendo punidos o suficiente só por estarem aqui. Não precisam de guardas com sede de violência piorando tudo só porque se sentem no comando agindo assim. Jaren deveria ter saído dos túneis? Óbvio que não. Foi um risco idiota vir aqui ver você? Óbvio que sim. Mas se os guardas dos túneis não o pararam, é responsabilidade deles, não minha. Até onde sei, ele pode ter recebido autorização para vir aqui por estar doente ou machucado, então, caso alguém pergunte, essa é a explicação. De acordo?

Os cantos da boca de Kiva se curvaram em um sorriso.

— De acordo. — Ela fez uma pausa. — E obrigada.

— Pelo quê?

Olhando nos olhos de Naari, Kiva se lembrou do que a guarda dissera na noite anterior e respondeu:

— Por não ser como eles.

Os olhos cor de âmbar de Naari se suavizaram. A guarda fez menção de responder, mas, antes que algo pudesse sair de sua boca, Ossada apareceu na porta da enfermaria.

Kiva sentiu um aperto no peito ao vê-lo, mas lembrou a si mesma de que havia decidido deixar o que tinha acontecido no passado. Veria Ossada pela prisão... era inevitável. Se ele percebesse que ela estava com medo, apenas a faria sofrer. Ela não se calaria.

— Estão esperando você — informou ele, brusco, retraindo-se ligeiramente enquanto seus olhos se acostumavam à claridade da enfermaria, iluminada pela luz do sol que entrava pelas janelas.

Kiva teria se divertido com a nítida ressaca do guarda se as palavras dele não estivessem ecoando em sua mente. Embora tivesse decidido sobreviver e salvar a si mesma momentos antes, isso não significava que seu medo deixara de ser quase paralisante à medida que a hora se aproximava.

De maneira irracional, Kiva se lembrou de repente de um milhão de coisas que precisava fazer. Precisava dar uma olhada nos pacientes da ala de quarentena outra vez, precisava dar mais um pouco de caldo a Tilda para mantê-la hidratada, precisava ver se os ratos estavam apresentando algum sintoma, precisava...

— Fique calma — sussurrou Naari, aproximando-se mais. — Você vai conseguir.

Kiva queria segurar o amuleto para se recompor, mas sabia que o gesto atrairia atenção indesejada. Contentou-se em sentir o peso escondido na roupa, contra seu esterno, um lembrete de que não enfrentaria a Provação pelo Fogo sozinha. Naari tinha razão. Ela ia conseguir.

— Vamos, curandeira — chamou Ossada, depois deu meia-volta e saiu.

Kiva sentia o coração pulsar em seus ouvidos enquanto o seguia a passos pesados. A presença de Naari servia como um conforto; ela permanecia ao lado de Kiva em uma solidariedade silenciosa.

Entretanto, o conforto se dissolveu quando Ossada seguiu para o norte, e não para o leste; quando ela percebeu que os prisioneiros se reuniam muito mais perto do que duas semanas atrás, aglomerados em um espaço que não havia sido pensado para grandes multidões, como o pátio onde ficavam as forcas.

Quando Ossada fez outra curva, Kiva entendeu.

Não estavam indo para as forcas.

Estavam indo para os crematórios.

CAPÍTULO 21

Kiva sentia que estava prestes a vomitar na frente de todo mundo. Era isso ou desmaiar. Perguntou-se se ainda teria que passar pela Provação pelo Fogo se estivesse inconsciente. Faria diferença, se o resultado provavelmente seria o mesmo? Com certeza não sobreviveria ao que estava prestes a encarar, com ou sem amuleto.

Ela se lembrou do que Mot dissera no dia anterior:

Aí, sabia que Grendel vai acender a outra fornalha? Rooke, em carne e osso, que foi pedir pra ela...

Kiva não havia refletido muito sobre a informação. Ela acreditava que a solicitação havia sido feita por causa do crescente número de pessoas mortas. Mas naquele momento, no entanto, enquanto se aproximava dos crematórios e tentava conter os tremores violentos de seu próprio corpo, não sabia dizer se fora bom ou ruim não ter prestado atenção nas palavras de Mot nem ao menos considerado o significado que poderiam ter para ela.

Era pior do que uma fogueira.

Muito pior.

E, como suspeitara, não havia sinal de sua família, não havia sinal dos rebeldes.

Ela realmente estava por conta própria.

O mar de prisioneiros se abria enquanto Ossada conduzia Naari e Kiva em direção à entrada do prédio de pedra, onde o diretor Rooke esperava na companhia de Grendel e três outros guardas. A encarregada dos crematórios abraçava o próprio corpo, segurando os cotovelos; era óbvio que desejava estar em qualquer outro lugar onde não fosse o centro das atenções. Kiva imaginava o que estaria lhe passando pela cabeça e se ela também temia o que estava prestes a acontecer.

Com seus recém-completados trinta anos, Grendel havia sido mandada para Zalindov por ter provocado um incêndio; por isso, os guardas acharam que seria divertido colocá-la para trabalhar nos crematórios — mas não sem antes dar as boas-vindas. Mais da metade do corpo de Grendel era coberta por cicatrizes de queimaduras causadas por eles, e a mulher só havia sobrevivido porque Kiva trabalhara noite e dia para não deixá-la morrer. Grendel, como muitos outros prisioneiros, devia a própria vida a Kiva. E, pelo jeito, ela estava prestes a ser obrigada a pagar a dívida contribuindo com sua morte.

O diretor Rooke mantinha a postura ereta e imponente ao lado de Grendel, usando seu uniforme de couro preto impecável, como sempre. Seu rosto estava inexpressivo ao fitar Kiva, e ele manteve o olhar por tempo o bastante para que ela soubesse que ele falara sério depois de sua primeira Ordália — ela não receberia nenhuma ajuda dele. A suposta proteção que Rooke lhe oferecera ao longo da última década não existia mais.

— Kiva Meridan — disse Rooke, a voz grave e reverberante enquanto ela se aproximava. — Hoje você enfrentará sua segunda Ordália, a Provação pelo Fogo. Quais são suas últimas palavras?

Duas semanas antes, o Príncipe Deverick fizera a mesma pergunta a Kiva, e, como na última vez, ela permaneceu em silêncio — em parte porque não queria provocar o diretor e em parte porque não queria vomitar nos próprios pés. Em vez disso, olhou para a multidão, analisando a energia dos prisioneiros. Alguns que estavam mais próximos a olhavam com desprezo, com despeito palpável por ela e pelas provações. Outros pareciam revigorados, como se a perspectiva da Ordália os empolgasse, fosse qual fosse o resultado. Por fim, uns tinham no rosto olhares de deslumbre. Como se eles também pudessem sobreviver caso ela sobrevivesse. Como se, caso ela fosse solta, então um dia eles talvez pudessem ser soltos também. Para esses prisioneiros, Kiva representava esperança e fé em um futuro diferente e melhor.

Mas Kiva estava muito longe de ter êxito. E foi lembrada disso ao encontrar o olhar fixo de Cresta, a líder dos rebeldes, que estava com os braços cruzados e uma expressão que gritava ser melhor que Kiva sobrevivesse. Senão...

— Muito bem — falou Rooke diante do silêncio de Kiva, depois se dirigiu à multidão. — Dada a natureza desta provação, não será permitido que a assistam. Contudo, permanecerão aqui até que haja um veredito e somente após isso serão liberados para voltar ao trabalho.

Kiva sentiu uma onda de descontentamento entre os prisioneiros, e sua preocupação se expandiu para além dela mesma por uma fração de segundo. Todos os detentos agrupados em um só lugar representavam a situação perfeita para um desastre, solo fértil para que uma rebelião se iniciasse. Os guardas levariam a melhor, como sempre, mas as vítimas... Kiva engoliu em seco e reprimiu os próprios medos. Havia mais expectativa do que raiva, mais empolgação do que indignação, o que indicava que, por ora, todos estavam seguros.

Todos, menos Kiva.

— Siga-me — ordenou o diretor, dirigindo-se a passos largos até a porta de pedra que levava ao prédio escuro.

Naari segurou o braço de Kiva e a conduziu. Para os espectadores, suas ações pareceriam agressivas, mas eles não podiam ver quão gentil e encorajador era seu toque; um gesto silencioso para que ela acreditasse que tudo ficaria bem.

A afabilidade quase fez Kiva chorar, e ela se perguntou se aquele seria o último contato humano que sentiria na vida caso as coisas não corressem como o esperado. A pomada de Mot seria quase inútil para enfrentar o que estava prestes a acontecer, o que significava que o amuleto da Princesa Mirryn era tudo o que Kiva possuía. Se não funcionasse...

Pare, ordenou Kiva a si mesma. Não podia se permitir duvidar, não quando havia tanta coisa em jogo.

Ela sobreviveria.

Ela sobreviveria.

Passando pela última fileira de prisioneiros, Kiva manteve os olhos baixos para não se arriscar a ver Tipp ou Jaren na multidão. Precisava da lembrança de como estavam confiantes, e não de seus rostos pálidos e ansiosos. Também desejava evitar os olhares piedosos de prisioneiros de quem cuidara ao longo dos anos, como se estivessem certos de que a encaravam pela última vez... como se estivessem certos de que ela caminhava em direção à morte.

— Concentre-se, Kiva — murmurou Naari. — Esqueça tudo e todos.

Kiva respirou fundo. Quando chegaram à porta, ela deu uma última olhada para o céu antes de entrar; notou que apenas uma das chaminés estava soltando fumaça, enquanto a outra — que pertencia à segunda fornalha — estava inativa e silenciosa. Como se esperasse por ela.

Sentindo o coração bater forte, se ancorou no toque de Naari ao entrarem; seus olhos precisaram de um segundo para se ajustar à escuridão. Havia luzes de lumínio fixadas nas paredes, iluminando o ambiente o suficiente para que Kiva enxergasse a antessala vazia. Ao longo dos anos, estivera ali meia dúzia de vezes, mas nunca com tanto medo revirando seu estômago.

— Na Provação pelo Fogo, conforme descrito no Livro da Lei, você deverá enfrentar uma provação elementar envolvendo chamas — declarou o diretor Rooke, com as mãos às costas.

Ossada estava escorado na parede a seu lado, parecendo entediado; os três outros guardas estavam mais alertas, como se esperassem que Kiva surtasse e tentasse atacá-los. Grendel e Naari eram como sentinelas. A primeira ainda agia como se preferisse estar em qualquer outro lugar, e a segunda ainda oferecia um apoio silencioso.

— A encarregada dos crematórios teve a gentileza de nos ajudar a preparar sua provação — continuou Rooke, acenando com a cabeça em direção a Grendel. — Talvez seja melhor que ela explique o que você terá que fazer.

Grendel ergueu a cabeça em um sobressalto. Olhou assustada para Rooke e em seguida para Kiva. A mulher passou a língua nos lábios marcados por cicatrizes e, em sua voz que se tornara áspera depois dos danos irreversíveis à garganta, disse:

— Preparei a segunda fornalha para você. Está... está pronta para ser acesa quando você... estiver lá dentro.

Kiva se desequilibrou e só não caiu porque Naari a segurava com firmeza.

Quando Grendel voltou a ficar em silêncio, Rooke emitiu um grunhido impaciente e tomou a palavra.

— Como sabe, as fornalhas de Zalindov foram criadas para cremações em massa e são capazes de transformar corpos em cinzas em questão de duas ou três horas. Mas leva menos de cinco minutos antes que as chamas penetrem a carne e atinjam órgãos e ossos. Levamos tudo isso em consideração e decidimos ser bondosos em sua provação. Desligaremos a fornalha depois de dez minutos, e, se ainda estiver viva, consideraremos que passou por esta Ordália.

Isso era o que Rooke considerava *bondade*?

O aperto de Naari começou a doer, então Kiva percebeu que era porque estava começando a ofegar audivelmente, e a guarda tentava, sem usar palavras, encorajá-la a se recompor. O que era difícil quando o pânico invadia seu peito e sua visão ficava turva — era como se seu corpo estivesse entrando em modo sobrevivência antes mesmo de o Julgamento começar.

Uma pontada das unhas de Naari fez com que Kiva se retraísse. O breve impulso de dor serviu como algo em que ela podia se concentrar, algo que trazia de volta sua mente, que até então estava em queda livre.

— Entendeu sua provação? — perguntou o diretor Rooke, observando-a com os olhos escuros fixos nos dela.

Seu rosto continuava impassível como se ele não tivesse preferência entre a vida e a morte de Kiva. De qualquer forma, ela era uma inconveniência.

Mais uma pontada das unhas de Naari, e Kiva conseguiu balbuciar:

— Entendi.

— Excelente — disse Rooke. — Então me acompanhe.

Kiva não sabia se conseguiria dar mais um passo sequer. Não conseguia sentir as pernas, seu corpo estava dormente. Talvez fosse melhor que o amuleto de Mirryn não funcionasse, que a pomada de Mot não oferecesse nenhuma proteção. Não queria sentir a língua das chamas destruindo sua carne, carbonizando sua pele, fervendo e derretendo seus ossos, seus...

— *Kiva* — chamou Naari, entre os dentes, afundando as unhas mais fundo em sua pele e fazendo com que Kiva desse um salto e começasse a seguir Rooke e os demais.

Kiva lançou um olhar de agradecimento para Naari, que devia estar sentindo seu corpo inteiro tremer em contato com o dela. O semblante da guarda estava tão confiante que Kiva conseguiu reunir forças para encher os pulmões de ar. Naari não estaria tentando tranquilizá-la se não acreditasse que Kiva conseguiria sobreviver.

Dando um passo de cada vez, Kiva não pensava em nada além da pedra que pendia de seu pescoço e da pomada que recobria sua pele. Seguindo o diretor, notou que Grendel parecia tão traumatizada pela situação quanto ela.

Passaram por uma porta grande que emanava uma onda de calor intensa com um cheiro acre de fumaça, misturado ao odor de carne e cabelos queimados, que parecia se fixar nas narinas de Kiva, fazendo com que ela tivesse que se esforçar para não vomitar. Recusando-se a pensar no que — ou quem — estaria atrás daquela porta, ela prendeu a respiração enquanto o grupo seguia por um longo corredor.

— Aqui estamos — informou Rooke quando chegaram ao fim do caminho e pararam diante de outra porta fechada, que não emanava nenhum calor, embora Kiva estivesse ciente de que era só uma questão de tempo.

O diretor fez um gesto para Ossada, que deu um passo à frente e grunhiu ao abrir a porta com certo esforço. Era espessa e feita de pedra, larga o bastante para que um carrinho cheio de corpos entrasse, assim como o corredor onde estavam era amplo para permitir tal transporte.

Um zunido agudo ressoou nos ouvidos de Kiva quando o diretor entrou na sala e fez um gesto para que ela o seguisse. Não fosse por Naari a rebocando e os três guardas que se posicionaram à porta, Kiva talvez tivesse considerado tentar fugir.

Eu consigo sobreviver, disse a si mesma. Sua voz interior oscilava enquanto ela pensava no que iria enfrentar. E, ainda assim, estava determinada a lutar, a viver, até o último segundo possível. *Eu vou sobreviver.*

Tremendo, Kiva se forçou a olhar em volta, uma vez que estava no centro da câmara. Assim como a porta, as paredes e o chão também eram feitos de pedra sólida, e, lá dentro, as superfícies estavam chamuscadas devido às décadas de uso. Três das paredes eram interrompidas por grelhas de metal seladas — que Kiva não inspecionou por muito tempo, já ciente do propósito a que serviam. O teto arqueado de pedra era alto e se afunilava em um duto que ela sabia ser a segunda chaminé, atravessando a cobertura do crematório. Em breve, estaria soltando fumaça, assim como a primeira.

— Dez minutos, Kiva Meridan — repetiu o diretor Rooke, voltando para a porta e fazendo um sinal para que Naari o seguisse. — Vamos ver se consegue desafiar a morte uma segunda vez.

Kiva se perguntou se ele acreditava que suas palavras soavam como um incentivo. Tudo o que causaram foi um gosto de cinzas na boca dela, como se seu corpo já soubesse o que aconteceria.

— Vejo você daqui a dez minutos — disse Naari, resoluta, ao soltar a mão de Kiva.

Seus olhos cor de âmbar se fixaram em Kiva, iluminados como se ela tentasse compartilhar toda a força e toda a certeza de que a prisioneira ainda estaria viva ao fim dos dez minutos.

Assim que se afastou do toque de Naari, Kiva desejou tê-lo de volta. Não havia mais nada para estabilizá-la, nada para impedi-la de cair.

— Respire devagar — sussurrou Naari, a voz quase inaudível para que Rooke, que a esperava à porta, não pudesse ouvir. — E fique abaixada.

Kiva mal conseguiu compreender as palavras finais da guarda — um terror absoluto já crescia em seu interior, tomando seu peito.

O amuleto, lembrou a si mesma. *Confie no amuleto.*

A ideia parecia muito boa, mas significaria que Kiva também precisaria confiar na princesa, quando ainda desprezava tudo o que ela representava.

O som da porta sendo fechada ecoou pelo espaço, e Kiva se virou para ela, sentindo o corpo ser dominado por uma onda de pânico.

— Não! Voltem! — gritou, desesperada, correndo até a barreira de pedra e esmurrando-a. — Por favor!

A porta não se abriu.

Um fio de fumaça fez cócegas no nariz de Kiva, que se virou novamente, pressionando as costas contra a porta ao encarar as três grades de metal. Conseguia ouvir estalos e rangidos.

— Não, não, não — sussurrou, encolhendo-se ao máximo contra a porta de pedra, como se fosse ficar mais segura quanto mais longe estivesse das grelhas. Não era verdade. Não havia lugares seguros na câmara, e a porta carbonizada era a prova disso.

Respire devagar, dissera Naari. *E fique abaixada.*

Respirar devagar era impossível, já que Kiva estava ofegante. No entanto, ela se esforçou para seguir a segunda ordem, escorregando pela porta até ficar agachada no chão; sua mão se fechou em torno do amuleto, e ela o tirou das roupas, apertando-o com tanta força que suas arestas se fincaram na palma de sua mão. Era irônico o fato de que a coroa já estivesse furando sua pele, já a estivesse machucando antes mesmo de o fogo começar.

Mas então ela viu o brilho alaranjado e intenso nas frestas das três grelhas fechadas, e uma onda de calor tocou sua pele à medida que o cheiro de fumaça ficava mais e mais forte.

Talvez o forno não funcionasse. Talvez Grendel encontrasse uma maneira de fazer parecer que ele estava funcionando sem que incinerasse Kiva no processo. Talvez...

As grades se abriram. O metal foi içado com o clique de uma engrenagem.

Então o inferno de chamas começou.

CAPÍTULO 22

Kiva gritou.

Não foi intencional, o som apenas rasgou sua garganta, e suas mãos soltaram o amuleto para proteger o rosto quando a tempestade de fogo invadiu a câmara, dominando cada canto, desde o chão até o teto arqueado.

Segundos, esse foi o tempo necessário para que ela estivesse cercada. O fogo era tudo o que conseguia enxergar, tudo o que conseguia ouvir, o estrondo e o crepitar inundavam seus ouvidos enquanto o calor insuportável a atingia em cheio feito uma onda.

Ela imaginou que sentiria de imediato a agonia do fogo queimando sua pele, que os gritos de medo rapidamente se tornariam gritos de dor e que sua vida passaria diante de seus olhos enquanto ela padecia nas chamas até a morte.

Nada disso aconteceu.

Devagar, Kiva baixou as mãos, atônita com o que via.

As chamas tocavam seu corpo inteiro, e ao mesmo tempo... *não tocavam*. O amuleto em seu peito resplandecia, uma luz brilhante pulsava vinda dele e a cobria dos pés à cabeça, como uma barreira.

Ela esticou os dedos trêmulos, assistindo, espantada, enquanto as labaredas rodopiavam pela câmara, a envolviam por completo, e ainda assim não a feriam.

Kiva soltou uma risada estridente que, em instantes, se transformou em pranto antes que ela pudesse reprimir o som e silenciá-lo no fundo de sua alma. Se um dia voltasse a ver Mirryn, deixaria de lado toda a inimizade e demonstraria à princesa toda sua gratidão. Se não fosse por sua magia elemental, Kiva estaria se contorcendo no chão naquele momento, e não agachada, apenas contemplando a violência do fogo ao redor.

Segundos se tornaram minutos. Kiva permanecia abaixada. Não ousava se mexer, temendo atrapalhar a magia do amuleto. Se fosse mais corajosa, teria se levantado e marchado pela câmara, como uma deusa do fogo dançando nas chamas. Mas tudo o que fez foi manter as costas pressionando a porta, segurando as lágrimas enquanto esperava, esperava, *esperava* até que os dez minutos chegassem ao fim.

Um minuto.

Dois minutos.

Três minutos.

Contava o tempo em sua mente, tentando se distrair como podia do calor crescente, da fumaça que começava a sufocá-la, não importava o quanto ela se abaixasse, buscando encontrar ar puro para respirar.

Quatro minutos.

Cinco minutos.

O suor escorria por seu corpo, umedecendo as roupas e se misturando às lágrimas, que finalmente começavam a brotar conforme o choque se instalava. Por mais que ela ainda estivesse viva, protegida das chamas pelo amuleto, seu medo era intenso demais para que pudesse controlá-lo. Ninguém conseguia vê-la chorar dentro da câmara — o calor era quase forte o bastante para fazer com que suas lágrimas evaporassem antes mesmo de chegarem a seu queixo.

Seis minutos.

Havia algo de errado. Kiva soube assim que começou a tossir, assim que o calor que aumentava devagar passou de desconfortável para intolerável. Olhando para baixo, percebeu que o amuleto ainda pulsava uma luz, mas seu brilho tremulava como se estivesse prestes a se apagar.

Não, implorou Kiva, segurando-o com firmeza e tomando cuidado para não falar em voz alta e inalar ainda mais fumaça. *Só mais um pouco.*

Sete minutos.

A manga das vestes de Kiva começou a pegar fogo.

Ela gritou e deu um salto. As labaredas dançavam próximas a seu rosto, e Kiva inalou uma grande quantidade de fumaça, o que resultou em uma crise de tosse. Ela se jogou ao chão, rolando sobre as roupas para conter o fogo que se espalhava, mas não adiantou.

Não, não, não!, gritou Kiva mentalmente. Sua garganta queimava, e ela tentava desesperadamente respirar, sem conseguir inalar nada além de ar quente e fumaça.

Oito minutos.

A túnica de Kiva se incinerava, suas calças estavam se transformando em cinzas, o amuleto se sobrecarregava para proteger unicamente sua pele. Então ela sentiu o aroma de karonoz em meio à fumaça arrasadora. A mistura de Mot por fim se juntava à luta ao lado da magia da princesa.

Estava tão perto do fim — tão perto de sobreviver à Ordália. Mas o poder no amuleto se esvanecia, e Kiva não sabia por quanto tempo ainda iria durar. Já sentia a garganta inchando, queimando por dentro. A magia elementar poderia estar protegendo sua pele, mas a câmara estava tomada pela fumaça tóxica e havia pouquíssimo oxigênio. Kiva não sabia o quanto mais seu corpo conseguiria aguentar sem respirar. Morreria sufocada ainda que sobrevivesse ao fogo? Seus órgãos começariam a falhar, um após o outro? Ou ela acabaria tendo um ataque cardíaco devido ao pânico? Seu coração estava disparado, prestes a saltar do peito desde o momento em que ela fora trancada na câmara; com certeza não conseguiria aguentar muito mais.

Nove minutos.

Kiva gemia enquanto seu corpo vertia suor, que evaporava em segundos. Conseguia sentir a proteção da pomada de Mot se desfazendo e a mistura se dissolvendo em sua pele. Respirando com dificuldade e com o peito chiando, Kiva já não tinha forças para fazer mais nada além de se encolher em posição fetal contra a porta de pedra. Segurou os joelhos junto ao peito e fechou os olhos. Era o fim. Não aguentaria por muito mais tempo, não conseguiria sobreviver até o fim, não poderia...

O crepitar do fogo cessou.

O calor começou a se dissipar.

A porta se abriu, e Kiva rolou para fora da câmara, ainda encolhida.

Não conseguia abrir os olhos, não conseguia se mexer. Cada centímetro de seu corpo doía.

Mas havia ar — ar fresco e puro a envolvendo —, e ela o inalou, enchendo os pulmões, antes de tossir, tossir, *tossir*.

Sentia que estava morrendo, seus pulmões queimavam e sua garganta ardia.

— Está tudo bem. Você está viva, apenas respire. — A voz de Naari soava distante.

— Na...

— Não tente falar — orientou a guarda.

Kiva sentiu seu corpo nu ser coberto por um tecido enquanto o cheiro de couro e laranja que ela passara a reconhecer como sendo de Naari a envolvia.

— O que é isso? — perguntou outra voz... o diretor Rooke.

Kiva sentiu um peso sendo erguido de seu pescoço. Tentou protestar, tentou abrir os olhos e recuperar o amuleto, mas ainda tossia muito violentamente.

— Inacreditável — vociferou Rooke. — Eu ordenei que os malditos irmãos reais não interferissem.

Ele estava furioso.

— Não me surpreende. Eu deveria ter esperado isso daqueles dois mimados.

— Você disse apenas que não deveriam comparecer à provação de hoje — lembrou Naari. — Nada mais.

— Nada mais, uma ova. Se fosse qualquer outra pessoa... — Rooke grunhiu, irritado, em seguida suspirou. — Agora não há nada que possa ser feito. Levante-a. Ela deve sair daqui andando com as próprias pernas.

— Ela não está em condições...

— Levante-a. Agora — repetiu Rooke.

Seu tom de voz não deixava espaço para debate.

Kiva foi erguida por mãos gentis, e o tecido que a cobria — a capa curta de Naari — foi cuidadosamente esticado sobre seus ombros, caindo pelo corpo até cobrir seu tronco e metade de suas coxas. Não a deixava confortável nem tampouco escondia as manchas pretas deixadas pelo fogo em sua pele. Em uma situação normal, Kiva teria se sentido mortificada diante da ideia de desfilar em frente à multidão reunida do lado de fora dos crematórios vestindo algo tão curto. Mas, naquele momento, não se importava se precisasse rodopiar nua entre os prisioneiros, contanto que pudesse voltar logo para a segurança da enfermaria e administrar para si mesma uma dose de qualquer coisa que aliviasse a dor de respirar.

— Vamos lá — disse Naari, passando um dos braços de Kiva por seus ombros e sustentando grande parte de seu peso. — Estou segurando você.

Kiva sentiu vontade de agradecer à guarda, mas a ideia de formular uma frase ia além de suas capacidades. Em um rápido e exausto olhar ao redor, viu o rosto furioso de Rooke, Grendel chocada, e Ossada, que encarava suas pernas nuas. A expressão no rosto do guarda fez com que Kiva tivesse vontade de seguir direto para os chuveiros, mas mudou de ideia depois de tentar engolir saliva e sentir as bolhas descendo até sua traqueia. Primeiro os remédios, depois se lavaria e se vestiria.

— Vamos logo com isso — resmungou Rooke, caminhando na dianteira pelo corredor e depois até a antessala na entrada do crematório.

Quando chegou, esperou até que Kiva e Naari o alcançassem — o progresso das duas era muito mais lento, uma vez que Kiva, embora sem queimaduras na pele, estava debilitada por causa do calor intenso e da fumaça inalada. Além da garganta ferida, seus olhos ardiam e sua cabeça latejava, ela sentia câimbras nos músculos e os batimentos cardíacos ainda estavam acelerados. Quanto mais caminhava, menos certeza Kiva tinha de que conseguiria chegar à enfermaria sozinha, mesmo com o suporte de Naari. Só queria parar e descansar, ainda que por alguns minutos.

— Abra os olhos — falou Naari, sacudindo Kiva de leve.

A garota sentiu um choque percorrer suas terminações nervosas e recobrou a consciência quando estava prestes a desmaiar.

— Fique acordada até que Rooke faça o anúncio, *depois* você pode apagar — acrescentou Naari.

Kiva não estava conseguindo entender o que ouvia; seus olhos teimavam em se fechar, apesar das instruções de Naari, e sua respiração era dolorosa e hesitante. Mas ela se forçou a ficar acordada, a continuar de pé, enquanto a guarda a ajudava a seguir Rooke para fora do crematório, em direção ao dia iluminado de inverno.

O vento gelado tocou seu rosto, suas pernas, sua pele exposta. Kiva gemeu, aproveitando a sensação de alívio. Sentiu vontade de arrancar a capa, mas sua sanidade prevaleceu e ela usou a mão livre para mantê-la fechada, na tentativa de preservar algo parecido com pudor.

— A Defensora de Tilda Corentine concluiu com êxito a Provação pelo Fogo — comunicou Rooke aos prisioneiros com a voz retumbante.

Murmúrios de espanto percorreram a multidão, até que gritos e aplausos irromperam. No começo, hesitantes, depois tão altos que Kiva sentiu os ouvidos, além de todo o resto, doerem. Não tinha forças para prestar atenção em quem estava feliz por ela ter sobrevivido e quem desejava que tivesse falhado.

Rooke ergueu as mãos, e a multidão ficou em silêncio novamente.

— Daqui a duas semanas, Kiva Meridan enfrentará sua terceira Ordália, a Provação pela Água. Todos serão autorizados a testemunhar de acordo com a lei. Até lá, estão liberados para retornar às atividades normais.

Os prisioneiros começaram a se dispersar. Kiva permaneceu nos braços de Naari.

— Acabou? — perguntou a guarda a Rooke.

— Vá — respondeu o diretor, gesticulando com a mão. Mas, quando Naari estava prestes a levar Kiva, ele disse: — Não. Espere.

Segurava o amuleto. A visão de Kiva entrava e saía de foco. Ela piscava para tentar afastar a sensação arenosa causada pelo fogo e tentava com todas as forças não ceder à escuridão que a cercava.

— Isso não voltará a acontecer — alertou Rooke em um tom austero. — Avisei que não posso ajudá-la e deduzi que estava implícito que ninguém mais poderia. Não me importa se o Príncipe Deverick é o herdeiro do trono de Evalon. Se alguém interferir na terceira provação, membro da família real ou não, haverá consequências. Estamos entendidos?

Kiva negou com a cabeça, mas não por não ter entendido.

— Não foi o príncipe — disse, com a garganta arranhando.

As palavras soavam como carvão riscando madeira.

O semblante de Rooke se agravou.

— Não minta para mim.

Ele empurrou o amuleto para Kiva, e ela tentou pegá-lo, atrapalhada, usando a mão que ainda segurava a capa. Naari pegou o amuleto e o guardou no próprio bolso para não perder.

— Não estou mentindo — disse Kiva, em um mero chiado. — Não foi o príncipe, foi a princesa.

— Todo mundo sabe que a Princesa Mirryn não tem magia de fogo o suficiente para a proeza de hoje — rebateu Rooke. — É de conhecimento público. Ela consegue controlar pequenas chamas, no máximo, mas seu maior dom é com o ar. O poder em seu amuletozinho... você pode agradecer ao Príncipe Deverick por isso. Ele é o mais forte em magia elementar do fogo na família Vallentis.

Kiva tentou se lembrar do momento em que Mirryn lhe entregara o amuleto. Tinha dado a entender que depositara sua magia no rubi, mas Kiva se deu conta de que ela nunca dissera isso diretamente. Será que o príncipe herdeiro havia interferido... *outra vez*? Mirryn havia mencionado os sentimentos superficiais de Deverick por Kiva, e ele mesmo havia flertado com ela na enfermaria, mas seria motivo suficiente para que ele a tivesse salvado? *Duas vezes?* E, se fosse, por que Mirryn teria feito Kiva acreditar que o amuleto era dela?

Kiva achava que sabia a resposta para a última pergunta. Os irmãos Vallentis não deveriam ajudá-la. Tilda Corentine era uma inimiga, e, fora sua doença misteriosa, Kiva era tudo o que restava entre a Rainha Rebelde e a morte. O príncipe herdeiro provavelmente teria graves problemas com sua corte caso soubessem o que ele havia feito.

Mas... *por que* ele tinha agido assim? O motivo verdadeiro era a atração que sentia por Kiva?

Meu irmão é um tolo inconsequente e impulsivo, mas mesmo assim consegue ser uma das melhores pessoas que conheço.

222

Recordando-se do que Mirryn dissera sobre Deverick, Kiva se perguntava se existia a possibilidade de que o príncipe herdeiro tivesse um senso de justiça melhor que o do restante de sua família. Talvez ele tenha pensado que Tilda merecia uma chance. Talvez tenha pensado que valia a pena salvá-la — e a Kiva também.

Confusa, Kiva concluiu que não era o melhor momento para se debruçar sobre o assunto. Não quando mal conseguia se manter acordada.

— Não vai mais acontecer — disse Kiva a Rooke, falando sério.

Não tinha outro truque na manga, não tinha mais amuletos nem qualquer outra coisa que pudesse ajudá-la na próxima provação. E os irmãos reais estavam bem longe. Ela não teria ajuda — nem respostas — vinda deles.

— É bom que não aconteça — respondeu o diretor, bruto. Então seu tom de voz se tornou mais brando, e ele se aproximou, olhando nos olhos de Kiva. — Estou... feliz por ainda estar viva.

Kiva se esforçou para acompanhar o raciocínio. Tudo *doía*.

— Falo sério — afirmou Rooke. — Preciso cumprir a lei quando se trata das Ordálias, mas estou aliviado por ter sobrevivido.

Kiva engoliu em seco na tentativa de conter a emoção que crescia em seu peito e sentiu uma dor lancinante na garganta. No fim das contas, talvez Rooke *de fato* se importasse, à sua própria maneira.

— Apesar de tudo, com esta doença se espalhando... — Rooke não completou a frase, balançando a cabeça como se estivesse pensando no que a morte de Kiva significaria para todos.

O coração dela despencou ao ser lembrada de que Rooke não se importava exatamente com ela, apenas com o que poderia fazer por ele. Era tolice de sua parte acreditar que o diretor um dia poderia se importar com seu bem-estar. Rooke era pragmático demais para isso, calculista demais para pensar em qualquer um além de si mesmo.

— Soube que houve alguns avanços.

— Sim — disse Kiva num murmúrio, incapaz de mais.

Não era verdade, mas ela não tinha mais energia para explicar nada.

— Uma coisa parecida aconteceu anos atrás, pouco depois de eu me tornar diretor — contou Rooke com um brilho nostálgico em seus olhos escuros. — Acho que você era jovem demais para se lembrar...

— Eu me lembro.

Rooke olhava fixo para ela, então sua expressão se suavizou, como se ele de repente se lembrasse *do motivo* por que ela se lembrava — e de quem ela perdera por causa da doença. Acenou com a cabeça e disse:

223

— Boa sorte. Parece que muitas vidas estão dependendo de você.

Inclusive a sua, quis dizer Kiva, mas se calou. Em parte para evitar provocá-lo, em parte para evitar a dor que as palavras provocariam.

— Leve-a de volta para a enfermaria, guarda Arell — instruiu Rooke a Naari, que concordou com a cabeça.

Em seguida, o diretor se virou e foi embora, seguido por Ossada e os outros três guardas.

— Kiva, eu sinto muito — desculpou-se Grendel, com sua voz estridente, assim que os guardas foram embora. — Ele não me disse para que seria o forno até hoje de manhã, e àquela altura não tive tempo de avisar você. Se eu soubesse...

— Não é sua culpa — interrompeu Kiva, rouca.

Queria tocar a mulher, mas com um de seus braços ao redor de Naari e o outro segurando a capa, só conseguia tentar sorrir para a encarregada dos crematórios, ainda que o sorriso se parecesse mais com uma careta.

— Como sobreviveu? — sussurrou ela.

A pergunta não foi feita em voz baixa porque Grendel não queria ser ouvida, uma vez que os prisioneiros ao redor estavam fazendo um alvoroço ensurdecedor enquanto formavam grupos desorganizados para ir embora. Não. Seu tom era silencioso porque ela ainda estava chocada com o fato de Kiva ter sobrevivido a algo que devia tê-la matado.

— É uma longa história — disse Kiva com muito esforço, estremecendo diante da dor crescente que sentia ao falar. — Conto para você outra hora.

Era uma promessa leviana, pois Kiva nem sequer sabia se conseguiria se lembrar da interação depois dos remédios que planejava ingerir.

Como se percebesse que Kiva estava prestes a apagar, Naari disse a Grendel que precisavam ir até a enfermaria e começou a ajudá-la a se arrastar na direção certa. Por sorte, só precisavam passar pelo necrotério e chegariam logo. Kiva estava confiante de que conseguiria.

Então suas pernas cederam.

Naari gemeu ao ter que sustentar o peso extra e três vozes masculinas gritaram seu nome, aflitas.

Tipp.

Mot.

E Jaren.

Jaren chegou primeiro, e, antes que Kiva pudesse entender o que estava acontecendo, ele a pegou nos braços e caminhou depressa para a enfermaria.

Kiva queria protestar, mas não tinha forças para ficar com vergonha, muito menos para exigir que ele a soltasse. E se Jaren a soltasse, ela não conseguiria dar nem mais um passo sozinha.

— Desculpe — sussurrou Kiva contra o pescoço dele, segurando firme.

— Não fale nada — disse ele. — Estamos quase lá.

— O que a-a-aconteceu no Julgamento? — Tipp corria atrás deles, tentando alcançar os passos largos de Jaren. — Vimos fumaça s-saindo do...

— Quietinho, menino — interrompeu Mot. — Kiva vai descansar um pouco hoje. Fique me ajudando e depois você dá uma olhadinha nela à noite.

— Mas...

— Não se preocupe, Tipp. Vou cuidar dela — prometeu Jaren.

Kiva não conseguia mais manter os olhos abertos, mas ainda conseguiu ouvir quando Tipp disse:

— P-promete?

— Prometo.

Kiva não tinha certeza do que aconteceu a seguir. Começou a oscilar entre estar acordada e perder a consciência. Percebeu que Tipp e Mot foram embora quando alcançaram o necrotério, e depois ouviu quando Naari e Jaren conversavam aos sussurros até chegarem à enfermaria. Ouvia apenas fragmentos da conversa, mas, do que conseguiu entender em seu estado semilúcido, Naari falava sobre o amuleto que pegara de Kiva, provavelmente atualizando Jaren sobre como o objeto havia sido imbuído com a magia elementar de fogo da princesa — não, do *príncipe* — e sobre como isso a tinha salvado.

Quando voltou a si, Kiva estava na enfermaria, deitada no mesmo leito onde acordara depois da última Ordália. No entanto, em vez de Mirryn, daquela vez Jaren estava a seu lado.

— Por quanto tempo fiquei desacordada? — balbuciou ela.

Sua voz ainda estava péssima.

— Só alguns minutos. Acabamos de chegar — disse Jaren, apontando para Naari, que estava de pé diante da bancada, franzindo o cenho ao analisar os suprimentos. — Não sabemos ao certo o que dar para você. Leite de papoula?

Kiva assentiu e depois balançou a cabeça. Em seguida, tentou debilmente afastar o cobertor que tinha sobre as pernas.

— Não, não, fique na cama — falou Jaren, impedindo o movimento de sua mão. — Pode nos dizer e a gente pega para você.

225

Kiva obrigou a mente a se concentrar e murmurou alguns nomes, tomando cuidado para passar doses específicas. Com a combinação errada, ela poderia acabar se sentindo pior do que já se sentia.

Depois de engolir uma quantidade copiosa de frutassebo para pulmão e garganta, urtiga coroada para dor de cabeça e tontura, e junça para restaurar as energias, Kiva ingeriu quase um balde inteiro de água fresca antes de finalmente voltar a se deitar, pronta para dormir pelos próximos treze anos.

— Mais alguma coisa? — perguntou Jaren.

— Eu não recusaria um pouco de seiva de babosa — respondeu ela, aliviada ao perceber que falar já não era tão doloroso.

Sua voz continuava rouca, mas nem chegava perto de como estava antes da ação rápida do néctar de frutassebo.

Ela ouviu Jaren se afastar de seu leito e uma movimentação de objetos na bancada antes de os passos dele se reaproximarem. Kiva ainda estava com os olhos fechados quando sentiu o rapaz segurando seus braços e depois a sensação fresca e calmante da seiva de babosa sendo gentilmente espalhada por sua pele.

Kiva arregalou os olhos, sentando-se.

— Posso fazer isso.

— Deite-se, Kiva — ordenou Jaren, em um tom que não permitia discussão.

— Mas...

— Feche os olhos e descanse — insistiu ele, firme.

Kiva mordeu o lábio, mas a sensação da seiva em sua pele era boa demais para que ela protestasse. Não sofrera nenhuma queimadura, mas ainda sentia o efeito de todo o calor, como se o fogo tivesse se enterrado em seus ossos e buscasse uma forma de sair. A seiva de babosa amenizava o incômodo, e, combinada com os gestos longos e delicados de Jaren, Kiva logo relaxou, contra sua vontade.

Jaren focou os movimentos nas mãos e nos braços de Kiva, tomando cuidado para não tocar em nenhum outro lugar, e ela ficou atenta para não mencionar outras partes que também precisavam de cuidados. Quando ele fosse embora, ela poderia tratar do resto, especialmente porque, conforme os remédios começavam a fazer efeito, se lembrou de que nada cobria seu corpo além da capa de Naari e um leve cobertor. Embora todas as suas partes mais importantes estivessem escondidas, ela ainda assim estava muito mais vulnerável perto de Jaren do que jamais havia estado. Exceto, talvez, pela noite anterior. Mas, mesmo então, os dois estavam completamente vestidos.

— Um pouco melhor? — perguntou ele, terminando o outro braço e se sentando ao lado dela.

— Muito — respondeu ela, mais uma vez se sentindo grata por sua garganta já não estar arranhando. — Obrigada.

Ela olhou em volta à procura de Naari com a intenção de agradecer por toda a ajuda, mas a guarda devia ter saído enquanto Kiva engolia os remédios.

— Tenho uma pergunta — disse Jaren, hesitante.

Kiva olhou para ele e percebeu que suas mãos estavam inquietas. Ele estava nervoso, e ela não conseguia imaginar o porquê. Talvez quisesse fazer perguntas sobre a Ordália, mesmo que Naari já tivesse lhe contado sobre o amuleto — que a guarda ainda não havia devolvido. Kiva duvidava que o teria de volta. O objeto já havia feito o que ela precisava e não tinha mais nenhuma utilidade.

Muita coisa havia acontecido no crematório, e Naari não sabia da maioria delas, uma vez que Kiva ficara sozinha no forno. Ela estremeceu e afastou a lembrança. Ainda não se sentia pronta para falar sobre o assunto, nem mesmo com Jaren. Estava prestes a dizer isso, mas ele continuou falando antes que ela se manifestasse.

— Não quero que pense que eu estava olhando para você de um jeito inapropriado — começou Jaren, parando de falar logo em seguida.

Kiva ergueu as sobrancelhas, espantada. Não era o que esperava ouvir. Seu corpo se retraiu com a surpresa, mas ela relaxou logo em seguida, lembrando-se de quem ele era e de quão cuidadoso demonstrava ser. Além disso, Jaren não parecia prestes a fazer perguntas sobre o Julgamento, e ela estava ávida por qualquer tipo de distração.

Por se sentir segura de que, independentemente do que ele estivesse fazendo, Jaren *não a olhara* de maneira inapropriada, Kiva tentou tranquilizá-lo com uma brincadeira:

— Se não terminar de falar, vou achar que era exatamente o que você estava fazendo.

A tentativa não pareceu deixá-lo mais tranquilo.

— É que...

Ele se mexeu na cadeira, parecendo desconfortável, como se não soubesse o que dizer. Ou como dizer.

— O quê, Jaren?

Ele coçou o pescoço e evitou o olhar de Kiva. Por fim, respirou fundo e falou:

— Não é nada. Esqueça o que eu disse.

— Fale — pressionou Kiva, que, além de curiosa, começava a ficar um pouco preocupada.

Jaren se manteve em silêncio por um longo momento, como se argumentando consigo mesmo, então respirou fundo outra vez e olhou para ela.

— As cicatrizes. Nas suas coxas. — Ele fez uma pausa. — Eu as vi quando carreguei você até aqui. Parecem muito com...

Ele não terminou a frase, e dessa vez Kiva não o pressionou para que continuasse. Ela congelou, e sua mente não conseguiu formular um raciocínio coerente.

— Não foi nada. Não é nada de mais — disse ela com um aceno de mão, como se não fosse importante.

Mas sua voz estava muito aguda e sua indiferença forçada ficou óbvia.

Os olhos azul-dourados de Jaren estavam fixos nos dela, e dessa vez foi Kiva quem desviou o olhar, temendo que ele pudesse arrancar a resposta das profundezas de sua alma.

Ela pigarreou, estremeceu com a dor que ainda sentia e desejou ter pedido uma dose de leite de papoula que a tivesse apagado, só para não precisar ter aquela conversa.

— Não pareceram ser nada — comentou Jaren em voz baixa. Persuasivo, mas não autoritário.

Por sua postura cautelosa e pela forma paciente como ele esperava uma resposta, Kiva sabia que, se repetisse a justificativa evasiva, ele deixaria para lá e nunca mais voltaria a tocar no assunto. Ela abriu a boca na intenção de fazer exatamente isso, de continuar guardando segredo, mas as palavras falharam quando ela tentou mentir pela segunda vez.

Não tinha certeza se era a combinação inebriante de todos os remédios, mas, quando se obrigou a corresponder ao olhar de Jaren, Kiva sentiu que *queria* contar a verdade. Também vira as cicatrizes nas costas dele e sabia sobre a violência que as causara; os segredos dele e a história por trás daquilo. Talvez a ideia de compartilhar a própria história não fosse tão ruim assim.

Kiva olhou para o teto, sentindo-se incapaz de olhar para Jaren ao falar sobre uma parte de seu passado que ainda estava em carne viva.

— Eu tinha doze anos quando precisei gravar o símbolo de Zalindov em um prisioneiro pela primeira vez — disse ela em um tom quase inaudível, como se ainda não soubesse se queria ser ouvida. — Açougueira Tirana. Sabe como me chamam. Mas, apesar do que pensam, apesar de como reajo, sinto em mim cada uma dessas gravações, a dor de cada uma das pessoas que gravo. Foi assim por cinco anos.

Jaren se aproximou, mas Kiva não voltou a olhá-lo.

— Não faço mais isso — sussurrou ela, levando uma mão até a região da coxa sem perceber. — Mas, no começo... Me afetava muito e eu não tinha ninguém com quem conversar. Toda vez que marcava alguém, precisava de uma válvula de escape emocional, precisava me redimir. Então, para cada pessoa marcada, eu... eu me marcava também. Depois, é óbvio. Quando estava sozinha. Ninguém nunca soube.

Ela suspirou fundo e reuniu coragem para afastar o cobertor e exibir as cicatrizes nas duas coxas. O restante de seu corpo continuava coberto pela capa de Naari.

Passou o dedo pelas cicatrizes rosadas, naquele momento cobertas por fuligem escura. Já não tinham uma aparência tão grave desde que Kiva parara de se marcar ao longo dos anos.

— Olhando para trás, não sei se estava me castigando por ferir outras pessoas ou se pensava que, se compartilhasse da dor que sentiam, estaria na mesma posição que elas, ainda que não soubessem e jamais fossem saber. — Ela fez uma pausa e engoliu em seco. — Mas se tornou um vício. Eu sabia que precisava parar. Reconheci os sinais quando comecei a ansiar pela dor, pela onda de endorfina que falava mais alto do que o entorpecimento absoluto que eu sentia. E sabia que não era saudável, sabia que não conseguiria ajudar ninguém se antes não ajudasse a mim mesma.

Kiva fez outra pausa.

— Não foi fácil parar. Mas consegui aos poucos, uma marca de cada vez, e uma hora o entorpecimento passou, junto com a necessidade de me ferir. — Ela deslizou o dedo sobre as cicatrizes de novo e continuou: — Ainda me sinto culpada. Toda vez. Mas sei que a culpa não é minha, e acho que isso é o que mais ajuda. É o que me impede de voltar para os velhos hábitos.

Ela ficou em silêncio por um momento, olhando para as linhas em sua pele, e por fim concluiu:

— E também ajuda focar em cuidar de todo mundo que me procura. Não quero correr o risco de um dia não poder fazer isso, por qualquer que seja o motivo. Principalmente por um que eu mesma tenha provocado.

Kiva não tinha mais nada para falar. Estava surpresa ao perceber o quanto fora capaz de revelar a Jaren e como havia exposto suas feridas para ele, quase que literalmente. Ainda não conseguia encará-lo, com medo do que veria em seu rosto. Pena, compreensão, aversão... ou uma mistura dos três.

De repente, ele se levantou da cadeira ao lado da cama, e Kiva não conseguiu evitar olhar enquanto ele se inclinava sobre ela, cada vez mais perto, até que os lábios de Jaren tocaram sua testa em um beijo suave como o pousar de uma pena.

— Obrigado por confiar em mim, Kiva — disse ele, afastando-se apenas o suficiente para conseguir olhar em seus olhos. — Obrigado por me contar.

Seu semblante não era de pena, compreensão *nem* aversão. A expressão de Jaren era diferente de todas as que Kiva já vira em seu rosto. Quando se entreolharam, ela sentiu o peito aquecido e um violento frio na barriga, seus rostos a menos de um palmo de distância.

Não sabia o que dizer. Não sabia nem mesmo se conseguiria responder, com medo de falar a coisa errada.

Mas não precisou dar nenhuma resposta porque Jaren interrompeu o momento para puxar o cobertor sobre seu corpo outra vez, prendendo-o debaixo das pernas de Kiva, até que ela estivesse aninhada como em um casulo. Em seguida, ele segurou sua mão e a pousou sobre a perna dela, bem em cima das cicatrizes, antes de dizer:

— Você precisa descansar. — Jaren apertou sua mão. — Vou ficar de olho em Tilda e nos pacientes em quarentena até que Tipp chegue. Deixe o remédio fazer efeito e durma para se recuperar de tudo o que aconteceu hoje. Está bem?

O carinho e a generosidade nas ações do rapaz fizeram com que a garganta ferida de Kiva se contraísse, impedindo-a de responder verbalmente. Mas ela assentiu e, tomando coragem, apertou a mão dele de volta.

Jaren sorriu, e seu rosto foi tomado por afeto. Kiva gravou a imagem em sua mente ao fechar os olhos e finalmente permitir que o corpo relaxasse depois daquele dia traumático. Ficou com medo de que a Ordália retornasse sem cessar à sua mente, impedindo-a de dormir, lembrando-a da tempestade ardente à qual sobrevivera por um triz. Mas isso não aconteceu. O sorriso de Jaren não a abandonou, e ele também não. Ela conseguia ouvir seus passos silenciosos pela enfermaria, monitorando Tilda e depois entrando na ala de quarentena, como tinha prometido.

Sem conseguir conter um sorriso, Kiva se aconchegou em seu casulo.

Segundos depois, estava dormindo.

CAPÍTULO 23

Kiva passou o restante do sábado e todo o domingo na cama, obedecendo às ordens de Mot, Tipp, Jaren *e* Naari. Ela estava entrando em colapso quando chegou a segunda-feira. Sua ansiedade para continuar a pesquisa sobre a doença estomacal — doença da qual seu pai *morrera* — fez com que acordasse nas primeiras horas da manhã para esperar avidamente sua escolta.

Naari demorou todo o tempo do mundo, e, quando finalmente apareceu na entrada da enfermaria, Kiva disparou porta afora.

— Vamos, vamos, temos tanta coisa para fazer — falou ela, indo em direção aos portões, cheia de energia.

Naari riu.

— Parece que alguém ficou tempo demais sem ver o sol.

— Foi desnecessário — disse Kiva, pisando de lado para evitar uma poça. — Eu estava perfeitamente bem ontem.

— Estava, você era a saúde em pessoa quando foi se levantar e caiu de cara no chão.

— Eu fiquei bem depois.

— Admita, você só queria que Jaren segurasse você de novo.

Kiva virou a cabeça em um movimento tão brusco que tropeçou no cascalho. Lançando um olhar furioso para Naari, que estava sorrindo, respondeu:

— Não foi isso que aconteceu.

— Eu estava lá — disse a guarda, abrindo ainda mais o sorriso. — Ele foi muito ágil quando precisou segurar você... e *muito lento* quando precisou soltar.

Kiva trincou os dentes.

— Acho melhor voltarmos a caminhar em silêncio.

Naari riu outra vez, parecendo estar se divertindo genuinamente.

— Tarde demais, curandeira. Você não tem mais medo de mim. Já passamos dessa fase.

— Eu nunca tive medo de você — mentiu Kiva.

Naari bufou, incrédula.

— Você é uma *guarda* — cedeu Kiva, abrindo os braços. — Precisa incitar algum nível de intimidação. Esse é o objetivo de seu trabalho.

— Acho que eu simplesmente não nasci para trabalhar em um lugar como Zalindov — refletiu Naari.

As palavras fizeram com que um calafrio percorresse o corpo de Kiva. Naari já estava na prisão havia muito mais tempo do que a maioria das guardas mulheres permaneceram ao longo dos anos. E, embora Kiva soubesse que sua prótese podia dificultar que ela conseguisse um cargo de segurança em outro lugar, não queria dizer que seria impossível. Mas a ideia de vê-la ir embora...

— Pelo menos você não teria que ter medo de dar de cara com a morte — disse Kiva, forçando-se a continuar a conversa, apesar da angústia que sentia. — Estou surpresa de você não ter ido embora na primeira carruagem que encontrou quando descobrimos que a doença estava se espalhando.

Naari pareceu pensativa.

— Nunca fui do tipo que vai embora quando as coisas ficam difíceis. — Ela levantou a mão biônica e balançou os dedos, olhando para Kiva. — Que tipo de pessoa eu seria?

Kiva não respondeu, embora sentisse que um peso havia sido retirado de seu peito. Ao mesmo tempo, estava assustada, já que o fato de ela temer que Naari fosse embora significava que havia se aproximado mais da guarda do que deveria. Tampouco fazia ideia de como reverter a situação, não sabia como interromper a amizade que, de alguma forma, surgira entre elas. Pior ainda, não sabia se *queria*. E esse era o verdadeiro perigo.

Não era surpresa que, em seu desespero para acreditar que a família iria buscá-la, Kiva tivesse se apegado a outra fonte de conforto e familiaridade. Sua família — e os rebeldes — a haviam desapontado quando não apareceram depois da segunda Ordália. Isso não queria dizer que não estavam planejando outra estratégia para libertar Kiva e Tilda, mas a curandeira não conseguia mais ignorar o ressentimento que crescia dentro de si, a sensação de abandono que a sondava havia dez anos. Ainda amava a família. É óbvio que amava. Mas não conseguia negar que estava decepcionada — que estava decepcionada *fazia uma década*. Seu relacionamento com Naari havia ajudado muito a levar esse sentimento para debaixo do tapete e a reprimi-lo o máximo possível.

E seu relacionamento com Jaren também.

— Qual é a programação de hoje? — perguntou Naari enquanto passavam pelos alojamentos e seguiam caminho.

Sentindo-se grata pela distração, Kiva respondeu:

— Todas as plantações e criadouros. Animais, inclusive os leiteiros, e os vegetais e os grãos. — Ela contava nos dedos enquanto falava. — E o matadouro.

Naari soltou um assovio entre os dentes.

— Bastante coisa.

— Precisamos apertar o passo, já que todos vocês decidiram bancar a enfermeira superprotetora ontem — disse Kiva em um tom ácido.

Sabia que as intenções eram boas, mas as pessoas estavam *morrendo*. Assim como haviam morrido nove anos antes. Assim como *seu pai* havia morrido. Recusava-se a ver mais pessoas com quem se importava morrendo por causa da doença.

— Se eu conseguir coletar uma quantidade satisfatória de amostras hoje, vou ficar testando os ratos amanhã o dia inteiro. Acho que é a melhor forma de fazer isso.

— Um dia de coleta, um dia de teste?

Kiva assentiu.

— Assim diminuo o risco de não perceber algum sintoma ou de confundir as cobaias. Vou eliminando as opções, setor por setor, até encontrarmos a origem.

— Pode ser que a gente dê sorte e as amostras de hoje sejam o que estava procurando, caso a resposta esteja nas plantações.

— É o que espero. Quanto antes descobrimos onde começa, mais depressa consigo tentar achar uma solução.

— Como?

Ajeitando a alça da bolsa no ombro, Kiva tentou pensar no que o pai teria feito, mas não chegou a nenhuma conclusão.

— Ainda não sei. Depois de descobrir a origem, estou torcendo para que isso me dê uma pista do que é necessário para tratar a doença.

— E se não houver pista alguma? E se não conseguir descobrir?

Kiva forjou um tom descontraído, deu de ombros e respondeu:

— Nesse caso, acho que vamos todos morrer.

Naari arqueou uma sobrancelha. Kiva enxergou a expressão em sua visão periférica enquanto elas caminhavam lado a lado em direção ao bloco de entrada.

— Me lembre de nunca mais falar com você quando estiver precisando de motivação — resmungou Naari, baixinho.

Kiva tentou disfarçar um sorriso e disse:

— Quase todas as doenças podem ser tratadas, mas *curá-las* é algo completamente diferente. No entanto, acho que é o caso desta, qualquer que seja, dados os sintomas que tenho observado. Só preciso de mais informações.

E seu pai só precisara de mais tempo. Ela tinha certeza disso. Faran Meridan era o melhor curandeiro que Kiva já conhecera. Teria descoberto como curar a doença mais cedo ou mais tarde. Talvez tenha *mesmo* descoberto, e essa tenha sido a razão pela qual a doença desaparecera pouco depois de sua morte. Mas não deixara anotações nem instruções. Então Kiva precisaria descobrir tudo sozinha.

— E quanto à próxima provação? — perguntou Naari enquanto se aproximavam dos portões. — Já começou a pensar nela?

Era difícil para Kiva *não* pensar. Mal tinha sobrevivido à Provação pelo Fogo, e só conseguira vencer com auxílio de magia. Não fazia ideia do que seria necessário para a Ordália da água, não fazia ideia do que faria para sobreviver.

— Tenho mais doze dias para pensar nisso — respondeu Kiva. — Minha prioridade no momento é garantir que todos estejamos vivos até lá.

Naari olhou de canto de olho para Kiva antes de acenar com os braços para os guardas que estavam na torre.

— Então vamos encontrar o que você precisa. Você na frente, curandeira.

E assim, pela segunda vez em uma mesma semana, Kiva saiu da prisão rezando para conseguir encontrar o que procurava.

Kiva passou o restante da semana seguindo um padrão que começava a se repetir, para sua imensa frustração.

Depois da visita às plantações e ao matadouro, passara o dia seguinte como dissera a Naari que passaria: testando os ratos e atenta aos sinais de alteração.

Como nenhum sintoma se manifestou, Kiva pediu a Tipp que coletasse mais bichos. No dia seguinte, ela e Naari exploraram as áreas externas da prisão em busca de mais amostras. Daquela vez, foram na direção norte, rumo à Floresta Blackwood, em uma trilha que demorou mais tempo do que no trajeto até a pedreira. Ao chegar lá, Kiva coletou amostras do depósito de madeira e até mesmo da própria floresta e dos carrinhos que transportavam madeira para dentro de Zalindov, para Vaskin e outros lugares. Entre lascas, fungos, pólen de flores e musgo felpudo, Kiva recolhia tudo que poderia ser solo fértil para a proliferação de vírus e bactérias. No entanto, após testar os ratos nos dias que se seguiram, mais uma vez não houve sintomas da doença.

Depois de finalizar as coletas nas áreas externas de Zalindov, Kiva voltou a atenção para as áreas internas da prisão.

Na sexta-feira, quase uma semana depois da Provação pelo Fogo, visitou o depósito de lumínio, um prédio grande e retangular ao sul das dependências da prisão, perto dos portões. Já não precisava que Naari a escoltasse, uma vez que estava dentro dos limites de Zalindov, mas a guarda a acompanhou até o prédio de armazenamento e a usina adjacente mesmo assim. Kiva não sabia dizer se Naari estava curiosa em relação à pesquisa ou se simplesmente queria continuar passando um tempo com ela. Em algumas ocasiões, questionara intimamente as razões da guarda, chegando a pensar que ela poderia estar alinhada com os rebeldes de alguma forma, protegendo Kiva para o bem de Tilda. Outra possibilidade que passara pela cabeça de Kiva era que Rooke havia mandado que Naari a protegesse — ou espionasse. Mas nenhuma das opções pareceu fazer sentido, e, com pouquíssimas evidências, Kiva decidiu que era melhor não se preocupar com a possibilidade de Naari a apunhalar pelas costas, no sentido figurado. Talvez no literal também.

No entanto, Kiva ainda tinha uma dúvida incômoda em relação à guarda, que dizia respeito a seu relacionamento com Jaren. Mesmo que Naari tivesse garantido com firmeza que nunca faria algo do tipo, Kiva não tinha certeza se ela dissera a verdade, principalmente depois de ter descoberto que Naari era responsável por monitorar os trabalhadores dos túneis quando não estava na enfermaria, o que significava que ela e Jaren se viam muito mais do que os dois haviam admitido. Por mais que tentasse, Kiva continuava desconfiada da maneira tranquila e espontânea como interagiam. Embora não fosse do tipo que objetificava o corpo humano, já vira Jaren sem camisa. Já sentira seus braços ao redor dela, os lábios dele tocando sua testa, seu calor e sua força envolvendo-a durante a noite, mantendo-a em segurança no casulo de Jaren.

Kiva ruborizou ao se lembrar daquela noite e repreendeu a si mesma por ser tão boba. Se Naari havia mentido sobre sua relação com Jaren, isso só dizia respeito a eles. Kiva não se importava. *Não se importava.*

O que aconteceu, no entanto, foi que ela ficou cada vez melhor em mentir para si mesma.

No dia seguinte, as amostras do depósito de lumínio não apresentaram nenhum resultado após o teste com os ratos, e a preocupação de Kiva crescia enquanto a lista de lugares que ainda precisava visitar se tornava cada vez menor.

— Não se preocupe, boneca — dissera Mot na noite de sábado, quando ele e os prisioneiros do necrotério chegaram para coletar o carregamento de mortos. — Você vai descobrir logo, logo. Sempre descobre. Como seu papai.

Mot não conhecera o pai de Kiva, mas devia ter ouvido muito sobre Faran Meridan dos outros prisioneiros mais velhos, e a maior parte provavelmente não passava de suposições, pensava Kiva. Mesmo assim, seus olhos ficaram marejados ao ouvir as palavras do homem, porque ele estava certo sobre uma coisa: seu pai nunca teria desistido até ter resolvido o problema, ainda que isso o matasse. O que, nesse caso, de fato acontecera. Mot não estava errado — Kiva era exatamente como o pai. E ela também não desistiria.

— Não ligue para os defuntos por enquanto — continuou Mot. — E a próxima Ordália, hein? Sabe o que vai ser? E aí? Qual é o plano?

Kiva passou a semana toda pensando sobre o assunto. Depois de muita reflexão, concluiu que a terceira provação deveria envolver o aquífero de Zalindov, o imenso reservatório submerso onde os túneis desaguavam. Não existia nenhum outro lugar que ofereceria o mesmo nível teatral que as duas primeiras Ordálias — ou o mesmo tipo de perigo. A maioria dos prisioneiros não sabia nadar, então provavelmente era esperado que Kiva se afogasse. No entanto, ninguém sabia que ela tinha crescido perto do bravo e profundo rio Aldon, que corria adjacente ao chalé de sua família na região periférica de Riverfell. Também não sabiam sobre as incontáveis horas que ela e os irmãos passaram aperfeiçoando suas habilidades de natação. É óbvio que havia se passado muito tempo desde que Kiva nadara pela última vez, mas ela estava confiante o bastante para que se sentisse um pouco menos preocupada com a próxima provação.

Mas isso não significava que não estivesse morrendo de medo.

Nas duas primeiras Ordálias, tivera o apoio dos membros da família Vallentis. A magia elementar do príncipe salvara sua vida — duas vezes.

Kiva ainda não sabia dizer o que sentia em relação a isso, o que sentia em relação a *eles*, uma vez que os Vallentis foram o motivo por que ela perdera dez anos de sua vida em Zalindov, o motivo por que fora separada de sua mãe e seus irmãos mais velhos, o motivo por que seu pai e seu irmão estavam mortos.

Mesmo assim... a essa altura Kiva já teria morrido se o Príncipe Deverick não tivesse salvado sua vida — *duas vezes*.

Não importava o quanto quisesse odiá-los, *todos eles*, Kiva não conseguia. Mas também não conseguia perdoá-los, nem toda a magia elementar no mundo mudaria isso.

No entanto, gostaria de ser auxiliada por magia elementar nas duas provações que restavam, principalmente depois que abandonara as esperanças de que os rebeldes fariam uma segunda tentativa de invadir a prisão. Cresta quase vibrava de fúria sempre que Kiva a via, o que servia de confirmação de que seus planos haviam caído por terra. Precisariam de tempo antes de tentar outra vez, e Kiva não tinha tempo. Acreditar numa invasão fora ingenuidade desde o começo, e mesmo assim a ideia a ajudou a passar pelas duas primeiras Ordálias. Mas naquele momento, sem os rebeldes e sem os Vallentis, sua esperança estava em si mesma. Sobreviver ou não à Provação pela Água dependia apenas de suas habilidades, de suas forças e de sua própria força de vontade.

Mas, para Mot, Kiva se limitou a responder:

— Estou pensando no que fazer.

Ele a fitou com um olhar penetrante.

— Estava conversando com a Grendel e a gente ficou pensando que poderia ser lá no...

— No aquífero — disse Kiva, assentindo. — Só consigo pensar nisso também.

— Bom, mas aí também podiam atirar você pra dentro de um poço — ponderou ele, coçando o queixo —, mas aí, nesse caso, ninguém veria o afogamento. Depois teriam só que puxar seu cadáver, ensopado, inchado... Coisa mais chata. Nos chuveiros também não dá, não cabe todo mundo, cabe? Mas tem bastante espaço nos túneis pra um punhado de gente assistir, ainda que a gente não vá conseguir ver muita coisa. — Então murmurou para si mesmo: — Aí é melhor chegar cedo pra pegar um lugar bom.

Kiva sabia que ele estava tentando ajudar, mas mesmo assim seu estômago se agitou, especialmente quando ela viu traços de empolgação no rosto dele, como se Mot estivesse animado para ver o que aconteceria. Quando o

237

homem percebeu a palidez no rosto dela, sua própria expressão se alterou, e suas feições passaram a exibir remorso e vergonha.

— Não se preocupe, Kiva, minha boneca. Vou matutar e encontrar algo pra ajudar você. Tem muita coisa aí para resistência, vou botar a cachola para trabalhar e pensar em algo com expansão pulmonar e absorção de oxigênio e essas coisas todas. Deixe com o velho Mot. Ele vai pensar em alguma coisa.

Kiva abriu um sorriso trêmulo.

— Obrigada.

Ele respondeu com seu sorriso de dentes escuros.

— Você é uma sobrevivente, Kiva Meridan. Vai sobreviver dessa vez também. Vai, sim.

E, com suas palavras finais de incentivo, ele deixou a enfermaria mancando, levando consigo um carregamento de cadáveres.

No dia seguinte, Kiva e Naari saíram em busca de amostras que envolviam armazenamento e preparação de alimentos. Desde o açougue com todo o sangue e salas de defumação, secagem e salgadura, e os celeiros de grãos e unidades de processamento, até os grandes porões subterrâneos onde se preservavam as frutas e os vegetais junto com o leite e o queijo. Kiva tinha muito trabalho pela frente. Precisava coletar amostras não só dos próprios alimentos, como também das ferramentas que os trabalhadores usavam para fazer tudo: desde preparar rabanetes para a conserva até bater manteiga e assar pães. As porções destinadas aos detentos poderiam estar escassas, mas os guardas recebiam três refeições fartas no café, no almoço e no jantar, então as cozinhas estavam a todo vapor enquanto Kiva e Naari tentavam cumprir a tarefa.

Depois das cozinhas agitadas e de passar pelo refeitório vazio, finalmente retornaram para a enfermaria, onde Tipp esperava, brincando com uma nova leva de ratos. Kiva não fazia ideia de como ele continuava encontrando-os e ficava meio horrorizada ao pensar no tamanho do ninho próximo aos crematórios. Sentia-se secretamente aliviada por não precisar coletar amostras dos fornos, uma vez que ninguém saía de lá depois de entrar.

Ninguém além dela.

Afastando o pensamento, Kiva ministrou as novas amostras aos ratos. No entanto, ao examiná-los no dia seguinte, nenhum apresentou sintomas. Suas esperanças começaram a morrer.

— Amanhã é o d-dia — disse Tipp quando viu quão abalada Kiva estava. — É s-sério, estou sentindo. Alguma c-coisa importante vai acontecer. Você vai ver.

Motivada pelo incentivo, Kiva saiu com Naari novamente na manhã seguinte, dessa vez para coletar amostras dos prédios que faltavam dentro da prisão, incluindo o bloco de recepção, as oficinas, o prédio da administração, os alojamentos e os canis, e, por último, os dez blocos de celas onde os prisioneiros dormiam, inclusive os chuveiros e as latrinas. Depois, só precisaria testar o aquífero, as estações de bombeamento e os túneis, o que ela planejava fazer nos quatro dias que restavam antes da próxima Ordália, se os ratos continuassem saudáveis. Mais do que nunca, sentia que estava ficando sem tempo — e sem opções.

À tarde, ao retornar com Naari para a enfermaria, ela esperava encontrar Tipp aguardando-a com mais ratos. Na verdade, não precisavam de mais, uma vez que o garoto já havia trazido muitos, mas mesmo assim era estranho que ele não estivesse na enfermaria, já que cuidara de Tilda e dos pacientes em quarentena diligentemente durante a ausência de Kiva. Havia pedido para acompanhá-la, em especial quando ela já estava coletando amostras no interior da prisão. Mas, visto que Olisha e Nergal faziam apenas o mínimo quando se tratava de cuidar dos enfermos, Tipp se oferecera para ficar com eles, o que deixou Kiva imensamente orgulhosa.

— Sabe onde Tipp está? — perguntou Kiva a Nergal, colocando a bolsa na bancada e acenando para Naari, que provavelmente partia para os túneis... e para Jaren.

Kiva precisou se lembrar de que não se importava. Fosse lá o que fizessem quando estavam sozinhos... *ela não se importava.*

— Não — respondeu Nergal, sentado ao lado da bancada.

Prendia o cabelo loiro comprido na nuca com uma faixa de couro depois de terminar de penteá-lo com os dedos.

— Ele está com os pacientes em quarentena? — indagou Kiva, ciente de que Nergal tinha dificuldade para prestar atenção e algumas vezes precisava de um empurrãozinho.

— Não sei — falou o homem esguio enquanto se levantava e se espreguiçava como se tivesse tido um longo dia de trabalho. Kiva apostava que ele estava na mesma posição havia horas. — Talvez.

— Olisha?

Kiva chamou pela mulher de rosto marcado, que limpava a boca apressada depois de ter se servido da porção de comida de Tilda como se Kiva não soubesse que ela roubava o alimento da enferma — e também dos outros pacientes.

— Só vi o garoto de manhã — respondeu Olisha, com um dos olhos castanhos olhando para Kiva enquanto o outro se deslocava preguiçosamente para o lado oposto.

Antes de Zalindov, ela usava um par de óculos para ajudar sua ambliopia, mas ele foi danificado em uma rebelião assim que ela chegou, quando alguém pisoteou suas lentes. Ela insistia em dizer que conseguia enxergar tão bem quanto qualquer pessoa, mas Kiva frequentemente a ouvia xingar quando trombava com as coisas.

— Ele foi podar os cardos assim que você saiu, minha querida, mas ainda não voltou, então pensei que ele pudesse ter ido buscar mais ratos para você.

Diferentemente de Nergal, que parecia se esforçar para ser o mais inútil possível, Olisha *tentava* ajudar na enfermaria. Não fosse por sua fobia de doenças e morte — e sua teimosia em relação a problemas de visão —, Kiva se sentiria muito mais grata por sua ajuda. Em vez disso, a verdade era que os dois só davam mais trabalho. No entanto, na pior das hipóteses, ambos ficavam na enfermaria quando Kiva precisava se ausentar, e o alívio que proporcionavam ao cobrir o turno da noite era sempre muito bem recebido.

— Ele disse alguma coisa? — perguntou Kiva a Olisha, que disfarçadamente limpava farelos da túnica.

Kiva não se importava com a comida roubada — Tilda mal conseguia se alimentar de caldo e não estava nem perto de conseguir comer pão —, mas se importava *com Tipp.*

— Nada que me venha à memória, meu bem — respondeu Olisha.

Kiva franziu o cenho.

— Ele ficou o dia todo fora? Tem certeza?

Olisha pareceu não ter certeza do que ela mesma dissera.

— Acho que sim.

A mulher olhou para o cercadinho de ratos como se a resposta estivesse nos animais.

— Você vem, Lish? — interrompeu Nergal. — É quase hora do jantar.

Olisha comprimiu os lábios, agindo como se não comesse havia três anos e olhou para Kiva, esperando autorização para ir embora.

Contendo o impulso de revirar os olhos, Kiva respondeu:

— Podem ir. Não vou precisar de vocês amanhã durante o dia, mas na quinta, sim.

— Até quinta — despediu-se Olisha antes de correr para alcançar Nergal, que nunca deu importância para a posição de autoridade de Kiva.

Para o homem, ela era uma igual; uma prisioneira era tudo o que via ao olhar para ela.

Nas semanas anteriores, Olisha e Nergal não fizeram uma pergunta sequer sobre a doença que se espalhava nem sobre a pesquisa de Kiva. Não deram a mínima para o cercado de ratos, como se ela conduzisse experimentos no meio da enfermaria com frequência. Talvez fosse porque mal entrassem na ala de quarentena e por isso não compreendiam a gravidade do que estava acontecendo; talvez não percebessem quão rápido a doença se espalhava e quantas pessoas estavam morrendo. Ou talvez simplesmente não ligassem, então não queriam informações. De qualquer forma, Kiva não sabia se ficava aliviada por não ter que responder perguntas ao fim de cada dia ou se a incomodava que não se preocupassem o bastante para oferecer mais ajuda.

Apoiando as mãos nos quadris, a garota olhou em volta da enfermaria e se perguntou em voz alta:

— Onde você se meteu, Tipp?

Como só havia Tilda na sala, não houve resposta. Kiva deu de ombros e começou a organizar as amostras, em seguida as deu aos ratos. Então percebeu que estava quase sem Elixir Augúrio; assim, depois de alimentar Tilda com um pouco de caldo e verificar os pacientes da ala de quarentena, seguiu as instruções de Mot para preparar uma nova poção. Já tinha a maioria dos ingredientes na bancada, mas os eternis e as edelvais tinham que ser colhidos frescos no jardim. Kiva mexeu o elixir e estava prestes a sair da enfermaria rumo ao jardim quando Jaren e Naari entraram.

— Bem na hora — disse Kiva. — Um de vocês pode mexer isso para mim, por favor?

Ela entregou a concha a Jaren, que chegou primeiro até ela. O rapaz estava coberto de fuligem, como sempre, mas os machucados e os arranhões em seu rosto depois do conflito com Cresta haviam sarado. Restava apenas a cicatriz em meia-lua sobre o olho esquerdo devido ao ferimento que adquirira pouco antes de chegar a Zalindov.

— Volto logo — disse ela, apontando para a porta que levava ao jardim.

— O quê? Não vai perguntar como foi meu dia? — provocou Jaren, exibindo um sorriso brincalhão e cansado.

— Eu perguntaria se me importasse.

Kiva deu de ombros e se virou para a porta, impedindo que Jaren visse seu sorriso.

Mas Naari viu, e parecia estar se divertindo pelo brilho em seus olhos cor de âmbar quando pegou a concha da mão de Jaren e falou:

— Por que não vai ajudar Kiva com... seja lá o que ela esteja fazendo?

Pelo amor do mundo-eterno, pensou Kiva diante da falta de sutileza de Naari. Independentemente do que houvesse entre os dois, isso com certeza não a impedia de bancar o cupido. Talvez, no fim das contas, a guarda *não tivesse* mentido sobre a relação entre eles.

— Não precisa — gritou Kiva.

— Posso ajudar — disse Jaren, e ela ouviu seus passos se aproximando. — Falando em ajuda, onde está Tipp?

Kiva esperou Jaren ao lado da porta e a abriu para que os dois passassem.

— Olisha disse que ele saiu de manhã e não voltou mais. Estou tentando não me preocupar, mas... — Ela brincou com a barra da túnica. — Ele não costuma fazer isso, sabe?

— Você falou com Mot? — perguntou Jaren. — Talvez esteja com ele no necrotério. Ou pregando uma peça no velho outra vez.

— Deuses, espero que não — grunhiu Kiva, saindo para a noite fresca e esfregando os braços para se esquentar. — Eles finalmente fizeram as pazes depois do último episódio.

— Precisa admitir que o garoto é criativo — observou Jaren, dando risada.

— É até demais — concordou Kiva. Depois acrescentou, pensativa: — Ele merecia mais do que isso. O mundo precisa de pessoas como ele lá fora, trazendo luz e alegria. É um desperdício que ele esteja aqui.

— Ele não vai ficar aqui para sempre. Nem você.

Kiva se voltou para Jaren. A luz da lua brilhava sobre ele e acentuava seus traços delineados. Ela nunca se interessou muito por arte, mas, naquele momento, olhando para ele, seus dedos ansiaram por um pouco de tinta, por um pedaço de carvão, por *qualquer coisa* que pudesse capturar seus ângulos, que beiravam a perfeição. Ela se perguntou se Jaren sabia quão atraente era, se antes de Zalindov usava a aparência a seu favor. Talvez fosse esse o motivo por que acabou lá, um caso amoroso proibido ou um romance secreto. A filha de um cortesão, a irmã de um guarda, a esposa de um aristocrata — qualquer uma poderia ter custado sua liberdade. Mas Kiva achava que não era isso. Apesar de Jaren ser perigosamente charmoso, ela duvidava que tivesse uma gota de desonestidade em seu corpo.

— Espero que tenha razão — disse ela, desviando os olhos e fitando os brotos de chafurdos próximos a seu pé.

Com um toque gentil de seus dedos, Jaren levantou o rosto dela outra vez e o envolveu com uma das mãos.

— Algo que precisa saber sobre mim, Kiva Meridan, é que *sempre* tenho razão — afirmou ele em um tom suave.

De repente, o coração de Kiva disparou, batendo tão depressa que ela teve certeza de que Jaren conseguia ouvi-lo. Mas ele não deu indício algum disso e apenas continuou olhando em seus olhos. A luz da lua fluía entre eles como se em estado líquido, tingindo tudo com um brilho prata-azulado.

Kiva ficou imóvel, sem saber se queria afastar Jaren ou puxá-lo para mais perto. Seu cérebro disparava alertas desesperados para que ela se mantivesse longe; a fuligem dos túneis no rosto dele era um lembrete cruel de seu lugar de trabalho e de suas chances de sobrevivência. Jaren, assim como todos os outros operários de Zalindov, tinha um pé na cova, quer se desse conta disso ou não.

Entretanto... Cresta sobrevivera por anos trabalhando na pedreira; meia dúzia de prisioneiros haviam desafiado a morte certa. Talvez Jaren se tornasse um deles... talvez vivesse por muito tempo.

Kiva, no entanto, ainda tinha duas Ordálias pela frente e poderia morrer durante qualquer uma. E, se, por algum milagre, sobrevivesse, estaria livre para ir embora de Zalindov e nunca mais ver Jaren.

Estavam fadados ao fim antes mesmo de começarem.

Mesmo assim, apesar de tudo o que sua mente dizia, apesar de todas as regras que cuidadosamente seguira por anos, Kiva não o impediu quando ele se aproximou. Sua mão se ergueu por vontade própria e ela segurou o tecido sujo da túnica dele ao se aproximar; seus joelhos bambeavam enquanto Jaren continuava a diminuir a distância entre os dois.

— Kiva — sussurrou ele, com a respiração tocando os lábios dela.

A garota sentiu um arrepio percorrer seu corpo e fechou os olhos ao senti-lo passar a mão por seus cabelos antes de pousá-la em sua nuca.

— Kiva — sussurrou Jaren outra vez. — Tem uma coisa que preciso...

Ele interrompeu o que dizia. Seu corpo se retesou contra o dela.

— Escutou isso? — falou Jaren.

Kiva abriu os olhos devagar. Em tom inebriado, perguntou:

— O quê?

Então ela ouviu. Era um gemido baixo.

Jaren apontou para o meio do jardim; a gramalambe obscurecia a visão dos dois.

— Veio de lá.

— Talvez seja Botinhas — sugeriu Kiva.

Estava tentando manter a gata fora da enfermaria e longe dos ratos, e a monstrinha parecia ainda mais mal-humorada do que o normal. Mas, mesmo assim, Kiva nunca ouvira Botinhas fazer um barulho como aquele.

— Pode ser — respondeu Jaren, embora não parecesse convencido.

O gemido soou de novo, dessa vez mais familiar para Kiva.

Familiar demais.

Seu sangue congelou e, sem pensar, ela disparou rumo ao breu e ouviu os passos de Jaren a seguindo.

O jardim era pequeno, então ela precisou apenas fazer uma curva antes de se deter de repente ao deparar com o pequeno corpo encolhido próximo ao arbusto de cardos, pálido e tremendo sob a luz da lua.

Era Tipp.

E ele não estava bem.

CAPÍTULO 24

A noite que se seguiu foi uma das piores da vida de Kiva.

Depois de Jaren ter voltado depressa para a enfermaria com Tipp nos braços, Kiva o ajudou a colocá-lo no leito de frente para Tilda, ignorando todos os procedimentos de quarentena para que pudesse mantê-lo sob seus cuidados o tempo todo. Sua temperatura ia às alturas, e ele gemia de dor com as mãos sobre o abdômen, incapaz de fornecer a Kiva qualquer informação sobre o que estava sentindo.

Ela forçou remédio após remédio goela abaixo de Tipp, mas ele não conseguiu segurar metade deles no estômago. Então, em uma atitude desesperada, ela abriu um corte em seu antebraço e inseriu um pequeno tubo em sua veia, aplicando a medicação direto na corrente sanguínea. Tentara isso com outros pacientes enfermos, sem êxito, mas naquele momento estava tratando de Tipp. Ele precisava sobreviver. Ele *precisava*.

Três horas se passaram.

Seis horas.

Doze.

Jaren e Naari permaneceram com Kiva, buscando água e tecidos limpos, preparando remédios e retirando baldes de vômito. Quando chegou a hora de Jaren partir para os túneis, ele não foi embora e Naari não o obrigou. Os três continuaram ao lado de Tipp, velando o garoto à espera de qualquer sinal de melhora — ou de piora.

Kiva não conseguia parar de se culpar por tê-lo deixado sozinho por tanto tempo, por ter estado tão distraída com a pesquisa e as Ordálias. Se ele tivesse ido com ela colher as amostras no dia anterior, talvez...

Pensamentos como esse eram inúteis, ela sabia. Não tinha ideia do que o deixara doente, assim como não tinha ideia do que estava deixando *todo mundo* doente. Ela se chamava de curandeira, mas o que sabia realmente?

Nunca tivera um treinamento oficial, muito menos aprendera com um mestre ou estudara em uma escola de verdade. Tudo o que sabia tinha aprendido com o pai no pouco tempo que tiveram juntos, e com recursos muito limitados. Nada a havia preparado para uma epidemia daquela magnitude, para aquela quantidade de pessoas morrendo por uma causa desconhecida... para a possibilidade de perder outra pessoa que amava.

Seu pai já havia sucumbido a essa doença. Ela não conseguia suportar a ideia de que Tipp pudesse ter o mesmo destino.

— K-Kiva?

Ela ergueu o olhar. Sua mente estava turva pela confusão, mas a adrenalina clareou seus pensamentos e ela se deu conta de que havia pegado no sono com a cabeça encostada no leito de Tipp, exausta depois das longas horas de trabalho no dia anterior.

— Tipp — disse, afobada, segurando a mão do garoto.

As mãos dele estavam geladas e cobertas por um suor frio; Kiva ficou intrigada. Nenhum dos outros pacientes havia apresentado um sintoma parecido. Mas afastou o pensamento e se concentrou no garoto que a encarava amedrontado e com os olhos azuis marejados.

— Eu v-v-vou morrer?

— É óbvio que não — respondeu Kiva, severa, como se a ideia fosse absurda e como se não estivesse tremendo por dentro.

Ouviu passos se aproximarem, e Jaren e Naari entraram na enfermaria. Mãos fortes pousaram em seus ombros e um aroma de mel, gengibre e menta acariciou suas narinas — ingredientes que ela pedira que Jaren acrescentasse a um chá medicinal na esperança de que Tipp conseguisse tomar um pouco.

— Oi, amigão. Está com uma cara ótima — disse Jaren, atrás de Kiva.

— J-Jaren — falou Tipp. Seus lábios pálidos se abriram em um sorriso que o fez parecer ainda mais doente, como se o esforço fosse muito penoso. — Você está aqui.

— Onde mais eu estaria? — perguntou Jaren, soltando os ombros de Kiva para se abaixar ao lado do leito de Tipp. — Aqui é o lugar mais badalado de Zalindov.

Tipp riu com um som grave e quase doloroso. Kiva não sabia se queria que Jaren calasse a boca e fosse embora para que o menino pudesse descansar ou se era mais importante que ele ficasse para animar Tipp.

— E N-Naari também — constatou o garoto, olhando para a guarda por cima do ombro de Kiva.

— Se eu fosse você não tentaria falar com ela — avisou Jaren em voz baixa, como se contasse um segredo. — Ela não tomou café da manhã. Você sabe o que isso significa.

O sorriso de Tipp se expandiu e seus olhos melancólicos se iluminaram um pouco.

— Com fome?

Jaren assentiu, solene.

— Com fome *e* ranzinza. Ela está pior do que um wooka depois de hibernar.

Naari grunhiu às costas de Kiva, mas Tipp riu novamente, e dessa vez não pareceu doer tanto. Kiva precisou morder o interior das bochechas para conter as lágrimas. Vê-lo tão alegre, tão cheio *de vida*, e ao mesmo tempo tão frágil, no leito da enfermaria, era quase insuportável.

— O que acha de tomar um pouco de chá? — ofereceu Kiva, com a voz só um pouco trêmula. — Foi Jaren quem fez, então pode ser que você acabe se sentindo pior...

— Ei!

— Mas talvez ajude um pouquinho a aliviar a dor na barriga — continuou Kiva, apesar dos protestos de Jaren. — Que tal?

Tipp se encolheu como se estivesse com medo da ideia de ingerir qualquer coisa depois de ter vomitado tanto em tão pouco tempo. Ainda assim, disse:

— P-posso tentar.

Kiva percebeu o nervosismo em sua voz mesmo com ele tentando disfarçar. Sentiu vontade de dizer que ele poderia tomar mais tarde, mas Tipp precisava urgentemente repor os fluidos de seu corpo. Ficar desidratado só pioraria seu quadro.

— Só um pouquinho — repetiu Kiva enquanto Jaren se levantava para buscar a bebida. — Alguns goles.

Mas Tipp não conseguiu aguentar alguns goles. Ficou nauseado depois do primeiro; lágrimas escorriam por seu rosto e ele se desculpava de novo e de novo.

— Shhhh, está tudo bem — disse Kiva, sentando-se a seu lado na cama e acariciando seu cabelo molhado de suor.

— Me d-d-desculpe — falou ele entre soluços. — Eu t-tentei. Não quero m-m-m-morrer! — Ele olhava para ela por trás da cortina de lágrimas nos olhos aterrorizados.

Kiva engoliu o próprio choro, sentindo uma dor no coração. Não deixou que seu rosto transparecesse nada do que estava sentindo, escondendo o pânico e o próprio medo, e quebrou todas as regras ao se deitar ao lado dele e aninhá-lo em seus braços. Tipp se agarrou a ela com seu pequeno corpo febril como se Kiva fosse seu único porto seguro.

— Estou aqui — sussurrou Kiva, sentindo-o estremecer contra seu corpo. Sua túnica estava ensopada de lágrimas. — Estou aqui, Tipp.

Repetia as mesmas palavras para lembrá-lo de que ela estava ali, de que não o abandonaria, até que ele finalmente caiu em um sono exausto. Mesmo então, Kiva não o soltou, abraçando-o apertado e sentindo o movimento de seu peito, a serenidade de sua respiração, a vida que ainda existia nele independentemente do tempo que lhe restava.

— Kiva?

Ela olhou para Jaren, e a preocupação terna em seu olhar a deixou à beira das lágrimas. Desviou o olhar, soltando Tipp com cuidado e prendendo o cobertor sob seu corpo, assim como Jaren tinha feito com ela onze dias antes.

— Eu... Vocês podem... Tenho que... — Kiva não conseguia concluir as frases.

Sua garganta doía por causa do esforço para conter o próprio choro. Incapaz de olhar para Jaren e deparar outra vez com o olhar carinhoso que ela sabia que encontraria, virou-se para Naari e disse:

— Precisamos de mais folhas de gengibre.

Quando a guarda se virou em direção à porta, Kiva estendeu a mão.

— Não. Eu mesma vou buscar. Pode... pode cuidar dele um minuto? Vocês dois? Eu... eu volto logo.

Sem esperar pela confirmação, Kiva disparou em direção ao jardim.

— Kiva! — chamou Jaren. — Kiva, espere!

Ela não o esperou nem mesmo quando percebeu que ele vinha atrás dela. Kiva seguiu pelo jardim até chegar ao arbusto de cardos onde haviam encontrado Tipp na noite anterior. O lugar estava iluminado pela luz morna do sol.

— Kiva, *pare*.

Um toque em seu ombro. Foi o suficiente para que ela desabasse.

Jaren a segurou antes que seus joelhos atingissem o solo, virando-a para ele e puxando-a para mais perto enquanto as lágrimas que ela tentava conter a todo custo começavam a escorrer por suas bochechas.

— Não posso perdê-lo! — exclamou Kiva, soluçando contra o peito de Jaren.

Ele a abraçou mais forte, acariciando suas costas.

248

— Shhhhh. Estou aqui com você.

Kiva chorou copiosamente. Ela colocou para fora todo o medo e a angústia até que o pranto cessou e deu lugar à exaustão.

Com uma voz rouca e aflita, Kiva repetiu:

— Não posso perdê-lo, Jaren.

— Eu sei — sussurrou ele, ainda abraçando-a com força, bem apertado.

Ela afastou o corpo para conseguir ver o rosto de Jaren e encontrou seus olhos em tons de azul e dourado tomados por preocupação.

— Você não sabe — disse ela. — *Não posso perdê-lo.*

Jaren segurou o rosto de Kiva, enxugando as lágrimas em suas bochechas carinhosamente.

— Meu bem, *eu sei.*

— Ele é como um irmão pra mim — confessou ela, incapaz de continuar ignorando a intensidade do afeto que sentia pelo menino. — Não posso...

Kiva estava prestes a irromper em lágrimas mais uma vez, mas se recompôs e respirou fundo.

— Não posso perder outro irmão. Simplesmente *não posso.*

Foi quando sua história se derramou de seus lábios, a história de como Kerrin havia sido morto ao tentar impedir que o pai fosse preso e de como Kiva havia sido levada para Zalindov junto a Faran, apenas para perdê-lo menos de um ano depois. Enquanto falava, Jaren a segurava junto ao peito, acolhedor.

Quando suas últimas lágrimas caíram e o que restava de tensão deixou seu corpo, ela não tinha forças para se sentir constrangida. Kiva já lidava com emoções demais. Mas encontrou forças para se desvencilhar dos braços de Jaren e sussurrar:

— Me desculpe.

Ele balançou a cabeça.

— Nunca peça desculpa por amar alguém. Mesmo quando dói. *Principalmente* quando dói.

Kiva respirou fundo para tentar conter as lágrimas que brotavam de seus olhos de novo. Bastava de lágrimas. Enquanto Tipp respirasse, ela não desistiria. Ele era jovem e saudável. Se alguém tinha chances de resistir à doença, esse alguém era Tipp. Ele *precisava* sobreviver.

— Precisamos voltar. — Ela apontou para a enfermaria. — Só... só preciso de um minuto.

Ela voltou a olhar para Jaren.

— Obrigada. Por estar aqui.

249

— Não vou a lugar algum, Kiva — garantiu ele. — Você não está sozinha nisso.

Ela engoliu em seco e assentiu, incapaz de oferecer uma resposta verbal, mas ainda tentando demonstrar gratidão.

— Vamos antes que Naari solte os ratos sem querer — disse Jaren, segurando a mão de Kiva e conduzindo-a de volta. — A última coisa da qual precisamos neste momento é que Tipp levante e comece a correr atrás deles pela enfermaria.

Kiva deixou escapar uma risada breve, meio vazia, mas ainda assim genuína. Aproveitou a oportunidade de descontração e afastou o medo e o luto por um instante.

— Ele teve uma infecção respiratória dois anos atrás e, juro, ele foi o pior paciente que já tive. Eu não conseguia mantê-lo na cama, sempre tinha algo que ele precisava fazer, um lugar onde ele precisava estar. Eu quase tive que amarrá-lo para conseguir que dormisse um pouco. — Ela sorriu ao lembrar e continuou: — Se a gente tivesse os ratos naquela época, Tipp ia querer brincar com eles o tempo todo, teria sido um pesadelo. Eu não teria a menor chance de mantê-lo sob controle.

Jaren riu.

— Espere para ver, então. Se esse é o nível de energia dele, tenho certeza de que vai estar de pé em um piscar de olhos.

Era uma promessa vazia, mas exatamente o que Kiva precisava ouvir. Ao chegarem à porta da enfermaria, ela se preparou para o que estaria por vir nas horas seguintes.

— Está pronta? — perguntou Jaren, apertando a mão de Kiva.

— Não — respondeu ela, sincera. — Mas quero ficar com ele.

Então voltaram juntos para a enfermaria e ela passou o resto do dia velando Tipp e desejando que ele lutasse, que vivesse.

As horas se passaram e as sombras se expandiram na sala. De repente, era noite outra vez. Kiva não sabia se devia se sentir aliviada ou preocupada por Tipp não ter despertado desde a manhã. Manteve a vigília ao lado do garoto, ausentando-se apenas por breves períodos para dar uma olhada em Tilda e nos outros pacientes. Mais sete prisioneiros foram enviados para a enfermaria e outros nove faleceram. Os números continuavam crescendo diariamente.

Quando Mot chegou para levar os mortos, não fez nenhuma pergunta a Kiva; Naari e Jaren já o haviam atualizado. Ele apenas ficou a seu lado por um tempo, oferecendo uma companhia silenciosa enquanto olhavam juntos para o garoto, assistindo à sua respiração.

250

— Ele é forte, boneca — disse Mot com uma das mãos no ombro de Kiva. — Se alguém consegue passar por isso aí, esse alguém é o nosso Tipp.

Kiva apenas assentiu, depois ouviu quando os passos de Mot e dos outros dois operários do necrotério se afastaram, levando os corpos. Não se permitiu pensar em quanto tempo faltaria até que viessem buscar Tipp... ou no que ela faria quando o momento chegasse.

Era quase meia-noite quando Tipp voltou a se mexer.

Kiva estava preparando chá de junça, buscando energia na bebida, uma vez que mal conseguia manter os olhos abertos. Naari e Jaren estavam sentados em dois bancos, apoiados contra a bancada; ambos pareciam tão cansados quanto ela. Ainda assim estavam lá, cumprindo a promessa de Jaren de que ela não ficaria sozinha.

— Já é de m-manhã?

Quando Kiva olhou para Tipp, ele estava tentando se sentar. Ela abandonou o chá e correu até ele, seguida por Naari e Jaren.

— Ainda não — respondeu Kiva, colocando as costas da mão na testa do garoto. Teve a impressão de que ele talvez estivesse menos quente do que antes, mas devia ser só impressão. — Como está se sentindo?

O rosto de Tipp se entristeceu, como se ele de repente se lembrasse de onde estava e do porquê, e seu corpo se encolheu um pouquinho.

— Minha b-barriga está doendo.

— E sua cabeça? — perguntou Kiva, ainda sentindo nos dedos o calor do contato com a pele febril de Tipp.

— Não, só minha b-barriga.

Kiva franziu o cenho.

— Tem certeza? Não dói aqui?

Ela tocou a lateral da cabeça dele, próximo à têmpora.

Ele negou com a cabeça e repetiu:

— Só minha b-barriga.

Kiva moveu a mão e o inspecionou com atenção. Todos os outros prisioneiros doentes tinham dores de cabeça horríveis, além da dor de estômago, incluindo os novos pacientes que chegaram naquele dia. Era um dos primeiros sintomas além da febre.

Kiva afastou o cobertor e levantou a barra da roupa de Tipp, ignorando os protestos do garoto quando ela deixou sua barriga à mostra.

Não havia urticária.

Sua pele estava normal.

Kiva o cobriu outra vez e apertou seu braço carinhosamente para informar que já tinha terminado. Havia um turbilhão em sua mente enquanto ela tentava traçar uma linha do tempo com tudo o que sabia sobre a doença. Primeiro vinha a febre, as dores de cabeça e o vômito. A erupção cutânea normalmente aparecia depois de vinte e quatro horas. Kiva não sabia o momento exato em que a doença derrubara Tipp no dia anterior, mas tinha saído pela manhã com Naari. Se ele havia ido ao jardim pouco depois, como Olisha dissera, o período das vinte e quatro horas já devia ter passado, até mesmo o das trinta e seis horas. A urticária já deveria ter aparecido àquela altura. E ele deveria ter sentido uma dor de cabeça excruciante desde o começo.

Talvez a doença estivesse levando mais tempo para dominar seu organismo, uma vez que Tipp era muito jovem. Talvez os outros sintomas ainda fossem aparecer.

Ainda assim, Kiva se lembrou de algo que seu pai dissera ao tentar explicar como uma doença podia se manifestar de diversas formas em pessoas com idades diferentes.

Nas crianças, os sintomas costumam ser piores, dissera ele, acariciando as bochechas rosadas de Kiva com os nós dos dedos. *A doença chega depressa e com força, mas vai embora da mesma maneira. De repente, você está pulando por aí muito antes de nós, velhotes, recuperada no que parece ser um piscar de olhos. Enquanto isso, nós ainda estamos sofrendo e esperando que os resquícios finais da doença deixem nosso organismo.* Com uma piscadela para Kiva, ele terminara: *Aproveite a dádiva da juventude enquanto ainda a tem, ratinha.*

Se seu pai estava certo, e ele sempre estava quando se tratava de cura, Tipp deveria estar muito pior do que parecia naquele momento.

Kiva não queria alimentar falsas expectativas, mas... e se Tipp *não estivesse* doente? Ou pelo menos não se tratasse da mesma doença que estava se espalhando pela prisão? Os sintomas eram parecidos, mas este havia sido o maior problema para Kiva desde o começo: todos os sintomas eram tão genéricos que poderiam ser causados por diversas doenças, desde um vírus ou uma alergia até algo simples como intoxicação alimentar.

Não dava para ter certeza, não havia nada a se fazer além de esperar para ver o que aconteceria nas horas seguintes.

Então Kiva voltou a se sentar ao lado de Tipp, segurando as mãos do garoto e esperando.

Quatro horas mais tarde, a febre de Tipp passou.
    Seu estômago parou de doer.
    Ele pediu um pedaço de pão.
    Quis brincar com os ratos.
    Kiva chorou.

CAPÍTULO 25

— Se você n-não for, eu mesmo vou te empurrar pela p-porta.

Kiva fez uma careta para Tipp. O garoto estava ao lado do cercado de ratos com as mãos na cintura, olhando para ela como um filhotinho de cachorro mal-humorado.

Passaram-se três dias desde que ela o encontrara desmaiado no jardim. O primeiro fora infernal, e ela tivera certeza de que em breve ele seria levado para o necrotério. Mas depois que a febre se foi naquela madrugada, ele havia melhorado de modo drástico e, desde então, tinha sido um pesadelo convencê-lo a descansar enquanto a doença deixava seu organismo. A única maneira que Kiva encontrara de mantê-lo na cama foi prometendo testar as amostras que ela havia coletado no dia em que ele adoecera, já que as tinha deixado de lado para cuidar do garoto.

No dia anterior, ela havia terminado os experimentos sob a rigorosa inspeção de Tipp. Os dois ficaram sozinhos na enfermaria, uma vez que Jaren voltara aos túneis e Naari o acompanhara para amenizar qualquer problema causado por sua ausência. Kiva já desistira de questionar os motivos da guarda e apenas se sentia grata pela aliada inesperada que ela havia se tornado — para todos eles.

Mas naquele dia... já que os últimos testes haviam falhado outra vez, Naari chegara cedo à enfermaria, lembrando Kiva de que ainda tinha amostras para coletar. Apesar de seus protestos para permanecer ao lado de Tipp caso ele tivesse uma recaída, o garoto se recusava a permitir que ela parasse tudo mais um dia para mimá-lo.

— Sua p-próxima Ordália é *amanhã*, Kiva — disse Tipp. — Precisa t-testar o aquífero e os t-túneis para terminar. Eu *estou bem*, então pare de se p-preocupar e *vá*.

Ele apontou para a porta como se o gesto fosse convencê-la.

— Não se preocupe, querida, vou ficar de olho nele — prometeu Olisha, chegando com Nergal para cobrir o turno diurno.

Sua intenção era tranquilizar Kiva, mas da última vez que Olisha ficara de olho em Tipp, ele desmaiara no frio e ficara completamente esquecido. Assim, Kiva não sentia muita segurança na aptidão da mulher para monitorá-lo.

Tipp continuou com um suspiro:

— Não v-vou sair da enfermaria, prometo. Nem mesmo se ela pegar f-fogo.

A expressão de Kiva se tornou séria.

— Se a enfermaria pegar fogo, você tem que sair.

— Tudo bem, m-mas fora isso, não vou me mexer. Vou manter B-Botinhas longe dos ratos e g-garantir que Tilda coma alguma coisa. Vou até t-tentar fazer com que Nergal t-trabalhe um pouco.

O homem estalou a língua no céu da boca, em repreensão, e continuou limpando as unhas. Olisha ria em silêncio ao lado.

— E se você tirar um cochilo? — sugeriu Kiva. — Dormir vai te fazer bem.

— Estou dormindo *há dias* — reclamou Tipp. — Já estou bem, Kiva. P-p-pronto para outra.

Era verdade que a recuperação de Tipp havia sido impressionante. Era difícil acreditar que, dias antes, Kiva imaginava que ele estava em seu leito de morte. Mas isso não significava que não ficara abalada com o medo avassalador que sentira diante da possibilidade de perdê-lo.

— Caso se sinta *minimamente* mal...

— Vou pedir que alguém vá buscar você — disse Tipp, revirando os olhos. — Eu sei, eu sei.

Kiva ignorou a insolência e puxou o garoto para um abraço apertado. Ele ficou imóvel no começo, mas por fim envolveu o corpo de Kiva com os braços.

— Isso é g-gostoso — comentou ele, a voz abafada pela roupa dela. — Devíamos f-fazer isso mais vezes.

Kiva riu e se afastou, apontando para a cama onde ele estava ficando desde que adoecera.

— Descanse. Estou falando sério.

Ele revirou os olhos pela segunda vez, mas se arrastou obedientemente até a cama e se sentou. Por quanto tempo ele ficaria ali, Kiva não sabia, mas acreditava que o garoto manteria sua palavra e não sairia da enfermaria enquanto ela estivesse ausente.

— Volto o quanto antes — disse Kiva a Olisha e Nergal.

Olisha assentiu e Nergal deu de ombros.

Kiva se apressou até a porta onde Naari esperava por ela e, no frescor da manhã, seguiu a guarda em direção ao centro da prisão.

— Vai testar a água hoje? — perguntou Naari.

— É só o que falta. Isso e os túneis — respondeu Kiva.

— Vamos até lá também?

Kiva assentiu.

— Tudo o que falta ser analisado está nos subsolos, então acho que podemos analisar algumas das passagens subterrâneas depois do aquífero e a estação de bombeamento. E aí terminamos.

— Terminamos? — repetiu Naari. — Não falta mais nada?

— A menos que consiga pensar em outro local que deva ser analisado, sim, terminamos.

Nenhuma das duas disse o que estava pensando — que tudo dependia das amostras daquele dia. Se os ratos não apresentassem sintomas até o dia seguinte, a tentativa de encontrar a origem da doença teria falhado.

— Não pense nisso — disse Naari, como se lesse os pensamentos de Kiva. — A água pode conter diversos tipos de bactéria. Com certeza vai encontrar alguma coisa hoje.

Kiva se sentia grata pela confiança de Naari e estava prestes a dizer isso quando uma voz furiosa gritou seu nome. Elas estavam na metade do caminho entre a enfermaria e o prédio abobadado no centro da prisão; era um espaço aberto, e o chão era coberto por terra e por grama irregular e seca. Havia pouca coisa nas proximidades, o prédio mais perto era uma torre de vigia, então Kiva ficou surpresa ao deparar com Cresta vindo com os punhos cerrados juntos às laterais do corpo.

— Onde pensa que está indo?

Kiva ergueu as sobrancelhas.

— Como é?

Cresta parou diante de Kiva e apontou um dedo para seu rosto. Naari se aproximou, mas não interferiu.

— Meus amigos estão doentes e morrendo — disse ela, apontando para a enfermaria. — E você está aqui fora fazendo... fazendo o quê? O que está fazendo, curandeira? Porque com certeza não está curando ninguém.

No começo, Kiva se sentiu aliviada. Por um momento, ficou com medo de que Cresta a estivesse procurando para lembrá-la de que Tilda precisava continuar viva e de que a vida de Tipp estaria em jogo se ela falhasse na provação do dia seguinte — sem se importar com o fato de que a vida *de Kiva* também estaria. Todos se encontravam no mesmo barco, não havia motivo para que Cresta continuasse a ameaçá-la. Ela sentiu um nó na garganta quando finalmente processou o que a mulher enraivecida queria dizer. Aquilo não tinha nada a ver com a Rainha Rebelde. Tinha a ver com algo maior do que uma pessoa, maior do que qualquer um deles, inclusive os rebeldes.

— Cresta...

— Não quero ouvir desculpinhas — vociferou a mulher, agressiva.

Sua expressão era tão colérica que a serpente tatuada em seu rosto parecia prestes a ganhar vida e atacar Kiva.

— Quer saber o que acabou de acontecer? Tykon tombou como uma placa de lumínio no caminho até a pedreira. Não conseguia se levantar. Estava tremendo, vomitando. Harlow me deixou trazê-lo de volta, mas só para poder me seguir e olhar para minha bunda durante o trajeto, o pervertido desgra...

— Onde Tykon está agora? — interrompeu Kiva, estremecendo ao pensar no guarda repugnante da pedreira.

Cresta apontou para a enfermaria outra vez.

— Ele está onde *você* deveria estar, mas não está. Porque está *aqui*. — Ela apontou para os pés de Kiva, exigindo uma resposta.

— Eu... estou tentando resolver — disse Kiva em um tom cauteloso.

— Resolver *o quê*? — Cresta jogou o cabelo embaraçado para trás. — O vírus?

— Isso — respondeu Kiva, sem maiores explicações, perguntando-se quando Naari ia interferir e interromper a interação.

Cresta semicerrou os olhos.

— Mentira.

Kiva ergueu as mãos.

— Não é. Por que acha que eu estava na pedreira? Estava coletando amostras para testar, como hoje.

Ela mostrou a bolsa que carregava.

— Já faz mais de *duas semanas*! — exclamou Cresta. — As pessoas morrem aos montes todo dia. Na verdade, que engraçado, todo mundo que vai até você por coisas pequenas acaba ficando doente. Explique *isso*, curandeira. Está me dizendo que ainda está *tentando* descobrir a razão?

Kiva não sabia como responder. Não sabia o que podia revelar, especialmente para alguém tão instável quanto Cresta. Se a líder dos rebeldes usasse a informação para criar mais conflitos entre os prisioneiros, se ten-

257

tasse instalar o pânico... Os ânimos já estavam muito exaltados, com mais boatos circulando sobre o que acontecera nove anos antes, a mesma doença contagiosa, as mesmas mortes em massa. Os cochichos estavam aumentando, e os medos, se intensificando. Se algo não acalmasse os detentos muito em breve...

— Acho que você tem que dar meia-volta e retornar para a pedreira — instruiu Naari, obviamente pensando a mesma coisa. — Onde está Harlow?

— Onde acha que ele está? — perguntou Cresta com uma das mãos no quadril. — Está nas cozinhas roubando nossa comida como se a sua laia não recebesse comida suficiente. Deve estar apalpando as operárias no processo, então pode acreditar que ele não está com pressa de ir embora.

O semblante de Naari se agravou, e seu olhar estava em chamas quando ela se virou para Kiva.

— Encontro você na entrada dos túneis. Não desça sem mim.

E, para Cresta, Naari disse:

— Venha comigo.

Em silêncio, marchou para as cozinhas sem esperar para ver se Cresta a seguia.

— Se ela não fosse uma guarda, acho que gostaria dela — confessou Cresta, então pareceu se lembrar de quem estava a seu lado e olhou para Kiva com desprezo. — Resolva logo isso, curandeira desgraçada, antes que todo mundo morra. Suas mãos estão sujas com nosso sangue.

Com a frase de despedida, deu as costas para Kiva e começou a seguir Naari.

— Espere! — chamou Kiva.

Cresta se deteve e olhou para ela por cima do ombro.

— O que foi?

Ciente de que tinha meros segundos antes de que Naari desconfiasse da demora, Kiva se aproximou e sussurrou:

— Ficou sabendo de alguma coisa? Sobre Tilda? Sobre outra tentativa de resgate?

O rosto de Cresta se endureceu como concreto quando ela respondeu com uma única palavra:

— Não.

Os ombros de Kiva se encolheram como se ela já soubesse da resposta.

— O que isso quer dizer?

— Quer dizer que temos que esperar. E você tem que fazer o que deve fazer: mantê-la viva até a hora chegar.

258

Com um olhar ameaçador, Cresta foi embora e deixou Kiva sozinha.

— É mais fácil falar do que fazer — resmungou ela para si mesma.

Não apenas tinha que sobreviver à Ordália do dia seguinte, como também garantir que ela e Tilda não pegariam o vírus estomacal — sem nem sequer saber como o contágio acontecia. E, se de alguma forma conseguisse fazer as duas coisas, ainda teria que enfrentar *mais uma* Ordália dali a duas semanas.

Kiva suspirou e massageou as têmporas. Considerando os conflitos que já tivera com Cresta, aquele não tinha sido tão ruim. Sentia uma pontada de preocupação na boca do estômago e se perguntava o que a líder dos rebeldes faria com a informação que acabara de adquirir, por mais limitada que parecesse. Se fosse qualquer outra pessoa, Kiva não estaria tão preocupada. Mas Cresta... era imprevisível. Era possível que ela não fizesse nada, que guardasse suas energias para o que estava acontecendo com os rebeldes tanto dentro da prisão quanto fora. *Ou* poderia usar o que ficara sabendo para aumentar o medo que se espalhava entre os prisioneiros, criando uma atmosfera perigosa e deixando todos agitados, inclusive os guardas.

Kiva suspirou outra vez. Sabia que não havia nada que pudesse fazer, então ajeitou a bolsa no ombro e continuou a jornada até a entrada dos túneis, voltando a se concentrar em sua missão. O acesso ao aquífero e à estação de bombeamento se dava pelo mesmo poço que levava aos túneis, então, ao chegar à construção abobadada, Kiva entrou e esperou Naari. Não havia nada, apenas o topo de algumas escadas brotando do buraco retangular no chão.

A guarda chegou alguns minutos depois, parecendo irritada.

— Por favor, me diga que a urticária de Harlow causa dor além de coceira.

Kiva conteve o riso e respondeu:

— Pelo jeito como ele estremece quando anda, acho possível.

— Que bom. — Naari pareceu contente, depois acenou com a cabeça em direção às escadas. — Vamos terminar logo com isso.

Começaram pela estação de bombeamento, mas apenas pela conveniência, uma vez que ficava mais perto do fim da escada — ou *das escadas*, pois era preciso descer por várias antes de chegar ao andar dos túneis. Todas eram conectadas por plataformas muito estreitas, e Kiva sentia o estômago se contrair toda vez que precisava passar de uma para outra.

Explorara a área subterrânea de Zalindov apenas duas vezes antes. Em ambas as ocasiões, testara a água do aquífero para algas e outros contaminantes, e as duas jornadas haviam sido tão angustiantes quanto aquela. Suas pernas estavam bambas feito pudim quando finalmente alcançaram o chão na base do poço, e sua testa estava molhada devido à umidade em sua pele. Um dia, achara que os túneis seriam muito mais frios do que os ambientes externos, mas descobrira durante a primeira expedição ao subsolo que o ar quente ficava preso com mais facilidade, o que deixava o ambiente agradável durante o inverno e completamente desconfortável durante o verão. Muitos prisioneiros que trabalhavam ali sofriam de doenças relacionadas à temperatura e também de desidratação, especialmente nos meses mais quentes. Sem falar no mau cheiro, já que todos trabalhavam aglomerados e havia pouca ventilação.

— Odeio aqui embaixo — reclamou Naari, parando de leve ao lado de Kiva. — Não sei como as pessoas aguentam.

Não aguentam, quis dizer Kiva. *Por isso tantas morrem.* Os prisioneiros, pelo menos — os guardas se revezavam ao trocar de turno. Até mesmo Naari ia e vinha dos túneis, passando muito mais tempo lá em cima do que embaixo. Kiva tentou não julgá-la pelo comentário, principalmente porque também tinha um local de trabalho muito privilegiado. Mas era difícil se dar conta de que a guarda não era obrigada a ficar lá embaixo o dia todo enquanto pessoas como Jaren não tinham escolha.

— Vamos em frente — disse Kiva, avançando.

Olhou para a direita. Um longo corredor havia sido cavado e iluminado até onde a vista alcançava por lamparinas de lumínio fixadas na parede. Mais tarde, Kiva e Naari percorreriam o mesmo corredor e acabariam ouvindo o eco dos operários dos túneis, trabalhando incansavelmente para expandir o labirinto. Algumas das passagens eram secas e podiam ser percorridas a pé, mas outras, que os operários tentavam escavar, estavam parcialmente submersas e precisavam ser atravessadas a remo. Aquela era a água que alimentava o aquífero e mantinha todos em Zalindov vivos.

Ninguém falava sobre o assunto, mas, sem os operários dos túneis e a água que encontravam e direcionavam para o aquífero, todo mundo na prisão, inclusive os guardas, morreria em questão de dias. Por isso era tão importante manter um fluxo constante de operários nas estações subterrâneas, apesar das péssimas condições de trabalho e da alta mortalidade. Kiva detestava a situação e, ainda assim, sabia quais seriam as consequências caso parassem de procurar água. Não havia um cenário positivo — se alguns não morressem, todos morreriam.

Conforme caminhavam pela passagem estreita à esquerda da escada, Naari e Kiva começaram a ouvir os sons vindos da estação de bombeamento muito antes de chegarem a seu destino. O processo era feito manualmente por dois prisioneiros em cada bomba; o movimento de sobe e desce direcionava a água para onde tinha que ir. Algumas bombas puxavam água dos túneis e levavam para os aquíferos, mas a maioria a retirava e transferia para poços menores acessados pela superfície, como aqueles nos quais os prisioneiros buscavam água potável. Outras alimentavam os chuveiros e banheiros, e os encanamentos que funcionavam com ajuda da gravidade faziam o resto do trabalho. A água só chegava aonde era necessária graças aos operários que passavam dia e noite nas bombas para garantir o abastecimento da superfície.

Era difícil para Kiva quando os operários das bombas a procuravam na enfermaria, geralmente por lesões nos nervos das mãos ou distensão nas costas, pescoço e ombros. Havia pouca coisa que ela podia fazer por eles além de oferecer analgésicos, que, depois de certo tempo de uso, paravam de surtir efeito; essa era a razão pela qual tantos prisioneiros que trabalhavam nas bombas acabavam viciados em drogas mais pesadas, como pó de anjo. Diferentemente de seu predecessor, Kiva nunca esteve disposta a fornecer a droga para eles. Não fazia ideia de como passaram a consegui-la, mas, ao ver seus olhos vidrados durante a coleta de amostras, Kiva teve certeza de que ainda estavam usando a droga de alguma forma.

Afetada pela atmosfera angustiante, Kiva não demorou na estação de bombeamento, colhendo depressa o que precisava enquanto Naari conversava com os guardas presentes. Não traziam seus chicotes, mas nem sequer precisavam. Os prisioneiros já estavam destruídos.

— Perguntei se os operários das bombas recebem comida extra — contou Naari quando as duas se encaminhavam para a passagem seguinte.

O som das alavancas e os gemidos exaustos se tornavam mais e mais baixos conforme elas avançavam.

Kiva tentou não expressar espanto diante do que Naari acabara de dizer.

— E aí?

A guarda balançou a cabeça e repetiu:

— Odeio aqui embaixo.

O trajeto entre a estação de bombeamento e o aquífero era curto. Quando a passagem se alargou e o reservatório apareceu, Kiva sentiu o coração acelerar. As fontes de luz eram dispostas em intervalos bastante espaçados, então a iluminação era muito precária. No entanto, ainda havia claridade suficiente naquele abismo subterrâneo para que ela pudesse ver a imensidão do aquífero, que se estendia até onde os olhos alcançavam. A escuridão da água indicava que a profundidade era igualmente aterrorizante.

— Algo de errado? — indagou a guarda.

Kiva se virou para Naari, que a observava com atenção.

— É aqui, não é?

As luzes de lumínio projetavam sombras no rosto de Naari, mas não o bastante para esconder sua expressão confusa.

— O que é aqui? Onde a doença começou? Não é isso o que estamos tentando descobrir?

Kiva balançou a cabeça.

— Não... A Ordália de amanhã, é aqui que vai acontecer?

Era seu melhor palpite. Kiva se sentia nauseada e tentava assimilar a extensão aparentemente infinita do lago subterrâneo.

O semblante de Naari se suavizou quando a guarda compreendeu a pergunta, e ela olhou para o aquífero outra vez, como se o enxergasse sob uma nova perspectiva.

— Eu não sei.

Kiva não sabia o que Naari vira em seu rosto, mas ao olhar para ela, a guarda se apressou em dizer:

— Eu juro, Kiva. Eu também não soube com antecedência quais eram os locais das provações anteriores. Se soubesse como vai ser amanhã, contaria pra você.

O tom de Naari era sincero, e Kiva acreditou. Algumas semanas antes, jamais teria tido coragem de perguntar, mas, de alguma forma, a guarda se tornara uma das pessoas em quem Kiva mais confiava no mundo. Se disse não saber, realmente não sabia.

Mas isso também não ajudava Kiva. *Nem um pouco.*

— Quanto tempo você acha que uma pessoa levaria para atravessar esse lugar a nado? — perguntou a garota.

Tomando cuidado para não se desequilibrar, se agachou à beira do reservatório e coletou um pouco de água em um frasco.

— Sinceramente, não quero pensar nisso.

Sua voz, sempre tão firme, soara trêmula. Ao ver a expressão de Kiva, acrescentou muito depressa:

— Mas tenho certeza de que não deve demorar muito, caso seja isso que você tenha que fazer. E é água doce, então não tem nada medonho vivendo lá embaixo, nenhum monstro marítimo, nem crocodilos, nem qualquer outro monstro de água salgada.

Aquela possibilidade nem sequer passara pela mente de Kiva. Ela tirou a mão da água e se afastou depressa, meio que temendo que uma boca cheia de dentes emergisse da água.

— Pelo menos a água é própria para consumo. — Naari tentava consertar o que dissera ao perceber que só tinha contribuído para a ansiedade de Kiva. — Não vai sentir sede caso precise nadar por horas.

— Você acha que está ajudando, mas não está — disse Kiva em um tom inexpressivo.

Naari permaneceu em silêncio e Kiva coletou o restante das amostras. Em seguida, as duas fizeram o caminho de volta pela passagem estreita. Ambas estavam imersas em seus próprios pensamentos, e Kiva vinha um pouco atrás, preocupada com o que teria que enfrentar no dia seguinte. Remoer as possibilidades não resultara em nenhuma resposta enquanto elas avançavam, passando pelas bombas e voltando para a entrada.

O objetivo era tomarem o corredor mais largo que daria nos túneis para que Kiva pudesse coletar as últimas amostras, mas o plano mudou quando depararam com Olisha esperando por elas na base das escadas.

— Não sabia para onde vocês tinham ido, então pensei que seria melhor esperar aqui até vocês voltarem — explicou a mulher, torcendo as mãos.

Kiva não conseguiu raciocinar. O pânico tomou conta dela e todos os pensamentos sobre a provação do dia seguinte evaporaram.

— É Tipp? Ele passou mal outra vez?

— Ah! Não, não, querida, não é Tipp.

— É o estômago dele? — perguntou Kiva, parecendo não ouvir. Ela segurou as barras da escada e se preparava para tomar impulso e subir de volta à enfermaria. — A febre voltou?

— Kiva, querida — disse Olisha, segurando o braço dele com uma das mãos. — Não é Tipp. É Tilda.

Uma onda de alívio percorreu o corpo de Kiva antes de dar lugar a um calafrio de pesar.

— Ela teve outra convulsão? Ela está... ela...

— Ela está bem, ela está bem — interrompeu Olisha em um tom tranquilizador.

Confusa, Kiva se afastou da escada e olhou para Naari, que parecia igualmente perplexa, então perguntou a Olisha:

— Então por que está aqui?

— Porque ela acordou. Tilda está acordada.

Ainda mais confusa, Kiva disse:

— Ela acorda algumas vezes por dia. — Fez uma pausa e em seguida acrescentou: — Veja se consegue fazer com que ela tome um pouco de caldo antes que volte a dormir. Precisamos mantê-la hidratada.

— Não, meu bem. Você não está entendendo — disse Olisha, impaciente. E encarou Kiva ao explicar: — Tilda está acordada... *está lúcida.*

CAPÍTULO 26

Kiva tentava controlar a respiração enquanto subia a escada junto de Naari e Olisha, depois de decidir que voltariam mais tarde para colher as últimas amostras nos túneis.

Por fim, chegaram à superfície, ofegantes, suando e com os músculos pegando fogo. Kiva e Olisha, pelo menos. Mal se podia notar o descompasso da respiração de Naari, que estava completamente em forma. Se Kiva não tivesse pressa para voltar à enfermaria, teria perguntado mais detalhes sobre a mão biônica de Naari e sobre como ela funcionava sem esforço algum, já que a guarda não tivera nenhum problema para segurar a escada nem para qualquer outra coisa.

Ignorando a necessidade de seu corpo por um instante de descanso, Kiva saiu do prédio abobadado acompanhada por Naari; Olisha vinha logo atrás, avisando quase sem conseguir respirar que as alcançaria em breve.

Sem saber o que encontraria, sem saber o que *queria* encontrar, a mente de Kiva rodava em um turbilhão de pensamentos, preocupações e perguntas quando elas chegaram à enfermaria e entraram.

— Kiva! Você v-voltou! — exclamou Tipp, sentado na beirada do leito de Tilda e segurando uma de suas mãos.

Kiva sentiu uma pontada no peito quando a cabeça da mulher se virou, não exatamente na direção correta, mas quase.

Engolindo em seco, a curandeira foi até a bancada para deixar as amostras coletadas na estação de bombeamento e no aquífero. Nergal estava sentado no mesmo lugar onde estivera antes de ela sair.

— Pode ir — disse ela ao prisioneiro. — Diga que Olisha também pode ir. Ela está vindo dos túneis.

O homem se levantou e saiu da enfermaria tão depressa que era como se ele temesse que Kiva fosse mudar de ideia. Mas ela não queria que ele estivesse ali naquele momento, nem Olisha. Em um mundo ideal, Tipp e Naari também não estariam presentes, permitindo que Kiva tivesse um momento de privacidade com a paciente. Mas Tipp conversava baixinho com Tilda, e Naari se aproximava do leito com uma expressão desconfiada, como se estivesse se lembrando do ataque gratuito da Rainha Rebelde pouco depois de sua chegada. Tilda estivera presa ao leito desde então, mas era óbvio que Naari continuava em alerta.

Kiva sentia os batimentos cardíacos pulsando nos ouvidos enquanto ia, rígida, até a cama da enferma. Não sabia por que estava tão nervosa. Não, não era verdade — havia muitas razões, dentre as quais a possibilidade de Tilda se lembrar de alguma coisa sobre sua chegada a Zalindov. Será que sabia sobre o bilhete da irmã de Kiva? Será que sabia que Zuleeka o havia enviado, e que Kiva arriscara tudo — ainda estava arriscando tudo — para mantê-la viva? E quanto aos seus seguidores do lado de fora dos muros? Sabia que haviam tentado libertá-la? Que tinham falhado? Será que saberia caso tivessem um plano alterativo? Ou aquela era apenas uma falsa ilusão da parte de Kiva?

Eram muitas perguntas, mas nenhuma poderia ser feita enquanto Tipp e Naari estivessem presentes.

Aproximando-se com uma coragem que não sentia, Kiva passou pela guarda, que observava a mulher com uma expressão séria e cismada, e parou ao lado de Tipp.

— Ouvi dizer que alguém está se sentindo melhor. — Sua voz soava estranha a seus próprios ouvidos.

— Ela ainda não d-d-disse nada — contou Tipp. — Só p-perguntou onde estava. E pediu um pouco de á-água.

Kiva sentiu uma pontada de apreensão, pois, da última vez que Tilda estivera vagamente lúcida, soubera que estava em Zalindov — até que não sabia mais, se esquecendo poucos momentos depois. Mas o fato de ter pedido água era positivo. O mundo-eterno estava de prova de como vinha sendo difícil mantê-la hidratada.

— Kiiiiva — disse a mulher — *Kiiiiiiva*.

— Isso m-mesmo — incentivou Tipp, dando palmadinhas encorajadoras em sua mão. — Esta é Kiva, a c-curandeira da prisão. Falei muito dela p-para você, lembra? Kiva M-Meridan. A melhor curandeira em toda a W-Wenderall. Ela é quem cuida de você.

— Kiiiiiiiiiiiiva — repetiu Tilda, os olhos leitosos se movendo em direção à voz de Tipp.

Kiva enterrou as unhas na palma da mão ao ouvir seu nome saindo dos lábios de Tilda. Apesar do aviso de Olisha, a Rainha Rebelde não parecia nem um pouco lúcida. Ou talvez estivesse tendo problemas com a fala como da última vez que Kiva tentara falar com ela, semanas antes.

— Tentou dar um pouco de gomanegra para ela? — perguntou Kiva a Tipp.

Os olhos do garoto se iluminaram, e ele se levantou em um salto, indo até a bancada para pegar a pasta marrom lodosa. Então a entregou a Kiva e ela espalhou um pouco pela língua de Tilda, na esperança de que o remédio trouxesse um pouco de clareza e relaxasse sua boca.

— Kiva — disse a Rainha Rebelde depois de alguns momentos, sem arrastar a palavra, mas não falou nada além disso.

— Ela está a-aqui — explicou Tipp. — E N-Naari também. Falei muito d-d-dela também. É uma g-guarda, mas é legal. Você vai g-gostar dela.

Tilda virou o rosto de um lado para o outro, como se tentasse vê-las. Mais uma vez, Kiva se perguntou por quanto tempo ela estivera privada da visão, se era um efeito colateral do que quer que a adoecera ou se ela tinha perdido a visão havia muito tempo.

— Consegue me dizer como se sente? — Kiva se obrigou a perguntar, determinada a exercer seu papel de curandeira e realizar seu trabalho. — Dor de cabeça, náusea, dor em algum lugar? Você está aqui há quase seis semanas, e eu ainda não consegui descobrir o que há de errado. Qualquer coisa que puder me dizer vai ajudar.

— O... Julgamento — disse Tilda. — Por que não vieram... não vieram... me buscar?

Kiva, Tipp e Naari ficaram em silêncio. Ninguém sabia o que dizer.

— Por que... ainda... estou viva?

Tipp se endireitou no banco. Naari cruzou os braços, descruzou e então os cruzou de novo.

— Eu... deveria estar... morta.

As quatro palavras fizeram com que algo dentro de Kiva desmoronasse. Não a afirmação do fato, mas a emoção por trás dele. Ela se lembrou do que Tilda dissera na primeira conversa que tiveram: *Por que me manter viva apenas para que eu morra depois?*

Os olhos de Kiva ficaram marejados e de repente lhe ocorreu que parecia que Tilda *queria* morrer. Como muitos que vinham parar em Zalindov, soava como se não tivesse nenhuma razão para viver, como se nada a fizesse querer continuar viva. Mas Kiva sabia que não era o caso. Como Rainha

267

Rebelde, ela tinha um propósito, pessoas que a admiravam, um reino para reivindicar. Deveria ser a última pessoa no mundo a querer morrer, não antes de dar tudo de si para recuperar a coroa de sua família.

— Kiva... *por quê?* — perguntou Tilda, suplicante, enquanto gotas de suor se acumulavam em sua testa; o esforço da conversa parecia cobrar seu preço.

— Por que o quê? — questionou Naari, falando pela primeira vez.

Kiva deu um salto. Ela quase esquecera que a guarda as monitorava, observando-as de perto.

— *Por quê?* — repetiu Tilda. Sua voz estava embargada.

— Acho que ela q-quer saber por que ainda está aqui. V-viva — sussurrou Tipp, embora todos já soubessem.

Kiva, no entanto, se perguntou se ela talvez não buscasse uma resposta diferente, uma resposta que ela não podia dar.

— Sinto muito — disse, com um nó na garganta. — Não sei por que você está doente, mas estou fazendo de tudo para ajudá-la a melhorar.

Inclusive tomando para si a sentença de Tilda, mas Kiva não planejava revelar essa parte, e um rápido olhar para Tipp e Naari os silenciou também.

— P-por isso ainda está viva — falou Tipp, alegre. — Graças a K-Kiva. Ela vai fazer você v-voltar ao normal em um piscar de olhos.

Tilda gemeu baixinho, e o som perfurou o coração de Kiva.

— Kiva — chamou a mulher, a voz perdendo a força até se tornar um suspiro. — *Kiiiva.*

— O que há de errado com ela? — murmurou Naari.

— Ela está doente — respondeu Kiva, mal conseguindo conter a irritação.

Um silêncio carregado pairou até que Naari, com cuidado, quase gentilmente, voltou a falar:

— Eu sei que ela está doente, Kiva. O que eu quis dizer foi: por que ela está chamando seu nome desse jeito?

Kiva apenas balançou a cabeça, incapaz de dizer qualquer coisa por causa da garganta contraída.

— Me conte... a história — pediu Tilda, fechando os olhos e recostando a cabeça na cama.

Naari e Tipp franziram a testa, confusos, mas Kiva precisou respirar fundo para conter as lágrimas que não apenas ferroavam seu nariz, como também seus olhos. A mulher, a pobre mulher... Kiva não sabia quanto tempo ela tinha de vida. Não sabia o que fazer para ajudá-la.

— Seu... pai... Kiva — disse Tilda, erguendo a mão fraca e trêmula para ela. — E... a ladra. Me conte... a história.

Kiva engoliu em seco, depois engoliu de novo. Era doloroso, como cacos de vidro descendo pelo esôfago. Seus dedos tremiam enquanto ela segurava com cuidado a mão estendida de Tilda, sabendo que era essa a vontade da mulher doente.

— Do que ela está falando? — quis saber Naari.

Finalmente se forçando a pronunciar as palavras, Kiva disse:

— Contei uma história para ela um dia antes da primeira Ordália. Ela não estava dormindo bem... estava inquieta, gemendo. Pensei que pudesse ajudar.

— Eu gosto de h-histórias — comentou Tipp, entusiasmado. — Pode c-contar outra vez?

Kiva olhou para o rosto iluminado do garoto, para Naari, que parecia curiosa, mas não mais desconfiada, e para Tilda, que parecia prestes a voltar a cair no sono, e Kiva sabia que ela voltaria a delirar. Talvez fosse melhor que a Rainha Rebelde não conseguisse se comunicar de maneira apropriada, talvez fosse melhor até mesmo que estivesse doente e confinada à enfermaria. Não apenas estava protegida de prisioneiros antirrebeldes que poderiam tentar atacá-la, como também não poderia ser enviada ao Abismo e interrogada. Até que Kiva terminasse as provações, Tilda continuaria sendo uma detenta e, enquanto estivesse em Zalindov, sua vida estaria em risco. Não havia indício algum de que seus seguidores tentariam resgatá-la uma segunda vez. O êxito ou o fracasso de Kiva seriam responsáveis pela execução ou liberdade de Tilda, e até que qualquer uma das duas coisas acontecesse, a mulher estava em perigo por causa de tudo o que sabia sobre os rebeldes. Talvez por isso ainda estivesse tão mal — por saber, inconscientemente, o que aconteceria caso tentassem arrancar aqueles segredos. Talvez *esta* fosse a razão pela qual ela queria morrer: proteger seus planos de recuperar o reino e proteger todos aqueles que eram importantes para ela.

Mas... Kiva também tinha pessoas com quem se importava. E, para o bem ou para o mal, Tilda era uma delas. Enquanto Kiva estivesse viva, estava determinada a fazer com que Tilda continuasse viva também.

Não a deixe morrer.

Kiva já não precisava se lembrar do bilhete.

Nunca precisara.

Puxou um banco para ficar ao lado de Tipp e continuou segurando firme a mão de Tilda, começando a contar outra vez a história de como seu pai conhecera sua mãe. Esperava que, se Tilda havia compreendido a história

269

quando ela a contara pela primeira vez, também tivesse ouvido os pedidos para que se lembrasse das pessoas que amava. Para que se lembrasse de que elas precisavam que Tilda continuasse viva, e lutasse.

— Você realmente se i-importa com ela, não é? — perguntou Tipp mais tarde naquela mesma noite, quando Kiva estava alimentando os ratos com mais amostras.

O garoto tentava ajudar, porém mais atrapalhava do que qualquer outra coisa, uma vez que preferia brincar com os ratos em vez de acalmá-los.

— Com quem? — indagou Kiva, distraída.

— Tilda. Eu vi c-como olhou para ela hoje quando estava c-contando sua história. Foi muito legal, f-falando nisso. Você nunca fala s-sobre seus pais.

— Não tem muito para falar — disse Kiva, se esquivando e tentando soar indiferente ao menos para amenizar a dor que sentia quando pensava na mãe e no pai que havia perdido. Em sua irmã e seus irmãos também.

Tipp sabia que não deveria pressioná-la, retomou a primeira pergunta:

— O que ela t-tem de diferente? T-Tilda? É só pelo que ela r-representa? Porque você n-não quer ver outro paciente m-morrer se p-puder evitar? Foi o que você d-disse, não é?

Diante da curiosidade de Tipp, Kiva resolveu responder:

— É isso, sim. Mas... — Ela fez uma pausa e, em seguida, confessou em voz baixa: — Tilda também me lembra alguém que eu conhecia.

Tipp se virou para olhá-la melhor. Seus olhos azuis ficaram marejados num instante.

— Eu n-não sabia que você tinha notado. Não q-queria dizer nada, estava com m-medo de criar c-caso.

Kiva largou a comida na qual estava misturando o musgo do aquífero e se aproximou do garoto.

— Tipp...

— Eu não p-percebi quando ela chegou, mas depois que você deu b-banho nela... — disse ele, enxugando o rosto depressa. — Ela me lembra m-muito a mamãe.

Kiva abriu os braços, convidando-o a se aproximar, e ele saiu do cercadinho de ratos e a abraçou. Nenhuma lágrima rolou por suas bochechas, mas mesmo assim sua tristeza envolvia os dois.

— Ineke teria muito orgulho de você — falou Kiva, baixinho. — Sabe disso, não sabe? Ela estaria muito orgulhosa.

Kiva *não tinha ideia* de por que Tilda fazia com que Tipp se lembrasse da mãe, além do fato de terem mais ou menos a mesma idade e o cabelo escuro. Talvez isso bastasse para trazer algumas lembranças à tona para Tipp. A mesma coisa acontecera com ela depois da morte de seu irmão; por anos, todos os garotos que via faziam com que ela se lembrasse de Kerrin.

— Eu... eu fico muito f-feliz por se importar com ela — disse Tipp. — Mesmo sabendo que n-não é minha mãe. É importante para mim saber que está f-fazendo de tudo, que está tentando ajudá-la.

Ele se afastou de Kiva. Arrastando os pés no chão, admitiu:

— Sei que fiquei triste q-quando assumiu a sentença dela, m-mas você fez a coisa certa. E está indo m-m-muito bem com as Ordálias, então tenho certeza de que a-amanhã vai ser igual.

Kiva sentiu o estômago congelar quando pensou na provação do dia seguinte. A sensação se intensificou quando se deu conta de que, se conseguisse sobreviver às duas últimas Ordálias, estaria livre para deixar Zalindov. Ela, Tilda e Tipp, os três juntos.

Mas deixariam Jaren e Naari para trás. E Mot também.

Ao pensar no homem idoso, os olhos de Kiva desviaram até a bancada e pousaram no pequeno frasco de líquido perolado. Mot o entregara a Kiva naquela tarde, depois de passar a semana indo e vindo do jardim, resmungando. Naquele dia, quando finalmente entregou a poção, dissera:

— *Beba isso amanhã cedo. Não pergunte o que tem aí, pode acreditar, você não quer saber. Tampe o nariz e respire fundo, senão não vai conseguir engolir.*

— *Preciso saber mais do que isso* — respondera Kiva, observando o frasco com desconfiança.

— *A maioria das pessoas se afoga por entrar em pânico ou por ficarem exaustas. Se vão jogar você no aquífero para nadar... você sabe nadar, né? Esta mistura vai ajudar fisicamente. Você vai demorar menos para ficar cansada, e o remédio vai aliviar as câimbras e relaxar os músculos. Tentei botar algo para acalmar você, mas, hum... deu errado. O emocional fica por sua conta.*

Depois, ele desejou boa sorte e disse que começaria a pensar em maneiras para ajudar com a Provação pela Terra. Kiva ficara comovida pela certeza de Mot de que ela chegaria tão longe, e o choro ficou preso em sua garganta quando ele acenou e deixou a enfermaria.

Não seria fácil abandonar Mot caso Kiva sobrevivesse a todas as Ordálias. Mas, como no caso de Jaren, não havia nada que ela pudesse fazer por ele. Tipp e Tilda, no entanto, dependiam dela, ainda que não soubessem.

— É óbvio que me importo com ela — respondeu Kiva ao garoto, ignorando tudo que se passava pela sua mente. — E estou feliz por você se importar também.

Tipp assentiu.

— Eu me importo d-de verdade. Pode c-contar comigo quando não estiver aqui... Eu cuido dela q-quase tão bem quanto você.

— Aposto que até melhor — disse Kiva, estendendo o braço para colocar a franja ruiva do garoto para o lado. — Tenho certeza de que você é o favorito dela. De longe.

Tipp sorriu.

— Bom, n-não sou eu q-que estou dizendo...

Kiva deu risada e voltou a trabalhar nas amostras. Não tinha voltado para os túneis naquela tarde. Em vez disso, depois que Tilda pegou no sono, continuou na enfermaria, esperando para ver se ela acordaria lúcida outra vez. Mas, conforme o esperado, a mulher enferma voltara a delirar. Kiva havia continuado os testes nos ratos enquanto aguardava, o que normalmente faria um dia depois, mas já que a Ordália se aproximava, não queria se arriscar a perder tempo.

Na manhã seguinte, Kiva pretendia fazer uma visita rápida aos túneis, junto com Naari, para colher as amostras finais e voltar antes do Julgamento. Seria corrido, já que precisariam retornar à enfermaria para aguardar a convocação de Kiva, mas ela estava confiante de que conseguiriam dar um jeito.

Porém, quando a manhã chegou, seus planos foram por água abaixo depois do anúncio de que uma carruagem acabara de chegar, trazendo novos detentos. Sendo a enfermaria primeira parada, Kiva precisou ficar para examiná-los e marcar as mãos deles, procedimentos que levavam tempo e a impediriam de coletar as amostras. O único ponto positivo fora que os recém-chegados mantiveram Kiva ocupada e distraída, e, além de ingerir a poção com gosto de podridão de Mot, ela mal percebeu que o tempo passava e sua Ordália se aproximava.

No total, eram quatro prisioneiros — três homens e uma mulher, de diferentes idades e etnias, vindos de diversos locais de Wenderall. A saúde de todos estava boa. Kiva sabia que não haviam percorrido uma distância muito grande na última parte da jornada, não enquanto havia quase quatro semanas de inverno pela frente. Por esse motivo, Kiva se surpreendera com a chegada. Apenas Jaren, os dois homens mortos que o acompanhavam e, mais tarde, Tilda, haviam sido transportados até Zalindov desde que o tempo piorara — além da comitiva real para a primeira Ordália, mas eles não contavam, já que seu conforto durante a viagem era bastante diferente do oferecido aos prisioneiros.

Um por um, os recém-chegados foram enviados para Kiva. Ela os examinou, os marcou e os encaminhou para os respectivos destinos, como fazia havia anos. Tipp estava com ela, buscando água limpa e pó de raiz de pimenta, depois ajudando a vesti-los com o uniforme da prisão.

Apenas a mulher se atreveu a dizer algo para Kiva, reclamando que foram obrigados a realizar a jornada congelante porque todas as masmorras nas quais tentaram parar estavam lotadas. Mal conseguira terminar de falar antes que Kiva lhe dissesse para ficar em silêncio, já que a notícia de sua chegada não havia sido comunicada por Naari nem tampouco era a guarda de olhos cor de âmbar quem estava na enfermaria. Em vez disso, Ossada e Carniceiro estavam à porta, instaurando uma atmosfera pesada com sua ameaça silenciosa e fazendo com que Kiva se apressasse.

Ela finalmente concluiu os procedimentos do último dos recém-chegados, que foi conduzido pelos dois guardas mal-encarados até onde os demais os esperavam. Em seguida, todos felizmente foram embora da enfermaria, inclusive Ossada e Carniceiro. Eles eram problema de outra pessoa agora, pensou Kiva, aliviada por não ter ficado responsável pela orientação outra vez, como aconteceu com Jaren.

Embora... isso não tenha terminado tão mal no fim das contas.

— Que d-difícil — disse Tipp, recolhendo as roupas descartadas e empilhando-as em um canto. — Não sei como você c-consegue fazer isso.

— Muita prática — respondeu Kiva, aproximando-se do garoto para ajudá-lo.

Recolheu uma camisa suja que pertencia a um dos homens, franzindo o nariz enquanto a sacudia e a dobrava. Quase não viu o pequeno papelzinho que voou ao chão e quase não agiu rápido o suficiente para escondê-lo com o pé antes que Tipp o visse também.

Seu coração quase saiu pela boca, mas ela permaneceu calma e continuou dobrando as roupas até que não restasse nenhuma peça.

— Pode levar as roupas até a entrada para triagem? — pediu Kiva a Tipp, rezando para que o garoto não notasse a oscilação em sua voz.

— Vou bem r-r-r-apidinho. Vão vir b-b-buscar você daqui a pouco. Não q-quero perder.

273

Kiva mal se permitiu pensar que estava quase na hora da próxima Ordália. Tudo o que fez foi prender a respiração até que Tipp saísse da enfermaria e, em seguida, deu uma rápida olhada em volta para ter certeza de que estava sozinha, a não ser por Tilda, que dormia. Quando se sentiu segura, levantou o pé e se abaixou para pegar a tira de pergaminho que caíra da camisa do homem.

Finalmente, pensou. Sua família recebera o bilhete que Kiva enviara através de Raz e por fim respondera para dar notícias sobre o resgate que estava prestes a acontecer.

Com as mãos trêmulas, ela desdobrou o bilhete. Havia apenas uma palavra, dessa vez escrita na letra desleixada e apressada do irmão:

$$\| \sim \triangle \wedge \| \gg \gg \| \oplus$$

Kiva franziu o cenho e leu outra vez, perguntando-se se sua tradução estaria errada.

Era um nome. O nome de uma cidade.

Oakhollow.

Se ainda se lembrava das aulas de geografia, ficava bastante ao sul, perto de Vallenia.

Mas por que ele...

Kiva inspirou fundo quando compreendeu.

Seu irmão estava informando onde estava. Onde sua família estava.

Onde Kiva podia encontrá-los se sobrevivesse às Ordálias, se conquistasse a liberdade.

Ela se sentiu cheia de esperança e de afeto ao pensar que seu irmão acreditava que ela teria êxito na missão em que tantos outros falharam.

E ainda assim... a esperança se dissolveu e deu lugar ao desamparo. Sua terceira provação aconteceria naquele mesmo dia, e eles ainda não haviam chegado para salvá-la. Ela dissera que precisava ser resgatada e aquela era a única resposta.

Estamos a caminho.

Mentiras.

Apenas mentiras.

Porque *não estavam* a caminho.

Ela respirou ainda mais fundo, tentando conter as lágrimas que brotavam de seus olhos.

Não podia culpá-los. Ninguém nunca tinha invadido Zalindov. Ninguém nunca tinha escapado. Ela sabia que era uma missão impossível, um *pedido* impossível. Mas, mesmo assim, imaginara que... com a ajuda dos rebeldes, ela *imaginara* que...

Não importava.

Estava por conta própria. Se quisesse voltar a ver sua família, teria que trilhar seu próprio caminho até eles. O bilhete de seu irmão queria dizer duas coisas:

Estavam esperando por ela. E queriam que se juntasse a eles.

Mais duas semanas.

Mais duas Ordálias.

Então ela poderia ser livre.

Então *seria* livre.

— Ah, querida, você ainda está aqui.

Kiva amassou o bilhete e o jogou debaixo de um banco antes de se virar e deparar com Olisha, que entrava na enfermaria.

— O que está fazendo aqui? — questionou Kiva, com a voz falhando por conta de tudo o que estava sentindo.

Olisha deu uma palmadinha no saco que trazia; o tilintar era de vidros se chocando.

— Só vim abastecer o estoque — respondeu.

Kiva pestanejou.

— O estoque?

Olisha foi até a bancada de madeira e se ajoelhou, abrindo um painel. Kiva observava, boquiaberta. Não sabia que havia um armário ali.

— O estoque — repetiu Olisha, tirando um frasco de líquido transparente da bolsa e mostrando-o a Kiva. — Você sabe. De reforço para imunidade.

Kiva sentiu um calafrio e as pernas bambearem conforme caminhava até a mulher.

— Reforço para imunidade?

— Isso — disse Olisha, com a voz abafada, uma vez que metade de sua cabeça estava dentro do armário enquanto ela abria espaço entre outros frascos idênticos que já estavam lá dentro. — Queria não ser alérgica a raiz--de-ouro. Nergal também é. Do contrário, estaríamos bebendo isso como se fosse água.

— Posso... — Kiva pigarreou. — Será que posso ver um desses frascos, por favor?

Olisha estava prestes a guardar um deles no armário, mas, em vez disso, o entregou a Kiva, depois pegou outro na bolsa e continuou a preencher o espaço.

Com as mãos trêmulas, Kiva abriu a tampa e levou o vidro ao nariz. Bastou um segundo para que fosse tomada por pânico, mas se forçou a soar calma ao perguntar:

— Onde conseguiu isso, Olisha?

— Humm? — perguntou a mulher, concentrada no que fazia.

— Os frascos. De onde vieram?

— Nergal me entregou, querida. Ele está indo assistir à sua Ordália com o resto do pessoal, mas meus nervos não aguentam essas coisas, então me ofereci para trazê-los, já que vinha para cá de qualquer forma. Alguém precisa ficar com os pacientes durante sua ausência.

— Nergal... deu estes remédios... para você?

— Bom, deu, sim — disse Olisha, e algo no tom de Kiva fez com que a detenta interrompesse a tarefa para encará-la. — Mas ele pegou com outra pessoa. A gente está distribuindo durante todo o inverno. Toda vez que alguém visita a enfermaria, fazemos com que tome um. Como você faz.

— Eu... o quê?

Olisha franziu o cenho.

— Você *está* distribuindo as vitaminas, não está?

Quando Kiva balançou a cabeça devagar, começando a sentir o desespero crescer, Olisha pareceu preocupada:

— Devia se informar melhor, querida — falou a mulher. — Com essa doença se espalhando por aí, precisamos de toda a ajuda que conseguirmos. *Nem todo mundo* é alérgico a raiz-de-ouro. Você, mais do que ninguém, deveria estar enfiando isso goela abaixo nos seus pacientes. Não dos doentes; tentamos isso e só os deixou pior. Estou falando dos que aparecem com ferimentos, resfriados, ou... ou... que estão *saudáveis*. É para eles que entregamos as vitaminas, para que fiquem mais fortes. Como *você* também deveria estar fazendo. — Olisha comprimiu os lábios. — Estou decepcionada com você, Kiva.

Mas Kiva não estava mais ouvindo. Em vez disso, ouvia a voz de Cresta, as acusações do dia anterior: *Todo mundo que vai até você por coisas pequenas acaba ficando doente. Explique isso, curandeira!*

Que o mundo-eterno os ajudasse.

Kiva sabia o que estava causando a doença.

Olisha estava certa — havia raiz-de-ouro no frasco, um reforçador de imunidade natural.

Mas Olisha também estava errada, porque não havia *apenas* raiz-de-ouro.

O cheiro permanecia nas paredes das narinas de Kiva, um amargor amendoado com toques de frutas em decomposição. A intensidade da raiz-

-de-ouro quase o mascarava, de maneira que curandeiros não treinados, como Olisha e Nergal, não perceberiam, não saberiam.

Febre alta, pupilas dilatadas, dor de cabeça, vômito, diarreia, erupções cutâneas na barriga — todos sintomas de uma doença estomacal. Mas também eram efeitos colaterais de outra coisa, algo que tinha cheiro de amêndoas e frutas em decomposição.

Algaspectro.

Comumente conhecido como Abraço da Morte.

O reforço para a imunidade... não era um remédio.

Era veneno.

Os prisioneiros não estavam *contraindo* uma doença, estavam sendo envenenados.

— Hora de ir.

Kiva se afastou de Olisha, indo em direção à porta da enfermaria. Seu corpo inteiro tremia com o choque do que ela acabara de descobrir.

— Onde está Naari? — Kiva teve um sobressalto ao ver o diretor Rooke se aproximando.

O homem ergueu uma sobrancelha.

— Você ficou bastante próxima dela, não é? Tenha cuidado, curandeira.

Kiva o encarou, ainda cambaleante devido ao que acabara de descobrir. Abriu a boca para contar a Rooke, então viu os guardas que o acompanhavam, um caminhando a seu lado e outro plantado perto da porta da enfermaria. As palavras de Olisha ressoaram em seus ouvidos: *ele pegou com outra pessoa.*

Não podia se arriscar a revelar o que havia descoberto, não até que tivesse certeza de que a pessoa responsável seria pega. Olisha e Nergal não tinham sido nada além de fantoches. Fantoches *idiotas*, mas ainda assim fantoches. Até que descobrissem quem era o fornecedor, Kiva precisava ser criteriosa ao compartilhar a informação. Não poderia apenas expor a verdade a Rooke, não quando outras pessoas estavam ouvindo. Os prisioneiros não eram os únicos que espalhavam boatos em Zalindov; rumores também corriam soltos entre os guardas, e as informações sempre chegavam aos detentos.

Isso precisava ser resolvido — mas *discretamente*. Zalindov era uma granada prestes a explodir. Se as pessoas descobrissem que a doença *não era* uma doença... que alguém as estava *envenenando* de propósito...

— O que você tem aí? — questionou Rooke, espiando o frasco nas mãos de Kiva.

A curandeira fingiu uma tranquilidade que não sentia, mentindo descaradamente ao devolver o frasco para Olisha.

— Nada de mais.

Rooke semicerrou os olhos, e Kiva sentiu uma pontada de esperança, lembrando-se de como ele era bom em ler as pessoas. Com certeza reconheceria o pânico no olhar dela, entenderia que havia algo errado e exigiria uma conversa a sós com Kiva. Então ela poderia dizer a verdade longe de ouvidos à espreita.

Mas o diretor não disse nada, alheio a tudo o que ela pensava e sentia, e se limitou a dar as costas e gesticular para que Kiva o seguisse.

— Venha. Temos uma longa caminhada pela frente.

— Espere! — gritou ela, sem conseguir se conter. — Podemos conversar? Em particular?

Rooke nem mesmo desacelerou o passo ao falar por cima do ombro:

— Estamos atrasados. Seja o que for, pode esperar até depois de sua provação.

— Se ainda estiver viva — zombou o guarda que acompanhava o diretor, aproximando-se de Kiva e a empurrando com violência. — Ande logo, curandeira.

— Mas...

— Comece a andar ou vou arrastar você. — O guarda a empurrou outra vez. — Você decide.

Kiva trincou os dentes e caminhou, obediente, xingando Rooke mentalmente por não perceber quão urgente era a situação.

Seus pensamentos corriam soltos enquanto ela saía da enfermaria. O guarda, ainda com um sorrisinho de deboche, apertou o passo para se juntar ao diretor e dois outros; mais três guardas se juntaram a eles no trajeto, mas nenhum era Naari. Kiva estava desesperada para vê-la e contar o que descobrira, certa de que a guarda, diferentemente do diretor, a escutaria e saberia o que fazer. As pessoas estavam morrendo por causa de um veneno. *Alguém* precisava saber, precisava descobrir quem estava por trás disso e fazer justiça.

A primeira pessoa em quem Kiva pensou foi Cresta. Se os detentos conseguiam ter acesso a pó de anjo contrabandeado, conseguiriam obter outros itens também. Principalmente por meio da líder dos rebeldes na prisão. Mas... Cresta parecera tão furiosa ao confrontar Kiva no dia anterior, esbravejando sobre como seus amigos estavam ficando doentes e morrendo. Se fosse uma das pessoas fornecendo o veneno, com certeza teria protegido as pessoas com quem se importava.

Provavelmente o culpado era outra pessoa cuja motivação não visava espalhar medo e animosidade, afinal, Cresta não precisava de um veneno para fazer isso. Mas *quem*...

A concentração de Kiva foi embora quando alguém chamou o diretor, fazendo com que o pequeno grupo parasse. Ela se sentiu tão aliviada quando se virou e viu Naari se aproximando, que seus joelhos quase cederam.

— Arell — grunhiu Rooke. — Estava me perguntando onde você estava. Está ciente de que a enfermaria foi deixada sem supervisão?

— Uma carruagem chegou hoje de manhã — explicou Naari. — Me disseram que estaria supervisionada.

O diretor comprimiu os lábios, mas a resposta pareceu satisfazê-lo, uma vez que ele voltou a andar.

Kiva não o acompanhou até que Naari lhe desse um cutucão, e, mesmo assim, seguiu tomando o máximo de distância do diretor e do grupo de guardas.

— Preciso falar com você — sussurrou Kiva.

— Precisa se concentrar — respondeu Naari.

Kiva olhou de canto para a guarda, percebendo seu rosto pálido e sua expressão apreensiva, a maneira ansiosa como se comportava.

— É urgente — murmurou Kiva. — É sobre...

Mas Kiva se interrompeu ao perceber que algo estava errado.

Não estavam indo em direção à entrada dos túneis, ao aquífero.

Iam em direção aos portões de Zalindov.

De repente, Kiva foi tomada pelo medo e abafou todos os seus pensamentos sobre o veneno quando se lembrou de que estava prestes a enfrentar a terceira Ordália, que poderia muito bem terminar em sua morte. Estivera nervosa, mas confiante, acreditando que teria que cruzar o aquífero a nado, especialmente com a poção de energia de Mot correndo em suas veias. Mas naquele momento...

Naquele momento não tinha ideia do que estava acontecendo.

— Para onde estamos indo? — sussurrou.

A voz de Naari era tão sombria quanto seu semblante ao responder:

— Não sei, mas não estou gostando.

Kiva também não estava. Mas enquanto seguiam Rooke pelo portão, passavam pelas trilhas na plantação e seguiam em frente, começou a suspeitar de que sabia para onde estavam indo.

A saliva se acumulava em sua boca e, mais do que nunca, ela sentiu a urgência de contar o que descobrira, então puxou a manga de couro de Naari e cochichou:

— É veneno.

— O quê? — perguntou a guarda, antes de fazer um gesto brusco indicando silêncio, assim que Rooke se virou para olhá-las.

— Andem depressa — chamou ele. — Estão todos esperando.

Kiva sabia que ele estava se referindo ao restante dos habitantes de Zalindov. Ela se perguntou se Tipp teria sido arrastado pela turba ao voltar do bloco de entrada e esperou que ele não estivesse perdido em um mar de serralheiros corpulentos ou entre os operários da pedreira. Mas também sabia que o garoto conseguiria cuidar de si mesmo, então decidiu não se preocupar com ele e, em vez disso, se esforçou para garantir que Naari entendesse sua mensagem.

Rooke, no entanto, percebera que elas estavam ficando para trás de propósito e desacelerou o passo, forçando-as a alcançá-los. Ao olhar para Naari, Kiva percebeu que a guarda não parecia alarmada, o que indicava não ter entendido o que Kiva dissera ou a importância da informação. A curandeira tinha que encontrar um jeito de explicar, e depressa.

Mas quando Rooke fez uma curva nos trilhos principais, seguindo na direção leste, uma região na qual Kiva jamais estivera, ela percebeu que estava certa em relação ao lugar para onde estava sendo levada. Seu coração foi parar na boca com a aterrorizante confirmação.

A pedreira abandonada.

Uma armadilha mortal inundada.

O lugar perfeito para a Provação pela Água.

CAPÍTULO 27

Como nas duas primeiras provações, o coração de Kiva estava acelerado enquanto ela se aproximava da terceira. Diferentemente da pedreira imensa que ela e Naari haviam visitado duas semanas antes, a pedreira abandonada era bem menor em largura. No entanto, diziam que era bastante funda, já que os operários haviam cavado muito antes de o lumínio se esgotar. Era impossível saber exatamente sua profundidade, pois os anos de chuva e as nascentes subterrâneas haviam dominado a mina a céu aberto, enchendo-a de água.

Kiva havia se esquecido da existência da pedreira, então nem sequer a tinha considerado para a terceira Ordália. Naquele momento, se esforçava para tentar adivinhar qual seria o objetivo da provação e se a poção de Mot ainda ajudaria.

Conforme o diretor a conduzia pelo trajeto até o topo do penhasco com vista para o fosso da mina, uma parte distante de Kiva não conseguiu deixar de admirar a paisagem. Havia calcário e outros minerais na água, cuja cor era turquesa brilhante, e tinha também um toque de brilho metalizado na superfície, causado pelos resquícios de lumínio. Em um dia de verão, a água teria sido convidativa e perfeita para um mergulho; mas ainda era inverno... e, ao contrário do aquífero, mantido em temperatura amena devido ao calor do túnel, havia crostas de gelo nas laterais da pedreira, onde a água se encontrava com as pedras.

Kiva não sabia o que era pior: quão gelada a água deveria estar ou o fato de que era impossível adivinhar o que estava submerso nela. Rochas, equipamentos de mineração abandonados, toxinas minerais... a lista de perigos era infinita.

— Ande logo — ordenou Rooke, fazendo um gesto para que Kiva continuasse enquanto ele seguia pelo caminho de pedra. — Ainda falta mais um pouco.

Kiva tentou não olhar para os prisioneiros que se apinhavam em volta da pedreira, cerca de três mil pessoas olhando para a água lá embaixo e esperando para ver o que aconteceria. O clima de expectativa era palpável, ainda mais intenso do que durante a Provação pelo Fogo. Agitação... Raiva... Indignação... Inveja... *Esperança*... Era um misto pesado de emoções, algo que os guardas também pareciam ter percebido, uma vez que aqueles que Kiva conseguia enxergar entre os prisioneiros seguravam as armas com firmeza.

Perigo, alertou a mente de Kiva. *Perigo!*

Mas ela não podia prestar atenção nos espectadores, não quando cada parte sua estava começando a tremer de pavor. Kiva só sabia que Jaren, Tipp e Mot estavam lá, em algum lugar, torcendo para que sobrevivesse. Perguntou-se se estariam mais ou menos ansiosos do que ela, sendo obrigados a testemunhar de mãos atadas.

Quando Rooke finalmente parou, deviam ter descido até a metade do caminho. Ainda havia um penhasco íngreme entre ela e a superfície da água, que Kiva deduzia estar a cerca de quinze a trinta metros de distância, mas era difícil saber devido à cor turquesa enganosa e aos reflexos da luz na água imóvel.

— Kiva Meridan — bradou Rooke, as palavras ecoando na pedra e chegando até os prisioneiros e guardas que rodeavam a pedreira. — Hoje você enfrenta sua terceira Ordália, a Provação pela Água. Quer dizer suas últimas palavras?

Kiva desejou que ele parasse de fazer a mesma pergunta antes de cada provação. O que ela deveria dizer?

Então ela se lembrou de que *tinha* algo a dizer e olhou para Naari, procurando se comunicar com ela. A guarda respondeu com um movimento discreto de ombros, tentando mostrar que não entendia.

Ciente de que seu tempo se esgotava, Kiva se voltou para Rooke e balançou a cabeça, ainda desesperada, pensando em como poderia ter um momento a sós com Naari antes do início da provação.

Rooke não percebeu sua distração e continuou, revelando o que ela teria que fazer.

— Um indivíduo comum consegue segurar a respiração debaixo d'água por até dois minutos.

Kiva ficou imóvel, mas Rooke ainda não tinha terminado.

— O recorde é de meia hora. — O diretor fez uma pausa, antes de continuar: — Mas o homem em questão sofreu danos irreparáveis e complicações que, mais tarde, levaram-no à morte.

Privar o cérebro de oxigênio por tanto tempo... Kiva estava surpresa que o recordista tivesse sobrevivido, e mais ainda por ter continuado vivendo por fosse lá quanto tempo até as complicações atingirem seu ápice.

— Para passar pela provação de hoje, consideramos esses dois intervalos e também a temperatura da água. Sendo assim, você será submersa com ajuda de pesos e deverá permanecer lá por um total de quinze minutos.

Ele chutou uma rocha de calcário próxima a seu pé; havia uma corda enrolada nela.

— Ao fim desse tempo, você será içada de volta. Se ainda estiver viva, terá passado.

Kiva continuou de pé apenas porque Naari segurou seu braço em um aperto doloroso. A dor causada por suas unhas foi o que impediu Kiva de sucumbir ao pânico e às manchas que escureciam sua visão.

Quinze minutos.

Quinze minutos.

Nunca tinha lhe passado pela cabeça que teria que segurar a respiração debaixo d'água, nem mesmo quando considerara todos os cenários envolvendo o aquífero. Imaginou que iria *nadar*, e não *ser submersa*. Embora soubesse que alguns nadadores conseguiam ficar sem respirar por muito tempo, como os piscicultores do litoral de Albree e os operários na Bacia de Grizel, ela *não* era igual a eles. Sua única experiência fora brincando no rio ainda criança, quando prendia a respiração por poucos minutos — o suficiente para preocupar os pais, mas não mais do que isso.

Quinze minutos... Era *impossível.*

Mal conseguia acreditar no que estava pensando, mas desejou que a Princesa Mirryn ou que o Príncipe Deverick pudesse encontrar uma forma de ajudá-la outra vez, apesar das ameaças de Rooke sobre novas interferências. Ainda que Mirryn não tivesse nenhuma magia relacionada à água, poderia ajudar de algum jeito. E Deverick... Bem, Kiva acreditava que ele também não tinha nenhuma magia de água, uma vez que dominava o ar e o fogo, como sua irmã. Mas *mesmo assim.* Qualquer magia elementar era melhor do que nada, que era precisamente o que Kiva tinha a seu dispor. Nem mesmo a poção de Mot a ajudaria — sem ter que nadar para salvar a própria vida, não teria problemas com fadiga e câimbras. O que realmente precisava era de um elixir que a ajudasse a respirar debaixo d'água, e ela sabia que isso não existia.

Kiva era uma sobrevivente. Mas... para aquela provação, temia que isso não fosse o suficiente.

— Você compreendeu a provação? — perguntou o diretor.

Kiva não conseguia responder em voz alta, então acenou positivamente com a cabeça e olhou outra vez para a água. Ela ficou atordoada ao perceber que eles não desceriam mais, que ela cairia na água daquela altura.

— Guarda Arell, faria as honras? — disse Rooke.

O coração de Kiva disparou quando Naari soltou seu braço e se agachou para amarrar uma das extremidades da corda ao tornozelo de Kiva. Ciente de que aquela era sua última — e talvez única — chance, Kiva esperou até que Rooke estivesse dando uma ordem a outro dos guardas antes de se abaixar e sussurrar no ouvido de Naari:

— É veneno, Naari. Eles não estão doentes, estão sendo *envenenados*.

Não teve tempo de dizer mais nada, de explicar sobre o "reforço para imunidade" de Olisha e Nergal, porque Rooke se voltou para elas e, de olhos semicerrados, perguntou:

— O que disse?

— Disse que ela está me machucando — mentiu Kiva. — A corda está muito apertada.

— Precisa estar apertada — disse Rooke. — Não podemos correr o risco de você a desamarrar lá embaixo. Além disso, como vamos puxar de volta caso a corda escorregue?

Kiva não respondeu, mas olhou para Naari enquanto a guarda se erguia devagar. Seus olhos cor de âmbar ardiam. Ela havia entendido. E estava horrorizada.

— Tem certeza? — questionou Naari.

Kiva olhou para Rooke e depois de novo para a guarda.

— Tenho.

— Eu já disse. Precisa estar apertada — rosnou Rooke, alheio à pergunta real de Naari e à resposta de Kiva.

O diretor segurou Kiva pelos ombros e a virou em direção ao pedregulho, sinalizando para que o pegasse. Quando ela o fez, arfando ao sustentar seu peso pela primeira vez, ele segurou a outra ponta da corda e empurrou Kiva para a beira do penhasco. A plateia soltou um som como se todos os espectadores prendessem a respiração ao mesmo tempo.

— Não sei ao certo qual é a profundidade — informou Rooke, coçando a barba curta enquanto inspecionava a água. — Acho que vai ter que descobrir por conta própria.

Então baixou o tom de voz para que apenas ela pudesse ouvi-lo. Havia um pequeno resquício de empatia, mas Kiva já sabia que não era de fato para ela — ele estava preocupado com a possibilidade de perder sua melhor curandeira.

— Esta é a parte em que você prende a respiração. Está pronta?

Não. Kiva não estava pronta. *Jamais* estaria pronta. Mas não tinha escolha, então rapidamente puxou na memória tudo o que sabia sobre capacidade respiratória e respiração controlada e, devagar, começou a ofegar. Sabia que fazer isso poderia reduzir a pressão arterial a ponto de causar perda de consciência por hipóxia, mas, se não conseguisse expandir seus pulmões antes de entrar na água, perderia a consciência em breve de qualquer forma. Tinha que fazer tudo o que podia para ter uma chance de sobreviver. Se nadadores de mergulho livre conseguiam, talvez ela conseguisse também. Tinha que ao menos *torcer* para que houvesse uma possibilidade de êxito; do contrário poderia muito bem desistir naquele momento.

— Quando eu contar até três — avisou Rooke.

Kiva se concentrou na respiração, percebendo vagamente que Naari se posicionava a seu lado, um pouco trêmula — se era pelo que Kiva estava prestes a enfrentar ou pela descoberta do veneno, Kiva não sabia dizer. Não tinha mais tempo para o medo, não poderia desperdiçar oxigênio alimentando a própria ansiedade. Tudo o que podia fazer era *respirar*.

— Um — contou Rooke.

Kiva inspirou. Expirou. Inspirou. Expirou.

— Dois.

Era isso.

Kiva encheu os pulmões, sugando mais e mais ar. Seu diafragma se inflou a ponto de doer. Sua visão ficou turva, e ela se sentiu atordoada.

— *Três.*

O diretor empurrou suas costas, e Kiva se esforçou para manter a boca fechada com o ar que custosamente segurara, embora cada parte de seu ser quisesse gritar enquanto ela caía do penhasco em direção...

Splash!

À água.

O choque do impacto fez com que ela soltasse a pedra, cobrindo a boca e o nariz com as mãos enquanto o peso a puxava para baixo, para baixo, *para baixo*. Mal conseguia processar a dor da colisão com a superfície da água; a altura da queda quase a fizera perder o ar. Mas ela não cedeu, nem sequer liberou uma arfada de oxigênio além de pequenas bolhas ao afundar até as profundezas da pedreira. A água turquesa se tornava cada vez mais escura conforme ela descia, uma vez que o sol não conseguia penetrar tão fundo.

285

Kiva tinha a sensação de que seus ouvidos sangravam, e a pressão da descida acelerada era como lâminas espetando seu cérebro. E o frio... *o frio.*

Não percebera nos primeiros segundos, pois a adrenalina e a dor da aterrissagem brutal haviam afastado todos os pensamentos que não fossem sobre prender a respiração, mas, à medida que o choque inicial passava, um tipo diferente de choque se instalava.

A água era fria como gelo.

Quinze minutos — era tempo demais, fundo demais, frio demais.

Kiva ouviu um eco surdo e de repente a descida cessou. A pedra finalmente colidira com o fundo da pedreira, ou talvez contra qualquer outra superfície que a impedira de continuar afundando.

Não importava. Ainda era fundo demais, e a água que a rodeava estava escura a ponto de ela ter dificuldade para enxergar qualquer coisa além de formas distorcidas e turvas. Ninguém conseguiria vê-la lá de cima, com toneladas e toneladas de água bloqueando a visão.

Frio — ela estava *com tanto frio.*

Kiva soltou mais algumas bolhas, seus pulmões já imploravam por ar puro. Ela estendeu os braços e abraçou a si mesma, como se fazer isso fosse ajudá-la a reter calor, mas foi inútil. A água congelante penetrava sua pele, seus ossos. As extremidades já começavam a ficar dormentes enquanto todo o sangue corria para o centro de seu corpo a fim de proteger os órgãos vitais, o coração, o cérebro. Talvez a poção de Mot a estivesse ajudando, mas não era o bastante.

Seu corpo se curvou como se Kiva estivesse tossindo, mas ainda assim ela não soltou mais do que algumas bolhas, sabendo que não poderia soltar mais do que isso.

Quinze minutos.

Não fazia ideia de quanto tempo havia se passado. Não fazia ideia de quanto tempo ainda restava.

Não fazia ideia de como duraria muito mais.

Não conseguia sentir os dedos da mão. Não conseguia sentir os dedos dos pés. Tinha a sensação de que estava em chamas. O frio era tão intenso que seus nervos ardiam.

Respire!, gritava seu corpo. *RESPIRE.*

Ela não conseguia.

Não havia ar.

Não havia ar.

Seu corpo se debateu outra vez. Ela começava a enfim sufocar e perder o controle.

Então não conseguiu mais segurar a corrente de ar, que deixou seus pulmões de imediato, nem conseguiu impedir sua reação instintiva de tentar respirar outra vez.

Não.

Não.

Ela se engasgou, e sua traqueia começou a ser invadida por água em vez de oxigênio.

Tossindo e se engasgando, tossindo e se engasgando, a água preenchia seus pulmões, preenchia seu estômago enquanto ela acidentalmente a engolia. Não restava mais nada do ar que ela segurara.

A dormência se espalhava. Seus braços e suas pernas eram como pesos mortos.

E a escuridão — a escuridão crescia, sua visão se nublava e seu corpo se debatia, se debatia, *se debatia.*

Tortura. Aquilo era *tortura.*

E então parou.

Suas forças se foram.

A escuridão a levou.

CAPÍTULO 28

— RESPIRE! VAMOS, RESPIRE!

O corpo de Kiva se dobrou em um espasmo violento. Ela cuspia água pela boca ao tossir, engasgando-se com o oxigênio e puxando-o para os pulmões enquanto eles expeliam líquido.

— Isso. Bote tudo para fora. Estou aqui.

Kiva não conseguia sentir nada além de dor e frio. Seu corpo inteiro tremia, seus membros estavam dormentes, seu peito e sua cabeça doíam, seus pulmões e sua garganta queimavam, as costelas latejavam.

— Estou aqui — disse a voz outra vez, e Kiva finalmente a reconheceu, bem como os braços que a seguravam e o corpo contra o qual ela era pressionada.

— J-J-Jaren? — Kiva tentava falar, mas sua voz mal saía.

— Estou aqui — falou ele, apertando-a. — Você está viva. *Você está viva.*

Ele falava como uma prece, como se não conseguisse acreditar.

Considerando o latejar em sua caixa torácica, Kiva se perguntou quão perto havia chegado da morte, se por acaso devia a própria vida a Jaren.

Então se perguntou por que estava nos braços dele. Onde estava Rooke? Naari? Os outros guardas?

Devagar, Kiva abriu os olhos. O esforço beirava o impossível com a exaustão congelante e dolorosa que dominara seu corpo. Mas ao ver onde estava, onde *eles* estavam, uma nova dose de adrenalina a atravessou, e ela teve um sobressalto nos braços de Jaren.

— O quê...

Não conseguiu terminar a frase, tentando entender o que estava vendo.

Continuavam na pedreira.

Submersos na água.

A pedra ainda estava amarrada ao tornozelo de Kiva.

Mas... estavam respirando. Estavam conversando. Não estavam se afogando.

Um bolsão os cercava, uma bolha em tamanho humano, grande o suficiente para caber os dois. Havia uma pequena chaminé de ar partindo da bolha e que provavelmente subia à superfície e trazia oxigênio até eles.

— Mas o quê...

— Eu posso explicar — interrompeu Jaren. — Mas antes precisamos aquecê-la. Seu corpo está entrando em choque.

O corpo de Kiva não estava *entrando* em choque, *já estava* em choque.

E o choque cresceu exponencialmente quando Jaren a puxou para mais perto pouco antes de um círculo de fogo surgir ao redor, no chão da pedreira.

Um calor acolhedor começou a se infiltrar nos ossos de Kiva, descongelando-a de fora para dentro.

Ela gemeu de alívio e se aninhou em Jaren, que continuava apertando-a contra seu corpo; o calor dele se misturava com o do fogo, que não produzia fumaça. Aos poucos, ela voltou a sentir os membros e a dormência congelante começou a se dissipar.

Mas conforme o desconforto físico diminuía, sua mente era tomada por completo pavor.

— N-não entendo — sussurrou, ainda tremendo, mas muito melhor do que antes.

Soltou a camisa ensopada de água de Jaren e se afastou apenas o suficiente para conseguir enxergar seu rosto.

Não conseguia entender a expressão dele. Culpa, medo, resignação. Uma combinação dos três, e mais.

— *Não entendo* — repetiu Kiva, olhando de Jaren para as chamas, depois para o bolsão de ar, depois para a água escura acima deles.

— Entende, sim — disse ele, quase sussurrando.

Kiva balançou a cabeça uma vez e depois outra. A água escorria de seu cabelo molhado para o rosto.

— Não — falou ela, agarrando-se à própria negação. — Não é possível.

Não estava mais tremendo de medo.

Estava tremendo por uma razão bastante diferente.

— Eu não podia deixar você morrer, Kiva — sussurrou Jaren. Seus braços ainda a seguravam, sentindo-a estremecer. — Você ficou aqui embaixo por tempo demais. Você... Quando cheguei, você não estava respirando. Tive que ressuscitá-la.

Kiva sabia que as palavras de Jaren eram verdadeiras. Não apenas pela maneira espantosa como ele as proferia, como pelo latejar em seu peito, seus pulmões, seu coração. Ele lhe devolveu a vida.

Mas essa não era a parte que ela não conseguia compreender.

Estavam cercados por fogo. E ar. E debaixo da água.

Kiva umedeceu os lábios com a língua e perguntou:

— A princesa... A princesa te deu um amuleto também?

Jaren balançou a cabeça devagar.

— Então foi o príncipe? — sussurrou Kiva, rouca.

Jaren fechou os olhos e balançou a cabeça outra vez.

— Não — respondeu ele, com uma voz igualmente áspera.

Uma palavra, e Kiva entendeu.

Jaren não tinha amuleto algum.

Ele *não precisava* de amuleto.

Porque Jaren tinha magia elementar.

Uma memória de semanas antes invadiu sua mente, palavras do próprio Jaren sobre usuários de magia: *Já ouvi falar que existem anomalias também. Pessoas que nasceram fora da linhagem real, como antigamente.*

Uma anomalia.

Jaren era uma *anomalia*.

Kiva não conseguia acreditar.

— *Como...*

Jaren a interrompeu e olhou para cima, exasperado.

— Não temos mais tempo — disse ele, levantando-se e puxando Kiva para ficar de pé também.

A bolha de ar se expandiu ao redor.

— Eu queria poder explicar, e eu vou, juro. Mas, agora, preciso que me prometa que não vai contar para ninguém o que aconteceu aqui embaixo. Todos viram quando pulei do penhasco, mas a água era funda demais para que tenham visto qualquer outra coisa. Não podem saber sobre minha magia. Ninguém sabe além de Naari.

— *Naari* sabe? — repetiu Kiva, atônita.

Desejou que seu cérebro pudesse se recuperar mais depressa para que ela processasse melhor o que estava ouvindo.

— Me prometa, Kiva — pediu Jaren, com urgência. — Não pode contar para ninguém quem eu sou. Você entendeu?

Mas Kiva não teve chance de prometer nada, porque a corda se esticou, puxando-a pelo tornozelo.

290

— Encha os pulmões de ar! Rápido! — ordenou Jaren, pouco antes de interromper qualquer que fosse a magia que os mantinha protegidos.

No instante seguinte, Kiva foi tragada pela água congelante novamente, mas dessa vez estava sendo puxada para cima, e Jaren se segurava a ela com firmeza enquanto eram levados juntos em direção à superfície e depois para fora da água.

A jornada levou tempo suficiente para que Kiva estivesse tossindo e tremendo outra vez quando finalmente foi puxada de volta para a beira do penhasco. Não precisou fingir urgência para respirar, já que seus pulmões genuinamente buscavam desesperadamente por ar. Jaren estava a seu lado, cuspindo água também, com a pele arroxeada devido ao frio, como Kiva tinha certeza de que a sua também estava.

— De pé — soou uma voz ríspida, agarrando a túnica de Kiva e a puxando para cima até que se levantasse.

Ela mal conseguia sustentar as próprias pernas, mas ainda estava lúcida a ponto de temer o que parecia prestes a acontecer.

— Você foi avisada — vociferou Rooke, aparecendo diante dela.

Não havia alívio algum em seus olhos. Havia, no máximo, um vestígio de frustração, como se ele tivesse pensado que finalmente ficaria livre dela.

Independentemente de quem tivesse puxado Kiva, continuava às suas costas segurando a túnica, que estava apertada em volta do pescoço e fazia com que a garota ofegasse em busca de ar enquanto seu corpo tremia violentamente. Ela olhou de canto para Jaren, e seu medo aumentou quando viu quem o segurava — o Carniceiro.

— Você foi avisada — repetiu Rooke, com o rosto escuro tomado por raiva. Olhava de um para o outro. — Não fui claro quando disse que não permitiria nenhuma interferência nesta provação?

Kiva tentou assentir, mas apenas voltou a tossir.

— Não é culpa dela — declarou Jaren, tossindo também. — Eu saltei por conta própria.

Rooke foi em direção a Jaren e pegou seu braço para ler a pulseira de metal em seu pulso.

— D24L103. Você é novo aqui.

— Estou aqui há quase dois meses — explicou Jaren, sustentando o olhar do diretor. — Tempo suficiente para saber quem vale a pena salvar.

Kiva sentiu as palavras de Jaren se aninharem em seu peito e, ao mesmo tempo, teve vontade de mandá-lo calar a boca, sabendo que qualquer coisa que dissesse só tornaria tudo pior. Ela *tinha* sido avisada. O diretor havia sido muito claro ao afirmar que qualquer interferência resultaria em punição.

Jaren salvara sua vida. Kiva não poderia permitir que ele perdesse a dele.

— Eu pedi que ele fizesse isso — balbuciou ela.

Jaren se virou para ela com um movimento brusco.

— Não, Kiva, não faça...

— Ele se machucou e eu o ajudei, então ele pensou que me devia alguma coisa — afirmou Kiva, depressa. As mentiras jorravam de seus lábios.

Ela vacilou um pouco ao ver Naari em sua visão periférica. Seu rosto estava pálido, e a guarda observava a cena em completo horror. Mas Kiva reuniu forças e continuou:

— Ele me contou que costumava mergulhar no lago perto de sua casa, disse que conseguia prender a respiração por um longo tempo. Pedi que ele pulasse depois que eu já tivesse passado algum tempo lá embaixo e transferisse um pouco de seu oxigênio para os meus pulmões para me ajudar a sobreviver. É minha culpa, não dele. Foi minha ideia.

— *Kiva*...

— Basta! — bradou Rooke, interrompendo Jaren com uma única palavra.

O diretor se aproximou de Kiva e, em uma voz grave e baixa, falou:

— Tentei proteger você, mas não posso salvá-la de si mesma. Não mais.

Antes que Kiva pudesse assimilar as palavras, Rooke fez um gesto com o queixo para o guarda atrás dela, que soltou sua túnica. Por um instante de alívio, ela pensou estar livre, então uma dor aguda despontou na parte de trás da sua cabeça.

A última coisa que Kiva ouviu foi Jaren gritando seu nome enquanto ela caía.

CAPÍTULO 29

Quando Kiva despertou, sua cabeça martelava e ela sentia uma dor insistente e lancinante em seu crânio, na altura da nuca.

Abriu os olhos com dificuldade. O espaço ao redor parecia girar, escuro e fora de foco. Ela quis se sentar e precisou de três tentativas até não estar mais deitada no chão gelado.

— Ai — gemeu, pressionando a cabeça com uma das mãos.

Estabilizando a respiração, Kiva tentou organizar os pensamentos para descobrir onde estava e o porquê.

Seu corpo foi tomado por adrenalina quando ela se lembrou.

A Provação pela Água.

O afogamento.

Jaren salvando sua vida.

Com *magia*.

Rooke.

E depois nada.

Seus batimentos acelerados faziam a cabeça doer mais ainda, mas também trouxeram uma clareza muito necessária, e Kiva conseguiu se levantar, mesmo trêmula, e inspecionar o lugar onde se encontrava. A cela. Pois, de fato, era uma cela — não passava de um espaço pequeno e vazio cercado de paredes de pedra espessas. Havia uma porta em um dos lados e uma fraca lâmpada de lumínio oferecendo iluminação precária.

Kiva nunca havia estado em uma cela como aquela. Apavorada, tentou pensar em tudo o que sabia sobre Zalindov. Dentre todos os prédios que visitara como curandeira da prisão, havia apenas um no qual nunca pisara.

Estava no bloco das punições.

O Abismo.

Ao ouvir um barulho vindo da porta de metal, Kiva se virou e depois se afastou ao máximo. Seu coração estava disparado. Se sua bexiga estivesse cheia, ela teria se molhado, tamanho era o terror que sentia diante do que estava prestes a encontrar, diante de quem estava prestes a entrar por aquela porta.

Não era Carniceiro.

Nem mesmo Ossada.

Era outro guarda, alguém que Kiva não reconheceu.

Mas sabia que não era motivo para alívio, principalmente quando ele vociferou:

— Vamos, curandeira. Sua presença está sendo solicitada.

As pernas de Kiva cambalearam quando ela saiu da cela e seguiu o homem por um corredor escuro. Havia mais portas de metal, e ela teve certeza de ter ouvido pessoas chorando e gemendo ao passar por algumas. Será que Jaren estava em uma daquelas celas? Será que estava machucado?

O ar cheirava a medo… sangue, suor, vômito e outros fluidos. Kiva sentiu o vômito na garganta, mas se forçou a engolir e passou a respirar pela boca, tentando ignorar os lamentos.

— Entre — disse o guarda, segurando o ombro de Kiva como se para impedi-la de correr.

Ele abriu uma porta de madeira e os dois entraram em uma sala.

Era maior do que a cela da qual ela acabara de sair, grande o bastante para comportar confortavelmente algumas pessoas. As paredes ainda eram de pedra espessa, e o chão meio inclinado para baixo, em direção a um pequeno ralo no centro do lugar, para onde sangue vivo escorria em um fluxo lento.

Sangue de Jaren, que estava amarrado a um poste de açoitamento. Sua cabeça pendia em direção ao peito, e suas costas estavam cobertas por cortes fundos em carne viva.

— *Não!* — disse Kiva, arfando e sentindo os joelhos cederem.

Mas o aperto do guarda impediu que ela caísse.

Jaren fez um movimento quase imperceptível ao ouvir sua voz, tentando erguer a cabeça, mas não tinha força suficiente.

— Que bom que veio.

Kiva se virou mecanicamente para o homem que segurava o açoite. Os olhos esbranquiçados de Carniceiro ardiam com um brilho sádico e um sorriso esticava seu rosto avermelhado enquanto ele girava o chicote de nove tiras nas mãos.

— Chegou bem na melhor parte — continuou ele, aproximando-se de Jaren devagar.

— Não, por favor — implorou Kiva, avançando. Mas só conseguiu dar um passo antes de o outro guarda puxá-la para trás e segurá-la pela barriga.

— Na-na-ni-na-não — sussurrou ele em seu ouvido. Seu hálito cheirava a peixe podre. — Vai ficar bem aqui. Assento VIP na plateia.

— Não se preocupe, curandeira — disse Carniceiro. — Só estamos brincando um pouquinho. Prometo que você vai gostar.

Então, sem qualquer outro aviso, ele ergueu o braço e o baixou logo em seguida em um movimento veloz. O chicote dançou no ar... e desceu em um golpe contra a carne de Jaren.

Seu corpo se debateu com violência, e ele deixou escapar um gemido antes de um espasmo largá-lo contra o poste, a única coisa que o segurava de pé.

Lágrimas inundaram os olhos de Kiva e escorreram por seu rosto. Carniceiro tomou impulso de novo.

— Não! — gritou Kiva, a voz falhando no meio da palavra. — *Pare!*
Mas Carniceiro não ouviu.

— PARE! — implorou Kiva quando o chicote voou no ar mais uma vez. — PARE! *POR FAVOR! PARE!*

Ela gritava sem parar, mas o guarda ignorava suas súplicas enquanto golpeava as costas de Jaren com o chicote.

De novo.

E de novo.

E *de novo*.

Desesperada, Kiva se debateu contra o guarda que a segurava, tentando se soltar para ir até Jaren. Mas não adiantava — ele era forte demais, seu aperto era firme demais, e ela foi obrigada a assistir enquanto Carniceiro continuava a tortura, transformando a carne de Jaren em uma polpa sangrenta de cortes.

Kiva soluçava sem parar quando o Carniceiro finalmente parou. Sua voz estava rouca devido aos gritos.

Então os olhos pálidos do guarda se voltaram para ela.

Kiva não tinha mais forças para se sentir intimidada ao vê-lo se aproximar, com suas roupas e pele sujas do sangue de Jaren, o chicote pingando ao lado. Tudo o que sentia era ódio. E medo. Mas não por ela, e sim por Jaren, que ainda estava amarrado ao poste, inerte.

— Ele está bem. Vai sarar — comentou o Carniceiro como se não fosse nada. — Rooke disse para dar uma lição nele, mas sem danos permanentes.

Ele parecia decepcionado. Até então, Kiva imaginara que não poderia sentir mais repugnância.

Ela fitou o chicote, incapaz de continuar olhando para o rosto sujo de sangue de Carniceiro. *Pling, pling, pling.* Nauseada, observava o instrumento e o sangue de Jaren, que pingava no chão.

Carniceiro riu e estendeu o braço para segurar o rosto de Kiva, obrigando-a a olhar para ele.

— Não se preocupe, curandeira. Rooke nos disse para não tocar em você. — Um sorriso cruel rasgou seu rosto. — Achou que assistir seria uma punição maior.

Ele usou a outra mão para enxugar uma lágrima no rosto de Kiva, e seu sorriso aumentou quando ela tentou se desvencilhar. O guarda apertou seu queixo com mais força.

— Não é que ele acertou na mosca? — Carniceiro riu outra vez, depois levantou o olhar para o guarda atrás de Kiva. — Fique de olho no amiguinho dela. Se ele se mexer...

Ele entregou o chicote ensanguentado ao colega, que assentiu, ávido.

Kiva não tinha mais energia para falar nem para gritar. Carniceiro soltou seu queixo e agarrou seu ombro, forçando-a a se virar. Ela não conseguia se sentir aliviada por não ser a próxima a ser açoitada, porque Rooke estava certo sobre sua punição — assistir era pior. Seu propósito de vida era curar pessoas, não feri-las. E lá estava Jaren, sofrendo não apenas *por causa* dela, mas também *no lugar* dela.

— Ande logo, curandeira — ordenou o Carniceiro, empurrando Kiva para a porta.

Ela o acompanhou aos tropeços, ao lado dele, em um torpor, incapaz de pensar no que deveria fazer ou no que deveria sentir. Sua mente só conseguia visualizar o chicote golpeando Jaren repetidas vezes.

Insatisfeito com a velocidade da garota, Carniceiro fechou os dedos em torno do pulso de Kiva e a arrastou pelo corredor de pedra. A mão dele estava molhada e, quando Kiva olhou para o próprio punho, sentiu vontade de vomitar ao ver sua pele manchada pelo sangue de Jaren.

— Mais depressa — rosnou Carniceiro, puxando-a com violência.

— Para onde está me levando? — Ela finalmente conseguiu perguntar.

— Você sabia que existem diferentes tipos de tortura? — perguntou ele em um tom descontraído, continuando a arrastá-la. — Tem a tortura física, que é o tipo de diversão que acabei de ter com o seu namoradinho.

Diversão. Carniceiro considerava o que acabara de fazer *divertido*.

— Ele não é meu namorado — sussurrou Kiva, rouca, enquanto o som cortante do chicote açoitando a carne de Jaren continuava ecoando em seus ouvidos; a lembrança se recusava a esmorecer.

— E tem a tortura psicológica — continuou Carniceiro, alheio ao turbilhão dentro de Kiva. Ou talvez se deleitando com a situação. — Rooke só me disse para não fazer nada físico com você. Não me deu nenhuma outra instrução.

Ele ficou em silêncio para deixar que Kiva assimilasse a informação, mas ela estava entorpecida demais para sentir medo. Tudo o que conseguia fazer era olhar fixo para o sangue nos braços, nas pernas, no peito, no rosto de Carniceiro.

Muito sangue.

Culpa dela — era tudo culpa dela.

— Você... — Kiva não tinha coragem de terminar a pergunta, mas precisava saber, então balbuciou: — Você vai matá-lo?

Carniceiro soltou uma risada exagerada.

— Não, não.

Kiva suspirou, aliviada.

— Mas quando ele acordar, vai desejar ter morrido.

Os olhos de Kiva se encheram de lágrimas e sua mente entrou em pane. Então chegaram a uma escada de pedra, e Carniceiro a arrastou degraus abaixo, fazendo o mesmo quando chegaram a uma segunda escada. O ar estava gelado, os cheiros eram ainda piores, como se todo o sofrimento dos andares de cima pairasse ali como fantasmas.

— Sabe por que chamam este lugar de Abismo? — perguntou Carniceiro quando finalmente pararam diante de uma porta de pedra, densa e impenetrável.

Kiva se sentia oca por dentro, soterrada pelo medo que sentia por Jaren. Mas, ao mesmo tempo, ao olhar para a porta, sentiu um temor repentino e crescente por ela mesma.

Não teve a chance de responder à pergunta. Carniceiro abriu a porta e a empurrou para dentro de uma sala totalmente escura, declarando:

— Está prestes a descobrir.

E só havia escuridão.

CAPÍTULO 30

A porta de pedra se abriu.

Um feixe de luz.

Kiva se virou para encará-la, mas seus olhos ficaram tão ofuscados que não conseguiu ver nada. Ainda assim, não pôde conter um arfar silencioso.

Luz.

Qualquer luz.

Estendeu a mão para alcançá-la, como se quisesse segurá-la com os dedos.

Mas ela desapareceu.

Isso se repetiu seis vezes.

Seis vezes que pareciam semanas.

Meses.

Anos.

Kiva não sabia dizer quanto tempo passara presa na cela escura como breu, o verdadeiro Abismo de Zalindov. Carniceiro tinha razão — a tortura psicológica era pior do que a dor física. Ela não tinha noção de tempo, de espaço ou de si mesma. Além dos seis breves momentos em que recebera comida, deixada no chão do lado de dentro para que ela tivesse que tatear no escuro, não havia nenhum outro intervalo na escuridão. Não fosse pelas seis entregas, talvez acreditasse estar morta; a privação dos sentidos bastava para fazer com que pensasse nisso.

A única coisa que a ajudava a manter a própria sanidade era um gotejar débil em algum canto da cela, onde um pequeno cano pingava água suja dentro de um balde. Kiva hesitara em bebê-la no início, mas quando a primeira entrega de comida chegou e não havia água, sabia que ninguém traria. A menos que quisesse morrer desidratada, sua única opção era beber a água suja.

Não sabia qual era o estado da água; não podia vê-la, apenas ouvia os pingos lentos enquanto ela caía e se acumulava no pequeno recipiente, não apenas para beber, mas também para se lavar. A água tinha cheiro de cachorro molhado e, quando ela finalmente juntou coragem para engoli-la, levando-a à boca com a mão em concha, percebeu que o gosto fazia jus ao cheiro.

Mas a água não a deixou doente nem a matou.

E, com um cheiro terrível ou não, o gotejar contínuo era sua única companhia, tudo o que interrompia todo aquele vazio.

Isso e também seus pensamentos.

Que eram, talvez, a pior parte da tortura.

Por horas, dias, semanas, anos — qualquer que fosse o período pelo qual estivera trancada na cela —, Kiva continuou a repassar em sua mente todas as situações que resultaram naquele momento, todas as coisas que ainda tinha que fazer, todas as perguntas que permaneciam sem resposta.

Jaren estava em segurança? Será que ainda o estavam machucando? Será que ele ao menos ainda estava *vivo*?

E quanto à sua magia? Será que ele era a única anomalia, ou haveria outras? Por que estava em Zalindov se poderia ter usado seu poder para não ter sido preso? Para começar, qual teria sido seu crime?

E então havia Naari — como ela sabia o segredo de Jaren? Por que não contara aos outros guardas e ao diretor? Seria por esse motivo que monitorava Jaren tão de perto? Por que temia que ele tentasse escapar?

Mas, mesmo depois que Kiva já esgotara as perguntas relacionadas a Jaren, conforme o tempo passava, mais perguntas surgiam, havia mais coisas sobre as quais ela estava desesperada para saber.

Tipp estava bem sem ela? E quanto a Tilda?

Será que Naari havia descoberto quem estava envenenando os prisioneiros? Ou que Olisha e Nergal eram fantoches de alguém? Será que tinha contado para Rooke? Será que haviam encontrado uma cura? Ou as pessoas ainda estavam morrendo?

Será que Kiva ainda teria que passar pela última Ordália, a Provação pela Terra? Ou será que se esqueceriam disso e a manteriam presa no isolamento para sempre? Se fosse o caso, o que aconteceria com Tilda? Será que seguiria como prisioneira se sobrevivesse à doença? Ou seria assassinada? Era possível que Tilda *já tivesse sido* assassinada? Não era apenas a doença ou os guardas que representavam um perigo para ela — os outros prisioneiros também. Kiva os ouvira cochichando, ouvira os antirrebeldes planejando sua morte — ... *sufocar aquela rainha impostora enquanto ela dorme...*

304

Kiva nem sequer tinha se preocupado com as ameaças sabendo que Tilda estava em segurança sob seus cuidados, porém, estando no Abismo... Era outra história. Qualquer coisa poderia ter acontecido no tempo em que passara longe.

E quanto à família de Kiva? Será que Cresta havia comunicado aos rebeldes que Kiva estava no Abismo? Que a vida de Tilda estava em risco se Kiva não saísse de lá? Sua família sabia que ela estava sofrendo em plena escuridão? Eles *se importavam*?

Não a deixe morrer.

Estamos a caminho.

Eles haviam falhado em cumprir a promessa, e Kiva já não sabia se conseguiria cumprir a sua — em relação a Tilda e em relação a si mesma.

Os bilhetes codificados da família haviam sido a força que ela precisava para continuar viva, saber que existiam, cultivar a esperança de que um dia se juntaria a eles. Mas agora Kiva temia que isso nunca fosse acontecer, que não sobreviveria para ver o outro lado dos muros de Zalindov.

Para sair daquela cela.

Para sair daquela escuridão.

Mais um feixe de luz, e Kiva se estendeu em sua direção outra vez. Sentia que tinham se passado apenas minutos desde a última vez que recebera comida, e se perguntou se talvez *de fato* estivesse enlouquecendo, já que o tempo se tornara tão distorcido. Já tinha comido? Não conseguia se lembrar do gosto, não conseguia nem mesmo se lembrar de tê-la pegado. Mas não permitiu que a ideia a perturbasse e, em vez disso, virou todo o corpo em direção à luz, aproveitando o conforto momentâneo que ela proporcionava, sabendo que sumiria de novo dali a alguns segundos.

Mas não sumiu.

— Graças ao mundo-eterno. Você está viva.

Kiva teve certeza de que estava sonhando, de que a luz de lumínio que adentrava a cela só poderia ser uma alucinação, assim como a pessoa que a segurava.

— Naari? — murmurou Kiva. Ou tentou.

Não se lembrava da última vez que havia falado e precisou se esforçar para que seus lábios pronunciassem a palavra.

A porta de pedra se movimentou e ficou a um milímetro de ser fechada, deixando entrar apenas um fio de luz. Kiva piscava freneticamente enquanto seus olhos tentavam se adaptar, depois de passarem tanto tempo sem enxergar além da escuridão.

305

— Só temos alguns minutos — disse a guarda, sentando-se no espaço apertado. — Eu não deveria estar aqui.

Kiva estendeu o braço para tocá-la, ainda sem acreditar que a guarda realmente estava ali. Quando seus dedos tocaram pele de verdade, um lamento aliviado escapou de seus lábios.

— Você é real — sussurrou Kiva. — Você é *real*.

— Está ferida? — perguntou Naari. — Fizeram alguma coisa com você?

A mente de Kiva estava atordoada, ainda totalmente incrédula. Mas Naari estava à sua frente, alguém que podia responder às suas perguntas, então ela se recompôs.

— Jaren... Você o viu? Ele está bem? — indagou Kiva em vez de responder à pergunta da guarda.

— Ele está... se recuperando.

— Se recuperando? — O coração de Kiva disparou. — O que fizeram com ele?

A luz de lumínio revelou a expressão de confusão no rosto de Naari.

— Ele disse que você estava lá. Que obrigaram você a assistir.

— Eu o vi sendo açoitado pelo Carniceiro, mas isso foi semanas atrás. Mais do que isso. Quando chegamos... — disse Kiva, afastando as lembranças. — Eles... Eles machucaram Jaren outra vez? Alguém está cuidando dos ferimentos dele?

Ela detestava a ideia de vê-lo sendo punido repetidas vezes apenas por ter salvado sua vida.

— Semanas? — repetiu Naari, soando ainda mais confusa.

Mas quando a guarda olhou em volta, assimilando o lugar pequeno e escuro, e percebeu que a única fonte de luz era a que trouxera consigo, compreendeu, então sua expressão se suavizou. Depois foi tomada por compaixão. Sua voz era cautelosa, relutante e até mesmo preocupada quando disse:

— Kiva, você só está aqui há seis dias.

Kiva ficou sem ar.

— Seis...

Seis dias.

Ela só estava trancada havia *seis dias*?

Era como se uma vida inteira tivesse se passado.

Duas vidas inteiras.

Como era possível que fizesse tão pouco tempo?

— Ele está melhor a cada dia que passa. — Naari se apressou a acrescentar. E, se percebeu que os olhos de Kiva ficaram cheios de lágrimas, não disse nada. — Só consegui vê-lo duas vezes. Está sendo monitorado tão rigidamente quanto você. Mas limpei e fiz um curativo nos ferimentos dele do jeito que vi você fazer. Não há sinal de infecção, mas Tipp mandou algumas pétalas de flor de alno para que ele mastigasse, só por via das dúvidas. Disse que, junto com a seiva de azevém, ajudaria a manter o sangue limpo.

— Que bom — respondeu Kiva com uma voz embargada e pouco familiar. — Isso é bom.

Seis dias.

Não dava para acreditar.

Ainda assim, ela se obrigou a se recompor, lembrando-se de que Naari disse que só tinha alguns minutos, e tentou priorizar o que precisava saber.

— Tipp está bem? — perguntou, apesar de a guarda ter acabado de falar nele.

— Está. Está preocupado com você, mas tenho ficado de olho nele.

— E Tilda?

Naari demorou para responder, como se não conseguisse acreditar que Kiva estava perdendo tempo fazendo perguntas sobre a Rainha Rebelde. Por fim, disse:

— Nada mudou. — Depois de uma pausa, completou: — Tipp está cuidando dela como um guarda-costas. Mal sai da enfermaria para poder ficar ao lado dela. Segundo ele, é o que você teria feito se estivesse lá, então ele está cuidando de Tilda em seu lugar.

Ah, Tipp. Kiva sentiu uma nova onda de afeto pelo garoto. Estava com saudade dele, desejava que apenas um pouco de sua efervescência pudesse penetrar a cela escura. Ele não precisaria de uma luz de lumínio... apenas sua presença iluminaria todo o espaço.

— E quanto ao veneno? — questionou Kiva, incapaz de esperar mais. — Seis dias... eu pensei que já fazia mais tempo, mas você conseguiu descobrir? No começo, pensei que pudesse ser Cresta, mas não acho que ela...

— Não é Cresta — disse Naari. Havia algo estranho na voz da guarda. Soava muito grave, muito arrasada, muito emotiva. Raiva, incredulidade... desamparo.

— Então você *descobriu*? — perguntou Kiva, porque, apesar do tom de voz de Naari, aquilo por si só era um alívio.

— Depois da pedreira — começou a guarda, ainda soando estranha —, Olisha me procurou, sabendo que você e eu acabamos ficando próximas. Estava com raiva de você, alegando que havia sido negligente com seus deveres como curandeira. Quando me explicou sobre os frascos que ela e

Nergal como distribuindo, não foi muito difícil entender o que tinha neles. — Naari balançou a cabeça. — Não dá para acreditar que isso estava acontecendo debaixo do nosso nariz.

— A gente não tinha como saber — justificou Kiva, ainda que também estivesse com raiva de si mesma.

— Falei com o diretor Rooke — continuou Naari, depois se mexeu onde estava sentada, levando os braços para mais perto do corpo. Kiva nunca a vira com uma postura tão derrotada. — Contei tudo, sobre todos os seus testes, sobre como foram todos inconclusivos. Depois contei o que você disse na pedreira e o que descobri sobre os supostos reforçadores de imunidade.

Kiva esperou, mas quando Naari não disse mais nada, ela se adiantou:
— E?

Naari respirou fundo.

— Ele já sabia.

Kiva sentiu seu mundo desabar. A negação a atingiu em cheio.

— Não sabia, não — disse, rouca.

Ela se recordou do momento em que ele a viu segurando um dos frascos pouco antes da Provação pela Água. Ele olhara nos olhos de Kiva e perguntara o que era aquilo.

Mas então... seu rosto pareceu desconfiado diante da resposta, quando ela disse que não era nada importante, e se recusou a falar com Kiva a sós, mesmo quando ela pediu. Se ele *realmente* já sabia...

— Por que ele não disse *nada*? — perguntou Kiva. Como Naari continuou em silêncio, sem olhar para ela, prosseguiu: — Tanto tempo perdido! Se ele sabia sobre o remédio, por que deixou que ficássemos zanzando pela prisão feito duas idiotas procurando a origem da doença? Você poderia estar investigando o fornecedor e eu poderia estar trabalhando em uma cura! A gente teria feito *tanta coisa* diferente se soubesse! Tantas pessoas *não teriam morrido*!

Kiva se inflamava de rancor. Se houvesse espaço para se mexer na cela, teria se levantado para andar de um lado para o outro. O que o diretor tinha em mente ao esconder isso dela? Há quanto tempo sabia? Depois da Provação pelo Fogo, ele desejou *boa sorte* a ela. Dissera que muitas vidas *dependiam* dela. Será que já sabia naquele momento? Estava zombando dela ao vê-la fracassar uma vez após a outra?

Uma coisa parecida aconteceu anos atrás, pouco depois de eu me tornar diretor. Acho que você era jovem demais para se lembrar...

308

— Não entendo — resmungou Kiva, pensando no que ele dissera a ela. Sabia que Rooke enfrentara a mesma doença, o mesmo *veneno*, anos antes.

— Por que ele manteria isso em segredo quando poderia ter ajudado? Ele estava em risco também. *Todos* estavam.

Mas não era verdade, percebeu Kiva.

Porque nenhum dos guardas havia adoecido.

Um formigamento se espalhou por dentro dela, como se Kiva começasse a entender algo que, uma vez descoberto, jamais poderia ser ignorado.

Uma coisa parecida aconteceu anos atrás, pouco depois de eu me tornar diretor.

Naari não olhava para ela. As emoções de Kiva se intensificaram e se transformaram no sentimento turbulento e nauseante de pavor genuíno.

— Naari? — chamou Kiva.

O volume de sua voz era inadvertidamente baixo, como se, em seu subconsciente, ela não quisesse perguntar, não quisesse saber.

A guarda finalmente correspondeu ao olhar de Kiva. As mesmas emoções de antes fervilhavam em seus olhos: raiva, incredulidade, desamparo. Mas havia uma nova: impotência.

— Eu juro que não sabia — sussurrou Naari. — Se soubesse, teria dito alguma coisa, teria feito alguma coisa. Teria impedido.

— Teria impedido o *quê*? — questionou Kiva, temendo ouvir o que já sabia.

Uma coisa parecida aconteceu anos atrás, pouco depois de eu me tornar diretor.

Naari engoliu em seco e sua garganta se revolveu.

— Estão esperando um número recorde de prisioneiros para quando a primavera chegar. O inverno foi difícil no continente inteiro, houve uma alta na criminalidade, especialmente com o levante dos rebeldes se espalhando até os outros reinos e com os boatos sobre uma guerra que se aproxima.

Kiva não entendeu.

— E daí?

Naari continuou olhando para Kiva, nitidamente surpresa com o que estava prestes a compartilhar:

— Zalindov já está operando acima da capacidade máxima, então Rooke decidiu implementar um método próprio de... controle de população.

Controle de população.

As duas palavras ecoaram na mente de Kiva, confirmando seus medos.

Os prisioneiros estavam sendo envenenados.

Não, não apenas envenenados. *Executados.*

Era premeditado.

E veio do topo. Do próprio diretor Rooke.

Uma coisa parecida aconteceu anos atrás, pouco depois de eu me tornar diretor.

Ele estava assassinando prisioneiros, assim como fizera anos antes.

Nove anos antes.

O diretor Rooke matara seu pai.

Kiva parecia ter levado um chute na barriga, pisoteada a ponto de não conseguir se levantar.

Era esse o motivo por que estava trancada no Abismo? Não apenas pela interferência de Jaren na Ordália, mas porque, depois que Naari confrontara Rooke, ele percebeu que Kiva poderia encontrar uma cura para o veneno e arruinar seus planos? Ou será que ele havia decidido se livrar dela antes disso, quando a vira segurando o pequeno frasco, e o resgate de Jaren fora a desculpa perfeita para trancafiá-la antes que ela pudesse impedi-lo?

Com uma clareza repentina, Kiva entendeu tudo. Ele nunca quisera *protegê-la*; ele quisera mantê-la por perto, garantir que fosse um fantoche submisso. E, assim que percebeu que ela não seria...

Rooke não respondia a um único reino, e sim a todos. Mas se não sabiam o que ele estava fazendo, se as notícias nunca saíram dos muros de Zalindov, Kiva era sua única ameaça. Então ele a enviara para o Abismo, junto com qualquer chance de cura.

Será que tinha sido isso o que ele fizera com seu pai? Faran Meridan tinha descoberto a verdade quase uma década antes? Kiva sempre pensara que a doença o matara, mas, depois de tudo, ela se perguntava se, na verdade, ele descobrira a perversidade de Rooke... e pagara com a vida.

Fogo corria pelas veias de Kiva. Seu corpo inteiro tremia.

— Fica pior — disse Naari.

Kiva não acreditava que fosse possível.

— Estávamos na enfermaria quando falei com ele — continuou Naari. — Rooke estava dando uma olhada em Tilda e em busca de um relatório sobre o quadro dela, como se esperasse conseguir qualquer resquício de informação sobre os rebeldes enquanto ainda era possível.

A guarda girou a luz de lumínio, mas parou e entrelaçou os dedos.

— Tipp estava na ala de quarentena, Olisha e Nergal não estavam por perto. Pensei que estávamos sozinhos. — Ela fez uma pausa. — Não percebi

310

que Cresta havia entrado para deixar outro operário da pedreira que estava doente. Ela havia se escondido e ouvido tudo.

Que o mundo-eterno os ajudasse.

Se Cresta sabia...

— Quando as notícias começaram a circular, era tarde demais — disse Naari. — Não podemos fazer nada agora. Os prisioneiros sabem que estão sendo envenenados, sabem quem está fazendo isso, e sabem que isso ainda está acontecendo, já que Rooke não se importa em ser exposto. Os planos dele permanecem os mesmos. Contanto que ninguém fora de Zalindov saiba, ele está seguro.

Seguro. Enquanto ninguém mais estava.

— Os detentos estão aterrorizados. E furiosos. Nunca os vi assim, todos unidos, rebeldes e antirrebeldes. Os outros guardas estão partindo para a agressão para controlá-los, mas são três mil contra algumas centenas. Não sei quanto tempo vai levar até que a violência não possa ser contida.

Kiva começara a tremer sem parar. Dava para prever o que aconteceria. Já vira alguns motins durante seu tempo em Zalindov e todos tinham sido apavorantes, mas os piores — os que deixavam dezenas, algumas vezes centenas de mortos — haviam sido apenas dois. Depois deles, Kiva tivera pesadelos por meses, temendo que o menor dos ruídos fosse incitar o início de outra rebelião fatal e das execuções em massa que se seguiam.

Os prisioneiros nunca venciam. Tinham os números a seu favor, mas eram fracos, malnutridos e debilitados, enquanto os guardas estavam em perfeita saúde e possuíam armas letais, além da vantagem das torres e dos muros.

Rebeliões transformavam Zalindov em um matadouro e não resultavam em nada além de destruição.

— Assim que descobri o que estava acontecendo, fui até Vaskin e enviei uma carta ao Rei Stellan e à Rainha Ariana — contou Naari, a voz ganhando força para mostrar a Kiva que estava dando um jeito, como se fosse capaz de resolver tudo sozinha. — Contei sobre Rooke e o veneno. Vão colocar um fim nisso. É bárbaro, mesmo para Zalindov. Não vão permitir que isso aconteça. Quando os prisioneiros pararem de morrer, o restante deles vai se acalmar. Tudo vai voltar ao normal.

— Por que o rei e a rainha se importariam? — A voz de Kiva soava distante até para os próprios ouvidos, tomada por sua impotência. — Você é só uma guarda da prisão, deve ser insignificante para eles. Não vão dar a mínima para o que você tem a dizer.

As palavras eram severas. Kiva teria tido mais tato se não tivesse ficado tão abalada com o que acabara de ouvir. Porém Naari não se ofendeu, mas pareceu confusa.

— Só uma guarda da prisão? — repetiu, franzindo o cenho. Devagar, perguntou: — Pensei que tivesse falado com Jaren. Na pedreira...

A mente de Kiva ainda estava no veneno e na rebelião iminente. Ela parecia dominada pelo medo, temendo o que aquilo significaria para qualquer um deles, para todos. Naari estava certa, as ações de Rooke eram bárbaras. Mas pensar que a família real de Evalon se importaria o suficiente para intervir quando, na verdade, eram o motivo de haver tantos prisioneiros em Zalindov... Naari estava se iludindo. E isso se *ao menos lessem* a carta da guarda, o que Kiva acreditava ser improvável.

— Ele não *contou* para você?

As palavras de Naari e o semblante de incredulidade em seu rosto chamaram a atenção de Kiva.

— Contou o quê?

— Você viu a magia dele. — Naari parecia perdida. — Ele a usou para salvar você.

Kiva não estava entendendo por que Naari parecia tão desorientada.

— Eu sei. — Ela gesticulou para as paredes. — Por isso estamos aqui, porque ele interferiu.

Não que Kiva estivesse reclamando, já que Jaren *de fato* a tinha salvado da morte. Ela poderia odiar estar no Abismo, mas ao menos ainda continuava viva. Jaren também.

— Então... você sabe quem ele é — disse Naari, hesitante, como se *Kiva* não estivesse entendendo nada.

Kiva franziu o cenho.

— Quem ele...

Ela parou a frase no meio, e algumas peças se rearranjaram em sua cabeça.

Não pode contar para ninguém quem eu sou.

Fora o que Jaren dissera na pedreira. Ele achava que Kiva tivesse compreendido, que tivesse percebido por conta própria. Não pedira que ela não contasse a ninguém o que ele *podia fazer* ou sobre *suas habilidades mágicas*. Em vez disso, a alertara para que não revelasse *quem* ele era.

Não pode contar para ninguém quem eu sou.

Kiva deduzira que ele era uma anomalia. Esperava uma explicação sobre como Jaren sabia fazer magia, algo tão raro fora dos nascidos nas casas reais Corentine ou Vallentis — a linhagem Corentine com magia curativa e a linhagem Vallentis com... com...

Com magia elementar.

Kiva teve um estalo. Atônita, cobriu a boca com as mãos.

Tinha sido tão tonta.

Tão tonta, tão ingênua, tão *tola*.

Não pode contar para ninguém quem eu sou.

Jaren não era um prisioneiro... era um *Vallentis*.

E não qualquer Vallentis.

Ele ficou bastante interessado em você.

Mirryn não se referia ao homem mascarado que estava nas forcas se passando por príncipe, o canalha que flertara com ela na enfermaria. Estava falando de seu irmão, seu irmão *real*, que naquele momento vestia uma túnica suja e estava em meio à multidão. O mesmo irmão que impedira Kiva de cair para a morte e depois infundira magia de fogo no amuleto de sua família fazendo com que Mirryn, *sua irmã*, o entregasse a Kiva.

Porque se importava com Kiva.

Porque não queria que ela morresse.

Porque tinha o poder para salvá-la.

Então a salvou.

O Príncipe Deverick de verdade era *Jaren*.

— *Não.*

Kiva não conseguiu conter o choque.

— Eu pensei que ele tivesse contado — sussurrou Naari. — Pensei que você sabia.

Kiva balançou a cabeça. Balançou outra vez. Continuou balançando, como se o gesto pudesse apagar o que tinha acabado de descobrir.

Jaren era um Vallentis.

Era por causa de sua família que seu irmão estava morto, que ela tinha sido separada de sua família e perdido uma década inteira da vida, que seu pai morrera nas mãos de um homicida naquele lugar infernal.

Irá para a prisão por suspeita de traição à coroa.

A coroa... a coroa *Vallentis*.

A coroa *de Jaren*.

Ele era o herdeiro do trono.

O *príncipe herdeiro*.

E havia mentido para ela.

Por semanas.

Lágrimas embaçaram a visão de Kiva. Naari fez menção de tocá-la, mas ela se encolheu. A guarda pareceu magoada, mas Kiva estava arrasada demais para sentir qualquer tipo de remorso.

— Por que ele está *aqui*? — perguntou Kiva, ríspida.

Ele era o príncipe de Evalon — por que estava se passando por um prisioneiro em Zalindov? Por que estava arriscando a vida nos túneis todos os dias? Por que ninguém além de Naari sabia disso?

— Não posso te explicar — respondeu a guarda. Quando Kiva abriu a boca para protestar, ela se apressou em dizer: — Eu sinto muito. Fiz um juramento. Mas ele vai te dizer. Vai, sim. Ele vai explicar tudo, Kiva, assim que puder.

— Um juramento? — repetiu Kiva.

Sua visão estava turva. As lágrimas prestes a cair.

Ela se lembrou do que a guarda dissera, de como pareceu acreditar que o rei e a rainha ouviriam o que tinha a dizer. Mesmo antes disso — semanas antes —, ficara surpresa ao descobrir que a Princesa Mirryn estava em um relacionamento, como se fosse estranho que ela não soubesse.

— *Quem é você?* — perguntou Kiva, exasperada.

Naari sustentava seu olhar.

— Eu sou o Escudo Dourado de Jaren.

Escudo Dourado — a posição de honra mais alta para um guarda. Para um *Guarda Real*.

Eu estava protegendo alguém importante para mim, dissera Naari quando Kiva perguntou como ela perdera a mão. *Eles me recompensaram depois.*

Não era surpresa que sua mão biônica fosse tão avançada. Havia sido um presente do próprio príncipe herdeiro. O príncipe para quem ela trabalhava. O príncipe que ela *protegia*.

Mas Naari chegara semanas antes de Jaren. Então como...

— Ele não deveria estar aqui — disse Naari, vendo as inúmeras perguntas de Kiva estampadas em seu semblante. — Deveria ser outro Guarda Real, Eidran, e o plano era que eu chegasse antes dele para não levantar suspeitas. Mas Eidran quebrou a perna horas antes de ser transferido, então Jaren...

Naari se interrompeu, xingando baixinho.

— Não posso dizer mais nada, Kiva. Você vai ter que esperar. Mas nada disso deveria ter acontecido. — A expressão dela se agravou. — Quando você limpou o sangue de Jaren no primeiro dia e eu o reconheci... Ele é a única pessoa que conheço imprudente o bastante para entrar em uma carruagem com dois bandidos decididos a matar um ao outro e tentar bancar

314

o pacificador. *É óbvio* que ele levaria uma surra que o deixaria à beira da morte.

Ela emitiu um ruído inconformado e continuou resmungando em voz baixa sobre a estupidez de alguns membros da família real.

Kiva não queria saber de mais nada. Ela quisera em algum momento. Já sentira curiosidade sobre a chegada de Jaren, sobre o motivo de ele ter chegado sujo, com o sangue dos dois homens mortos que o acompanhavam. Mas não ligava mais. Não queria *vê-lo* outra vez, muito menos falar com ele. Que ele fosse para o inferno com suas justificativas. Todas elas.

— Ele não sabia sobre o veneno — explicou Naari, ainda mais baixo. — Eu juro. Ficou tão horrorizado quanto você quando contei sobre os frascos e o que o diretor fez anos atrás. Eu estava falando a verdade, Rooke está agindo sozinho, *sem* a permissão da família Vallentis. Eles vão impedi-lo assim que souberem. Eu juro.

O veneno era a última coisa que passava pela cabeça de Kiva naquele momento.

Ela concentrava todas as energias em continuar respirando, apesar da traição gritante. Seu coração se partia e era tomado por ódio ao mesmo tempo, enquanto mágoa e fúria lutavam para dominá-la.

Um ruído abafado ecoou pela fresta da porta, e Naari xingou baixinho novamente.

— É o meu sinal. Os guardas estão trocando de turno. Preciso ir.

Ela se levantou, e a luz de lumínio projetou sombras nas pedras.

Kiva acompanhou o movimento e se pôs de pé. Apesar de tudo o que acabara de descobrir, não queria que Naari fosse embora e a deixasse na escuridão outra vez.

Queria odiar a guarda, queria gritar com ela por ter mentido o tempo todo, desde que se conheceram. Mas Naari estava apenas seguindo ordens, guardando os segredos de Jaren — os segredos do *Príncipe Deverick*. Aos olhos de Kiva, a guarda não havia sido nada além de respeitosa, amável e protetora. Naari se tornara *uma amiga*, sempre a seu lado, a mantendo de pé — algumas vezes literalmente, no caso das provações. Por mais que quisesse muito, Kiva não conseguia reunir a amargura necessária para ficar ressentida, não quando todos aqueles sentimentos estavam direcionados ao príncipe herdeiro. Não tinha tempo para ficar furiosa com mais ninguém.

— Sei que é muita coisa para processar — disse Naari em um tom urgente, diminuindo a intensidade da luz de lumínio, como se temesse que alguém pudesse vê-la pela fresta da porta. — Sei que deve estar muito confusa, en-

315

tão, por favor, acredite em mim quando digo que tudo vai ficar bem. Vamos fazer com que Rooke pare de usar o veneno. E Jaren vai explicar todo o resto. Apenas... tente manter a mente aberta até conversar com ele. Você tem o direito de estar com raiva, mas não deixe que isso a impeça de perdoá-lo. Ele fez o que fez pelas razões certas.

Era muito fácil para Naari falar isso, mas não sabia o que Kiva sabia, não sabia sobre sua família, sua história. Kiva não conseguiria manter a mente aberta considerando tudo o que acontecera. E quanto ao perdão... era impossível.

— Só mais uma coisa — falou Naari, e algo em sua voz fez com que Kiva recuasse, como se estivesse prestes a receber um golpe. *Outro golpe.* — Você ainda vai ter que passar pela última Ordália, mas...

— Mas o quê? — perguntou Kiva, hesitante.

— Vão manter você aqui até lá.

Não.

Ainda faltavam oito dias até a provação final. Kiva mal conseguira sobreviver aos últimos seis trancada no Abismo. Mais oito...

— Eu vou voltar se puder — disse Naari. — Dei sorte desta vez, cobrei um favor, mas não sei se...

Ela não terminou a frase, recusando-se a fazer uma promessa que não poderia cumprir. Então pousou a mão no ombro de Kiva que, precisando de conforto humano, não se afastou daquela vez.

— Nos vemos em breve — afirmou a guarda, resoluta, antes de sair pela porta e fechá-la.

Apenas quando todos os vestígios de luz se foram, Kiva se deixou cair de joelhos, à deriva em um mar de escuridão, sozinha a não ser pela companhia de sua mente aos gritos e seu coração partido.

SÁBADO

DOMINGO

SEGUNDA-FEIRA

TERÇA-FEIRA

QUARTA-FEIRA

QUINTA-FEIRA

SEXTA-FEIRA

SABA...

De repente, uma luz brilhante ofuscou os olhos de Kiva, invadindo a escuridão que a consumira pelo que pareceu uma eternidade. Uma voz ríspida bradou:

— De pé. Está na hora.

E ela soube que o momento da última Ordália chegara.

CAPÍTULO 31

Kiva mal conseguia enxergar enquanto Carniceiro a arrastava escada acima e depois pelo corredor de pedra. Seus olhos estavam tão acostumados à escuridão que ela precisava semicerrá-los para enxergar mesmo sob a luz de lumínio na intensidade mínima.

Passara oito dias sem falar com ninguém, sozinha no isolamento. Depois que Naari se fora, ela ficara com medo de não sobreviver. No entanto, saber que havia uma data para que tudo terminasse, que, quando a hora chegasse, alguém viria buscá-la para a provação, tinha ajudado, ainda que apenas minimamente. Kiva tomou cuidado para continuar tomando a água fétida e consumiu a comida que era entregue esporadicamente, sabendo que precisaria de todas as forças para enfrentar o que quer que viesse a seguir.

A Provação pela Terra era seu último teste. Aquele dia decidiria se ela terminava viva ou morta, se seria liberta ou executada. Isso dizia respeito a Tilda também, uma vez que sua vida — ou morte — estava atrelada à de Kiva.

Durante oito dias, pensara muito sobre o que poderia enfrentar na provação e como tudo terminaria, ciente de que estava passando o que poderiam ser as últimas horas de sua vida em uma cela escura e fétida.

Mas essa não era a única coisa que lhe passava pela cabeça. Pensamentos sobre o veneno, Rooke e Jaren também a rondavam. Principalmente sobre Jaren. Ela percebera que não havia mais nada que pudesse fazer em relação ao diretor e às suas atitudes perversas; tinha que confiar que Naari cuidaria da situação, conforme havia jurado. Também tinha que acreditar que o diretor respeitaria as leis e a libertaria caso sobrevivesse à provação final, mesmo levando em conta o que ela sabia. Ele matara seu pai e assassinara centenas de pessoas, tanto naquele momento quanto nove anos antes. Ela estava decidida a fazê-lo pagar por seus crimes, ainda que isso estivesse fora de seu alcance — por enquanto.

Mas Jaren...

Kiva ainda não conseguia se conformar com a verdade sobre sua identidade e com o fato de ele ter mentido para ela. Tampouco... com o fato de que ele a salvara.

Não importava quanto tempo Kiva passara na cela ou todo o tempo que tivera para pensar sobre tudo, ainda não conseguia decidir o que sentia, se conseguiria passar por cima da raiva e da mágoa. Por mais que tentasse, não conseguia parar de ouvir o estalar do chicote contra a pele de Jaren e seus gemidos de dor. A imagem de seu sangue escorrendo pelas costas, sujando Carniceiro, pingando no chão de pedra.

Jaren fizera aquilo por ela. O príncipe herdeiro — um *Vallentis* — arriscara a própria vida pulando da pedreira para salvá-la e, em troca, fora açoitado até ficar à beira da morte. Ela não conseguiria ignorar esses atos nem se quisesse.

Após ter descoberto sua dupla identidade, Kiva não quis vê-lo nem ouvir suas explicações. Mas a fúria inicial se dissipara e, depois de tudo, ela *queria* confrontá-lo, ansiosa para ouvir o que ele tinha a dizer. O problema era que, com a provação naquele dia — e sua morte ou soltura iminente —, ela não sabia se algum dia voltaria a vê-lo.

— Kiva Meridan.

Carniceiro parou Kiva de repente. Ao olhar para cima, ela percebeu que estavam próximos ao que ela deduzia ser a entrada do bloco de punição. O lugar estava abarrotado de guardas; um deles era o diretor. A voz que acabara de soar era dele, e o homem olhava calmamente para Kiva, como se não fosse responsável pelas mortes prematuras de tantos prisioneiros.

Inclusive a de seu pai.

Kiva estava dominada pelo ódio, mas sabia que não podia agir de acordo com o que sentia. Era mais importante que economizasse suas energias para tentar sobreviver à provação. Garantiria que Rooke fosse levado à justiça um dia, mas, para que isso acontecesse, ela teria que continuar viva.

Olhando em volta, Kiva não sabia se deveria se sentir aliviada por todos parecerem relativamente sossegados. Uma das coisas que a afligiram durante os oito dias que passara no Abismo era a possibilidade de a animosidade dos prisioneiros ter aumentado ou de uma rebelião ter estourado. Se isso tinha acontecido, já havia terminado. E era óbvio que o assassino — o diretor — ainda estava vivo. Naari também; Kiva conseguia vê-la no canto, tensa, diferente dos outros guardas. Ver um rosto conhecido depois de passar tanto tempo sozinha a deixou com vontade de chorar.

— Hoje você vai passar por sua última Ordália, a Provação pela Terra — declarou Rooke, franzindo o nariz ao sentir o mau cheiro que exalava de Kiva.

Ela se lavara como foi possível na água suja da cela, mas não estava usando roupas limpas desde a última Ordália na pedreira. Parte dela ficava feliz por deixá-lo desconfortável e outra parte ansiava por um banho e roupas limpas.

Retribuindo o olhar do diretor, Kiva esperou que ele perguntasse quais eram suas últimas palavras, mas, pela primeira vez, ele não o fez. Ela se questionou se Rooke temia que Kiva mencionasse o veneno ou se simplesmente estava cansado das normas e pronto para encerrar o Julgamento por Ordália de vez.

— Por conta da natureza desta provação, não haverá plateia presente hoje — continuou Rooke.

Kiva ergueu as sobrancelhas, curiosa para saber se a provação de fato não permitia plateia ou se as coisas estavam *tão* ruins com os prisioneiros que o diretor não queria correr o risco de amontoá-los em um só lugar. Ela deduziu que se tratasse da segunda opção, já que todas as Ordálias anteriores foram espetáculos planejados. Mas também passara as duas semanas anteriores revirando a mente para tentar prever qual seria a Provação pela Terra e chegara a possibilidades demais para conseguir adivinhar. Acabara desistindo, visto que, fosse como fosse, estivera errada todas as outras vezes. Seu único arrependimento era não ter tido a chance de saber se Mot havia formulado um remédio para ajudá-la. Para aquela Ordália, realmente estaria sozinha.

— Caso tenha êxito hoje, conforme determinado pela quarta cláusula no Livro da Lei, todos os seus crimes serão perdoados, e você ganhará a liberdade. — Rooke continuou, e o estômago de Kiva deu um salto: — Como está passando pelo Julgamento como Defensora da acusada, Tilda Corentine também receberá o perdão. No entanto, caso padeça na tarefa, a acusada deverá ser executada.

Kiva sabia de tudo isso, mas sentiu um calafrio ao ouvir tal afirmação, tão perto do fim.

— De maneira similar às provações anteriores, você terá um tempo limite para completar a última Ordália: uma hora. Nem mais, nem menos. Se não retornar dentro do tempo estipulado, terá falhado, e a vida da Rainha Rebelde será tirada. — Depois de uma pausa, prosseguiu: — Caso sobreviva, mas retorne após uma hora, será executada junto a Tilda.

327

O estômago de Kiva estava prestes a virar do avesso ao ouvir os verbos *retornar* e *sobreviver*. O que será que o diretor tinha planejado para ela?

— E por último — disse Rooke, como se tivesse sido uma fonte de informações preciosas, mas *não fora*. — Dado o que aconteceu na Provação pela Água, com a interferência do prisioneiro D24L103, tomamos uma decisão em relação à punição dele.

Kiva reagiu com um sobressalto e percebeu Naari fazendo o mesmo movimento antes que se desse conta.

— Ele já não foi punido o bastante? — perguntou Kiva, com a voz áspera devido à falta de uso.

Não conseguia acreditar que estava defendendo Jaren — *Príncipe Deverick* —, mas também não conseguia se esquecer de que ela era a razão pela qual ele estava envolvido em tudo aquilo, para começo de conversa. Também não conseguia se esquecer das lacerações em suas costas, dos sons do açoite contra sua pele, de seu sangue escorrendo até o ralo. Se os ferimentos dele fossem tão ruins quanto Kiva imaginava, duas semanas não eram suficientes para ele estar completamente recuperado, mesmo *se* Carniceiro o tivesse deixado em paz desde então. Ele não merecia sofrer mais.

Mas o diretor não pensava da mesma forma, porque segundos depois Jaren chegou aos tropeços, arrastado por Ossada e obviamente sentindo dor. Estava com dificuldade para se manter em uma posição ereta mesmo com o aperto firme do guarda.

— Ah, bem na hora — disse Rooke.

Carniceiro deixou escapar um riso debochado atrás de Kiva. Ele mesmo havia dito algo parecido a ela antes de golpear a carne de Jaren com o chicote de nove tiras. Ela afastou a lembrança, e seu olhar cruzou com o de Jaren. Quase conseguiu ouvir a voz dele em sua mente, perguntando se ela estava bem; havia medo e preocupação — *por ela* — estampados no rosto pálido e aflito de Jaren.

Kiva desviou o olhar e se concentrou no diretor. Seu coração palpitava enquanto ela aguardava para saber o que ele diria.

— Já que D24L103 estava tão desesperado para acompanhar você na terceira provação — disse Rooke —, decidimos que ele estará com você na quarta.

Os olhos de Kiva se voltaram para Jaren outra vez. Apesar dos sentimentos turbulentos que sentia em relação a ele, uma centelha de esperança se acendeu em seu interior. Não teria que enfrentar a Ordália sozinha. Jaren estaria com ela — ele *e* sua magia elementar.

328

Então ela notou que o olhar de Jaren estava em Naari; Kiva o imitou e deparou com uma expressão consternada no rosto da guarda, que parecia prestes a desembainhar as espadas e retalhar todos os presentes para protegê-lo.

Kiva temeu uma chacina iminente, mas depois de um gesto quase imperceptível de Jaren, Naari relaxou os punhos. Seu semblante se endureceu ao receber a ordem silenciosa, mas, mesmo assim, ela não desembainhou suas armas.

Respirando aliviada — embora não soubesse ao certo a razão, já que parte dela teria ficado *muito* satisfeita em ver Naari acabando com Rooke —, Kiva se voltou para o diretor.

Um sentimento sinistro começou a crescer dentro dela ao ver o sorriso que se alargava vagarosamente no rosto do homem. Kiva ficara tão distraída com a interação entre Jaren e Naari, que não havia considerado o motivo por que Rooke acreditava que mandar Jaren junto com ela era uma punição.

O diretor não demorou a explicar e, com seis palavras, revelou o destino que os aguardava:

— Parabéns. Estão prestes a morrer juntos.

Então, pela segunda vez em duas semanas, algo sólido golpeou a cabeça de Kiva e ela mergulhou na escuridão.

Quando Kiva recobrou a consciência, a primeira coisa que fez foi pressionar os dedos no calombo na parte de trás da cabeça, estremecendo ao sentir quão sensível estava enquanto tentava raciocinar apesar da dor pulsante. Tinha sorte por conseguir ao menos pensar, ciente da seriedade de uma concussão e de como mesmo os desmaios mais breves poderiam causar danos cerebrais irreversíveis. Tinha sorte, não importava o quanto sua cabeça dolorida e seu estômago revirado dissessem o contrário.

Deixando de lado a dor e a náusea, Kiva se esforçou para ficar de pé e descobrir onde estava. Onde quer que fosse, era escuro como breu e, depois de superar o pânico imediato que a fizera pensar na possibilidade de estar cega devido ao golpe na cabeça, temeu ter sido mandada de volta à cela de isolamento. Então percebeu que o cheiro do lugar era diferente, a sensação era diferente. O ar não era puro, mas não era fétido como no Abismo. Era… molhado. Rançoso. Terroso. E, ainda que não fosse quente, ela também não sentia frio como sentira duas semanas antes; havia certa umidade no ar.

Kiva sentiu um calafrio ao estender as mãos, tateando em busca de qualquer coisa que pudesse dar uma pista de onde estava ou tranquilizá-la em relação ao lugar onde começava a *achar* que estava. Movimentando os braços, avançou adiante com cautela. No entanto, antes que pudesse dar o segundo passo à frente, seu pé ficou preso em alguma coisa e ela tropeçou, se desequilibrando.

Não caiu em um chão sólido.

Caiu sobre algo duro, mas ao mesmo tempo macio.

Algo que gemeu sob o peso de Kiva; algo que *se mexeu*.

Só poderia ser uma coisa.

Só poderia ser *uma pessoa*.

Na escuridão, Kiva se apressou em se desvencilhar de Jaren, golpeando-o com o cotovelo sem querer e recuando aos tropeços, o que o fez gemer de dor outra vez.

— Desculpe! — balbuciou ela.

A última coisa que queria era *se desculpar* com ele, mas foi automático.

— Kiva? — perguntou ele. Sua rouquidão era semelhante à dela devido ao tempo sem falar. — É você?

Ela sentiu vontade de responder com uma grosseria, questionando quem mais seria, mas mordeu a língua e se limitou a dizer:

— Sim, sou eu.

Outro gemido, dessa vez seguido por sons que indicavam que Jaren estava se sentando.

— Parece que minha cabeça foi partida ao meio.

Kiva não disse que se sentia da mesma maneira. Não sabia o que dizer para ele.

— Espere aí — falou Jaren. — Me deixe...

Kiva recuou e protegeu o rosto enquanto chamas surgiram em meio ao nada, como uma bola de fogo flutuante, iluminando o espaço ao redor. Seus olhos lacrimejaram ao se adaptarem à luz, então ela conseguiu entender onde estavam e seus medos se confirmaram.

— Estamos nos túneis — observou Jaren, perplexo, ao chegar à mesma conclusão que ela.

Kiva olhou para ele, vendo-o como se fosse a primeira vez. Um príncipe disfarçado de prisioneiro, ainda usando as mesmas roupas em que ela o vira duas semanas antes, mas estavam sujas de sangue. Sujas com o sangue de Jaren. Se Kiva não soubesse quem ele era de verdade, se não tivesse a evidência desse fato *flutuando* diante dela, jamais acreditaria ser possível.

— Kiva, você me ouviu? — perguntou Jaren, deixando de inspecionar os arredores e voltando a olhar para Kiva.

O que viu no rosto dela o fez ficar imóvel.

— Devia ter me contado.

As quatro palavras vieram de algum lugar nas profundezas de seu ser. Um lugar que ela alimentara por oito dias com mágoas e uma sensação de ter sido traída. Um lugar onde esses sentimentos se misturavam a toda a sua dor e solidão dos últimos dez anos.

— Kiva...

— *Devia* ter me contado! — repetiu ela, voltando a se levantar, pois não queria estar sentada no chão para o que quer que estivesse prestes a acontecer.

Jaren fez o mesmo. Seu rosto estava pálido e se contraiu de dor quando ele se ajoelhou com dificuldade e depois ficou de pé. Kiva não se aproximou para ajudar, mantendo-se firme em sua raiva e resistindo a todos os seus instintos de curandeira.

— Eu tentei — disse ele, meio ofegante depois de todo o esforço para se levantar. Pressionava uma das mãos no abdômen e apoiava o ombro contra a parede de calcário para se equilibrar e continuar de pé. — No jardim, antes de encontrarmos Tipp. Eu tentei contar naquela hora.

— Pretendia contar antes ou depois de me beijar? — perguntou Kiva, ríspida.

Ela se lembrava, nitidamente, de como ele tinha se aproximado, da respiração de Jaren tocando seus lábios. Ela afastou a lembrança, recusando-se a reconhecer o sentimento que a imagem ainda provocava.

— Antes — respondeu ele, em seu tom calmo e apaziguador, como se estivesse falando com um animal selvagem. — Eu queria contar antes, mas nunca encontrava o momento certo. Eu não deixaria que algo acontecesse entre nós antes que você soubesse.

— Você teve *nove semanas*, Jaren! — acusou Kiva, ignorando o fato de que passaram duas delas separados, sendo punidos em celas diferentes. — Mesmo depois da noite no jardim. Você teve *dias* antes do que aconteceu na pedreira. Você poderia ter me contado a qualquer momento. Você *deveria* ter me contado.

— E o que eu teria dito? — perguntou Jaren. A calma em sua voz dava lugar a um tom exasperado. — "Adivinha só, menti para você sobre quem eu sou. Por favor, não me odeie"? Óbvio, você com certeza teria adorado isso.

— É *óbvio* que eu não teria! — disse Kiva, tão alto que ecoou nas paredes dos túneis.

Sabia que deveriam estar se concentrando na Provação pela Terra, tentando descobrir onde estavam e como fariam para voltar à superfície antes que o tempo determinado se esgotasse. Mas havia muita coisa fumegando em seu peito para que conseguisse pensar em algo que não fosse a pessoa à sua frente. O *príncipe* à sua frente.

— Não sei o que dizer para consertar isso — falou Jaren, passando a mão livre pelo cabelo.

— Pode me explicar *por quê*! — exigiu Kiva com a voz trêmula.

A expressão no rosto de Jaren ficou mais suave. Kiva não queria vê-lo olhando para ela daquela forma, percebendo como estava zangada.

— Ninguém sabe a história toda — disse ele, quase em um sussurro.

Jaren deu um passo em direção a Kiva e então se contraiu um pouco, voltando a se apoiar na parede e levando a outra mão ao abdômen. Kiva percebeu o movimento e uma parte dela se preocupou, mas antes que ouvisse seu impulso de curandeira querendo perguntar se ele estava bem, Jaren continuou.

— Só Naari. — Ela fez uma pausa. — Acho que você já sabe...?

— Que ela é seu Escudo Dourado? Sei. Vocês são mesmo duas caixinhas de surpresas.

Jaren teve a decência de parecer arrependido, mas Kiva permaneceu inflexível.

Respirando fundo, empalidecendo ainda mais e se contraindo de dor, Jaren revelou:

— Vim para Zalindov coletar informações sobre o movimento rebelde.

Kiva congelou.

— O quê?

— Soubemos que Tilda Corentine tinha sido presa, mas ela foi encontrada além das fronteiras de Mirraven, fora de nossa jurisdição — explicou Jaren; eram detalhes que Kiva já sabia. — A casa governante de Mirraven se recusou a ao menos considerar entregá-la a nós, apesar de saber da história entre os Vallentis e os Corentine. Tornaram impossível conversarmos com ela, não sem antes travar uma guerra contra eles.

— Conversar com ela — repetiu Kiva. — Quer dizer interrogá-la.

Jaren a observou, reticente, nitidamente escolhendo as palavras.

— Sei que você simpatiza com a causa dela. Você deixou isso claro.

Em nome do mundo-eterno, ele estava certo. Kiva dissera para o príncipe herdeiro e sua guarda de confiança que ela compreendia o que motivava os rebeldes. Poderia muito bem ter dito que era um deles, uma vez que o efeito seria o mesmo. Se já não estivesse presa em Zalindov, esse seria seu destino depois de uma confissão como aquela. Seu pai fora preso por muito menos.

— A compaixão que tem por eles é admirável. E suas razões são sensatas — continuou Jaren.

Kiva ficou boquiaberta e se apressou em se recompor.

— Mas isso não muda os fatos. O que disse a você naquela noite continua sendo verdade: o movimento rebelde tem causado muitos transtornos nos últimos anos, e mais ainda nos últimos meses. O levante está em pleno andamento, e eles estão determinados a provocar caos e discórdia não apenas em Evalon, mas além. E Tilda Corentine é a cabeça do movimento, recrutando mais e mais seguidores e voltando-os contra a coroa Vallentis. Contra a *minha* coroa.

O sangue de Kiva parecia correr gelado em suas veias. Não era à toa que Jaren nunca gostara de Tilda; eram inimigos.

— Não vou mentir — disse Jaren —, foi difícil vê-la defendendo a causa dela.

— Não defendi a causa. — A boca de Kiva falou antes que ela permitisse. — Eu só disse que entendia os motivos deles.

Ela balançou a cabeça, buscando clarear os pensamentos.

— Ainda não explicou por que está aqui. Que tipo de informação esperava encontrar?

— Eu vim por causa de Tilda — afirmou Jaren, como se fosse óbvio. E na verdade era, ainda que Kiva tivesse dificuldade para aceitar e entender. — Quando Mirraven finalmente concordou em mandá-la para cá, percebi que havia uma forma de alguém falar com ela... sim, tudo bem, a interrogasse... sem que eles soubessem. Não podemos nos arriscar a entrar em guerra agora. Então alguém se infiltrar em Zalindov e se aproximar de Tilda, encorajá--la a revelar seus planos... Pareceu fazer sentido.

— *Pareceu fazer sentido?* — repetiu Kiva, incrédula.

Jaren ergueu a mão na tentativa de coçar o queixo, mas abaixou o braço depressa e voltou a pressionar o abdômen.

— Olhando agora, foi um plano ruim.

— Não me diga...

— A gente sabia que era arriscado. Mas nós não podíamos deixar a chance passar, não quando o conhecimento de Tilda pode ser vital para a segurança de nosso reino.

— Espere aí — disse Kiva, erguendo a mão. — O que quer dizer com "nós"?

— Três pessoas estavam envolvidas no plano. A intenção era que eu apenas supervisionasse à distância — explicou Jaren. — Quando descobrimos que Tilda estava vindo, Naari e outro Guarda Real se voluntariaram para se infiltrar na prisão. Mas o outro guarda, Eidran...

— Quebrou a perna — interrompeu Kiva, lembrando-se do que Naari havia contado no Abismo. — Então você veio no lugar dele.

Jaren olhou para ela, confuso.

— Você já sabia?

— Só isso. Mais nada.

Jaren assimilou as palavras de Kiva, então prosseguiu:

— Minha irmã e eu estávamos indo para o palácio de inverno de nossa família nas Montanhas Tanestra quando ficamos sabendo da captura de Tilda. Então mandei uma carta para meus pais, mas, frustrados como estavam, tudo o que podiam fazer era tentar negociar com Mirraven para que Tilda fosse enviada para Zalindov. Eu sabia que aquilo levaria semanas, tempo suficiente para que Naari, Eidran e eu bolássemos um plano. Tempo suficiente para que Naari se adiantasse e se infiltrasse como guarda na prisão, aguardando Eidran, que chegaria depois e se integraria aos outros detentos para depois encontrar uma maneira de interrogar a Rainha Rebelde.

— Só que Eidran se machucou — completou Kiva.

Jaren assentiu. Uma camada de suor começava a cobrir sua testa, e seus olhos estavam vidrados de dor.

— Aconteceu em um péssimo momento, no dia em que ele deveria ter sido transferido para cá. Sem pensar muito, tomei seu lugar quando a carruagem vinda de Vallenia passou pelo palácio, achando que eu entraria na prisão, conseguiria algumas respostas e que depois Naari me ajudaria a sair, como era o plano com Eidran. — Depois de uma pausa, admitiu: — Mas não sabíamos que Tilda estava doente nem que havia sido condenada ao Julgamento por Ordália. *Isso* foi algo que meus pais não me contaram antes de minha chegada. Precisei mudar de estratégia depois de descobrir, o que queria dizer ficar mais tempo do que o pretendido. Comecei a me concentrar nos outros rebeldes aqui, tentando fazer com que confiassem em mim para compartilhar qualquer fragmento de informação. Mas cometi um erro fatal.

— Apenas um? — indagou Kiva.

Jaren ignorou seu tom e disse:

— Eu não sabia que Cresta era a líder. E, depois de defender você naquela noite... — Ele balançou a cabeça. — Digamos que foi difícil fazer amizade com eles depois daquilo, por mais que eu tentasse.

334

Kiva se recordou de quando ele aparecera na enfermaria após uma briga com os rebeldes e de sua expressão apreensiva ao saber quem era Cresta. Imaginara que ele estivesse preocupado por não querer fazer inimigos. Não passara por sua cabeça que Jaren, na verdade, queria a *amizade* dos rebeldes — ainda que para usá-los e descartá-los depois.

— Parece que o tiro saiu pela culatra — observou Kiva, incapaz de sentir compaixão.

Jaren suspirou e se contraiu quando o movimento balançou seu tronco.

— Reconheço que meu plano deu errado muito rápido, mas minha estratégia fazia sentido.

— A estratégia em questão era fazer todo mundo pensar que você era um prisioneiro, não um príncipe — disse Kiva em um tom inexpressivo.

Jaren fez uma careta. Era a primeira vez que Kiva usava seu título e a palavra pairou no ar.

— Imaginei que, estando infiltrado, os rebeldes pensariam que eu era um deles — confessou Jaren, escorregando um pouco mais pela parede, como se até se apoiar exigisse esforço demais. — Depois de perceber que Tilda não seria capaz de compartilhar nada, pensei que conseguiria fazer parte de uma comunidade aqui dentro, que os seguidores dela talvez acabassem confiando em mim para revelar... não sei... *qualquer coisa* que fosse de alguma ajuda.

— De alguma ajuda *para quê?* — perguntou Kiva, começando a ficar com raiva outra vez. — Para que você pudesse manter seu reino? Sua coroa?

— Que se dane minha coroa — disse Jaren, surpreendendo Kiva com a reação tempestuosa. — Não me importo com isso, me importo com *eles*.

Jaren gesticulou com o braço, mas estremeceu outra vez e voltou depressa a pressionar a barriga.

— Meu povo. Me importo com *eles*. Estão sofrendo e morrendo por causa do levante. Maridos, esposas, crianças. *Inocentes*. Isso está se tornando uma guerra civil.

Eles se entreolhavam. Os olhos de Jaren brilhavam sob a luz das chamas.

— E, apesar de como isso vai soar para você, me importo com o que está acontecendo com os rebeldes também. Porque, queiram ou não, são meu povo. Enquanto Evalon for o seu lar, eles estão sob a proteção de minha família.

O brilho dos olhos de Jaren se apagou e sua voz foi tomada por tristeza.

— Mas não posso protegê-los deles mesmos — concluiu ele.

Kiva estava atordoada diante de tudo que Jaren acabara de revelar, diante da sensibilidade que ele demonstrara. Queria continuar odiando-o por mentir para ela — *e por quem ele era*. Mas aquilo...

Você tem o direito de estar com raiva, mas não deixe que isso a impeça de perdoá-lo. Ele fez o que fez pelas razões certas.

O conselho de Naari pairava na mente de Kiva enquanto ela encarava Jaren, pensando no que fazer a seguir. Ele lhe deu um tempo, observando-a em silêncio, e aguardou para ouvir o que tinha a dizer.

Para começar, Jaren era a razão pela qual ela perdera sua família e estava em Zalindov. Talvez não Jaren diretamente, mas o trono que ele representava.

Irá para a prisão por suspeita de traição à coroa.

No entanto... Jaren *não sabia*. Ela contara sobre a morte de seu irmão e sobre ter sido presa com o pai, mas nunca o motivo pelo qual Faran Meridan havia sido preso, que ele havia sido visto próximo a um rebelde na praça do mercado. Ela nem sequer mencionara que um Guarda Real fora responsável pela morte de Kerrin, o que deixaria tudo às claras.

Jaren não tinha ideia de que sua família era responsável por tudo o que Kiva passara na última década.

— Não sei mais o que dizer, Kiva — falou ele, finalmente. Parecia ainda mais fraco do que antes, suas forças se esvaindo depressa. — Entendo que esteja furiosa comigo, mas até você precisa reconhecer que eu estava tentando salvar vidas. Eu não podia contar até que confiasse em você, não podia arriscar que alguém descobrisse quem eu era, porque isso teria colocado tudo a perder.

Ele fez uma pausa e balançou a cabeça, pesaroso.

— Não que isso importe agora. Eu não descobri nada relevante vindo para cá. Foi um completo fracasso.

— Se não estava conseguindo as informações que queria e nunca foi um prisioneiro de verdade, por que simplesmente não *foi embora*?

Jaren encarou Kiva com seus olhos azuis.

— Porque encontrei um motivo para ficar.

As pernas de Kiva quase cederam. Era impossível não entender o que ele queria dizer.

— Você é doido — disse ela, a voz quase inaudível.

Imaginou que veria mágoa em seu rosto, mas, em vez disso, seus lábios se curvaram em um sorriso cansado e autodepreciativo.

— Minha irmã disse a mesma coisa quando falou comigo depois da primeira Ordália. Mas usou palavras muito mais fortes.

Kiva pensou em como ele dissera que apenas Naari e Eidran sabiam a versão de seu plano nobre... e *idiota*.

336

— Você não contou nem mesmo para sua família?

— Mirryn e meu primo Caldon sabiam de partes. Meu irmão, Oriel, iria encontrar Mirry e eu no palácio de inverno, mas decidiu ficar em Vallenia de última hora. Cal foi em seu lugar e chegou poucos dias antes de Eidran quebrar a perna, então ele e Mirry estavam lá quando mudei tudo. Contei partes do plano e fiz os dois jurarem segredo. — Seu olhar perdeu o foco enquanto ele continuava: — Quando soube que minha família iria testemunhar a primeira provação, pedi que Naari mandasse uma carta a Cal implorando para que ele viesse e se passasse por mim. Já fizemos isso antes. Temos a mesma altura, o mesmo porte físico, e as máscaras escondem nossos rostos. Além disso, ele me devia um favor. — Jaren bufou baixinho. — Vários favores. As pessoas dizem que sou irresponsável, mas Caldon é muito pior.

De fato, era. Kiva estava se dando conta de que o *primo* de Jaren estivera nas forcas naquele dia, e que fora ele na enfermaria flertando com ela. Imaginara que aquele homem tinha sido o responsável por salvá-la. Mas não havia sido Caldon, nunca foi.

— Você me salvou — constatou Kiva, atordoada.

Descobrira a verdade nas entranhas do Abismo, mas queria ouvi-lo confessar.

— Nas Ordálias. Em todas elas. Desde a primeira, a Provação pelo Ar.

As bochechas de Jaren ruborizaram — era difícil enxergar na luz das chamas, mas foi o suficiente para entregá-lo.

— Não consegui assistir a você morrendo — confessou ele, tímido. — Tive sorte por Mirry e Cal terem percebido o que eu fiz e me encobertado. Ele pareceu sentir remorso ao continuar: — Fiquei com raiva de mim mesmo depois. Não por ter segurado você — explicou ele, depressa. — Mas por ter demorado tanto para decidir, porque você bateu no chão muito...

Ele não terminou a frase. Havia arrependimento em seu olhar.

O príncipe deveria ter segurado você antes, dissera Jaren depois da primeira Ordália. Falara com raiva de si mesmo. No entanto, Kiva mal se lembrava da dor que sentira, então seu arrependimento — em relação *àquela ocasião* — era desnecessário.

— E o amuleto? Foi você também? — perguntou Kiva, embora já soubesse a resposta. — Por isso não estava preocupado comigo antes da Provação pelo Fogo? Porque sabia que a magia, *sua magia*, me protegeria?

Jaren pareceu ainda mais desconfortável, mas assentiu.

— E depois a Provação pela Água... *Por quê*, Jaren? Por que me salvou?

— Porque você é *boa*, Kiva — respondeu, como se fosse a única coisa que importava. — Vejo você com os outros prisioneiros, até mesmo com pessoas como Cresta, que fazem questão de te causar problemas, e você os trata da mesma forma.

"Droga, você tratou a Rainha Rebelde do mesmo jeito. Até melhor. E eu sei que já me disse o porquê, assim como sei que nunca vou entender completamente. Mas não preciso, porque consigo enxergar sua bondade. Você não merecia morrer, e eu podia mantê-la viva. Então fiz isso."

A importância do que ele dizia não passava despercebida para Kiva. Jaren interferira no Julgamento por Ordália não uma, não duas, mas três vezes. Salvara sua vida de novo e de novo.

— Não sei o que fazer — admitiu ela, com a voz cansada.

— Não precisa fazer nada — disse ele, escorregando mais um pouco e parecendo mais fraco a cada segundo. — Uma vez me disse que o mundo precisa de pessoas como Tipp por aí, que é um desperdício que ele esteja aqui dentro. Eu diria que o mesmo é válido para você. — Em um tom mais suave, acrescentou: — Não espero nada de você, Kiva. Só quero que *viva*. Quero que *seja livre*. E, para isso, precisa sobreviver.

Kiva fechou os olhos ao ouvir as palavras de Jaren, tomada por um desejo profundo de que se realizassem. E poderiam se realizar — naquele momento, estavam praticamente a seu alcance. Ela só precisava passar por aquela provação e teria tudo o que Jaren desejava para ela, tudo o que ela desejava para si mesma.

— Então acho que é melhor encontrarmos um jeito de sair deste túnel — disse Kiva, com a voz embargada.

Tinha certeza de que tudo o que sentia por Jaren estava exposto em seus olhos quando voltou a abri-los, então virou o rosto para a passagem escura.

— Nosso tempo está passando. E Rooke parecia ter muita certeza de que morreríamos aqui.

— Vamos sair daqui dentro do prazo, fácil — respondeu Jaren. Ao ver o olhar surpreso de Kiva, ele completou: — Rooke cometeu um erro me mandando com você. Ele quase garantiu sua vitória.

Kiva ergueu uma sobrancelha.

— Isso soou mais arrogante do que eu pretendia — respondeu Jaren, ruborizando outra vez. — Só quis dizer...

Ele encolheu os ombros, constrangido, mas o movimento cobrou seu preço, e ele grunhiu, escorregando mais um pouco pela parede, quase no chão outra vez.

— O que está doendo? — perguntou Kiva, finalmente. — Suas costas?
Mas sabia que não era. A maneira como ele se mexia deixava claro.

— Estou bem. — Jaren ofegou, tentando endireitar o corpo. — Só preciso de um segundo.

Kiva se aproximou.

— Me deixe ver.

— Estou bem, Kiva — repetiu Jaren. — Não é nad...

— *Me deixe ver* — interrompeu ela, usando seu tom autoritário de curandeira.

Jaren não resistiu outra vez, mas se deixou escorregar pela parede até se sentar no chão. Ele se apoiava com os ombros para proteger as costas, e também a frente de seu corpo.

— O que aconteceu? — questionou ela, afastando o mar de emoções que ainda se agitava em seu interior para poder se concentrar em Jaren.

— Carniceiro decidiu me dar um presente de despedida — contou Jaren, relutante.

Kiva sentiu um buraco no estômago ao se ajoelhar diante dele. Devagar, com cuidado, segurou a barra da camisa de Jaren e a ergueu, tentando conciliar emoção e razão. Centímetro por centímetro, o tronco dele ficou exposto e seus músculos se contraíram à medida que a luz das chamas revelava o que Carniceiro havia feito.

Kiva não conteve uma reação de choque ao deparar com hematomas escuros e multicoloridos. Olhou para Jaren e viu que ele a olhava de volta, atento, aguardando o veredito.

Não olhe para ele como um príncipe, disse Kiva a si mesma, pensando que era o que seu pai teria dito. *Nem mesmo como Jaren — e definitivamente não olhe para ele como um Vallentis. Olhe para ele apenas como um paciente.*

— Vamos ver o que posso fazer — falou ela suavemente antes de tocar o corpo de Jaren com delicadeza.

Jaren chiou e Kiva retirou seu braço depressa, olhando-o, preocupada, já que mal havia lhe tocado.

— Desculpe, sua mão está gelada — explicou Jaren, parecendo constrangido e olhando para os dedos de Kiva.

Ela teria rido se não estivesse tão abalada por causa de tudo o que haviam conversado.

— Nem todo mundo consegue fazer fogo com as mãos — disse Kiva, esfregando as palmas para esquentá-las antes de voltar a tocá-lo.

Com o máximo de cuidado, Kiva pressionou os hematomas para tentar descobrir a gravidade da situação. Apesar de tudo, detestava estar fazendo com que ele sentisse dor; era impossível não perceber que Jaren estava ofegante e contraía os músculos sempre que ela pressionava com mais intensidade.

Kiva não sabia quem estava mais aliviado quando ela finalmente se sentou e anunciou:

— Algumas costelas quebradas, mas acho que não há hemorragia interna. Vamos ficar de olho em você, só por via das dúvidas.

— Quer dizer que não vai me deixar sozinho aqui embaixo?

Seu tom era descontraído, mas Kiva pôde perceber um vestígio de preocupação em seu olhar. Não com a possibilidade de ela o abandonar, mas por ser possível que ainda estivesse aborrecida o suficiente para considerar a ideia.

Kiva não o tranquilizou, apenas disse:

— Chegue para a frente. Quero ver suas costas.

— Não é...

— Se você disser "não é nada" eu *vou mesmo* deixar você aqui embaixo.

Jaren se inclinou para a frente na mesma hora, e Kiva subiu sua túnica um pouco mais. O que viu fez com que ela sentisse o corpo congelar e arder em chamas ao mesmo tempo. Os cortes eram extensos e profundos, e ainda não tinham sarado por completo, nem mesmo depois de duas semanas. O que Carniceiro tinha feito... os ferimentos que causara...

— Estão cicatrizando bem — disse Kiva, tentando controlar a raiva e a culpa. Passou o dedo por uma ferida que começava a fechar e Jaren estremeceu com o toque. — Mas parecem doer.

— Valeu a pena — respondeu Jaren, em voz baixa.

Kiva sentiu o coração acelerar. Ele pigarreou e acrescentou:

— Mas, sim, não é nada agradável. Andar também não é muito legal.

Não precisavam falar sobre algo que ambos sabiam: a última agressão de Carniceiro apenas aumentara sua dor.

Sem nada em mãos para ajudá-lo, Kiva estava prestes a baixar a túnica dele quando seus olhos pousaram sobre uma das cicatrizes mais antigas de Jaren, escondida entre as recentes. Procurando uma distração — *qualquer* distração — de como se sentia ao ver os novos ferimentos, tocou a marca fazendo com que Jaren estremecesse outra vez. Então ele ficou paralisado quando ela disse:

— Você falou que alguém próximo causou estas cicatrizes.

Jaren se desvencilhou e baixou a túnica por conta própria.

340

— Esqueça o que eu disse.

Esquecer?

Esquecer?

Ele era o herdeiro do trono, uma das pessoas mais protegidas de todo o reino. E alguém o tinha ferido. Alguém o tinha *agredido*. Como ela simplesmente se esqueceria disso?

— Estou falando sério — insistiu Jaren, inflexível, ao ver a expressão de Kiva. — Esqueça isso.

Kiva ficou furiosa.

— *Esquecer isso?* — repetiu ela, sentindo a raiva crescer novamente. — Você está disposto a confiar em mim para falar sobre sua magia, sua identidade e seus planos secretos, mas não sobre isso?

Jaren continuou em silêncio.

Cada vez mais irada, Kiva apontou um dedo em riste para o rosto de Jaren e disse:

— Depois de tudo pelo que passamos! Depois das provações e do veneno, o maldito veneno que Naari garante que *sua* família vai deter, depois de tudo isso, você me pede para...

— Foi minha mãe, tá bem?!

Kiva recuou em um movimento brusco. O grito de Jaren ecoava pelo túnel.

A *rainha* o machucara? A *Rainha Ariana* causara aquelas cicatrizes?

O fogo crepitou como que para amenizar a angústia de Jaren.

— Ela... é...

Jaren se interrompeu. Xingando, esfregou a mão no rosto e se contraiu quando o gesto alongou os músculos de seu abdômen. Tomando fôlego, tentou outra vez.

— Não é ela de verdade. É o pó de anjo. Ela tem um problema com isso, algumas vezes usa demais. Com frequência demais. Quando acontece, ela esquece quem é, fica confusa, perde o controle.

A compaixão que tomou conta de Kiva apagou toda a raiva que sentira até então.

Não acreditava no que tinha acabado de ouvir, mas era nítido que Jaren não estava mentindo. Isso também explicava por que ele se recusara a ingerir leite de papoula ou qualquer outra droga que pudesse causar dependência. Vira com os próprios olhos o que as drogas eram capazes de fazer se usadas incorretamente. Sentira os efeitos. Vivia com as cicatrizes.

Ela abriu a boca para dizer alguma coisa, qualquer coisa, mas ele falou primeiro.

— Por favor. — A voz de Jaren estava rouca. — Não me olhe assim. Não me olhe como se eu fosse digno de pena.

Kiva não achava que ele era digno de pena. Depois de tudo o que descobrira sobre Jaren, ela o via como uma das pessoas mais fortes que conhecia.

E isso a apavorava.

— Vamos — chamou ela, ficando de pé e estendendo a mão. — É melhor irmos.

Jaren olhou para a mão de Kiva como se os dedos dela estivessem prestes a mordê-lo.

— Você não disse nada.

— Acabei de dizer — respondeu Kiva. — Disse que é melhor...

— Sobre minha mãe. Minhas cicatrizes.

Kiva o encarou.

— Quer que eu diga alguma coisa? Quer que eu diga o quanto me dói que tenha passado por isso? Que não consigo imaginar quão difícil deve ter sido? Que acho inacreditável que você consiga separar a substância do usuário e ainda se importar com sua mãe e querer protegê-la?

Jaren engoliu em seco.

Kiva aproximou mais a mão e dessa vez ele a segurou, deixando que ela o ajudasse a se levantar com muito esforço. Ele cambaleou e tentou se apoiar na parede. Kiva automaticamente envolveu seu corpo com os braços para que ele pudesse se equilibrar.

— Posso dizer tudo isso, mas acho que você já sabe. Ao menos espero que saiba. — Ela ficou em silêncio, depois concluiu: — Também posso dizer que, se ela não está pronta para buscar ajuda, você precisa fazer isso por ela.

As mãos de Jaren desceram até a altura da cintura de Kiva enquanto ele tentava se endireitar. Ela estava prestes a afastar o corpo, mas ele a puxou de volta, envolvendo-a e puxando-a para mais perto até abraçá-la.

— Obrigado — falou Jaren no ouvido de Kiva, com a voz embargada de emoção.

Kiva não sabia por que ele estava agradecendo — se era por ela não ter demonstrado a piedade que ele tanto temia ou por tê-lo incentivado a procurar a ajuda que sua mãe precisava. De qualquer forma, o coração dela batia como se fosse saltar do peito ao sentir a proximidade de Jaren e diante de como se sentia bem nos braços dele, mesmo que ainda não soubesse o que fazer em relação a tudo o que sabia sobre ele e sobre ela mesma.

Ainda assim, se permitiu viver o momento. Aquele momento único e raro, aninhando-se nos braços de Jaren e fechando os olhos ao retribuir o abraço.

Então se lembrou dos ferimentos dele.

O príncipe não emitira nenhum ruído, mas ela sabia que aquele abraço tão apertado devia estar machucando — não apenas por causa de suas costas, mas também por causa das costelas quebradas. Então Kiva se afastou com gentileza e olhou para ele.

— Melhor assim?

Jaren respondeu com um sorriso acanhado.

— Melhor.

— Ótimo — disse ela com um aceno de cabeça vigoroso, como se seu coração não estivesse martelando no peito. — Agora... O que você disse antes? Que Rooke cometeu um erro ao mandá-lo para cá comigo?

— Ah. É. — Jaren massageava o queixo, parecendo desconfortável, mas Kiva sabia que não era devido ao momento que acabavam de compartilhar. *Ele* não parecia ter nenhuma dificuldade em demonstrar afeto. Mas era um príncipe no fim das contas, e devia estar acostumado com mulheres se jogando a seus pés. Ela fez uma careta ao pensar nisso, e sua expressão distraiu Jaren do que ele estava prestes a dizer.

— Que cara foi essa?

Kiva não tinha planos de confessar o que pensara. Em vez disso, respondeu:

— Acabei de perceber que não sei do que chamar você. Jaren? Deverick? Não sei qual é o protocolo.

Jaren franziu o nariz.

— Odeio o nome Deverick. Sempre odiei. Meu segundo nome é Jaren, é assim que meus amigos e minha família me chamam. — Depois acrescentou, enfaticamente: — É assim que você me chama também.

— Nada de Príncipe Jaren? — perguntou Kiva.

— Não, apenas Jaren.

— E que tal Vossa Alteza?

Ele fez uma careta.

— Definitivamente não.

— Vossa Graça?

— Não sou duque.

— Vossa Excelência?

— Não sou autoridade.

— Vossa Majestade?

— Por favor, pare.

Kiva não conseguia acreditar que estava segurando o riso depois de tudo o que acontecera. Mas a expressão no rosto dele...

— Tudo bem, eu paro. Mas só porque não quero que você me mande para a prisão.

Ela tocou o queixo com o dedo indicador.

— Ops. Espere aí.

— Muito engraçado — disse Jaren, com ironia.

Um brilho retornara a seus olhos, e isso acalmou alguma coisa dentro de Kiva.

— Só para constar, nunca mandei ninguém para a prisão. E, depois de ter passado um tempo aqui, não tenho a intenção de fazer isso. Pelo menos não até que este lugar passe por uma completa reestruturação. As coisas precisam mudar. — Em voz baixa, como se estivesse fazendo uma promessa para si mesmo, disse: — E as coisas *vão* mudar.

Kiva queria acreditar nele. Realmente queria. Mas Jaren não conseguiria colocar nenhuma de suas boas intenções em prática do meio do labirinto de túneis.

— Que tal deixar para pensar em reformular a prisão *depois* que encontrarmos um jeito de sair daqui? — propôs ela.

— Certo. Era o que eu ia dizer. O motivo de ter sido um erro da parte de Rooke.

— Estou ouvindo — respondeu ela.

Percebeu que Jaren começava a cambalear outra vez, então se pôs ao lado dele e envolveu o braço em sua cintura com cuidado. Sabia que iria doer, mas não conseguiriam sair dos túneis se ela não o ajudasse a andar.

— Espero que esteja implícito que tudo o que eu disse hoje é segredo — disse Jaren.

— Sim, eu deduzi — afirmou Kiva, contendo o impulso de revirar os olhos.

Jaren ficou em silêncio por um longo tempo, como se estivesse ponderando o que estava prestes a contar. Por fim, disse:

— Quebrei sua confiança, então espero que isso te dê um motivo para acreditar em mim outra vez. É algo que apenas meia dúzia de pessoas no mundo sabe.

Kiva ficou intrigada e olhou para Jaren enquanto ele se apoiava nos ombros dela.

— Mirryn é um ano mais velha que eu — começou ele. — Ela deveria ter sido a princesa herdeira, mas aí eu apareci.

344

— O primeiro filho homem fica com tudo — murmurou Kiva. — Que surpresa.

— Na verdade, não é bem assim. Nossa predecessora, a Rainha Sarana, governou sozinha. Quer dizer, depois que o Rei Torvin partiu. Mais tarde, Sarana teve uma filha que passou a ocupar seu lugar. Então essa filha teve uma filha, que teve outra filha, e assim por diante. Alguns príncipes acabaram sendo reis no caso de serem os filhos mais velhos, mas, na maioria das ocasiões, os primogênitos das mães da família Vallentis sempre foram mulheres.

Kiva franziu o cenho.

— Então por que...

— Esta é a parte que poucas pessoas fora de minha família sabem — disse Jaren em um tom grave que fez Kiva perceber o quanto estava confiando nela naquele momento.

Quando ela retribuiu seu olhar, com uma promessa silenciosa, Jaren fez com que seu fogo, que ainda pairava no ar, flutuasse adiante e passasse sobre uma trifurcação no túnel, iluminando os três caminhos.

Kiva se sentiu sem chão quando de repente se deu conta de quão desesperadora a situação dos dois era. Aquela era a Provação pela Terra — eles foram levados para as profundezas da Prisão Zalindov, o labirinto do sistema de túneis. Ele se estendia por quilômetros e quilômetros em todas as direções, uma infinidade de caminhos que se cruzavam pelos quais nem mesmo os guardas conseguiam andar direito. Algumas passagens não tinham saída, outras estavam submersas e levavam ao aquífero, e outras pareciam nunca terminar. Sem o fogo de Jaren, eles não conseguiriam enxergar lá embaixo. Talvez fosse essa a intenção de Rooke, talvez ele tivesse pensado que não conseguiriam ver nada e teriam que buscar o caminho de volta às cegas até que a desidratação, a exaustão ou a fome os matasse.

Não era surpresa que o diretor tivesse soado tão contente com seu discurso de despedida. Que jeito horripilante de morrer.

No entanto, embora as chamas de Jaren permitissem que enxergassem o caminho, não os ajudava a *sair* dos túneis. Ainda estavam perdidos; ainda não sabiam como escapar.

Uma fina camada de suor cobriu a testa de Kiva e ela foi tomada por uma sensação claustrofóbica repentina e intensa. Não era incomum que túneis desmoronassem, matando vários prisioneiros em um piscar de olhos. Algo assim poderia facilmente acontecer com ela e Jaren.

— Kiva? — chamou Jaren.

O braço dele fazia peso em seu ombro.

Ela despertou do torpor e olhou para o príncipe. Seu semblante era preocupado, e Kiva percebeu que ele estivera falando com ela havia algum tempo.

— Desculpe, o quê? — perguntou ela, ouvindo o medo que marcava seu tom de voz.

Ele entendeu e a apertou contra seu corpo, dessa vez de maneira reconfortante.

— Eu estava dizendo que precisamos ir naquela direção. — Jaren usou a mão livre para apontar o caminho da esquerda. — Depois temos que andar vinte minutos e estaremos do lado de fora, bem antes de o tempo acabar.

Kiva olhou para a passagem e depois de volta para Jaren.

— Como você sabe?

— Porque consigo sentir.

— Consegue sen...

Kiva parou de falar quando viu o que Jaren estava fazendo, apontando com a mesma mão livre para o chão. O solo se moveu diante de seus olhos. Do calcário, ergueu-se um talo verde de onde brotaram folhas e espinhos; em sua extremidade, Kiva viu surgir um botão de flor que desabrochou na edelvais mais linda que ela já vira.

Mas não era só isso.

A porção de terra se expandiu em volta da base da flor e, segundos depois, um pequeno fosso apareceu e rapidamente se encheu de água.

Kiva assistia à cena, encarando a flor. Ela a encarou por muito tempo até que tudo fez sentido.

Jaren não apenas dominava ar e fogo.

Também conseguia controlar terra e água.

Os quatro elementos.

Não se sabia de ninguém com um poder como esse desde a própria Rainha Sarana.

— Agora sabe todos os meus segredos — afirmou Jaren, baixinho. — E é por isso que o Conselho Real escolheu a mim como herdeiro, e não Mirryn.

Kiva podia ouvir a própria respiração. Não sabia ao certo como processar o que acabara de presenciar, a magnitude do que ele contara. Mas conseguia sentir a tensão de Jaren a seu lado, seu corpo rígido, como se estivesse com medo da reação dela. Então Kiva se forçou a relaxar e perguntou:

— Então seguimos para a esquerda?

Jaren expirou fundo em uma risada aliviada e quase incrédula.

— Isso — confirmou. — Seguimos para a esquerda.

Como se não pudesse evitar, inclinou a cabeça e deu um beijo na têmpora de Kiva — um ato silencioso de gratidão por sua reação moderada diante de algo tão grandioso.

— Você disse vinte minutos, não é? — perguntou Kiva, ainda tentando aparentar o máximo de calma, embora sua cabeça girasse. — Não vejo a hora de ver a expressão de Rooke quando descobrir que estamos vivos.

— *Eu* não vejo a hora de ver a expressão dele quando tiver que soltar você — disse Jaren enquanto caminhavam devagar em direção às chamas.

— É, isso também — concordou Kiva, sem conseguir conter o espanto em sua voz.

Entre as provações, aquela tinha sido a mais fácil — *de longe* —, mas só por causa de Jaren. Sem ele e sua magia elementar para levá-los até a saída, Kiva teria morrido nos túneis. Tinha certeza disso.

Jaren hesitou por um momento, mas quando viraram à esquerda e continuaram seguindo o fogo flutuante, ele disse, com relutância:

— Tilda será libertada junto com você.

Kiva entendia por que a situação era um problema para ele. Para ser sincera, ela ficava surpresa pelo fato de o príncipe tê-la salvado em todas as Ordálias quando isso significava que também estava salvando sua inimiga mortal. Uma sensação estranha, parecida com um formigamento, surgiu em seu interior, mas Kiva a conteve. Não era hora para isso. Ainda tinha coisas a assimilar, coisas para refletir.

— Ela está muito doente, Jaren. Seja ela a Rainha Rebelde ou não, não representa nenhuma ameaça.

— Por enquanto — rebateu ele. — Mas se ela melhorar...

— É um problema para outro momento — respondeu Kiva, firme.

A tensão de Jaren não se dissipou, mas sabendo quem ele era e quem era Tilda, Kiva não podia culpá-lo. Pensou em um acordo, algo que tiraria Tilda de Zalindov, mas neutralizaria a ameaça que Jaren temia que ela fosse.

— Poderia levá-la de volta para Vallenia com você — sugeriu Kiva, embora de maneira custosa. — Os curandeiros reais poderiam ajudá-la muito mais do que qualquer outra pessoa. E, se ela se recuperar, você talvez ainda consiga as respostas que procura. Talvez consiga descobrir o que os rebeldes estão planejando, até mesmo perguntar a ela o que estava fazendo em Mirraven, para começo de conversa. Ela estaria livre de Zalindov, mas segura sob sua guarda.

Kiva não sabia dizer se um dia já detestara mais a si mesma do que naquele momento. Mas pelo menos assim Tilda tinha uma chance real de melhorar — uma boa chance, uma vez que os curandeiros reais eram reconhecidos por suas habilidades. O único problema era que isso a deixaria nas mãos de seus inimigos.

Mas ao menos ela estaria viva.

Para Kiva, era o que mais importava. Não arriscara a vida repetidas vezes para que Tilda morresse.

— Não é má ideia — admitiu Jaren. — Mas se não der certo...

Kiva se preparou, certa de que ele estava prestes a proferir a sentença de morte de Tilda.

— O mais importante é que você está livre, ainda que isso signifique que ela estará livre também. — Jaren acariciou o ombro de Kiva com o polegar. — Podemos lidar com as consequências depois.

Se Kiva não estivesse sustentando grande parte do peso de Jaren, talvez tivesse sucumbido ao ouvir palavras tão importantes vindas dele. O príncipe estava disposto a permitir a libertação da Rainha Rebelde apenas para que ela pudesse ficar livre também? Isso era... isso era...

Era inacreditável.

Era escandaloso.

E fez com que Kiva fosse tomada por afeto da cabeça aos pés.

Então pensou em outra coisa e, embora não quisesse abusar da sorte, acabou perguntando:

— Então você é um príncipe, certo?

Ele riu, e os corpos dos dois se encostaram ao virarem em uma curva, seguindo o caminho indicado pelas chamas de Jaren.

— Correto.

— Bom...

Kiva mordeu o lábio sem saber por onde começar.

— A resposta é sim, Kiva.

Ela o ajudou a dar a volta em uma enorme placa de calcário que havia no caminho antes de dizer:

— Que resposta?

— Estou achando que você quer me dizer algo relacionado a Tipp — sugeriu Jaren, acertando na mosca. — Não vou deixá-lo aqui de jeito nenhum. Quando você estiver livre, ele estará livre. Eu vou dar um jeito.

Os olhos de Kiva ficaram marejados, e ela não tentou esconder isso quando Jaren a olhou.

— Obrigada — disse ela, nitidamente comovida.

Embora já tivesse falado com o diretor sobre se tornar a guardiã de Tipp caso sobrevivesse às provações, depois de tudo o que descobrira sobre Rooke, temia que ele voltasse atrás apenas para prejudicá-la. Agora, no entanto, tinha o apoio do príncipe herdeiro. Tipp finalmente estaria livre.

Jaren respondeu com um sorriso gentil. No segundo seguinte, sua expressão se tornou séria.

— Não sei se tem alguém lá fora esperando você. Vocês dois. Mas eu estava pensando... Bom, eu tinha a esperança de que... — Ele parou de falar e recomeçou. — Se quiser, eu adoraria mostrar Vallenia para você. Para você e para Tipp.

Pela segunda vez em questão de minutos, as pernas de Kiva quase cederam.

Não morra.

Não a deixe morrer.

Estamos a caminho.

— Está nos convidando para ir com você? Para a capital? — Ela quase se engasgou.

— Precisaríamos parar no palácio de inverno primeiro. Apenas por duas semanas ou algo assim, só até que a primavera chegue e a viagem seja mais tranquila. Mas depois, sim. Para a capital.

— Aí a gente moraria com você, no castelo?

Jaren assentiu.

— Pensei que você pudesse estudar, continuar aprimorando suas habilidades.

A escola de curandeiros. Kiva não conseguia acreditar no que Jaren estava oferecendo, o pote de ouro que segurava diante dela.

— E Tipp tem mais ou menos a idade de Oriel — continuou ele. — Meu irmão é um pestinha às vezes, mas tem um bom coração. Acho que os dois se dariam muito bem. Além disso, Ori poderia ajudar Tipp com os estudos, o que acho que talvez precise de alguma atenção.

Jaren descrevia um sonho. As lágrimas inundavam os olhos de Kiva diante das possibilidades, diante de tudo que ela podia ver com tanta clareza em sua mente.

Mas... sua família...

Estamos a caminho.

Não vieram, mas não significava que ela não poderia ir até eles. Seu irmão havia mandado uma mensagem para dizer onde estavam. Era claro o que estava implícito no bilhete: esperavam por ela.

Por dez anos, ela ansiou vê-los novamente. Mas agora que talvez finalmente estivesse livre para fazer isso...

Kiva já não sabia o que queria. Não podia negar que a haviam magoado, decepcionado, durante uma década. Prometeram que viriam e nunca vieram, nem mesmo depois que seu pai morrera. Ela estivera sozinha, por conta própria, sobrevivendo a mais horrores do que eles jamais poderiam imaginar.

Mas ainda assim... eram sua família.

Ela os amava.

Assim como Kiva sabia que eles a amavam também.

— Não responda agora — disse Jaren, interrompendo os pensamentos de Kiva. — Só... só considere a ideia. Tudo bem?

Kiva se limitou a assentir. Quando ele disse que precisavam virar à direita, ela o fez, ajudando-o a mancar pelo túnel comprido e escuro. Não tinha ideia de onde tudo iria terminar, mas sabia que o que quer que os estivesse esperando do lado de fora mudaria sua vida para sempre.

Kiva estivera certa sobre a mudança iminente.

Mas não da maneira como imaginara.

Jaren percebeu muito antes, notando que não havia operários nos túneis, que não havia prisioneiros cavando para expandi-los e encontrar mais água.

O labirinto estava vazio.

E quando sua magia finalmente o guiou até as escadas, e eles subiram até a superfície, ficou claro que o sucesso de Kiva nas provações ficaria em segundo plano.

Não havia ninguém esperando.

Rooke não estava lá, Naari também não, nem nenhum dos outros guardas.

Só ouviam gritos.

CAPÍTULO 32

Kiva demorou poucos segundos para compreender o que estava acontecendo enquanto ela e Jaren percorriam o labirinto subterrâneo.

Não apenas pelos gritos, mas também pelo som de aço contra aço, o assovio de flechas, o ladrar dos cães… e o sangue.

Que já inundava o chão da prisão.

Era muito pior do que qualquer rebelião que Kiva já presenciara. Mesmo da entrada da construção abobadada que levava aos túneis, ela conseguia ver massas de prisioneiros em confronto físico com os guardas, martelos, cinzéis e picaretas contra espadas, escudos e arcos. Havia pessoas brigando por todos os lados e corpos espalhados pelo chão; alguns se contorciam de dor, outros estavam silenciosos e inertes. Ninguém gritava mais alto do que aqueles que tentavam se desvencilhar dos cães, que rasgavam pele e quebravam ossos com os dentes afiados.

Kiva assimilou tudo em um piscar de olhos; o pânico veio antes e dominou seu corpo, mas logo deu lugar à adrenalina que clareou sua mente. Ela olhou para Jaren e balbuciou:

— Tipp… Tilda… Tenho que…

— Vá! — Ele não deixou que ela terminasse, gesticulando para que fosse em frente. — Eu alcanço você.

Kiva já estava correndo quando o ouviu gritar "Tome cuidado!" às suas costas. Jaren a seguiria tão depressa quanto seu corpo ferido permitisse, mas talvez não fosse depressa o bastante. Ela tinha que chegar à enfermaria, a Tipp, a Tilda, e garantir que estivessem seguros. Construiria uma barricada na porta, os trancaria na ala de quarentena se fosse preciso, faria tudo que fosse necessário para protegê-los. Olisha e Nergal cuidariam de si próprios — provavelmente já tinham fugido para procurar um esconderijo —, mas Tipp e Tilda… Kiva precisava chegar rápido. Rápido. *Rápido.*

Um assovio a fez desviar a tempo de evitar uma flecha, que se fincara no chão e não a atingira por um triz. Seus pés pareciam prestes a vacilar e o medo comprimia seu peito, mas ela continuou em frente, abrindo caminho entre a turba de detentos e guardas que se chocavam perto da torre oeste Kiva se esquivou e se abaixou até chegar aos alojamentos, onde se escondeu.

Os sons da batalha fizeram com que sentisse vontade de tapar os ouvidos, mesmo que fosse só para abafar toda a agonia ao redor. *Por que* estavam fazendo aquilo? Não daria em nada. Assim que a violência teve início, o diretor provavelmente fora escoltado até o topo dos muros, seguindo o protocolo que cobria até a menor das rebeliões. Ninguém o alcançaria, não a menos que os prisioneiros derrotassem cada um dos guardas e depois escalassem os muros por conta própria. Rooke era o homem mais protegido de Zalindov e continuaria sendo enquanto a rebelião durasse, assistindo do alto enquanto detentos iam ao chão, um após o outro.

Talvez esse tivesse sido seu plano desde o começo. Uma rebelião era a maneira mais rápida de garantir uma carnificina em massa. Ele não precisaria de seu veneno depois disso, e ninguém faria perguntas — ele nunca teria que pagar por seus crimes, e as inúmeras mortes seriam atribuídas somente à violência descontrolada.

Outra flecha rasante ao lado de sua orelha obrigou Kiva a se abaixar, foi tão perto que sentiu o ar se agitar. Ela emitiu um ruído engasgado de pavor, abafado por todo o tumulto e pelos gritos de guardas e prisioneiros na mesma medida.

Correndo pela prisão, Kiva se mantinha atenta às flechas e adagas atiradas pelos guardas, mas também às armas improvisadas usadas pelos detentos; havia guardas empilhados no chão, alguns com as cabeças esmagadas, outros com a carne dilacerada e outros com ferramentas fincadas nos corpos e encarando o céu com olhos que já não enxergavam.

Para cada guarda caído, Kiva via dez prisioneiros. Mais do que isso. E sabia que, a qualquer momento, poderia se tornar um deles. Mesmo assim continuou correndo e tentando encontrar Naari, sem saber se preferia que a guarda estivesse a seu lado ou protegendo Jaren. Sem saber se...

BUM!

Kiva foi arremessada, deixando escapar um grito enquanto voava pelos ares e caía no chão duro e gelado.

Por um momento, não conseguiu fazer nada além de continuar deitada, atônita. Havia um zumbido em seus ouvidos, e os sons da rebelião ficaram em segundo plano, abafados. Sua visão entrava e saía de foco, embaçada.

352

De barriga para baixo, Kiva virou a cabeça a tempo de ver a torre de vigilância desmoronar.

Uma explosão — alguém tinha provocado *uma explosão*. A base da torre explodira e o corredor de pedra desabara, então a estrutura inteira balançou como um pêndulo, antes de ceder à gravidade e desmoronar por completo.

O chão tremeu com o impacto e os guardas que estavam atirando flechas da segurança da plataforma elevada se encontravam esmagados sob ela. Mortos.

— Toma essa, seus babacas!

A audição de Kiva retornara o suficiente para que ela ouvisse o brado de Mot. Viu o homem erguendo as mãos em triunfo.

— Mexa com um boticário e vai colher o que plantou! Isso aí! — esbravejou ele, antes de desaparecer na nuvem de poeira.

Momentos depois, a nuvem alcançou Kiva, e seus pulmões reagiram enquanto ela arfava, tentando respirar.

Levante, ordenou a si mesma. *LEVANTE!*

Tipp e Tilda continuavam precisando dela. Não podia falhar com eles. *Não podia falhar.*

Decidida, ela se levantou com a ajuda dos braços enfraquecidos; tudo rodava. Quase caiu outra vez, mas recuperou o equilíbrio e seguiu em frente. Era mais difícil enxergar agora que tudo estava coberto por uma névoa fina, mas, à medida que Kiva avançava, a poeira começou a baixar e ela passou a distinguir rostos familiares lutando pela própria vida.

Primeiro viu Cresta. A líder dos rebeldes roubara uma adaga e uma espada, e as usava para cortar qualquer um que cruzasse seu caminho. Kiva estava observando quando Harlow sucumbiu às lâminas nas mãos da prisioneira, caindo de joelhos.

Depois avistou Grendel. A encarregada dos crematórios jogava o que parecia ser cinzas nos olhos dos guardas, cegando-os antes de correr e se esconder, para minutos depois repetir o ataque com outros guardas.

Então Kiva viu Ossada e Carniceiro, um de costas para o outro, lutando em uma área aberta. Os dois homens violentos estavam cobertos de sangue e massacravam todos os prisioneiros que ousavam se aproximar. Kiva se sentiu nauseada ao observá-los; seus olhares radiantes deixavam claro o quanto estavam se divertindo com a brutalidade.

Depressa, disse a si mesma, virando o rosto. Não poderia demorar, não poderia perder nem mais um segundo.

353

Obrigando-se a ir mais rápido, forçou as pernas vacilantes até ganhar velocidade e poder correr outra vez, passando por guardas e prisioneiros em batalha, até que finalmente...

Ali. Kiva avistou a enfermaria e deixou escapar um suspiro de alívio. Mal pôde acreditar em sua sorte quando percebeu que não havia nenhum combate perto da entrada, a multidão diminuía conforme ela se distanciava do centro da prisão, onde a aglomeração ainda era maior. Um segundo suspiro escapou de sua boca enquanto ela se aproximava. Estava tão perto, *tão perto*, mas então...

Ela viu a porta.

Tinha sido arrombada.

Kiva perdeu o equilíbrio. Seus pés se moviam rápido demais pelo chão irregular, e seus braços se agitaram na tentativa de se manter de pé — no mesmo instante uma flecha passou por cima de sua cabeça, bem onde seu coração teria estado se ela não tivesse tropeçado.

Choque e horror travavam uma batalha em sua mente, mas ela os ignorou; Kiva se concentrava apenas em chegar à enfermaria. Seus pulmões ardiam, seus músculos doíam, cada parte dela era movida pela urgência de saber, de verificar se...

Ela atravessou a porta e parou bruscamente quando já estava fora de perigo. Ofegante, pôs-se a inspecionar a sala, e seu coração parou enquanto ela assimilava o que restara de seu santuário de cura.

Havia frascos de vidro quebrados no chão, o cercadinho de ratos estava destruído, sem sinal dos bichos, os lençóis rasgados, e remédios pegajosos cobriam desde as bancadas até as paredes e o chão. A enfermaria estava destroçada, mas Kiva não se importava com o lugar — se importava com quem estava nele.

Suas pernas tremiam enquanto caminhava em direção a Tilda. Não precisava se apressar, porque já podia enxergar do outro lado da enfermaria.

Sangue.

O sangue de Tilda.

Sua roupa de cama estava ensopada e vermelha.

E seus olhos... os olhos cegos de Tilda... encaravam o teto, sem piscar, completamente inanimados, da mesma forma que o resto de seu corpo.

Como se estivesse em um sonho, em um pesadelo, Kiva pousou as mãos trêmulas sobre o coração de Tilda, sobre o ferimento que perfurava seu peito e que só poderia significar uma coisa.

Nada.

Nenhum batimento.

Tão inerte quanto a morte.

Não a deixe morrer.

Não havia nada que Kiva pudesse fazer por ela.

Não a deixe morrer.

Ela dera tudo de si — *tudo* — para preservar a vida de Tilda.

Não a deixe morrer.

Uma lágrima escapou de seus olhos, e depois outra, então seus joelhos sucumbiram e ela se curvou sobre a mulher sem se importar com o sangue, pensando apenas em tudo o que sofrera para protegê-la. Sobrevivera ao impossível, passara pelo Julgamento, fizera tudo por Tilda, tudo para que ela pudesse estar segura, tudo para que pudesse ser solta. E então...

Ela estava morta.

— Me perdoe — pediu Kiva. — Eu tentei. *Eu tentei.*

Apenas duas vezes na vida sentira tanta dor. Tanto pesar. Não conseguia falar nada além de sussurrar "*Me perdoe, por favor, me perdoe*" sem parar.

— K-Kiva?

Kiva ergueu a cabeça, com as lágrimas embaçando sua visão, enquanto olhava em volta, desesperada, procurando o dono da voz fraca.

— Tipp? — chamou, rouca, quase sem conseguir pronunciar o nome em meio às emoções. — Onde você está?

Quando a resposta de Tipp não veio de imediato, Kiva enxugou o rosto e ficou de pé ao lado do leito de Tilda, chamando outra vez:

— Tipp?

Então o viu do outro lado do leito de Tilda, no chão, enrolado na cortina... e deitado em uma poça de seu próprio sangue.

— *TIPP!* — gritou Kiva, dando a volta na cama e se jogando ao lado dele tão depressa que seus joelhos gritaram de dor.

Ela afastou a cortina e voltou a chorar ao olhar para o garoto, encontrando a origem do sangramento.

Kiva tremia violentamente ao pressionar as mãos na barriga de Tipp para amenizar o fluxo, mas já percebera que ele havia perdido sangue demais. Não havia tratamento que pudesse consertar aquilo, não havia remédio que pudesse salvá-lo.

— Eu t-t-tentei p-protegê-la — sussurrou Tipp. Sua pele estava tão pálida que quase se equiparava à cor de seus olhos azuis. — Eu s-s-sinto muito. Eu t-t-t-tentei.

Ele tossiu. Uma bolha de sangue se formou em seus lábios e um filete vermelho escorreu até seu queixo.

— Shhhhh — sussurrou Kiva enquanto lágrimas escorriam por seu rosto. — Guarde sua energia.

— Eu a-a-a-amo você, K-Kiva. — Tipp continuava sussurrando, mas sua voz se tornava cada vez mais fraca, como se ele tivesse esperado Kiva apenas para vê-la uma última vez. — O-obrigado... p-p-por tudo.

Kiva soluçava. Suas mãos ainda pressionavam a barriga de Tipp, cujo sangue começara a fluir assustadoramente devagar.

— Também amo você — sussurrou ela de volta, levando a mão molhada ao rosto do menino; suas lágrimas caíam copiosamente.

— Preciso que fique aqui, tudo bem? Vamos passar por isso como já passamos por muitas outras coisas.

Tipp sorriu para ela. Apesar da palidez, apesar da gravidade de seu ferimento, ele ainda iluminou tudo ao redor.

— Você n-nunca soube... n-nunca s-s-soube mentir — sussurrou ele, ainda sorrindo. — D-deveria... v-você deveria...

Mas não terminou a frase. Tipp tossiu outra vez e continuou tossindo até que seus olhos se reviraram... e seu peito ficou imóvel.

— Não — murmurou Kiva. — *Não, não, não, não, não.*

Ela pousou a mão ensanguentada sobre o coração de Tipp.

— Tipp, *por favor.*

O coração do menino ainda batia, mas muito fraco. O batimento não continuaria por muito tempo, já que ele não estava mais respirando.

— Não posso perder você também. — Kiva soluçou, chorando sobre o corpo de Tipp. — *Não posso perder você também.*

Então, de repente, Kiva já não via Tipp. A enfermaria desapareceu, e ela foi levada para uma noite gelada de inverno dez anos antes. Com uma nitidez nauseante, ela se lembrava da espada sendo puxada do peito de Kerrin e do momento em que ele caiu no chão em câmera lenta, de como seu pai fizera pressão sobre o ferimento e gritara por ajuda, de como Kiva tentou se aproximar — mas fora puxada para longe antes que pudesse ao menos tocá-lo.

Ninguém a puxaria para longe naquele dia.

Prometa, ratinha, dissera seu pai em um sussurro na primeira noite em Zalindov. *Prometa que nunca mais vai fazer isso.*

Mas, papai, sua mão estava sangrando muito. Eu vi que você estava machucado.

356

Não importa, alertara ele com urgência. *Sabe por que estamos preparando você para ser curandeira, sabe por que é importante, sabe por que precisa continuar aprendendo.*

Para que ninguém nunca descubra, dissera Kiva, obediente.

Isso mesmo, meu amor, respondera Faran, beijando a bochecha da filha. *Precisa parar. Não pode se arriscar aqui dentro. Nem mesmo por mim.*

Mas...

Estou falando sério, Kiva. Prometa, ordenara Faran. *Prometa que, enquanto estiver aqui, não importa o que aconteça, não importa quem precise, você nunca, nunca mais vai fazer isso.*

Então Kiva prometera.

Mesmo quando suspeitara de que seu pai estava doente como tantos outros, mesmo depois que ele tinha *morrido*, ela mantivera a promessa.

Mas não podia mais fazer isso.

Dez anos haviam se passado, porém seu sangue clamava por ela desde aquele dia, esperando, esperando, *esperando*. Ela não tinha treinamento nem experiência quando se tratava de ferimentos como aquele, mas o desespero a levou a se concentrar no batimento cardíaco de Tipp, que se tornava cada vez mais fraco, nos espasmos de sua barriga, na vida que rapidamente se esvaía de seu corpo.

— Por favor — sussurrou ela.

Sua voz falhava enquanto Kiva se concentrava como nunca, rezando para que pudesse fazer por Tipp o que quisera fazer pelo irmão na beira do rio, tantos anos antes. Se tivesse conseguido tocar Kerrin... ela só precisara de um instante, um único toque antes que seu coração parasse, e isso teria mudado tudo.

— *Por favor.*

E foi o bastante.

Uma luz dourada emanava dos dedos de Kiva e penetrava o peito de Tipp, envolvendo seu corpo e costurando sua carne, centímetro por centímetro.

Estava dando certo — *estava dando certo.*

Seus batimentos cardíacos se tornavam mais fortes, batida após batida.

E então...

Tipp inalou oxigênio e seu peito se inflou.

Kiva chorava e mantinha as mãos paradas, fazendo com que a luz dourada continuasse curando, continuasse fechando o corpo dele. Estava quase lá, faltavam apenas alguns centímetros e Tipp estaria completamente...

— *KIVA!*

CAPÍTULO 33

Kiva recuou e afastou rapidamente as mãos do corpo de Tipp, olhando para a porta com um movimento brusco. A luz dourada desapareceu uma fração de segundo antes de Jaren entrar aos tropeços. Naari o acompanhava. A guarda estava suja de sangue e seus olhos se arregalaram quando ela deparou com toda a destruição. Seu olhar varreu a enfermaria antes de pousar em Tilda e, em seguida, se deter em Kiva e Tipp no chão.

— *Kiva!* — gritou Jaren outra vez, vendo-a no mesmo momento que a guarda.

Os dois correram até ela, Jaren negligenciando a própria dor enquanto olhava em choque para o garoto deitado em um mar vermelho.

— Ele está bem — disse Kiva. — O sangue é de Tilda. Ele só tem um corte pequeno na barriga e um galo na cabeça. Vai ficar bem.

Não sabia como as mentiras estavam fluindo de seus lábios com tanta facilidade. Só conseguia pensar em seu pai e na promessa que fizera a ele. Já quebrara a promessa, mas ninguém mais deveria saber, principalmente as pessoas que estavam presentes.

— Podemos carregá-lo? — perguntou Naari.

As mãos trêmulas de Kiva foram até o ferimento na barriga de Tipp. Restava apenas um pequeno corte, ele nem mesmo precisaria de pontos. Kiva quase voltou a chorar, mas, em vez disso, se limitou a dizer:

— Podemos. Ele só precisa repousar.

Essa parte não era mentira. Tipp precisava de um sono longo e revigorante. E, quando acordasse, Kiva precisaria convencê-lo de que seu corte tinha sido menos grave do que parecera. Tipp acreditaria nela. Não tinha motivo para não acreditar.

— Ótimo — falou Naari, olhando para a porta, nitidamente preocupada. — Este lugar está se tornando uma zona de morte. Precisamos ir. Agora.

Jaren estendeu a mão para Kiva, e ela a segurou, atônita demais por tudo o que acontecera — e ainda estava acontecendo — para se lembrar de que ele estava machucado. Jaren gemeu quase imperceptivelmente e segurou Kiva quando suas pernas falharam. Seu corpo estava fragilizado pelo trauma, e ela se sentia prestes a tombar de exaustão; o esforço que fizera era algo que nunca tinha experimentado antes. Mas, mesmo assim, quando Jaren se abaixou para carregar Tipp, Kiva o impediu, pousando a mão em seu braço.

— Eu posso levá-lo — disse ela, com a voz rouca de tanto chorar.

— Ele é mais pesado do que parece — alertou Jaren.

— Eu posso levá-lo — repetiu ela, decidida, sabendo que, embora a adrenalina de Jaren o mantivesse de pé, ele não aguentaria carregar o garoto.

Além disso, Kiva queria sentir Tipp em seus braços, seu coração batendo, para saber que estava vivo.

Diferentemente de Tilda.

Kiva não conseguia olhar para a mulher, nem mesmo quando viu Naari e Jaren olharem da Rainha Rebelde para ela com uma expressão de compaixão, ambos cientes do quanto a curandeira se sacrificara para proteger Tilda. Se tivesse chegado antes, Kiva teria conseguido fazer por ela o que fizera por Tipp. Mas nem mesmo ela tinha o poder de ressuscitar os mortos.

Era tarde demais para Tilda.

Mas não era tarde demais para Tipp, para Jaren, para Naari nem para a própria Kiva.

No entanto, logo não lhes restaria tempo se não saíssem de Zalindov rapidamente, antes que o caos tomasse proporções ainda maiores.

— Depressa — ordenou Naari, olhando para a porta novamente.

Kiva não precisou ouvir duas vezes. Carregou Tipp e percebeu que Jaren tinha razão sobre seu peso. Ela grunhiu e cambaleou um pouco, mas recuperou o equilíbrio e olhou para a guarda.

— Venham comigo — disse Naari, indo rapidamente até a porta.

Suas espadas estavam sujas de sangue, e ela as segurava de forma defensiva à frente do corpo. A Escudo Dourado do príncipe estava pronta para sacrificar a própria vida para protegê-lo. Para proteger a *todos eles*.

— Não se preocupe, ela vai nos tirar daqui — disse Jaren a Kiva quando a viu hesitar.

— Eu sei — respondeu ela antes de seguir a guarda.

Sua hesitação não era por medo de seguir Naari. Estava tentando reunir forças para olhar para Tilda uma última vez.

Então se forçou a fazer isso.

Forçou-se a se despedir.

— Que você encontre paz no mundo-eterno — disse, depois saiu depressa.

Nunca se sentira tão grata pelo fato de a enfermaria ficar perto dos portões e também pela maior parte do confronto continuar acontecendo no centro da prisão — ainda perto demais para que Jaren corresse o risco de ser visto caso tentasse usar a magia para protegê-los, mas longe o suficiente para que ele não precisasse fazer isso.

Antes que Kiva se desse conta, já estavam em frente à enorme entrada de ferro. Os portões se encontravam fechados por causa da rebelião.

— Por aqui — disse Naari, indo em direção à base da torre de vigilância, onde uma pequena porta transpunha o muro de calcário.

Kiva nunca a notara, uma vez que nunca estivera tão perto dos portões quando estavam fechados.

Naari retirou uma grande chave de bronze da armadura ensanguentada e a inseriu na fechadura.

— *Pare!*

Alarmada com a voz autoritária, Kiva se virou e deparou com o diretor marchando em sua direção, seguido por um grupo de guardas.

Saíra de seu esconderijo por causa dela — por causa de Kiva. Ele não deixaria que ela fosse embora. Nem *qualquer um* deles. Não enquanto soubessem seu segredo.

— Afaste-se do portão, Arell — rosnou Rooke. — É uma ordem.

— Não recebo ordens de você — respondeu Naari, dando um passo à frente de Kiva e Jaren, segurando as espadas. — Não mais.

Rooke ergueu as sobrancelhas e olhou incisivamente para os guardas atrás de si.

— O que exatamente acha que vai acontecer? Que eu vou simplesmente deixá-los ir? — Ele balançou a cabeça. — Sinto dizer que não vai ser possível.

— É uma pena que você não tenha escolha, seu maldito!

De repente, Mot surgiu segurando um frasco como se fosse uma arma.

— Na-na-ni-na-não! — murmurou o boticário quando os guardas avançaram em sua direção. — Viram o que aconteceu com a torre ali? Se não quiserem um repeteco, melhor deixar Kiva e os garotos irem.

Ele chacoalhava o vidro de maneira ameaçadora.

Kiva sentiu um aperto no peito ao ouvi-lo. Não por conta da ameaça, mas porque não dissera nada sobre ir embora junto com eles.

— Mot...

— Vá embora, bonequinha. — Seus olhos eram ternos ao olhar para ela e depois para Tipp em seu colo. — Dê uma vida boa para ele, viu? Vocês merecem ser felizes.

— Venha com a gente — pediu ela, ainda que soubesse a resposta só de olhar nos olhos do homem.

— Só vou atrasar vocês. E ainda tenho um trabalho a fazer aqui, não é? Ele piscou para ela e exibiu seu sorriso amarelado.

— Mot...

Kiva chamou outra vez, mas o diretor a interrompeu.

— O que estão esperando? — gritou ele para os guardas. — *Façam alguma coisa!*

Os guardas obedeceram e avançaram para Mot com as espadas em riste. Rooke, por sua vez, se aproximou de Kiva.

— Você não vai a lugar algum — disse ele, ríspido.

— Ah, não, é *você* que não vai, não! — retrucou Mot.

E antes que alguém pudesse responder, o velho atirou o frasco aos pés de Rooke.

Um fogo alto se ergueu com o impacto, e Naari xingou quando ela, Jaren e Kiva recuaram aos tropeços e se chocaram contra o muro de calcário às suas costas. Não era uma explosão como a que demolira a torre, mas o calor foi repentino e violento, formando uma barricada de labaredas entre eles e o diretor, o que fez Rooke recuar para não ser queimado vivo.

— Vá, Kiva! — gritou Mot do outro lado do fogo. — Eu seguro eles! *Vá agora!*

Naari puxou a manga de Kiva, que sabia que precisava segui-la, sabia que precisava honrar o sacrifício de Mot ainda que cada parte sua desejasse poder salvá-lo, libertá-lo.

— Eu sinto muito, Kiva, mas precisamos...

— Eu sei — interrompeu ela, com a voz embargada. — Estou logo atrás. E estava mesmo.

Quando Naari girou a chave de bronze e abriu a porta, Kiva apertou Tipp contra o corpo e cambaleou pela saída, seguindo a guarda. Jaren vinha em seu encalço.

— Por aqui — disse Naari, assim que todos estavam do outro lado do muro, conduzindo-os a um passo apressado em direção aos estábulos.

Kiva engolira as perguntas — e as emoções. Eles entraram nos estábulos, e ela rezou para que Naari tivesse um plano.

Então viu a carruagem.

Kiva teria rido se não temesse cair em prantos.

Qual era a melhor forma de escapar dos guardas do lado de fora senão no transporte particular do diretor?

— Jaren, você pode... — começou Naari, mas foi interrompida por outra voz.

— O que está fazendo aqui?

Kiva se virou de supetão, balançando as pernas de Tipp no ar, bem a tempo de ver Raz sair de uma baia vazia segurando um forcado.

Uma fração de segundo depois, o forcado desaparecera e o encarregado dos estábulos estava com o rosto pressionado contra o chão. Naari apertava sua coluna com os joelhos e espetava seu pescoço com uma das espadas.

— Se você se mexer, está morto — ameaçou a guarda.

— Naari, pare! — gritou Kiva.

Raz emitiu um ruído amedrontado, mas Naari não o soltou mesmo assim.

— Ele é um amigo — explicou Kiva, exagerando a verdade para que Raz não se ferisse. — Por favor, ele não vai causar nenhum problema. Não é, Raz?

Ele respondeu com um ruído úmido vindo da garganta. A reação pareceu satisfatória para Naari, que se levantou e guardou a espada.

Devagar, Raz se levantou também, pálido e esfregando o pescoço.

— Tem uma rebelião acontecendo na prisão — contou Kiva enquanto Naari e Jaren se afastavam para começar a preparar a carruagem. — É uma das ruins... Muito ruins.

— Eu sei — falou Raz. Sua voz estava falhando, mas não devido às notícias sobre a rebelião. — Trancaram os portões. Ninguém entra nem sai.

Kiva não perdeu tempo para explicar como ela e seus amigos haviam passado pelo muro. Em vez disso, disse apenas:

— Estamos indo. Você deveria vir com a gente.

Raz levou um momento para responder, ainda se recuperando do ataque de Naari.

— Estou seguro o bastante aqui. E não posso me arriscar a perder o emprego, Kiva.

Ela sabia que aquela seria a resposta, mas não poderia deixar de convidar.

— Não vou impedi-la de ir — continuou ele, diminuindo o volume da voz como se o diretor pudesse ouvi-lo. — Você, mais do que qualquer pessoa, merece uma chance de ser livre.

Uma nova onda de emoções acometeu Kiva, mas ela decidiu sufocá-la. Não era o momento, não quando precisava se concentrar em escapar e em tudo o que viria a seguir.

— Se realmente acha isso, posso pedir um último favor? — perguntou ela.

Raz suspirou, sabendo qual seria o pedido.

— Depressa.

Ele apontou com a cabeça para onde Naari e Jaren ajeitavam os arreios de dois cavalos; Jaren se contraía de dor, mas seus movimentos eram rápidos, apesar dos ferimentos.

Ciente de que tinha pouco tempo, Kiva deitou Tipp com cuidado sobre um monte de feno e em seguida começou a vasculhar ao redor por um pedaço de pergaminho e algo que pudesse usar para escrever. Como não encontrou nada, olhou para Raz, que encolheu os ombros. Cerrando os dentes, Kiva rasgou um pedaço da camisa suja, molhou o dedo no sangue fresco que cobria seu corpo e começou a escrever sua última carta como prisioneira de Zalindov.

— Estamos prontos para... O que está fazendo?

A voz de Jaren soou próxima o suficiente para sobressaltar Kiva. No susto, ela borrou o último símbolo da mensagem codificada, mas ainda estava legível.

— Vou mandar uma carta para minha família — respondeu ela, não vendo razões para mentir.

Estava prestes a explicar melhor, a contar sobre como Raz servira de mensageiro por anos, mas Naari gritou para que andassem logo, então Kiva deu as costas para Jaren e entregou o pano ensanguentado a Raz.

— Por favor, entregue a eles o quanto antes.

Para Kiva, não importava se o homem enviaria a mensagem como estava ou se ainda iria passá-la para pergaminho antes, contanto que sua família recebesse o recado.

— Pode deixar — prometeu Raz enquanto Kiva voltava a pegar Tipp no colo. — Se cuide, Kiva.

— Você também — sussurrou ela antes de se virar e seguir Jaren até a carruagem onde Naari os esperava, impaciente, transferindo o peso de um pé para o outro.

— Vamos, entrem depressa — disse a guarda, sentando-se na frente para conduzir o veículo. — Precisamos passar pela barreira perimetral antes que Rooke avise os guardas de lá. Depois, estaremos livres. Eles não vão correr o risco de abandonar os postos para ir atrás de nós.

Uma atmosfera de urgência pairava entre eles enquanto se preparavam para partir. Jaren abriu a porta da carruagem estendendo a mão para Kiva. Juntos, acomodaram Tipp no assento e depois se sentaram, ofegantes. Jaren gritou pela janela para avisar Naari que estavam prontos. Segundos depois, estavam em movimento, deixando Raz para trás e seguindo pela trilha de terra a caminho da liberdade.

Parte de Kiva queria olhar para trás, só por um segundo, curiosa para saber se o diretor voltara para a segurança de seu muro, de onde assistiria ao pandemônio que acontecia lá embaixo. Ou se talvez estivesse assistindo à pequena carruagem puxada por cavalos que passava tranquilamente pela barreira externa e seguia em frente até desaparecer de vista.

Mas ela não olhou para trás.

Nem mesmo para avistar o homem que matara seu pai.

Zalindov ficara para trás.

Ela estava livre.

Lágrimas fizeram cócegas em seu nariz enquanto ela processava tudo o que acontecera. A morte de Tilda. O sacrifício de Mot. Tudo o que veio antes e depois.

Olhando para baixo, ajeitou Tipp no colo. O garoto dormia, vivo depois do que deveria ter sido um ferimento fatal. Seu rosto adorável estava em paz, alheio ao fato de que haviam escapado. Não fazia ideia de que já não era mais um prisioneiro. Quando acordasse, teria uma vida completamente diferente.

Assim como Kiva.

— O que escreveu para sua família? — perguntou Jaren.

Estava sentado de frente para ela, abraçando o próprio corpo. Seu rosto estava assustadoramente pálido. Mas ele estava vivo.

Os dois estavam.

Apesar de tudo, haviam sobrevivido.

E estavam livres.

— Disse que estou segura. Que estou livre. — Kiva engoliu a saliva e baixou o olhar para Tipp, pensando em Tilda, cujo corpo ficara na prisão. Então ela concluiu: — Disse onde podem me encontrar, caso queiram. Que eu estarei em Vallenia. Com você.

O olhar de Jaren a despertou da dormência que havia tomado conta de seu interior desde que entrara na enfermaria e encontrara o corpo de Tilda encharcado de sangue.

Kiva nunca se recuperaria daquele momento, não enquanto vivesse. Mas, quando o frio começou a amenizar, e ela se recostou no assento, se lembrou do bilhete que escrevera, de como havia se certificado de que informara tudo que seu irmão e sua irmã precisavam saber. Mesmo depois de tanto tempo, a mensagem codificada em sua mente se repetia várias e várias vezes:

Mamãe está morta.

Estou a caminho de Vallenia.

É hora de recuperar nosso reino.

Enquanto passava os dedos pelo cabelo de Tipp, o garoto ainda profundamente adormecido em seu colo, Kiva ergueu o olhar e encontrou mais uma vez os olhos em tons de azul e dourado inacreditavelmente gentis de Jaren. Ela sorriu de volta, tímida, sem dar nenhum sinal de quem ele estava levando para sua casa.

Kiva Meridan.

Nascida Kiva Corentine.

A Rainha Rebelde podia ter padecido em Zalindov, mas sua filha estava viva, saudável e livre da prisão depois de dez longos anos.

A Princesa Rebelde finalmente estava pronta para tomar seu lugar.

Agradecimentos

Não costumo usar o verbo "maravilhar-se", mas essa tem sido minha sensação desde que comecei a escrever *A curandeira de Zalindov*. Eu me maravilhei com o modo como a história veio a mim por inteiro e com as pessoas que ela trouxe para minha vida.

À minha agente, Danielle Burby, obrigada por assumir o risco com base em algumas páginas de amostra que juntei em um avião. Você pulou de um precipício comigo, adotando uma autora com tão pouca bagagem que ainda estou surpresa que não tenha saído correndo para as colinas. Você me maravilha, e sou eternamente grata por seu trabalho, sua compreensão e sua expertise em todos os assuntos. Também sou grata a Kristin Nelson por ler aquelas primeiras páginas difíceis e por saber que Danielle e eu seríamos a combinação perfeita — sou muito grata por você estar nos acompanhando nesta aventura desde o início.

Obrigada a minhas maravilhosas editoras, Emilia Rhodes e Zoe Walton — vocês são brilhantes. Obrigada pelos insights inteligentes e pela orientação atenciosa sobre como transformar este livro em algo maior do que eu jamais teria imaginado sozinha. Estou muito emocionada com a forma como a história evoluiu sob o cuidado de vocês e mais empolgada do que nunca com tudo que está por vir.

Muito obrigada a toda a equipe editorial incrivelmente talentosa que trabalhou no manuscrito para levá-lo à perfeição, em particular à minha editora de texto, Ana Deboo, e a minha revisora, Ellen Fast — vocês duas são sensacionais! Obrigada também a Jim Tierney pela arte de capa *arrebatadora* (e pelo design do código maravibuloso!) e a Francesca Baerald pelos mapas ah-meu-deus-eu-não-consigo-parar-de-olhar-para-eles. *Emoji com olhar apaixonado*

Às equipes do HMH Teen (Estados Unidos) e da Penguin Random House (Austrália e Nova Zelândia), muito obrigada por abraçarem a mim e a esta série desde o início. Abraços quentinhos e um bolo virtual para todos que colocaram a mão neste projeto!

Um enorme "obrigada" para minha agente internacional, Jenny Meyer, por vender esta série em vários países ao redor do mundo. Tenho certeza de que você é uma gênia que concede desejos, pois, até onde eu sei, você fez a mágica acontecer. Também sou insanamente grata à minha agente para direitos audiovisuais, Mary Pender, e estou muito ansiosa por tudo o que está por vir!

A meus amigos autores que me dão conselhos, encorajamento e são grandes parceiros no Assustador Mundo da Publicação, *obrigadaaaaaa*! São nomes demais para citar, mas uma menção especial vai para Sarah J. Maas por aturar minhas mensagens perseguidoras em horários ridículos do dia e da noite (ei, não é minha culpa estarmos em lados opostos do mundo!) e para Jessica Townsend pelos cafés da manhã vamos-ser-rápidas-porque-estamos- -quase-furando-o-prazo (que sempre acabam durando horas mesmo... ops).

É minha obrigação agradecer às duas primeiras pessoas que leram *A curandeira de Zalindov*, Anabel Pandiella e Paige Belfield. Obrigada por sua paixão, entusiasmo e reivindicações (violentas) da sequência. Suas reações eram impagáveis. Muito obrigada também a meus amigos incríveis que me acompanharam, de perto e de longe, enquanto eu escrevia este livro. Não vejo a hora de respirar e celebrar a vida com vocês novamente (hmmm, quando a gente se vir de novo — obrigada, covid-19, *suspiro*).

Fui indescritivelmente abençoada por um Deus amoroso, e sou muito grata por Ele ter estado comigo a cada passo desta jornada. Também sou muito grata por ter uma família tão maravilhosa, e não estaria onde estou (nem seria quem sou) hoje sem eles. Obrigada — a todos vocês — por tudo o que são para mim e tudo que fizeram. Este livro é para vocês.

Por último, mas não menos importante, a meus incríveis leitores, tanto os que me seguem há algum tempo quanto os que chegaram com esta série: *obrigada*. Mal posso esperar para mostrar o mundo além de Zalindov. Preparem-se, porque a jornada de Kiva está apenas começando!

1ª edição	JANEIRO DE 2025
impressão	LIS GRÁFICA
papel de miolo	HYLTE 60 G/M²
papel de capa	CARTÃO SUPREMO ALTA ALVURA 250 G/M²
tipografia	SABON